HEYNE <

Das Buch

Lee Harden, Captain der US-Army und speziell ausgebildeter Teil einer kleinen Sondereinheit, die im Fall einer die zivilisatorische Ordnung und das Regierungssystem außer Kraft setzenden Krise für den Wiederaufbau der Gesellschaft verantwortlich ist, verbringt die meiste Zeit zusammen mit seinem Hund Tango im geheimen Schutzbunker – bis das aktuelle Briefing seines Vorgesetzten ausbleibt und er sich auf den Ernstfall einstellen muss. Und tatsächlich: Die Außenwelt, die er betritt, als er seine gesicherte Zuflucht verlässt, ist ein Alptraum – eine globale bakterielle Seuche verwandelt die Menschen in kannibalische Monster, die jeden, der mit ihnen in Kontakt kommt, infizieren. Lee und Tango folgen ihrem Auftrag und stoßen bei ihrer Rettungsmission auf den jungen Sam, dessen Vater kurz zuvor ermordet wurde; auf Angela und ihre kleine Tochter Abby, die mehrere Tage auf ihrem Hausdach verbrachten, um vor den mörderischen Wahnsinnigen sicher zu sein; den kauzigen und in Selbstverteidigung nicht ungeübten Farmer Jack; auf plündernde und marodierende Banden; auf eine organisierte Gruppe Überlebender, die die Keimzelle für die von Lee zu organisierende neue Ordnung darstellen könnte – und auf ständig wachsende Meuten nach lebendigem Menschenfleisch gierender, untoter Infizierter ...

Der Autor

D. J. Molles hat mit seiner Romanserie *Unter Toten* einen internationalen Überraschungserfolg gelandet und schreibt bereits an weiteren Romanen. Er ist verheiratet und lebt im Südosten der USA.

www.twitter.com/HeyneFantasySF

diezukunft.de

D. J. MOLLES

UNTER TOTEN 1

Roman

Mit einer Bonusgeschichte:

»Verlorene Seele«

Deutsche Erstausgabe

WILHELM HEYNE VERLAG
MÜNCHEN

Titel der Originalausgabe
THE REMAINING BOOK 1
Deutsche Übersetzung von Wally Anker

MIX
Papier aus verantwortungsvollen Quellen
FSC® C014496

Verlagsgruppe Random House FSC® N001967
Das für dieses Buch verwendete FSC®-zertifizierte
Papier *Holmen Book Cream* liefert
Holmen Paper, Hallstavik, Schweden.

Deutsche Erstausgabe 12/2014
Redaktion: Sven-Eric Wehmeyer

Printed in Germany 2014
Umschlaggestaltung: Animagic, Bielefeld
Satz: KompetenzCenter, Mönchengladbach
Druck und Bindung: GGP Media GmbH, Pößneck

ISBN: 978-3-453-31571-6

Für Josh.
Vielen Dank für deine Hilfe.
Und den Plan nicht aus dem Auge verlieren.

1
Das Loch

Lee Harden stand in der Mitte eines Perserteppichimitats. Das weiche Polyester fühlte sich an seinen nackten Fußsohlen wie Sandpapier an. Die zweiundzwanzig Grad im Raum kamen ihm einen Augenblick lang richtig heiß und im nächsten viel zu kalt vor. Sein Baumwoll-T-Shirt klebte an seiner Brust. Die Wände um ihn herum erschienen ihm grau, abgenutzt, völlig ausdruckslos. Alles war frustrierend, monoton. Die Gleichförmigkeit seines Gefängnisses klingelte in seinen Ohren und machte ihn verrückt. Sein Körper verlangte danach, endlich frei zu sein.

Seine klamme linke Hand steckte in der Hosentasche seiner Jeans, während er mit der rechten einen Tennisball gegen die Wand warf. Sein Schäferhund Tango saß an seiner Seite und beobachtete den hüpfenden Ball mit stiller Intensität. Seine Augen bewegten sich in dem steten Rhythmus eines endlose Sekunden abzählenden Pendels auf und ab.

Lee schloss die Augen und schmeckte Salzwasser. Er kaute auf Sand herum, und Milchsäure floss durch seine Arme und Beine. Seine Lungen hoben und senkten sich verzweifelt, als ob er lebendig begraben wäre.

Worte schossen durch die Sturmflut aus Blut, die an seinen Ohren vorbeirauschte: *Der einzig leichte Tag war gestern!*

Er öffnete die Augen, und Salzwassergeschmack und Sand lösten sich in Luft auf, aber die Worte waren noch immer da, schienen jetzt greifbar, in Holz geschnitzt. Die »Tafel« war relativ groß, immerhin einen knappen Meter lang, und die Worte waren grob geritzt, als ob ein Strafgefangener sie mit einem Taschenmesser eingraviert hätte. Roh und einfach. Genau wie die Nachricht, die sie verbreiteten. Unter der Holztafel war eine große stählerne Tür, die einem Zugang zu einem Tresor glich.

Und in diesem Tresor befand sich Lee.

Der einzig leichte Tag war gestern.

Er fragte sich, als wie wahr diese Worte sich wohl herausstellen sollten.

Lee hatte den Großteil des Tages vor seinem Computer verbracht, dieselben Nachrichten gelesen, die bereits die gesamte Woche gezeigt wurden. Niemand hatte sich die Mühe gemacht, sie auf den neuesten Stand zu bringen. Bilder brennender Städte, überfüllter Flüchtlingslager und von Gewalttaten, die an Genozid grenzten, alles war beim Alten geblieben. Nichts Neues. Keine guten Nachrichten.

Kein Heilmittel.

Die letzte Stunde hatte er hauptsächlich in Gedanken verloren verbracht und die ganze Zeit über auf ein Bild gestarrt – das Bild eines Kindes aus Honduras, das ohne Schuhe, aber mit dreckigen blauen Shorts und einem blutbefleckten gelben T-Shirt mitten auf einer Straße stand. In der Hand hielt der Junge eine halb leere Wasserflasche. Die hatte ihm wahrscheinlich irgendjemand von einer der humanitären Hilfsstationen gegeben. Sein Gesichtsausdruck suggerierte, dass er sich gerade von einem K.-o.-Schlag erholte: die Augen standen offen, sahen aber nichts.

Hinter dem Kind war unscharf ein Bein zu erkennen. Der dazugehörige Körper fehlte allerdings. Es war kurz über dem Knie abgerissen und lag einfach in einer müllübersäten Straße in Honduras. Die Bildunterschrift lautete: *Honduranischer Junge vor einem Lager des Roten Kreuzes.* Daneben stand das Datum: 28. Juni.

Heute war der 3. Juli.

Die meisten Artikel auf der Internetseite stammten vom 28. Juni. Lediglich ein oder zwei waren auf einen Tag später datiert, aber bei ihnen handelte es sich um kaum mehr als Überschriften. US-Militär beruft Truppen im Ausland ab. Oder: Die Regierung hat den Ausnahmezustand ausgerufen.

Frank hatte das alles gestern bestätigt, aber trotz der Miene, die er dabei trug, versicherte er Lee, dass alles bald schon wieder Schnee von gestern sein würde. Er hatte sich sogar dafür entschuldigt, Lee solange im Loch einkerkern zu müssen. *Vielleicht noch eine Woche, höchstens. Ich schicke dir einen Gutschein fürs Steakhaus,* hatte er gesagt. *Da musst du jetzt einfach durch.*

Lee bemerkte, dass er versehentlich Tango scharf auf den Tennisball gemacht hatte, und er warf den

Ball in die Luft. Der Hund ließ ihn einmal aufkommen und schnappte ihn dann mitten in der Luft. Tango blickte Lee erwartungsvoll an und wedelte mit dem Schwanz. Er schien zutiefst zufrieden und völlig ahnungslos, aber genau das ist ja das Wunderbare an Hunden.

Es wurde einem dringend nahegelegt, ein Haustier als Gesellschaft im Loch zu haben, wo Lee schon des Öfteren hatte Zeit verbringen dürfen. Normalerweise zwei oder drei Wochen am Stück. Es war nicht das erste Mal, dass man eine nationale Katastrophe vorhergesagt hatte. Bisher war der Ernstfall jedoch nie eingetreten. Da war zum Beispiel die Kernschmelze von Fukushima nach den Erdbeben vor der Küste Japans. Die Schwarzseher in Washington meinten, dass der nukleare Fallout das amerikanische Festland erreichen und die Landwirtschaft brachlegen könnte, was verheerende Folgen für die Börse, die Wirtschaft und letztendlich auch für die Regierung haben würde.

Damals musste er achtzehn Tage im Loch warten.

Einen Monat später verursachte Korea einen nuklearen Bombenalarm, der zwar die Runde durch die Korridore in Washington gemacht hatte, aber nie an die Öffentlichkeit gelangte. Lee konnte es damals kaum glauben, da seine Vorgesetzten behauptet hatten, der Vorfall könne sich zur nächsten Kuba-Krise entwickeln.

Für ihn hieß es, wieder eine Woche im Loch zu verbringen.

Das Loch an sich war kein schrecklicher Ort. Es bot auf einer Grundfläche von gut hundert Quadratmetern alles, was für das allgemein leibliche Wohl wichtig war: eine fantastische Küche, eine gut bestückte Hausbar, ein Wohnzimmer mit großem Fernseher, ein Schlafzimmer mit einem breiten Doppelbett und ein Badezimmer mit einem großen Whirlpool und einer Sauna neben der Dusche. In der Vorratskammer wartete genügend Frischkost für eine Woche auf ihn, und in der Kühltruhe befanden sich Tiefkühlgerichte für drei Monate. Natürlich gab es auch reichlich Wasser für den gleichen Zeitraum. Solarzellen auf der Oberfläche speisten die unzähligen Batteriezellen, die genügend Saft besaßen, um sämtliche elektrischen Geräte für beinahe ein Jahr laufen zu lassen. Zur Unterhaltung und Zerstreuung hatte Lee das Loch mit Büchern, Magazinen, Videospielen und Filmen vollgestopft.

Ja, Lees Bunker hatte so ziemlich alles zu bieten, was das Herz begehrte. Alles außer anderen Menschen. Alles außer der Freiheit, seine Sachen zu packen und zu verschwinden. Bisher hatten die Schwarzseher in Washington mit ihren Vorhersagen stets ins Klo gegriffen. Es dauerte gewöhnlich ein paar Wochen, nachdem Lee Harden sich eingebunkert hatte, bis Franks Gesicht auf dem Computermonitor erschien, ihn anlächelte und ihm befahl, sich wieder »unter die Lebenden« zu begeben. Das war sein Lieblingsspruch und hieß so viel wie: Die Sache war überstanden.

Zudem meldete er sich stets um zwölf Uhr mittags

auf Lees Computer, um ihm den neuesten Stand der Dinge mitzuteilen. Das tat er jeden Tag, den Lee im Loch verbrachte, und noch nie hatte er auch nur eine Minute Verspätung gehabt.

Bis heute.

Lee warf einen Blick auf die Digitaluhr an der Wand über seinem Monitor.

18.34 Uhr.

Sein Magen machte einen Salto mortale, als er die Möglichkeiten erwog. Seine Gedanken führten ihn an einen Ort ohne Kontrolle oder Regierung, einen Ort, an dem eine Krankheit, ein Virus oder eine Art Seuche die Menschheit wieder zurück in die Steinzeit katapultiert hatte. Der komplette Zerfall der Zivilisation. Menschen wussten nicht mehr, was sie taten, mordeten ihren Nächsten, plünderten und brandschatzten; Kriegsherren, die in dem Machtvakuum nicht funktionierender Regierungen alles an sich rissen, was ihnen unter die Finger kam.

Genauso könnte seine Realität in dreißig Tagen aussehen. Allein die Vorstellung ließ ihm die Galle hochkommen und verunsicherte ihn. Er warf Tango, der noch immer mit dem Tennisball im Maul vor ihm saß und darauf wartete, dass Lee etwas unternahm, einen Blick zu. Der Gedanke an das Ende der Welt schmeckte Lee so gut wie ein Mund voll Essig, und sein Kopf rebellierte bei der bloßen Vorstellung.

»Scheiß drauf«, sagte er zu Tango. »Er wird sich schon noch melden.«

Vor den Höllenwochen – der tosenden eiskalten Brandung, den heißen schwülen Sümpfen und den öden zerklüfteten Bergen – fand die Auslese statt. Lee wurde zusammen mit zweihundertsiebenunddreißig anderen Kandidaten kontaktiert. Der Brief war maschinengeschrieben und nicht signiert. Als er von der Beerdigung seiner Eltern nach Hause kam, fand er ihn im Briefkasten. Später sollte er herausfinden, dass er und viele andere aus einer ganzen Reihe von Gründen auserwählt waren – darunter auch der Tatsache, dass sie keinerlei Familie mehr besaßen.

Der Brief gab keine weiteren Details preis, sondern versprach lediglich die Option, an einer streng geheimen Regierungsinitiative teilzunehmen. Irgendein Schwachsinn mit Elite und so. Es gab eine Nummer samt Durchwahl, nicht mehr, nicht weniger. Als Lee seine Vorgesetzten über den merkwürdigen Brief ausfragen wollte, starrten sie ihn einfach ausdruckslos an und zuckten mit den Schultern. Angeblich hatten sie damit nichts zu tun.

Von den zweihundertsiebenunddreißig Empfängern wählten hunderteinundneunzig die Nummer. Lee war einer davon. Eine höfliche weibliche Stimme antwortete am anderen Ende und gab Lee einen Termin für den – so ihre genauen Worte – primären Selektionsprozess. Aber sie hatte keine weiteren Informationen für ihn und konnte ihm nicht sagen, wie dieser aussehen sollte oder worum es bei dieser Regierungsinitiative überhaupt ging.

Von den hunderteinundneunzig, die zum Selektionsprozess erschienen, unterschrieben hundertneunundsechzig die Verzichtklausel, in der explizit stand, dass es sich beim primären Selektionsprozess um einen psychischen Test unter dem Einfluss legal verschriebener Narkotika handelte – natürlich unter der Aufsicht eines ganzen Rudels von Ärzten.

Lee konnte sich nicht an diesen Selektionsprozess erinnern. Das Einzige, was er noch wusste, war, dass er sich hinlegen sollte und man ihm einen intravenösen Zugang eingerichtet hatte, durch den ihm irgendeine Flüssigkeit eingeflößt wurde. Dann folgte ein Zeitraum voller Bilder und Fetzen von etwas Schrecklichem, die keinerlei Sinn für ihn ergaben, ganz gleich, wie sehr er sich auch den Kopf darüber zerbrach. Dann war er mit wild pochendem Herzen aufgewacht.

Von den hundertneunundsechzig Personen, die den Test absolviert hatten, führten sechzig eine Unterhaltung mit dem Arzt.

Darunter auch Lee.

Der Arzt war ein schlanker Schwarzer. Statt des üblichen weißen Arztkittels trug er einen sauber gebügelten Kampfanzug der USA ohne jegliche Abzeichen. Auf dem Namensschild stand COOK, und auf den Kragen waren einzelne schwarze Streifen genäht. Dr. (oder Lt.) Cook war mittelgroß, trug kurz geschorene Haare und besaß riesige, unglaublich gerade Zähne. Seine Umgangsart war recht entspannt, und er schien extrem neugierig.

»Haben Sie irgendwelche Fragen?«, wollte Dr. Cook wissen.

Lee konnte sich noch erinnern, dass er seinen eigenen pochenden Puls nahm, indem er die Finger auf seine Halsschlagader legte. Seine Haut war klamm und schweißnass, sein Kragen feucht. »Wann lasst ihr Jungs eigentlich die Katze aus dem Sack und erzählt mir, worum es eigentlich geht?«

»Nun, heute haben Sie in einem Stuhl gesessen und für neunzig Minuten visuellen Input erhalten. Stellen Sie es sich wie ein Virtual-Reality-Spiel vor. Die Drogen halfen Ihrem Gehirn, das Gesehene als Realität zu interpretieren.«

Lee starrte ihn verblüfft an. Er war sich nicht sicher, was er darauf antworten sollte. Nicht dass ihm die Fragen ausgegangen waren, aber er konnte sie nicht kategorisieren, keine Reihenfolge festlegen.

Dr. Cook lächelte ihn an, beugte sich vor und nahm Lees Hände in die seinen. »Wir testen etwas, das ich *psychische Beugung* nenne.« Dr. Cook machte ein nachdenkliches Gesicht, als ob er versuchte, eine passendere Bezeichnung zu finden. Aber Lee konnte sich des Gefühls nicht erwehren, dass der Arzt diese Rede schon Dutzende Male gehalten hatte. »Stellen Sie sich einen Traum vor, in dem Sie um Ihr Leben kämpfen müssen – ein buchstäblicher Überlebenskampf. Und nun stellen Sie sich vor, dass dieser Kampf sich gegen etwas so Entsetzliches und Unvorstellbares richtet, dass Sie insgeheim wissen, dass er gar nicht wahr sein kann. Wenn Ihr logisch denkendes Vorderhirn weiß: *Das ist völlig unmöglich*, kämpfen Sie trotzdem weiter oder warten Sie, bis der Traum aufhört?«

Dr. Cook legt einen Ellenbogen auf die Armlehne seines Stuhls. »Wir haben beobachtet, dass in manchen Szenarien oder Situationen ein Leugnen beziehungsweise eine Negierung unumgänglich ist. So etwas kann man einem Menschen einfach nicht abgewöhnen, ganz gleich, wie sehr man ihn trainiert. Dabei kommt es auch nicht darauf an, ob wir es mit einem Elitesoldaten oder einem Gefreiten, einem knallharten Typen oder einem Dichter zu tun haben. Es gibt einfach gewisse Dinge, die das Gehirn nicht wahrhaben will. In solchen Fällen konnten wir zwei Kategorien von Menschen beobachten – die Anpassungsfähigen und die nicht Anpassungsfähigen. Wenn die Person letzterer Kategorie angehört, ignoriert ihre Psyche weiteren Input. Es ist, als weigerte sie sich, Derartiges zu glauben, weil es so unvorstellbar ist.« Dr. Cook schmunzelte vor sich hin. »Und ich rede hier über die Besten der Besten. Habe ich alles schon gesehen. Zugegeben, je mehr Training sie absolviert haben, desto schwieriger ist es, sie bis zu diesem Punkt zu führen. Aber wenn man sie kontinuierlich an die Grenzen ihrer Wirklichkeit zwingt, werden sie sie schließlich erreichen. Und dann geben sie einfach den Geist auf – ähnlich wie bei einem überlasteten Schaltkreis.«

Er hielt inne und hob einen Finger in die Höhe. »Aber es gibt auch noch die anderen – ungefähr ein Drittel unserer Probanden –, die weiterkämpfen, selbst wenn ihr Gehirn ihnen das Dementi verabreicht. Und wenn man dann trotzdem weiterkämpft, dann ist man *beugsam*. Sie zum Beispiel besitzen *psychische Beugung*.«

Lee schluckte. Eine Kälte übermannte ihn. »Ich habe das?«

Der Arzt schenkte Lee ein breites Grinsen. »O ja, Sie haben es.«

Lee lag im Bett und konnte nicht einschlafen. Es war zwei Uhr morgens am 4. Juli.

Er hatte den Abend über mangels Appetit nichts mehr zu sich genommen. Sein Hirn konnte einfach nicht loslassen, beleuchtete seine Sorgen von allen Seiten. Es war, als ob ein kurzes, aber dafür umso nervtötenderes Lied in einer Endlosschleife in seinem Kopf spielte. *Was ist, wenn das das Armageddon ist? Ich kann kaum glauben, dass dies das Ende sein soll. Das ist doch unmöglich. Völliger Schwachsinn.*

Das ist eine klassische Überreaktion. Frank wird sich schon melden, er hat noch nie zuvor einen Anruf ausgelassen. Was aber, wenn das wirklich das Ende ist?

Was dann? Was dann?

Lee versuchte sein Gehirn zum Abschalten zu zwingen, vermochte es aber nicht. Zudem konnte er keinen Grund finden, warum er schlafen sollte. Schließlich stand nichts Weltbewegendes auf seinem Terminplan – und das, obwohl heute Unabhängigkeitstag war.

Das habe ich auch noch nicht erlebt. Am Unabhängigkeitstag im Loch eingekerkert. Das ist völlig unakzeptabel, ja, geradezu unamerikanisch, dachte er. *Ich schwöre beim allmächtigen Gott, dass Frank von mir eine verdammte Breitseite abkriegt… Hoffentlich geht es ihm gut. Es muss ihm gut gehen. Ich bin Plan B, und so ein Plan B wird nur im Notfall eingesetzt. Aber Notfälle passieren nicht, zumindest in dieser Größenordnung – nicht in einer Größenordnung, die erfordern würde, mich als Plan B einzusetzen.*

Er entsann sich seiner ursprünglichen Jobbeschreibung. Zuerst hatte er alles für absolute Hirnspinnerei gehalten. Aber gegen die Bezahlung und all die Zusatzleistungen konnte man nichts sagen. Die Regierung hatte sein Haus auf drei Morgen Grundstück im zentralen North Carolina gebaut. Von außen schien es nicht protzig, machte keinen unverhohlen reichen Eindruck, aber innen war es schön groß und gemütlich. Der Bunker, in dem er jetzt steckte, war Teil des Hauses und lag knappe sechs Meter unter dem Kellerboden. Außerdem erhielt er jedes Mal, wenn sie ihn nach unten beorderten, einen beinahe schwindelerregenden Bonus.

Schließen Sie die Türen, hatten sie ihn ermahnt. *Frank wird Sie zu den vorbestimmten Zeiten auf dem Laufenden halten. Falls Sie keine weiteren Informationen vom Führungsstab erhalten sollten, verweilen Sie dreißig Tage ab dem Zeitpunkt, an dem Sie die letzte Nachricht erhalten haben, in Ihrem Bunker, ehe Sie Ihre Mission angehen.*

Die Mission.

Allein der Gedanke an diese unwahrscheinliche Verantwortung trieb Schweißperlen auf Lees Stirn. Die Ausmaße seiner Mission, der Grund, warum man ihn von allem, was draußen passierte, abgekapselt hatte, schienen ein Ding der Unmöglichkeit.

Er schüttelte den Kopf. Frank würde sich schon melden. Und so begann die Endlosschleife in seinem Schädel erneut, bis seine Gedanken sich zu einem weißen Hintergrundrauschen entwickelten und er endlich um halb vier in der Früh einschlief.

Als er um halb zehn aufwachte, fühlte er sich großartig.

Für einen kurzen Augenblick war er felsenfest davon überzeugt, dass der vorherige Tag überhaupt nicht stattgefunden hatte, dies sein dritter im Bunker war und Frank sich in wenigen Stunden bei ihm melden würde – so, wie er es immer tat. Irgendwann aber überholte ihn die Realität, nur der Knoten in seinem Magen blieb diesmal aus. Stattdessen war er aufgewühlt, sogar leicht verärgert. Er duschte extra heiß und überlegte sich all die scharfen Worte, die er Frank an den Kopf werfen würde, wenn er sich das nächste Mal meldete. Und das würde er tun, dessen war er sich sicher. Lee freute sich fast auf Franks fantastische, unterhaltsame Geschichte, die er ihm auftischen würde, um seine vierundzwanzigstündige Verspätung zu erklären.

Hoffentlich war Frank nichts passiert.

Er trocknete sich nach der Dusche nicht ab, sondern ließ das Wasser einfach auf der Haut verdampfen. Es gab keinen wirklichen Grund, warum er sich auf der Stelle anziehen sollte. Schließlich war er allein, sechs Meter unter dem Keller seines Hauses, in einer Kiste ummantelt mit Zement und Blei.

Er machte sich einen Eiweiß-Shake, während Tango pflichtbewusst neben ihm in der Küche saß. Nachdem er das Getränk heruntergestürzt hatte, zog er sich eine kurze Turnhose an, denn irgendetwas störte ihn daran, splitterfasernackt seine Freiübungen zu verrichten. Dann machte er seine Rumpfbeugen und Liegestütze, aber als er zur Stange für seine Klimmzüge aufblickte, überkam ihn die Lethargie. Doch sein Pflichtbewusstsein und ein gewisses Schuldgefühl gewannen, und er machte sich an die Klimmzüge. Vorher schaltete er die UV-Lampe an. Das war zwar längst nicht so gut wie die Sonne, aber immer noch besser als nichts. Sich in einer sonnenlosen Umgebung für längere Zeit aufzuhalten, konnte verheerende Folgen für Kopf und Körper haben.

Dann kochte er sich ein paar Eier, bestrich Toast mit Erdnussbutter und fütterte Tango. Mit einer Tasse Kaffee ging er zum Computer. Er setzte sich nicht hin, sondern schubste nur die Maus an, und der Bildschirmschoner verschwand. Die Startseite von CNN.com erschien – unverändert.

Um auf Nummer sicher zu gehen, aktualisierte er die Seite. Es dauerte eine Weile, ehe er eine Fehlermeldung erhielt. Die Seite war nicht mehr erreichbar. Er überprüfte seine Internetverbindung, fand aber keinerlei Probleme. Als Nächstes rief er Yahoo! auf und gelangte tatsächlich auf deren Startseite, aber es wurden nur die alten Nachrichten angezeigt.

Nichts Neues seit dem 28. Juni. Er nippte an seinem Kaffee. Es war schon halb elf. Endlich setzte er sich vor den Rechner und schwang die Füße auf den Computertisch. Dann setzte er die warme Tasse Kaffee auf seiner Brust ab und starrte auf eine flache, rechteckige Schachtel aus Metall, die rechts neben dem Monitor stand. In ihr befanden sich die Einzelheiten seiner Mission – der im Vorhinein ausgetüftelte Plan B, den er direkt vom Büro des Ministers für Homeland Security erhalten hatte. Hier stand im Detail, welche Lage sie nach dreißig Tagen vorzufinden glaubten. Aufgrund der Vertraulichkeit der Informationen durfte Lee die Schachtel nicht eher als achtundvierzig Stunden nach seiner letzten Kommunikation mit dem Führungsstab öffnen.

Bei Frank handelte es sich um Colonel Frank Reid der United States Army. Er fungierte als Beauftragter zwischen dem Minister für Homeland Security und den achtundvierzig »Koordinatoren«, die in den Bunkern in jedem Staat der Vereinigten Staaten verteilt waren. Lees Gebiet war North Carolina.

Colonel Frank Reid war sein Vorgesetzter.

Heute Mittag würde er die Schachtel öffnen und den Inhalt lesen müssen. Und das war es dann. Projekt Hometown würde vom Stapel laufen, und die nächste Phase würde eingeläutet werden. Er konnte nur mutmaßen, dass die anderen siebenundvierzig Koordinatoren ebenfalls nichts von Frank gehört hatten und wie er ihre Schachteln nach achtundvierzig Stunden öffneten.

Allein der Gedanke daran trieb ihm den Angstschweiß auf die Stirn.

Er trank den Rest seines Kaffees, schnappte sich eine Wasserflasche und machte es sich auf der Couch gemütlich, vor ihm der riesige Fernseher. Er schaltete ihn an und zappte durch die unzähligen Kabelkanäle. Aber das Fernsehen hatte viel schneller dran glauben müssen als das Internet. Auf den meisten Kanälen wurde nur noch ein Testbild ausgestrahlt, unter dem ein Ticker mit den immer selben Informationen lief: die Ballungsgebiete, die evakuiert werden sollten, und bei welcher Katastrophenschutzsammelstelle man sich für jedes Gebiet zu melden hatte.

Jetzt aber sah er nur noch einen blauen Bildschirm.

Lee lehnte sich zurück und starrte auf den Fernseher. Er war sich nicht sicher, worauf er eigentlich wartete. Vielleicht würde der eine oder andere Kanal ja wieder in Betrieb gehen. Vielleicht würde sein Computer sich sogar melden und ihm Bescheid geben, dass Frank online war. Oder vielleicht wartete er einfach darauf, endlich wieder aus diesem unwirklichen Albtraum aufzuwachen.

Der blaue Bildschirm schien irgendwie surreal. Lee schüttelte den Kopf. Frank würde sich melden, musste es einfach tun. Ein einfacher Virus war doch gar nicht in der Lage, die gesamte Regierung der Vereinigten Staaten von Amerika auszuschalten. Schließlich gab es Unmengen von Wissenschaftlern, ganze Behördenzweige, deren einzige Aufgabe darin lag, verschiedenste Bedrohungen zu identifizieren und unschädlich zu machen, ehe sie überhaupt eine Chance hatten, der Bevölkerung Schaden zuzufügen. Für einen kurzen Augenblick glaubte er, dass das Ganze ein Witz sei, ließ den Gedanken aber gleich wieder fallen. Colonel Frank Reid würde ihm nie einen solch geschmacklosen Streich spielen. Lee vermutete eher, dass Frank niemals irgendwem irgendwelche Streiche spielte.

Frank war nicht gerade ein Witzbold.

Irgendetwas musste ihn daran hindern, sich bei Lee zu melden. Vielleicht war Franks Verbindung zum Internet gekappt, sodass es überhaupt nicht möglich gewesen war, während der letzten zwei Tage mit Lee in Kontakt zu treten. Techniker würden Überstunden einlegen, um die Verbindung zwischen Frank und den Koordinatoren wiederherzustellen, sodass er in der Lage wäre, sie davon abzuhalten, ihre Schachteln zu öffnen und sich die Details ihrer Mission durchzulesen.

In der Zwischenzeit hatte Lee keinerlei Idee, was er mit seiner Zeit anfangen sollte. Normalerweise würde er ein Buch lesen oder einen Film anschauen, aber das Letztere schien unangemessen in dieser Situation, und auf ein Buch würde er sich nie und nimmer konzentrieren können. Schließlich hatte er kaum Kontrolle über seine Gedanken, die immer wieder zu dem wanderten, was zum Teufel wohl dort draußen außerhalb seines Bunkers gerade passierte, und sich das über die Welt hereingebrochene Armageddon ausmalten.

Er trank die Wasserflasche leer und ging hinüber zum Laufband. Er stellte den Neigungswinkel auf null Grad und die Geschwindigkeit auf zwölf Kilometer die Stunde ein. Er wollte Zeit totschlagen und hatte vor, eine ganze Weile zu laufen.

2
Die Einweisung

Um Viertel nach zwölf hörte er zu laufen auf.

Die letzten Kilometer waren eine mentale Höllenqual gewesen. Diverse Male hat er über die Schulter auf den Computer geschielt. Die achtundvierzig Stunden waren abgelaufen. Eigentlich sollte er jetzt die Schachtel aufmachen und die Einweisung lesen. Mit jeder Minute, die verging, versicherte er sich, dass Frank sich gleich melden würde, aber nach einer Viertelstunde war ihm klar, dass er nicht länger warten durfte, denn es käme einer absichtlichen Befehlsverweigerung gleich, wenn er jetzt nicht auf der Stelle handelte.

Er schaltete das Laufband aus und holte sich eine weitere Flasche Wasser aus dem Kühlschrank, ehe er um die Couch zu seinem Computer ging und sich auf den Stuhl setzte. In der kurzen Zeit, die es gedauert hatte, vom Kühlschrank zum Computer zu gehen und sich niederzulassen, war er extrem neugierig geworden. Wie könnte seine Mission wohl aussehen?

Er setzte den Daumen auf das kleine schwarze Quadrat auf dem Deckel der Box. Dann wartete er eine kurze Zeit, ehe ein Klicken an seine Ohren drang. Er öffnete die Schachtel und warf einen Blick hinein.

Noch nie zuvor hatte er sie öffnen müssen. Es war das erste Mal.

Der Inhalt war nicht gerade spektakulär. Nichts außer einem schwarzen USB-Stick. Er nahm ihn, steckte ihn in seinen Computer und wartete, bis er eingebunden wurde. Das darauf enthaltene Programm war so frei, einfach von selbst zu starten. Er kannte es bereits, hatte es zuvor während seiner Online-Trainingskurse gesehen. Der Benutzer konnte sich durch die einzelnen Masken wie bei einer PowerPoint-Präsentation klicken, aber es bot nebenbei auch noch Audioinhalte und ab und zu Videos.

Als Erstes hörte er Franks Stimme.

Für einen kurzen Augenblick erlaubte er sich zu glauben, dass Frank ihn online erreicht hatte. Lee verspürte einen flüchtigen Moment der Erleichterung, gefolgt von einem kleinen Wutanfall, dass man ihn so lange im Bunker gelassen hatte, ohne die Höflichkeit zu besitzen, sich bei ihm zu melden. Aber bei der Stimme handelte es sich lediglich um eine Aufnahme. Lee vermerkte sofort, dass Frank ziemlich entspannt klang, als ob er keinerlei Sorgen auf dieser Welt hätte, sondern das Folgende nur pro forma durchexerzierte.

Genau in diesem Moment verkrampfte sich Lees Magen erneut.

»Ich bin Colonel Frank Reid und handele im Auftrag des Büros des Ministers für Homeland Security. Diese Einweisung betrifft das Projekt Hometown und ist an alle Agenten gerichtet, die Teil des Projekts sind. Ihre Mission hat ab sofort begonnen.«

Auf dem Bildschirm erschien das Logo des Verteidigungsministeriums, das langsam von einer Karte der Binnenstaaten der USA überblendet wurde.

»Was Sie an der Oberfläche erwartet, ist, wie unsere Wissenschaftler es zu nennen pflegen, Fiebrig Urokaninisch Reagierende Yersinia oder kurz: FURY. Es handelt sich um eine mutierte Form des Bakteriums *Yersinia Pestis*, das der Auslöser sämtlicher Ausbrüche der Beulenpest sowie aller anderer Plagen in Europa während der letzten vierhundert Jahre war. Weil wir es hier mit Bakterien und nicht mit einem Virus zu tun haben, können unsere Experten nicht mit Sicherheit sagen, wie es von einer Person zur nächsten übertragen wird. Wir wissen allerdings, dass die Seuche bereits eine geradezu unvorstellbare Infektionsgefahr in sich birgt. Vollkörperschutzanzüge sind auf jeden Fall bei jedem Kontakt mit bereits infizierten Individuen oder solchen, die es sein könnten, zu benutzen – gefolgt von einer sorgfältigen Dekontamination.«

Auf der Karte erschienen vier Punkte, einer in New York, einer in Florida, in Illinois und der letzte in Kalifornien.

»Im Augenblick haben wir keinen Indexpatienten oder Patienten null. Wir können jedoch davon ausgehen, dass die Seuche nicht vom Festland der Vereinigten Staaten stammt, denn die ersten vier Fälle traten ganz in der Nähe der größten Flughäfen auf, nämlich in New York, Chicago, Miami und Los Angeles.

Die Forschungsergebnisse, die uns derzeit – am 14. Juni – vorliegen, lassen darauf schließen, dass die

Prodromalsymptome aus Fieber, Zittern oder Beben, erhöhtem Speichelfluss, Durchfall, extremem Hunger und Durst, Hautausschlag auf Torso oder Körper, schwallartigem Erbrechen, dem Verlust feinmotorischer Fähigkeiten, Sprachdefizite und Schlaflosigkeit bestehen. Im Weiterverlauf der Seuche als Krankheitsstadium folgen dann kompletter Sprachverlust sowie völliger Ausfall der Auffassungsgabe, Blässe, Halluzinationen, Gefühlsverlust, Hyperaggression, unkontrollierbare Schrei- und Brüllkrämpfe und unstillbarer Hunger – letzterer äußert sich in der Form, dass die Patienten ihn entweder mit ihren eigenen Extremitäten zu stillen versuchen oder mit allem, was gerade in Reichweite ist.

In der vorangeschrittenen Krankheitsphase erliegt der Patient oft völligem Stumpfsinn, beginnt unkontrolliert zu stolpern und weist stark verlangsamte Reaktionszeiten auf. Die Atemfrequenz nimmt ab, und in diversen Fällen wurde völlige Blindheit festgestellt. Symptome variieren von Patient zu Patient. Es gab manche Fälle, in denen so gut wie gar keine Aggression beobachtet werden konnte – es sei denn, es traten Halluzinationen auf. Diese Fälle sind aber eher selten und gehören zu den Ausnahmen.

Die Krankheitserreger infizieren Körperzellen und vermehren sich dann exponentiell in den Lymphdrüsen. Die Bakterien verursachen daraufhin den Abbauvorgang der Urocaninsäure und verbreiten sich im Gehirn und Nervensystem, wo sie im frontalen Cortex zu Blutungen führen, was wiederum zur Folge hat, dass der Patient unter Aggressionen sowie Hunger- und Dursterscheinungen leidet und jegliche Selbsterhaltungsinstinkte verliert. Die Bakterien greifen außerdem den Sehhügel und die Großhirnrinde an, die für unser Schmerzempfinden verantwortlich sind, sodass der Patient gegenüber diesen Reizen keinerlei Reaktion zeigt. Es hat den Anschein, dass das Bakterium sehr selektiv ist bezüglich des Gehirngewebes, welches es befällt, sodass primäre biologische Funktionen wie zum Beispiel Herzschlag und Atmung intakt bleiben.

Unsere Hauptsorgen um FURY – und gleichzeitig auch der Grund, warum Sie sich jetzt in Ihren Bunkern befinden – sind Inkubationszeit und Sterblichkeitsziffer. Soweit wir zu urteilen in der Lage sind, beträgt die Inkubationszeit zwischen vierundzwanzig und achtundvierzig Stunden, ehe sich die ersten Infektionserscheinungen zeigen. Darüber hinaus konnten wir feststellen, dass noch kein einziger infizierter Patient an den Folgen der Plage zugrunde gegangen ist. Es scheint ganz so, als ob nach dem Endstadium der Krankheit die Vitalparameter des Patienten sich selbst regulieren und das Fieber zurückgeht. Die Hirnschäden allerdings sind persistent, was die Erfolgschancen einer möglichen Abwarten-und-Sehen-Strategie drastisch senkt. Man kann davon ausgehen, dass die Seuche sich nicht selbst ausrottet, sondern pandemische Zustände erreicht, falls es sich nicht als möglich erweisen sollte, sie einzugrenzen.«

Die roten Punkte um die vier größten Flughäfen der

Vereinigten Staaten begannen sich zu vermehren. Plötzlich erschienen weitere Punkte an kleineren internationalen Flughäfen, fächerten sich aus und verbreiteten sich weiter. Bald schon glich die Karte einem mit Blut getränkten Stück Papier.

»Sollte es uns nicht möglich sein, die Seuche im Keim zu ersticken, also sämtliche infizierte Personen unter Quarantäne zu stellen, so stehen laut unseren Berechnungen unsere Erfolgschancen gleich null – schließlich muss man die Inkubationszeit von zwei Tagen mit in die Kalkulation einbeziehen. Während dieser Phase sind die Infizierten extrem ansteckend. Wir müssen also davon ausgehen, dass wir nicht in der Lage sein werden, diese Bedrohung unter Kontrolle zu bekommen, ehe sie die gesamte Bevölkerung befällt.«

Lee lehnte sich auf dem Stuhl nach vorne und legte das Gesicht in die Hände. Seine Atemfrequenz war gestiegen, und sein Herz pochte wild in seiner Brust.

Wahrscheinlichkeit der Eindämmung: null.

»Wir müssen mit dem größten anzunehmenden Unfall rechnen und setzen die Überlebensrate auf um die neun Prozent, zumindest in den kontinentalen Vereinigten Staaten. Außer den Fatalitäten, die FURY nach sich zieht, wird es zu Unruhen und Plünderungen im ganzen Land kommen, welche weitere Todesfälle nach sich ziehen. Sollte der GAU tatsächlich stattfinden, sehen wir uns mit einem völligen Regierungszusammenbruch der Vereinigten Staaten konfrontiert. Das so entstandene Machtvakuum wird riesige Ausmaße annehmen, und es gibt genügend Verrückte innerhalb unserer Grenzen, die mehr als bereit sein werden, die Kontrolle an sich zu reißen und jeden zu töten, der sich ihnen in den Weg stellt – falls sie die Plage überleben. Also, im Falle eines GAUs wird Ihr Kampf auf mehreren Fronten ausgetragen werden. Ihre erste Priorität lautet, sich und etwaige Überlebende gegen eine mögliche Infektion zu schützen. Zweitens gilt es, sich gegen die gewaltsamen Auswüchse der bereits Infizierten zu wehren, und drittens müssen Sie die Kriegsherren, die im ganzen Land auf der Bildfläche erscheinen werden, ausmanövrieren und unschädlich machen.

Taktisch gesehen heißt das, dass Sie unter ständiger Quarantäne stehen. Zu jeder Zeit und unter allen Umständen müssen Sie Körperkontakte vermeiden. Falls diese doch einmal unvermeidlich sein sollten, ist sofortige Dekontamination von allergrößter Wichtigkeit. Bereiten Sie Ihr eigenes Essen zu, und teilen Sie es nicht mit anderen. Das Gleiche gilt für Wasservorräte. Wenn Sie sich in der Gegenwart anderer befinden, müssen Sie zu allen Zeiten einen Ganzkörperschutzanzug tragen, insbesondere wenn Sie Grund zu der Annahme haben, dass die Personen bereits infiziert sind. Zu diesem Zeitpunkt gibt es kein Heilmittel. Es ist also zwecklos, bereits infizierten Personen helfen zu wollen.

Wie bereits angedeutet, werden infizierte Personen aufgrund ihrer stark verringerten mentalen Fähigkeiten nicht in der Lage sein, sich verbal zu äußern, und der Großteil wird unter völligem Verlust des Denkvermögens leiden. Versuchen Sie auf gar keinen Fall, Kontakt mit Infizierten aufzunehmen. Falls ein Kranker Sie angreift, gilt es, Abstand zu gewinnen. Benutzen Sie in solchen Fällen Ihre Schusswaffen, und vermeiden Sie unter allen Umständen einen möglichen Nahkampf. Im Fall eines Gefechts mit infizierten Personen werden Sie merken, dass sie aufgrund der verminderten Hirnleistung erstaunlich widerstandsfähig sind. Es liegen genügend Berichte von Polizei, Stadtverwaltungen und Gemeindebehörden darüber vor, dass infizierte Individuen normalerweise tödlichen Schussverletzungen nicht erliegen, sondern weiterhin ohne Rücksicht auf Verluste angreifen. Seien Sie also auf der Hut, und nehmen Sie stets reichlich Munition mit genügend Durchschlagskraft mit.

Seien Sie sich stets bewusst, dass es sich bei infizierten Personen trotz ihrer eingeschränkten Hirnleistung nach wie vor um Menschen handelt und somit immer noch Spuren eines Raubtierinstinkts vorhanden sind. Infizierte können sogar eine gewisse Art von Intelligenz an den Tag legen, insbesondere in den Anfangsstadien der Infektion, ehe ihre motorischen Fähigkeiten eingeschränkt werden.«

Lees Magen war alles andere als wohl. Wurde ihm gerade befohlen, Bürger der Vereinigten Staaten von Amerika zu töten, weil sie krank waren? Warum konnte man sie nicht in Krankenhäuser stecken und darauf hoffen, ein Heilmittel zu finden? Okay, sie waren gewalttätig, aber das waren Millionen von Geisteskranken im ganzen Land auch, und denen schoss man nicht einfach eine Kugel in den Kopf.

»Damit ist die Einweisung für das Projekt Hometown bezüglich Fiebrig Urokaninisch Reagierender Yersinia beendet. Gentlemen, Sie sind die einzigen überlebenden Vertreter der Regierung der Vereinigten Staaten von Amerika. Ich wünsche Ihnen ein gutes Gelingen.«

Franks Stimme klang ruhig, beinahe routiniert, als ob er lediglich einen Text vorgelesen hatte, den Wissenschaftler ihm unter die Nase gelegt hatten.

Als er die Einweisungsworte aufgenommen hatte – das war kurz vor Lees Einkerkerung im Bunker gewesen –, hatte Frank wohl kaum geglaubt, dass das alles wahr werden würde. Einfach nur Unsinn von den Schwarzsehern aus Washington. Sie glaubten immer, dass der Super-GAU um die Ecke lauerte.

»Scheiße …«, flüsterte Lee. Auf dem Bildschirm erschien erneut das Logo des Verteidigungsministeriums. Lee starrte auf den Monitor. Er saß bewegungslos da, nur seine Halsschlagader pochte wild. Vor seinem inneren Auge sah er, wie er den USB-Stick aus dem Computer nahm, um ihn dann gegen die Wand zu schleudern und zu zertrampeln. Er war drauf und dran, jegliche Kontrolle zu verlieren.

Stattdessen aber lehnte er sich vor, warf den Stick aus und zog ihn aus dem Rechner. Er bewegte sich so langsam, als ob er in einer Teergrube steckte. Dann legte er den USB-Stick wieder zurück in die Schachtel, schloss jedoch den Deckel nicht. Er brauchte etwas, das ihn daran erinnerte, dass bereits achtundvierzig Stunden vergangen waren, dass er sie bereits geöffnet und sich die Details seiner Mission angehört hatte. Ein Teil von ihm hoffte, dass er vielleicht am nächsten Morgen aufwachen und die Schachtel verschlossen auffinden würde und alles ein Albtraum gewesen war.

Ein flüchtiges jammervolles Gedankenspiel.

Er stand auf und blickte auf die verschlossene Luke, die zur Außenwelt führte. Über ihr hing die übergroße Holztafel.

DER EINZIG LEICHTE TAG WAR GESTERN.

Vielen Dank, Navy SEALs. Einer seiner Spieße war ein Navy SEAL gewesen, denn schließlich erhielten die Koordinatoren Trainingseinheiten von allen möglichen Sondereinheiten. Sie hatten niemals irgendeinen Kragenspiegel erhalten, weder den eines Rangers oder eines Trident oder sonstige Abzeichen, die sie als Sondereinsatzkommando hätte identifizieren können. Aber trotz dieser fehlenden äußerlichen Anerkennung lehrte man sie ungeheures taktisches und strategisches Wissen – und vor allen Dingen den Willen, niemals aufzugeben. Master Chief Reynolds hatte der gesamten Truppe von Koordinatoren erfolgreich jegliche Gedanken an Kapitulation höchstpersönlich aus dem Leib geprügelt, und sein Lieblingsspruch lautete: *Der einzig leichte Tag war gestern.*

Er musste an all die anderen Koordinatoren denken, die über das gesamte Land verstreut stationiert waren. Das letzte Mal, dass er sie gesehen hatte, war im Januar gewesen, als sie sich wie jedes Jahr zusammengerauft, Geschichten ausgetauscht und zu viel getrunken hatten.

Einer der vielen Dauerbefehle lautete, dass sie niemals miteinander kommunizierten, während sie in ihren Bunkern stationiert waren. Lee hatte es auch noch nie versucht, aber jetzt konnte er sich keinen Grund vorstellen, der ihn daran hindern sollte. Er warf einen Blick auf die untere Leiste des Computermonitors und sah, dass die Internetverbindung weiterhin stand. Irgendein Koordinator würde ihm bestimmt mitteilen können, dass es sich hier um einen Fehler handelte, dass Frank sie alle kontaktiert hatte und keine Pandemie des Wahnsinns und der Gewalt über das Land fegte.

Er setzte sich erneut und öffnete sein E-Mail-Konto. Alles schien in bester Ordnung. Er tippte die Adresse seines besten Freundes ein, Captain Abe Darabie. Seine Nachricht war nicht lang:

Irgendetwas von Frank gehört?

Er erwähnte nichts davon, dass seine achtundvierzig Stunden bereits verstrichen waren und er die Schachtel mit der Einweisung bereits geöffnet hatte. Er überlegte seine Worte noch einmal. Wenn das alles hier ein blöder Fehler war, würden sie ihm höchstens wegen Ungehorsam etwas ankreiden können. Und wenn es kein Fehler war? Nun, dann musste er sich über die Konsequenzen keine Gedanken mehr machen. Und Lee brauchte Antworten. Er wollte, dass jemand anderes ihm diese Hiobsbotschaft bestätigte. Einfach nur dasitzen würde ihn in den Wahnsinn treiben.

Er klickte auf Verschicken, und das half ihm irgendwie, diesen wahnwitzigen Gedanken, dass all das real sein konnte, zu verfestigen. Beinahe. Noch immer schien es zu unwirklich, zu riesig, um es zu akzeptieren. Er brauchte mehr als nur eine achtundvierzigstündige Funkstille, um zu glauben, dass die Vereinigten Staaten von Amerika nach gerade einmal drei Wochen einfach aufgehört hatten zu existieren. Er wartete eine ganze Weile angespannt vor dem Computer, ehe er sich dachte, dass Abe wahrscheinlich gerade mit etwas anderem beschäftigt war, als vor seinem Rechner zu hocken und auf E-Mails zu warten. Er stand auf und ging zur Küche, begutachtete den Inhalt seines Kühlschranks, bemerkte dann die Kiste voller Coors-Light-Flaschen und entschied, dass jetzt ein guter Augenblick war, um ein Bier zu trinken. Schließlich war heute Unabhängigkeitstag. Der gehörte gefeiert.

Als er den Schraubverschluss aufdrehte, hörte er ein Geräusch aus der Richtung seines Computers.

Er sprintete zurück zu seinem Schreibtisch und warf sich in den Stuhl. Das Bier war auf einmal völlig uninteressant geworden. Er knallte es auf den Tisch, sodass der Schaum aus der Flasche austrat und auf den Tisch floss, aber das störte ihn nicht im Geringsten.

Abe hat anscheinend doch auf E-Mails gewartet.

Negativ, keine Kommunikation mit Frank. Meine achtund-

vierzig Stunden sind um … hast du deine Schatulle schon geöffnet?

Lee dachte einen Moment lang nach. Was könnte es schon schaden, wenn er es zugab? Schließlich hatten mittlerweile die meisten Koordinatoren die Einweisung erhalten. Er antwortete:

Ja, habe meine geöffnet. Kann das wirklich wahr sein?

Er klickte erneut auf Verschicken und wartete. Dann nippte er nervös an seinem Bier, nachdem dessen Schaum sich etwas gelegt hatte. Die eiskalte Flüssigkeit tropfte auf seine nackte Brust, aber er merkte sie kaum. Das Rückschreiben landete nach einer knappen Minute in seinem Postfach.

Hoffe nicht … sollten wahrscheinlich nicht kommunizieren … Kopf schön einziehen und auf die Absage warten … Bin mir sicher, dass sie bald kommt.

Lee las die Nachricht drei Mal. Abe schien davon überzeugt, dass der Alarm nichts weiter als ein Sturm im Wasserglas war, und es half ihm, sich wieder ein wenig zu beruhigen. Obwohl sie den gleichen Dienstgrad einnahmen, war Abe schon länger dabei als er und besaß mehr Kampferfahrung. Lee hatte von 2003 bis 2004 als Ranger im Irak gedient, aber Abe war als Delta fünf Jahre in Afghanistan gewesen, ehe man ihn für das Projekt Hometown angeworben hatte. Die meisten Koordinatoren sahen ihn als ihren Anführer an.

Lee antwortete nicht auf Abes Mail, sondern nahm sein Bier und stand auf.

Lee verbrachte den Rest des Tages vor dem Fernseher und schaute sich ein paar Filme an, weil er nicht wusste, was er sonst tun sollte. Er genehmigte sich ein Bier nach dem anderen und reihte die Flaschen sorgfältig nebeneinander auf dem Couchtisch auf. Der zweite Film endete genau zehn Minuten vor fünf. Inzwischen knurrte ihm der Magen.

Er nahm sich erneut ein kaltes Bier aus dem Kühlschrank, schließlich war noch immer der 4. Juli, und kramte die zwei Porterhousesteaks hervor, die er anlässlich des Unabhängigkeitstags vorsorglich aufgetaut hatte. Da er sie nicht im Garten grillen konnte, musste er sich mit einer Pfanne begnügen. Bei einem Steak löste er das Fleisch vom Knochen und warf es Tango zu, der die ganze Zeit geduldig an seiner Seite gewartet hatte. Der Hund verputzte die sechshundert Gramm Fleisch im Handumdrehen, während Lee sich Zeit ließ und das Steak genoss.

Um Viertel nach sechs war Lee bei Bier Nummer zehn angelangt und entschied sich in einem alkoholrauschhaften Anflug von Energie, mehr Rumpfbeugen, Liegestütze und Klimmzüge zu absolvieren. Danach fühlte er sich besser, aufgeräumter. Er war jetzt zu allem bereit.

Um zwanzig Uhr wollte sich Lee bei redtube.com einloggen, bekam aber keine Antwort vom Server. Er verfluchte sich dafür, keine Porno-DVDs mit in den Bunker genommen zu haben.

Um acht Uhr dreißig hatte er bereits zwölf Bier intus und starrte auf den Computerbildschirm. Er beschwor Frank innerlich, sich endlich zu melden und die Sache abzublasen. Er würde zwar wie ein Stück Elend aussehen, unrasiert, halb nackt und offensichtlich betrunken, aber wen könnte das schon stören? Schließlich befand er sich im verdammten Loch.

Gegen neun entschied er sich, auf Wasser umzusteigen, um einem gewaltigen Kater zu entgehen, der drohte, wenn er so weitertrinken würde. Er ging wieder zur Couch, um endlich das Konsolenspiel auszuprobieren, das er sich vor einiger Zeit gekauft, aber noch nie gespielt hatte. Er fummelte für einige Stunden an dem Gamepad herum, ehe er beim Spielen auf dem Sofa einschlief. Auf dem Bildschirm stand sein Video-Soldat noch immer stoisch da, während er von allen Seiten von einer Horde Feinde angegriffen wurde.

Irgendwann ging der Soldat zu Boden und starb.

3

Dreißig Tage

Die nächsten Tage verbrachte Lee damit, sich verbissen von einem Level zum nächsten zu kämpfen. Tango fühlte sich irgendwie ausgeschlossen, lag die ganze Zeit über auf dem Boden und schaute zu Lee auf. Nur wenn er sein Geschäft verrichten musste, wimmerte er ein wenig, und Lee hielt das Spiel an und nahm ihn mit ins Hinterzimmer, das mit saugfähigen Pads ausgelegt war, auf denen Tango seine Bedürfnisse erledigen konnte. Dann räumte Lee die beschmutzten Pads auf und spülte sie die Toilette hinunter, die wie bei einem Flugzeug so ziemlich alles schluckte, was man ihr anbot.

Die Konsolenspiele waren eine gute Ablenkung.

Eigentlich viel zu gut, denn Lee vergaß während der nächsten beiden Tage, seine Übungen zu machen. Nur ab und zu warf er einen Blick auf den Computermonitor, um zu sehen, ob Frank sich vielleicht gemeldet hatte.

Aber das war nicht der Fall, und jedes Mal nachdem Lee nachgeschaut hatte, war ihm, als ob das Überleben der Welt auf seinen Schultern ruhte. Also ging er wieder zurück zur Couch und konzentrierte sich auf sein Videospiel, verdrängte alles andere aus seinem Bewusstsein. Wollte er es nicht wahrhaben? Oder legte er einfach nur gesunden Menschenverstand an den Tag und vermied es, Panik zu schieben? Wenn er anfing, sich über alles Sorgen zu machen, würde er sich umso alberner fühlen, wenn alles erst einmal abgesagt war.

Irgendwann hatte er genug davon, ständig auf den Computer zu starren. Mit dem ersten Spiel war er am 10. Juli durch, und er bestrafte sich während der folgenden zwei Tage für seine Faulheit, indem er jede Stunde seine Rumpfbeugen, Liegestütze und Klimmzüge machte – von morgens in der Früh bis spät abends. Die Zeit dazwischen verbrachte er mit einem Buch oder mit Tango.

Tango war ein guter Arbeitshund. Lee hatte ihn vor vier Jahren von einem deutschen Züchter gekauft. Damals schon war er ein ausgebildeter Schutzhund, dessen Hauptaufgabe lautete, auf Lee aufzupassen oder auf sein Kommando jemanden anzugreifen. In letzter Zeit jedoch hatte Lee ihm beigebracht, auf Lees Anweisung sowohl über ein Objekt als auch eine andere Person zu wachen. Obwohl Schutzhunde und Kinder normalerweise nicht sehr gut miteinander konnten, bemerkte Lee, dass Tango sehr fürsorglich gegenüber Kindern sein konnte und in ihrer Anwesenheit merklich ruhiger und freundlicher war.

Lee fragte sich, ob Tango infiziert werden würde, wenn er jemanden mit FURY attackierte. Wie ansteckend war diese Seuche? Und wenn sie durch Bakterien ausgelöst wurde, dann war es wahrscheinlich, dass sie durch bloße Berührung weitergegeben werden konnte.

Wie viele Menschen waren schon infiziert?

Wie sah die Welt dort oben wohl aus?

Lee besaß keine Familie, um die er sich den Kopf zerbrechen musste. Sein Vater war einem Herzinfarkt erlegen, als Lee noch auf die Highschool ging, und seine Mutter hatte 2004, als Lee im Irak war, ihr Leben bei einem Autounfall verloren. Er hatte nie eine feste Freundin gehabt, höchstens mal eine längere Affäre.

Er dachte lange über seine letzte Freundin nach, Deana, und fragte sich insgeheim, ob sie noch lebte beziehungsweise es zu einer offiziellen Anlaufstelle geschafft hatte. Nicht dass er erpicht darauf war, sie während des Endes der Welt ausfindig zu machen, aber sie hatte sich als ein guter Mensch erwiesen, und er hoffte, dass sie wohlauf war – ganz gleich, wo sie sich aufhielt. Sie hatten sich im März in Einvernehmen getrennt. Seitdem hatte Lee mal hier, mal dort etwas gefunden, aber nichts, was irgendwie tiefer ging.

Er verdrängte sie aus seinen Gedanken. Es gab nichts, was er jetzt für sie tun konnte.

Oder begann er etwa schon, sich mit der Situation abzufinden?

Erst am 15. Juli wachte Lee auf und gestand sich endlich ein, dass Frank ihn nicht mehr kontaktieren würde. Es gab keine schlüssige Erklärung für einen derart lang andauernden technischen Fehler, der noch nicht repariert worden wäre. Mittlerweile waren es immerhin beinahe eineinhalb Wochen. Wenn Frank sich bei ihnen hätte melden müssen, dann hätte er es schon irgendwie getan, ihnen gesagt, dass sie die Gefechtsbereitschaft aufheben sollten, dass sie nicht gebraucht würden.

Nachdem er diese Tatsache endlich akzeptiert hatte, blieb Lee erst einmal im Bett liegen. Er ging nicht aufs Klo, machte sich auch nichts zu essen oder holte sich etwas zu trinken. Erst gegen drei Uhr nachmittags, als Tango unruhig wurde und neben dem Bett zu knurren begann, stand er auf. Natürlich hätte Tango einfach aufstehen und ins Hinterzimmer gehen können, um dort sein Geschäft zu verrichten, wartete aber wie ein guter Schutzhund auf den direkten Befehl seines Herrchens.

Lee begleitete ihn also beim Verrichten seines Geschäfts und verspürte dann selbst einen gewissen Druck auf der Blase. Er warf Tangos schmutzige Pads in die Toilette, setzte sich hin und spülte erst, als auch er fertig war.

Der einzig leichte Tag war gestern, denn gestern hatte man bereits hinter sich gebracht. Es war an der Zeit, seinen Mann zu stehen. Lee machte seine Übungen. Er war nicht gerade begeistert, dass man ihn auf eine sterbende Welt losließ, dass er dabei zuschauen musste, wie Zivilisationen fielen – verdammt, das klang völlig hirnrissig –, aber er verspürte jetzt eine

Dringlichkeit. Er hatte keine Ahnung, was hinter den verschlossenen Türen seines Bunkers auf ihn wartete, aber er wollte vorbereitet und fit sein. Schließlich hatte er nicht vor, bald zu sterben.

Ja, dies war kein Albtraum, sondern Wirklichkeit.

Wie schlimm es an der Oberfläche aussah, war unmöglich vorauszusagen, aber die Tatsache, dass er keinerlei Nachrichten erhielt, konnte nur eines bedeuten: Die Regierung der Vereinigten Staaten von Amerika hatte aufgehört zu existieren.

Es war der 18. Juli, und ganze fünfzehn Tage waren vergangen, seitdem Frank sich das erste Mal nicht bei ihm gemeldet hatte.

Lee konnte es kaum noch aushalten. Er hatte die Schnauze gestrichen voll, wollte nicht mehr rumhängen und Zeit mit unnützem Zeug verschwenden. Er hatte sich beinahe jeden Film angeschaut, jedes Buch durchgelesen außer den Werken, die ihn überhaupt nicht interessierten, und alle Videospiele bis zum Ende durchgespielt (außer einem, das in einer postapokalyptischen Welt spielte, was Lee dann doch etwas zu befremdlich schien).

Er musste seine Zeit irgendwie sinnvoll verbringen. Er öffnete die Tür zu einer größeren Abstellkammer hinter dem Sofa und schaltete das Licht an. Die Leuchtstoffröhre begann zu flackern und tauchte den Raum dann in grelles Licht. Lee stand vor einer Reihe Regale aus Metall. Er hätte sein gesamtes Leben damit verbringen können, Quartiermeister einer Militärbasis zu sein – es gab für ihn nichts Schöneres als den Anblick sorgfältig sortierter Regale voller Gerätschaften.

Aus dem untersten Regal schnappte er sich einen riesigen Rucksack im Coyote-Tan-Ton und warf ihn zu Boden. Er war groß genug, um alles hineinzustopfen, was er für seine Expedition brauchte. Voll beladen würde er mehr als fünfzig Kilo wiegen. Es gab auch einen kleineren Rucksack, den er ebenfalls herausnahm und neben den großen warf. Auch er war beigebraun, denn Lee war fest davon überzeugt, dass helle Farben den besten Tarneffekt boten. Dunkle Farben zogen das Auge an. Selbst in Wald- oder Sumpfgebieten erfüllten Wüstenfarben noch ihren Zweck, und da Lees Einsatz sich aller Wahrscheinlichkeit nach nicht auf nur eine Art Terrain beschränken würde, waren die meisten seiner Sachen in Coyote-Tan gehalten.

Die Koordinatoren hatten den Großteil ihrer achtzehnmonatigen Ausbildungsdauer bei den Green Berets verbracht, denn die Art ihrer Missionen unterschied sich kaum. Die Idee mit dem großen und dem kleinen Rucksack hatte er sich bei ihnen abgeschaut.

Die große Tasche war für den Löwenanteil der Sachen gedacht, die er für seinen Auftrag brauchte: diverses medizinisches Equipment, allerlei Computerzubehör, sämtliche Gerätschaften, um seine Waffen instand zu halten, Nahrungsmittel, Wasser, Kleidung, Schlafsack, Biwaksack etc. Der kleinere Rucksack hieß auch »Fahr-zur-Hölle-Rucksack« und würde sein ständiger Begleiter sein. Die große Tasche war viel zu schwer, um sich damit auf dem Rücken in taktische

Gefechte zu begeben. Wenn es hart auf hart ging, würde man ihn abwerfen und sich nur mit dem Fahr-zur-Hölle-Rucksack in die Schlacht begeben, in dem nichts als die allerwichtigsten Sachen verstaut waren: genug Nahrungsmittel und Wasser für ein paar Tage, Extramagazine für seine Waffen, ein Verbandskasten und Wechselwäsche.

Lee nahm sich sein M4-Sturmgewehr mit einem M203-Granatwerfer, der an den Picatinny-Schienen unter dem Lauf angebracht war, und legte es auf den Boden. Er hatte die gesamte Waffe mit DuraCoat tarnfarben lackiert. Darunter platzierte er dreizehn leere Magazine, die je dreißig Patronen aufnahmen. Die Magazine waren aus Polymer statt Aluminium wie die gewöhnlichen Kastenmagazine. Der Vorteil bestand darin, dass sie die Patronen zuverlässig zuführten, sodass tatsächlich dreißig Patronen in das Magazin passten. Kastenmagazine aus Aluminium nahmen zwar die gleiche Anzahl an Patronen auf, aber das war nicht ratsam, denn sie tendierten dazu, voll beladen zu verklemmen. Bei Magazinen aus Polymer jedoch brauchte man sich keine Sorgen darum zu machen. Selbst nach dreißig Patronen boten sie noch etwas Platz.

Neben sein M4 und die Magazine stellte er eine grüne Munitionsschachtel mit tausend 5.56mm-Patronen. Daneben kam eine Kassette mit 40mm-Granaten. Dann zog er eine weitere Schachtel mit .45er-Pistolenmunition zusammen mit einer Heckler & Koch MK23 USSOCOM hervor und legte sie neben die Munition.

Obwohl er eigentlich die Bauweise der Glock für Pistolen bevorzugte, entschied er sich trotzdem für die H&K MK23, denn sie besaß sowohl einen abnehmbaren Schalldämpfer als auch mehr als genügend Mannstoppwirkung.

Seien Sie also auf der Hut, und nehmen Sie stets reichlich Munition mit genügend Durchschlagskraft mit, hatte Frank ihnen geraten.

Obendrein würde Lee noch seine kleinere Glock 19 mitnehmen, eine 9mm-Waffe. Er kramte eine Schachtel mit nur hundert Schuss aus dem Regal, da es für die drei Magazine reichte, die er dabeihatte. Die 9mm war kleiner und besaß weniger Durchschlagskraft, war aber doch eine exzellente Waffe in Städten und sonstigen urbanen Regionen, denn 9mm-Munition würde man dort wie Sand am Meer finden.

Im linken Regal stand eine hölzerne Kiste mit Splittergranaten. Die würde er allerdings erst einpacken, wenn er bereit war, aufzubrechen. Dann nahm er sich zwei Satellitentelefone; große Kästen, die aussahen, als stammten sie aus den frühen Neunzigerjahren des letzten Jahrhunderts. Er war sich nicht sicher, wie lange sie funktionieren würden, da die entsprechenden Satelliten nicht mehr von Menschen gesteuert wurden und vielleicht bereits auf die Erde zurasten und verglühen würden. Aber er wollte sie trotzdem dabeihaben.

Dann schnappte er sich noch einen GPS-Handempfänger für Navigationszwecke. Der gehörte in seinen Fahr-zur-Hölle-Rucksack und war ein absolut notwendiger Basisbestandteil seiner Ausrüstung, denn ohne den Handempfänger wäre er nur irgendein Überlebender.

Als Nächstes kamen – ordentlich zusammengelegt – Hose und Hemd in MultiCam-Tarnmuster. Er mochte die Kleidungsstücke, da sie eingenähte Ellenbogen- und Knieschützer besaßen. Außerdem gab es über dem Hintern eine Klappe mit Reißverschluss, die dafür sorgte, beim Scheißen nicht mit buchstäblich runtergelassenen Hosen erwischt zu werden. Er bevorzugte MultiCam als Muster, obwohl modernere Tarneffekte als effektiver angepriesen wurden, denn es funktionierte in so gut wie jedem Terrain und Gelände, während andere nur in gewissen Gebieten Schutz boten oder generell zu dunkel gehalten waren.

Er legte die Sachen beiseite, um sie überstreifen zu können, ehe er sich auf den Weg machte.

Er besaß drei komplette Sets – eines am Körper, eines in seiner großen Tasche und eines für den Fahr-zur-Hölle-Rucksack. Obendrein würde er normale Kleidung mitnehmen: eine Kaki-Hose, eine Jeans, einige Polohemden und ein Fleece für kühle Abende. Falls es mal richtig kalt werden sollte, hatte er immer noch seine Gore-Tex-Jacke mit Tarnmuster, die für bis zu minus fünfunddreißig Grad geeicht war – eigentlich viel zu viel des Guten für North Carolina, aber besser etwas zu warm als eiskalt.

Die Zivilkleidung war dazu bestimmt, sich der »einheimischen Bevölkerung« optisch anzugleichen, in diesem Fall also den Bürgern der Vereinigten Staaten.

Wollte er nicht wie ein bunter Hund auffallen, musste er sich normal anziehen.

In einer Ecke stand ein größeres Brett, auf das vier Ladeschalen für Handfunksprechgeräte geschraubt waren. Er schloss es an den Strom in der Abstellkammer an, nahm die aufladbaren Akkus aus vier Ultrakurzwellen-Geräten und schob sie in die Ladeschalen auf dem Brett. Selbst ohne Repeater besaßen die UKW-Geräte auf normalem Gelände eine Mindestreichweite von mehreren Kilometern. Er würde alle vier mitnehmen, und das Brett gehörte ebenfalls dazu. Dann legte er einen gut ausgestatteten Erste-Hilfe-Kasten beiseite, in dem alles steckte, was man für kleinere chirurgische Eingriffe oder lebensrettende Maßnahmen bei sich selbst oder anderen benötigte. Lee war, wie auch die anderen Koordinatoren, ausgebildeter Sanitäter. Den Erste-Hilfe-Kasten würde er mit Klemmen am Netz seines großen Rucksacks befestigen.

Ansonsten befanden sich Kisten mit Wasser und Nahrungsmitteln in der Abstellkammer, allesamt verzehrfertig. Die wollte er erst packen, wenn er kurz davor war, an die Oberfläche zu gehen.

Er trat einen Schritt zurück und betrachtete seine zusammengesammelte Ausrüstung, aber es fühlte sich nicht gut an, sie zu betrachten. Während der letzten zwei Wochen war er jeden Tag aufgewacht und hatte geglaubt, dass das alles nicht wahr sein konnte. Bis er aufgestanden war und einen Blick auf den Kalender geworfen hatte, um sich von der Tatsache zu überzeugen, dass der 3. Juli längst vergangen war.

Eigentlich hatte er die Hoffnung schon längst aufgegeben, dass Frank sich noch einmal melden würde. Und trotzdem konnte oder wollte Lee einfach nicht glauben, dass es da draußen wirklich so grässlich war, dass seine Mission tatsächlich so schwer sein konnte, dass gar keine Form von (vielleicht temporär an Kontaktaufnahme gehinderter) Autorität oder Staatsgewalt mehr existierte. Es war natürlich auch durchaus möglich, dass die hoffentlich verbliebenen Behördenreste überhaupt nicht wussten, dass es ihn und die anderen Koordinatoren gab. Er hing immer noch dem Glauben an, dass sich letztendlich alles wieder in Wohlgefallen auflösen würde.

Die Einsamkeit begann ihren Tribut einzufordern.

Eine der interessantesten Fragen für die Koordinatoren während ihrer Trainingsphase lautete: *Warum nur ein Koordinator pro Bunker?* Hätte es nicht viel mehr Sinn ergeben, ein Team für jeden Bunker bereitzustellen? Zumindest zwei Leute? Sie diskutierten die Vor- und Nachteile, bis schließlich ihre Spieße Wind davon kriegten.

Die Antwort, die man ihnen gab, war ein alter Armeespruch, obendrein mit einem schleimigen Lächeln vorgetragen.

Drei können nur ein Geheimnis für sich behalten, wenn zwei tot sind.

Sie mutmaßten weiter, wenn niemand ihnen zuhören konnte. Die neuen Mitglieder des Projekts Hometown vermuteten, dass die wahren Gründe, warum man nur einen Koordinator für jeden Bunker hatte, eher politischer und finanzieller Natur waren. Solche hochmodernen Bunker wuchsen nicht einfach so aus dem Boden, und die sündhaft teure Hardware stammte eher nicht aus Spenden diverser Firmen, die für das Verteidigungsministerium arbeiteten. Alles kostete Geld, und jede Ausgabe musste abgesegnet werden. Es war nur schwer vorstellbar, dass ein Regierungsbeauftragter sich vor dem amerikanischen Kongress präsentierte und einen Plan für den Untergang des Landes vorstellte.

Aber an irgendeiner Stelle muss jemand entschieden haben, dass es ohne nicht geht. Wie kommt man also an Geld, ohne danach fragen zu wollen? Es wird einfach neu zugeteilt, Positionen werden verschoben, und so kann man es ohne weitere Probleme von bereits gebilligten Projekten abzapfen, um sein eigenes Vorhaben zu finanzieren. Vorsicht ist natürlich geboten, denn wenn man zu viel umschichtete, konnte man ungewollte Aufmerksamkeit erregen.

Und deswegen reichte es höchstwahrscheinlich nur für achtundvierzig statt der von ihnen gewünschten sechsundneunzig Koordinatoren.

Nachdem Lee seine Ausrüstung aus der Abstellkammer geholt und ordentlich auf dem Boden im Wohnzimmer ausgebreitet hatte, spazierte er in seinem Bunker umher, um den Kopf freizubekommen und einen klaren Gedanken fassen zu können. Er dachte viel an Deana. Ihm war klar, dass er sie idealisierte, dass sie in seinen Vorstellungen, seinen Erinnerungen quasi perfekt war. Es lag wohl an seiner Einsamkeit, der Tatsache, dass er über einen solch langen Zeitraum allein im Bunker steckte, dass seine Gedanken solche Formen annahmen. Er hing dem Andenken seines letzten bedeutungsvollen menschlichen Kontakts nach.

Er stand eine Weile lang da, den Kopf gegen die Wand gelehnt, und versuchte sich an alle möglichen Details von Deana zu erinnern. Er stellte sich sogar vor, dass sie im Bunker war, wollte, dass sie sich in seiner Nähe befand. Er konnte sich noch an den Duft ihres Kopfkissens erinnern, nachdem sie die Nacht bei ihm verbracht hatte, oder daran, wie ihr Rücken sich durch den Stoff ihres Kleids anfühlte, das sie an Silvester trug. Welche Farbe das Kleid hatte, war ihm entfallen, aber er wusste noch immer, wie sie darin ausgesehen hatte. Und ihr Kuss hatte wie Lipgloss mit Kirsch- und Champagnergeschmack geschmeckt.

Er stieß sich von der Wand ab und kniete sich vor seine aufgereihte Ausrüstung, schnappte sich eines der M4-Magazine und öffnete die grüne Munitionsschachtel mit den 5.56mm-Patronen. Der Geruch von Waffenöl, Messing und dem muffigen Metallcontainer vertrieb sämtliche Gedanken an Deana auf der Stelle. Er füllte das Magazin mit dreißig Patronen, ehe er sich das nächste nahm. So lud er eines nach dem anderen, bis alle dreizehn Magazine voll waren. Dann machte er sich an die Magazine für die Pistolen.

Mitten in der Nacht wachte er mit Tränen in den Augen und einem flauen Gefühl in der Magengegend auf. Er konnte sich allerdings nicht daran erinnern, was er geträumt hatte oder wieso er auf einmal so mies drauf war. Also drehte er sich um und schlief wider Erwarten gleich wieder ein.

Am 19. Juli begann er zu packen. Die Magazine verstaute er in seiner Kampfmittelweste, die MK23 steckte er in sein Oberschenkelholster, während die Glock 19 in einem Geheimfach seines Fahr-zur-Hölle-Rucksacks verschwand. Er nahm genug Wasser und Nahrungsmittel mit, um eine Woche gut über die Runden zu kommen. Er schätzte, dass die große Tasche ungefähr vierzig Kilo wog und sein Fahr-zur-Hölle-Rucksack knappe fünfzehn auf die Waage brachte. Fünfundfünfzig Kilo zu tragen war kein Pappenstiel für einen einzelnen Mann, aber Lees Ausbildung sorgte dafür, dass er ein solches Gewicht auch durch unwegsames Gelände Kilometer um Kilometer schleppen konnte.

Jetzt war er zu hundert Prozent bereit, spazierte in seinem Bunker umher und ließ sich alles noch einmal durch den Kopf gehen.

Schließlich trug Lee die Rucksäcke zurück in die Abstellkammer und packte alles wieder aus.

Er hörte ständig Musik. Sie half ihm, das Gefühl der Einsamkeit zu überwinden, das immerwährend an ihm nagte. Oft glaubte er, der letzte Überlebende auf der Welt zu sein, und er fragte sich ernsthaft, ob er wohl noch jemanden dort draußen finden würde. Er war beinahe davon überzeugt, dass zu dem Zeitpunkt, an dem er endlich aus dem Bunker durfte, alle gestorben waren und er mutterseelenallein in der Gegend umherirren würde. Allein für den Rest seines erbärmlichen Lebens.

Manchmal glaubte er, ein Geräusch irgendwo im Bunker gehört zu haben. Irgendetwas an diesen Geräuschen war ihm nicht ganz geheuer, sodass sich ihm jedes Mal die Haare im Nacken sträubten. Lee hatte sich angewöhnt, die MK23 stets im Oberschenkelholster zu tragen ... Er wollte auf Nummer sicher gehen. Theoretisch konnte niemand und nichts in den Bunker eindringen, und er wusste, dass etwaige Geräusche entweder ganz normal waren oder sich im Grunde ganz einfach erklären ließen.

Viel wahrscheinlicher war es, dass er sie sich einfach nur einbildete. Einzelhaft. So fühlte sich die Zeit im Bunker allmählich an. Für einige Zeit glaubte er fast, dass er ein Versuchsobjekt eines geheimen Regierungsprojekts war und in jeder erdenklichen Ecke seines Bunkers Kameras und Mikrofone versteckt waren. Irgendwo in der Nähe würden ihn ein Haufen Wissenschaftler voller Interesse studieren, fleißig Daten sammeln und zählen, wie oft er sich die Zähne putzte.

Dann begannen seine Gespräche mit Tango. Über Deana, über den Tod seiner Mutter und seines Vaters, die lange vor Tangos Geburt gestorben waren. Andere Gesprächsthemen bestanden aus Popkultur oder Politik. Tango erwies sich natürlich als recht schweigsam, aber inmitten der Musik, die im Hintergrund lief, und seiner eigenen Stimme glaubte Lee bisweilen, dass er nicht mehr ganz so allein auf der Welt war.

Er war ein Überlebender in einem Rettungsboot und trieb in einer Welt aus unendlichen Ozeanen ziellos durch die Gegend.

Es war der 23. Juli. Noch eineinhalb Wochen.

Lee saß auf der Couch. Vor ihm stand das Schachbrett auf dem Tisch. Die einzelnen Figuren waren eingefroren in der Schlacht, standen wild verstreut herum, ließen eine unsichtbare Strategie erahnen. Tote Soldaten wurden neben das Brett gesetzt, weiße links, schwarze rechts. Tango saß Lee gegenüber und hechelte seine schwarzen Figuren an. Lee dachte bereits minutenlang über seinen nächsten Zug nach, aber Tango erwies sich als ein geduldiger Gegner.

»Du glaubst, dass du mich in die Falle gelockt hast, aber ich drehe den Spieß um.« Lee warf Tango einen Blick zu, als ob er jeden Augenblick einen bissigen Spruch erwarten würde. Dann seufzte er endlich: »Weißt du, dein ganzes Sphinx-Gehabe wird langsam öde. Schweigen macht dich nicht zu einem besseren Spieler, sondern nur zu einem nichtssagenden Verlierer.«

Lee setzte sein Pferd, machte den für es typischen L-förmigen Zug und schlug so einen schwarzen Läufer. Er nahm ihn vom Brett und stellte ihn neben seinen gefallenen Kameraden auf.

»Jawoll!« Lee nickte. »Was hältst du davon? Der hat gesessen!«

Tango schnüffelte an seinem König herum, der noch immer in relativer Sicherheit hinter einer Reihe Bauern stand, und leckte ihn dann ab.

»Ein gewagter Schachzug, Tango, wenn ich das mal so sagen darf. Ich weiß aber nicht, ob sich das langfristig lohnen wird.« Lee beäugte das Brett für eine Weile und zog dann einen schwarzen Turm in Position, sodass Lees weißes Pferd keine andere Wahl hatte, als wieder zu seiner Ausgangsposition zurückzuhüpfen. Also stellte er es wieder auf C1. Nachdem er den Zug vollendet hatte, zischte Lee durch zusammengebissene Zähne: »Aua. Der hat gesessen. Ich meine es ernst. Du wirst immer besser. Wie steht es eigentlich? Zwei zu drei? Zwei zu zwei? Ich weiß, dass ich zweimal gewonnen habe. Vielleicht hast du ja mehr auf dem Kasten, als ich dachte.«

Tango legte die Schnauze auf den Couchtisch und schnaufte. Schach war offensichtlich nicht so sein Ding. Er blies aus Versehen den schwarzen König um.

»Oh!« Lee lehnte sich zurück. »So ist das also? Soll das heißen, dass ich kein ebenbürtiger Spieler für dich bin, dass du deine Zeit nicht mit mir verplempern willst? Verdammt, du kannst manchmal so arrogant sein!«

Er lehnte sich vor und streichelte Tango am Kopf, um ihm zu bedeuten, dass er nur Spaß machte. Tango schaute zufrieden drein und klopfte mit dem Schwanz mehrmals vor Vergnügen auf den Boden. Lee machte es sich wieder auf der Couch bequem und fummelte am Riemen seines Oberschenkelholsters herum. Er ließ seinen Blick durch das Wohnzimmer schweifen und fixierte dann die Tür.

Die Tür zur Außenwelt, verschlossen und versiegelt. Eigentlich führte sie nur zum Kellergeschoss seines Hauses, aber trotzdem ... Es war sein Tor zur Freiheit, das er unbedingt öffnen wollte.

Komisch.

Daran hatte er noch gar nicht gedacht. Nach den vielen Stunden und Tagen, die er hier verbracht hatte, war er noch nie auf die Idee gekommen, gegen das Protokoll zu verstoßen und seinen Bunker vorzeitig zu verlassen. Schließlich war es ja so: Wenn es keine Regierung mehr gab, konnte ihm auch niemand mehr etwas anhaben, ganz gleich, was er tat. Wenn es keine Regierung mehr gab, gab es auch keinen Grund mehr, dass er hier weitere eineinhalb Wochen eingekerkert die Zeit totschlagen musste. So weit, so gut.

»Das«, begann er und zeigte mit dem Finger auf Tango, was ihm einen verwirrten Blick einbrachte, »ist gefährliches Gedankengut.«

Er stand auf und ging leise vor sich hin murmelnd zur Tür. »Regeln und Gesetze sind dazu da, um einen zu beschützen. Sie sollen einem den Pfad vorgeben, wenn man sich seiner Sache nicht sicher ist. Ein solcher Fall liegt zum Beispiel vor, wenn man einen ganzen Monat in einem sonnenlosen Bunker verbracht hat. So wie ich. Ich bin kaum noch in der Lage, einen klaren Gedanken zu fassen, bin mir meiner Sache nicht mehr sicher.«

Er legte die Hand auf das Rad des Schotts, wagte es

aber nicht, daran zu drehen. Langsam beugte er sich vor und legte das Ohr an das Metall. Das stählerne Schott war kalt und roch ein wenig wie das Innere eines Kriegsschiffs – metallen und nach Öl. Auf der anderen Seite herrschte komplette Friedhofsruhe.

Lee stellte sich wieder auf.

Er blickte Tango an, der ihn beinahe misstrauisch beäugte.

»Und? Was meinst du?«

Tango lächelte, wedelte einmal mit dem Schwanz und zockelte langsam vorwärts, bis er direkt vor dem Schott stand. Lee fragte sich, wie schwer es wohl für einen Hund sein musste, so lange eingesperrt zu sein. So schlimm wie für einen Menschen? Aber nein, wahrscheinlich war es schlimmer, schließlich flippten Hunde jedes Mal vor Begeisterung beinahe aus, wenn sie rausdurften. Lee kam zu dem Schluss, dass Tango die Außenwelt noch viel mehr vermisste als er selbst. Dafür, das musste er seinem Hund lassen, verhielt er sich verdammt gut.

»Tja, ich nehme an, dass es nicht schaden kann, wenn wir mal nachsehen.« Lee legte die Hand auf die Pistole im Oberschenkelholster. »Na ja, eigentlich kann es verdammt viel schaden. Schließlich wissen wir nicht, was dort draußen auf uns wartet.«

Irgendwie kam ihm der Gedanke, dass er dreißig Tage hier ausharren sollte, ehe er die Luke aufmachte, um dann innerhalb kürzester Zeit seinen Kopf aufs Spiel zu setzen und höchstwahrscheinlich zu sterben, verdammt ironisch vor. Es wäre also eigentlich vorzuziehen – wenn er schon sein Leben riskierte, sobald er einen Fuß in die Welt außerhalb des Bunkers setzte –, es gleich jetzt zu tun, anstatt weitere zehn Tage hier einsam vor sich hin zu vegetieren.

Vielleicht gibt es draußen noch Menschen. Vielleicht sind sie einem gut gesinnt, vielleicht auch nicht. Vielleicht brauchen sie sogar meine Hilfe. Lee wandte sich von dem Schott ab und ging zur Abstellkammer, in der seine gesamte Ausrüstung fein säuberlich auf dem Boden ausgebreitet lag. Er trug eine Cargohose und ein altes T-Shirt. Wenn er tatsächlich zur Oberfläche wollte, sollte er zumindest einen Vollkörperschutzanzug tragen. Nur für den Fall, dass es dort schlimmer war, als er erwartete.

Er öffnete die Tür und trat ein, um eine Tasche mit einem neuen MOPP-4-Anzug hervorzukramen. Er sollte seinen Träger vor den meisten bekannten biologischen, chemischen oder atomaren Bedrohungen schützen. Der Anzug war ihm aus seiner Zeit im Irak wohlvertraut. Während der Invasion hatte der Führungsstab befohlen, dass die gesamte Mannschaft sich den MOPP überstreifte, sobald auch nur der Hauch eines Verdachts des Einsatzes von Massenvernichtungswaffen seitens des Gegners bestand. Er hatte viele, viele Stunden in so einem Ganzkörperkondom verbracht.

Im Gegensatz zu dem im Irak, der nach altem Schweiß und sonstigen Körpergerüchen gestunken hatte, war dieser hier neu. Wenn sie erst einmal einen Geruch angenommen hatten, konnte man tun, was man wollte, um ihn wieder loszuwerden – es war alles vergeblich. Lee glaubte, dass das Aktivkohlefutter ihn in sich aufsog, um ihn dann nie wieder freizugeben. Er öffnete die Tasche und zog den MOPP-Anzug hervor. Dann stand er auf und schnitt eine Grimasse. »Weißt du was? Das ist keine gute Idee.« Tango neigte den Kopf, die Ohren nach vorne gelegt. »Du kommst sowieso nicht mit.« Lee winkte ihn von sich.

Dann überlegte er einen Moment, die Vor- und Nachteile abwägend.

Eigentlich wollte er gar nicht fort.

Nein, er wollte nur die Tür kurz öffnen, um einen Blick von der Außenwelt zu erhaschen. Aufklärung, nicht mehr, nicht weniger. Und wie jeder gute Soldat eines Sonderkommandos brauchte er Aufklärung, um seine Mission sorgfältig vorzubereiten. Aufklärung ist ein absolutes Muss für einen guten Plan, und einem guten Plan folgt der Sieg.

So einfach war das.

Er wollte noch nicht einmal gegen das Protokoll verstoßen. Es hieß zwar, dass er den Bunker für dreißig Tage nach der letzten Kommunikation des Führungsstabs nicht verlassen sollte, aber er wollte auch gar nicht weg, sondern nur sein Einsatzgebiet auskundschaften und möglicherweise etwaige Bedrohungen unschädlich machen. Es ging schließlich darum, seine Mission vorzubereiten und sicherzugehen, dass zu dem Zeitpunkt, an dem sie startete, alles glattgehen würde. Es gab keinen Befehl, der lautete, dass er sein Einsatzgebiet nicht auskundschaften durfte.

Exakt ... auskundschaften.

»Okay.« Lee nickte mehr sich selbst als Tango zu, richtete dann aber den Zeigefinger auf ihn: »Du bleibst hier, Junge.«

Tango konnte zwar den Sinn der Worte nicht verstehen, hatte aber Lees Tonfall registriert und den Finger seines Herrchens gesehen. Also legte er sich auf den Boden, den Kopf in die Höhe gestreckt, damit er Lee weiterhin beobachten konnte, der sich jetzt vorbereitete. Zuerst kamen die Stiefel an die Reihe, ein Paar M-6-Desert-Assault-Stiefel, auf die Lee große Stücke hielt. Nachdem er sie vernünftig zugeschnürt hatte, nahm er das Oberschenkelholster ab und legte es auf die Couch. Dann trat er in den MOPP-Anzug, zog ihn bis zur Hüfte hoch und schlüpfte dann mit den Armen hinein, ehe er den Reißverschluss zumachte. Als Nächstes setzte er die Gasmaske auf und überprüfte die Dichtung. Dann legte er sein Oberschenkelholster wieder an, zog die Kapuze über die Maske und achtete darauf, dass kein Quadratmillimeter der Luft ausgesetzt war. Als Letztes zog er sich die Handschuhe über.

Er atmete einige Male durch die Gasmaske, um sich an sie zu gewöhnen, ehe er sich zum Schott aufmachte. Er streckte die Hände nach dem Öffnungsmechanismus aus, überlegte es sich aber plötzlich anders. Er ging zurück zur Abstellkammer und murmelte: »Man kann nie vorsichtig genug sein ...«

Er schnappte sich seinen Fahr-zur-Hölle-Rucksack, warf ihn sich über die Schultern, schloss den Brustgurt und streckte und dehnte sich einige Male, ehe er die Schultergurte anzog, damit alles gut saß. Als er sich sicher war, dass der Rucksack vernünftig befestigt war, ging er zurück zur Tür und ergriff das Rad mit beiden Händen.

Er warf Tango einen letzten Blick zu, als ob er ihn um Erlaubnis bitten wollte.

»Scheiß drauf. Ich tu' es einfach.« Damit riss er das Sperrrad scharf nach links und brach die Plombe.

4
Ausbruch

Lee drückte gegen das Schott und schwang es zur Seite. Die gut geölten Angeln gaben keinen Ton von sich. Er stand etwas abseits der Öffnung und warf einen vorsichtigen Blick in den düsteren Tunnel dahinter. Für den Fall, dass die Infizierten bereits im Keller steckten, musste er auf jeden Fall vermeiden, dass er hinterleuchtet wurde. In seiner Fachsprache hieß das: »Den tödlichen Schacht vermeiden.«

Eigentlich bezweifelte er, dass potenzielle Gegner in sein Haus eingebrochen waren, geschweige denn es bis zum Keller und in den Tunnel geschafft hatten, der zu seinem unterirdischen Bunker führte. Schließlich war sein Haus mit stählernen Türen und Rahmen gesichert, und die Fenster bestanden aus Sicherheitsglas, das selbst den schlimmsten Orkanen und härtesten Schlägen standhielt.

Aber trotzdem – wenn jemand den nötigen Willen besaß und genügend Zeit mitbrachte oder den strategischen Wert seines Hauses erkannte, könnte er nicht nur einbrechen, sondern auch bis in den Keller und den Tunnel vordringen. Ein Teil von ihm glaubte jedoch schlicht nicht daran, dass es bereits so schlimm um die Welt stand, dass die Menschen Häuser plünderten, insbesondere eines, das derart gesichert war wie das seine.

Aber wie Lee selbst einmal einem neuen Leutnant frisch aus der Offiziersschule, der gleich in den Irak geschickt worden war, gesagt hatte: *Selbstgefälligkeit und Bequemlichkeit töten. Der einzige Grund, warum ich noch am Leben bin, ist meine Paranoia.*

Der Tunnel, der sich vor ihm erstreckte, war hoch genug, um aufrecht darin gehen zu können, aber doch niedriger als eine normale Decke. Schwache Notleuchten an den Wänden tauchten ihn in regelmäßigen Abständen in ein schummriges rotes Licht. Der Tunnel war ungefähr einen halben Meter breiter als das Schott zu seinem Bunker, sodass zwei Leute mehr oder weniger bequem nebeneinander gehen konnten. Der Boden führte die ersten fünfzig einsehbaren Meter bergauf, ehe er steiler wurde und dem Blickfeld entschwand.

Lee inspizierte ihn so weit er konnte, und lauschte eine geschlagene Minute nach etwaigen Geräuschen, ehe er sich davon überzeugt hatte, dass niemand im Tunnel war.

Trotzdem ließ er alle Vorsicht walten, als er sich weiter in den Gang wagte.

Er wusste nicht, wann genau er sie gezogen hatte, aber plötzlich registrierte er, dass er das Oberschenkelholster offenbar reflexhaft geöffnet und seine MK23 hervorgeholt hatte. Er hielt sie relativ entspannt eng am Körper. Mit schnellen Bewegungen schlich er durch die Öffnung, um dann sofort wieder Zuflucht in der düsteren Ecke dahinter zu finden. Er hatte sich angewöhnt, weder in der Mitte des Tunnels zu gehen noch sich die Wände entlangzuschleichen. Vorsichtig setzte er Fuß direkt vor Fuß und arbeitete sich so langsam den Korridor aus Zement entlang. Das schwere Material des MOPP-Anzugs raschelte bei jeder Bewegung, und Lee hätte schwören können, dass die Geräusche den Gang entlanghallten. Die Vorstellung, dass er unbemerkt durch den Tunnel schlich, solange er dieses verdammte Ding trug, konnte er sich abschminken.

Mit jedem Schritt vergrößerte sich sein Blickwinkel, und er sah immer mehr vom Korridor ein. Als er sich der Stelle näherte, an der die Steigung sichtlich zunahm, glaubte er im dämmrigen roten Licht eine Bewegung ausgemacht zu haben.

Er hielt inne. Es gab in dem langen Tunnel keine Ecken oder Nischen, in denen man sich hätte verstecken können, und er kam sich auf einmal sehr exponiert und verwundbar vor. Wenn er Schutz suchte, musste er zurück in seinen Bunker rennen. Er wollte einen Blick über die Schulter Richtung Schott werfen, um die Entfernung bis zum Bunker abzuschätzen, wagte es aber nicht, eine möglicherweise auf ihn lauernde Gefahr außer Acht zu lassen.

Lee biss die Zähne zusammen und sah rasch zur Tür. Am Ende des Korridors konnte er die ovale Öffnung ausmachen, hinter der Tango auf ihn wartete. Im Gegensatz zum Tunnel war sein Bunker gut beleuchtet, und er konnte sehen, wie die Lichtstrahlen den Gang fluteten und Tangos Umrisse an die Wand warfen, der noch immer gehorsam und wachsam bei der Tür saß.

Tango befand sich auf jeden Fall in dem tödlichen Schacht, aber es schien ihn überhaupt nicht zu stören. Lee wandte den Blick wieder nach vorn. Der kalte Zementtunnel erstreckte sich vor ihm, lag still da. Die Bewegung musste wohl eine Augentäuschung gewesen sein.

Er ging weiter.

Am Ende des Gangs wartete eine kurze Leiter aus Stahl auf ihn. An ihrem Ende befand sich eine kleine metallene Plattform, die zu einer runden Luke mit einem Sperrrad führte, die dem Schott im Bunker sehr ähnlich war. Die Luke schien intakt zu sein und konnte nur unter Anwendung gröbster Gewalt von der anderen Seite geöffnet werden. Lee entspannte sich für einen Moment und schloss ein paarmal die Augen, um sie an die Finsternis zu gewöhnen. Es war beinahe Mittag und draußen demnach helllichter Tag. Die Luke jedoch befand sich in den Tiefen seines Kellers, in dem er stets das Licht ausschaltete und von dem er auch jetzt annahm, dass er in absoluter Dunkelheit liegen würde. Er wollte die Taschenlampe, die zur Laser-Zielerfassungsvorrichtung seiner MK23 gehörte, nicht benutzen, denn sie könnte ungewollte Aufmerksamkeit auf sich ziehen. Nicht bemerkt zu werden war der Hauptparameter der Aufklärung.

Er steckte seine Pistole wieder in das Oberschenkelholster, schloss aber den Druckknopf des Sicherheitsriemens nicht. Dann kletterte er die fünf Stufen bis zur Luke. Er legte die Hände auf das Sperrrad, riss es nach links, und der Schließmechanismus gab ein metallenes Geräusch von sich. Es war so laut, dass Lee zusammenzuckte.

Seine rechte Hand fuhr erneut zum Oberschenkel und holte die Waffe hervor, während er langsam die Luke öffnete, nur wenige Zentimeter – gerade genug, um einen Blick vom Keller zu erhaschen. Aber selbst mit seinen an die Dunkelheit gewöhnten Augen war es zu finster, um irgendwelche Details zu erkennen. Er wartete, horchte auf, lauschte nach schlurfenden Schritten oder raschelnder Kleidung – irgendetwas, das die Anwesenheit eines möglichen Feindes verraten könnte.

Nach einer Minute hatte er sich davon überzeugt, dass er allein war, und schob die Luke bis zum Anschlag auf. Er kroch hindurch, drehte sich, schaltete die Taschenlampe seiner MK23 an und schickte den Strahl einmal rasch durch den Keller. Lee sah nichts Außergewöhnliches, nur die üblichen Verdächtigen, die auch sonst dort lebten: den Boiler; die Tiefkühltruhe, die er während der Jagdsaison immer mit Wild auffüllte; seinen Werkzeugschrank und die vielen Schachteln voll Weihnachtsschmuck.

Hier herrschte Ruhe und Ordnung.

Er schaltete die Taschenlampe wieder aus.

Lee verspürte eine Welle der Erleichterung über sich hinwegfließen, und sein Körper entspannte sich ein wenig. Er war sich nicht bewusst gewesen, dass er derart unter Spannung gestanden hatte. Der Anblick seiner Sachen, all dieser normalen alltäglichen Dinge, die jeweils noch genau an dem Platz standen, an den er sie vor wer weiß wie lange gestellt hatte, ließ ihn glauben, dass die Welt noch immer die war, die er vor einem Monat hinter sich gelassen hatte. Was immer auch passiert war – solange sein beleuchteter Weihnachtsmann noch immer intakt im Keller lag und bis zum nächsten Weihnachtsfest Staub fing, konnte es gar nicht so schlimm sein.

Er fühlte sich nun besser und kroch aus dem Tunnel hervor. Er streckte bereits die Hand aus, um die Luke hinter sich zu schließen, hielt dann aber inne und zog sie wieder zurück. Das Schloss konnte nur geöffnet werden, indem man einen Code auf einer Zahlentastatur eingab. Obwohl er natürlich nicht wollte, dass jemand hinter seinem Rücken im Tunnel verschwand, während er seiner Aufklärungsmission nachging, konnte es gleichfalls nicht vernünftig sein, bei einer möglichen hastigen Flucht eine Zahlenkombination eingeben zu müssen.

Und sollte jemand versuchen, hinter Lee in den Tunnel zu gelangen, würde Tango sein Bestes tun, um ihn davon abzuhalten.

Von seiner Position aus konnte er die Treppe einsehen, die vom Keller hinauf ins Erdgeschoss führte. Die Tür zur Küche war zwar verschlossen, aber trotzdem konnte er das Tageslicht ausmachen, das durch die feinen Ritzen drang, sodass sie einem großen, schimmernden weißen Rahmen glichen, der in der Luft zu schweben schien.

Er arbeitete sich zum Fuß der Treppe vor, die Pistole schussbereit in der Hand, während er die Tür keinen Augenblick aus den Augen ließ. Er wartete auf einen vorbeihuschenden Schatten, der ihm verraten würde, dass er nicht allein war.

Er stieg leise die Treppe empor und wiederholte seine Horch-Routine an der Tür, bis er sich überzeugt hatte, dass das Haus leer war. Schließlich öffnete er sie und ging dann rasch hindurch, checkte links, checkte rechts ... aber nichts bewegte sich.

Die Kellertür führte direkt in die Küche. Vor ihm lag die Arbeitsplatte aus Granit, die sich im rechten Winkel zum Kochbereich ausstreckte. Pfannen und Töpfe hingen von der Wand, und in den Küchenschränken standen Geschirr und Gläser. Das braune Geschirrtuch mit den weißen Streifen hing noch immer über dem Griff des Backofens mit der Edelstahlfront. Alles war noch genau so, wie er es hinterlassen hatte.

Er warf einen Blick durch die Fenster, welche die Küche umgaben, auf das Stück Wald hinter seinem Haus. Das Tageslicht war so grell, dass es nach einem Monat im Bunker beinahe das Grün der Bäume und Sträucher bleichte und die Blätter silbern in der Sonne schimmern ließ. Das war nicht nur ein Schock für die Augen, sondern auch für seinen Kopf. Auf einmal wurde ihm klar, dass er schon halb mit einer postapokalyptischen Welt gerechnet hatte, in der von den Bäumen nur noch verkohlte Baumstümpfe und

Wurzelstöcke übrig geblieben waren, in einer Luft voller Ruß.

Aber er sah nichts als seinen Hinterhof.

Lee zögerte einen Augenblick lang. Er konnte weitermachen und sein Haus und seinen Garten für ein besseres Bild der Gesamtlage auf Eindringlinge hin überprüfen. Oder er kehrte in seinen Bunker zurück und wartete, bis seine Mission offiziell begann. Eigentlich gebot die Vernunft, dass er weit genug gegangen war und jetzt zurück in die Sicherheit seines Bunkers sollte ... aber mittlerweile hatte die Neugier ihn gepackt und trieb ihn unentwegt an.

Er wandte sich nach links zum Übergang zum Wohnzimmer. Er sah den Couchrücken, darüber die Fenster, die den Blick auf seinen Vorgarten freigaben. Lee konnte kaum fassen, wie sehr das Gras innerhalb seiner Zeit im Bunker gewachsen war – es schien beinahe hüfthoch zu sein. Durch die Risse im Asphalt seiner Auffahrt sprießte jetzt üppiges Unkraut, das beinahe die Größe von Baumsetzlingen erreicht hatte. Er war erstaunt, wozu die Natur imstande war, wenn man sie mal einen Monat in Ruhe ließ.

Hinter dem überwachsenen Vorgarten konnte Lee kaum den Bretterzaun ausmachen, den er letzten Sommer um sein Haus errichtet hatte. Wiederum dahinter lag die geteerte Morrison Street, über der die gestaute Mittagshitze zu flimmern begann. Er wohnte eher abgelegen und besaß keine direkten Nachbarn – das nächste Haus war knappe zweihundert Meter entfernt.

Die Petersons.

Jason Peterson war ein Cop und gleichzeitig ein guter Nachbar. Mehr noch, Lee betrachtete ihn als Freund. Jason hatte ihm geholfen, den Garten wieder auf Vordermann zu bringen, nachdem er nach einer Reihe von Unwettern überflutet gewesen war. Außerdem war er ein guter Schütze, und wenn Lee beim Jagen Pech oder keine Zeit hatte, vergaß Jason ihn nie, brachte stets ein paar Kilo Wild für Lee und genügend Reste für Tango vorbei.

Lee biss die Zähne zusammen.

Zwischen seinem Haus und dem der Petersons gab es einen Trampelpfad. Es würde nur fünf Minuten dauern, um einen kurzen Blick auf das Haus seiner Nachbarn zu werfen. Dann würde er herausfinden, wie es ihnen ergangen war. Besser noch, er würde Einsicht gewinnen, wie es überhaupt in der Welt aussah. Es wäre ein Lackmustest.

Außerdem würde er das Richtige tun. Selbst wenn er nicht direkt bis zum Haus ging, sondern es nur aus einer gewissen Ferne betrachtete – er konnte daraus nur lernen. Nach einem Monat im Bunker war sein Garten komplett überwachsen, aber wie würde der der Petersons aussehen? Falls dort immer schön gemäht worden war, konnte es gar nicht so schlimm um die Welt stehen, wie er es sich in seinen dunkelsten Träumen ausgemalt hatte.

Lee tat einen Schritt ins Wohnzimmer und drehte sich erst rasch nach links, dann nach rechts – die gleiche Prozedur wie in der Küche. Entwarnung. Seine

Vordertür war noch immer verschlossen, und keines der Fenster schien manipuliert oder zerbrochen zu sein. Er schritt durch das Wohnzimmer auf die Vordertür zu. Sie war aus Stahl, aber er hatte Seitenlichter aus demselben Sicherheitsglas einbauen lassen, aus dem auch die anderen Fenster des Hauses bestanden. So konnte er zumindest sehen, wer an seiner Tür klopfte.

Jetzt musste er an seinen Paketlieferanten denken und fragte sich, ob er ihn je wiedersehen würde.

Er legte eine Hand seitlich an die Scheibe, um die Augen vor störenden Sonnenstrahlen zu schützen, und riskierte einen schnellen Blick nach draußen. Die Luft über der Straße flimmerte in der Julihitze, und das hüfthohe Gras in seinem Vorgarten stand in der Windstille gerade wie Soldaten beim Appell.

Lee drehte das Bolzenschloss, und der Zylinder öffnete sich mit einem beinahe ohrenbetäubenden *Klack.* Lee zuckte bei dem Geräusch zusammen. Es war das Lauteste, das er seit langer Zeit zu hören gekriegt hatte. Dann legte er die Hand auf den Türknauf, drehte auch ihn, hörte, wie das Schloss ausrastete, und zog dann an der Tür. Er spürte, wie das Blatt sich vom Rahmen löste und die Gummidichtung sich mit einem Schmatzen löste, ehe sie endlich die Tür freigab.

Die Sommerhitze schlug ihm förmlich ins Gesicht, wie Dampf aus einem Wasserkessel. Die Luft roch nach Gras, Blütenstaub und heißem Teer. Das Zirpen der Zikaden nahm ab, schwoll dann wieder an, war unheimlich laut. Die Luft schien voller umherschwirrender Insekten, die im völlig überwucherten Garten nach Nahrung suchten. Es kam ihm so vor, als ob die Natur ihn überhaupt nicht beachtete. Weder ihn noch sonst irgendwen.

Er trat auf die Veranda und spürte, wie die Hitze und die schwüle Luft ihn umhüllten. Ohne hinzuschauen, zog er die Tür hinter sich leise ins Schloss. Er ging zu der kleinen Treppe mit den drei Stufen, die zum Pfad führte, über den er zur Auffahrt gelangte. Das Gras vor der Veranda war flach und niedergetrampelt.

Er ging die Stufen hinab und schaute nach links zum Pfad, der zu den Petersons führte. Dann fiel er völlig unerwartet und kam hart auf dem Boden auf. Er spürte, wie er mit dem Gesicht den Asphalt küsste und der Aufprall ihm die Luft aus den Lungen stieß.

Plötzlich ertönte etwas Schrilles, wie eine kreischende Frau. Irgendetwas hatte ihn am Bein gepackt. Er wollte sich auf den Rücken drehen, aber was auch immer ihn im Griff hatte, wollte es nicht zulassen. Stattdessen wurde er langsam in Richtung Treppe gezogen, in die Schatten unter der Veranda. Er wirbelte herum, kickte mit seinem freien Bein wild umher und traf dann endlich das, was ihn festhielt, mit seinem Absatz. Unmittelbar nach dem Treffer ließ man ihn los.

Endlich rollte er sich auf den Rücken, die Pistole zwischen den Knien haltend, und er sah zwei knochige Arme, die durch die Treppe kamen und versuchten, ihn erneut zu packen. Die eine Hand hielt ein kleines Messer und schlitzte immer wieder imaginäre Kreuze in die Luft. Er wollte das Messer wegkicken, aber schon verschwanden die Arme wieder unter der Veranda. Er robbte zurück, zog die Beine rasch nach und versuchte, sich wieder aufzuraffen. Etwas kam von hinter der Treppe auf ihn zu, kroch auf Händen und Füßen, machte Geräusche, aus denen er nicht schlau wurde. Instinktiv warf er sich zurück und landete erneut auf seinem Hintern. Sein Angreifer war zwar anscheinend klein, aber ganz schön flink.

Im Bruchteil einer Sekunde, ehe das Messer erneut auf ihn zuraste, glaubte Lee so etwas wie ein junges Mädchen zu erkennen, das einen Kittel oder ein weites weißes Kleid und lange, wild wuchernde Haare trug, die ihr ins Gesicht hingen.

Sie bäumte sich auf, holte aus und schwang das kleine Messer dann blitzartig nieder, um es in Lees linkem Oberschenkel zu versenken. Lee gab ein Geräusch wie ein Bellen oder Husten von sich, stieß die Pistole gegen die Brust des Mädchens und drückte ab.

Er spürte den Luftdruck der Explosion im Gesicht und sah, wie der Rücken ihres Kleids in tausend Stücke zerplatzte. Er zielte mit seinem rechten Knie, holte aus, kickte und traf sie am Kinn, sodass sie zur Seite fiel und das Messer dabei aus seinem Oberschenkel riss. Trotz der Wunde im Bein stand er im Handumdrehen auf und rang keuchend nach Luft. Seine Lungen brannten, denn jedes Mal, wenn er ein- und auszuatmen versuchte, rasselte der Filter in seiner

Maske und verhinderte tiefe Züge. Er streckte die Arme mit der Pistole in den Händen gerade nach vorne aus, Zeigefinger um den Abzugshahn, und taumelte dann rückwärts wieder auf die Veranda zu.

Das Mädchen – er schätzte es auf fünfzehn – war zu Boden gegangen, richtete sich aber bereits wieder auf. Das Gluckern ihrer Brustwunde beim Atemholen übertönte selbst das Rasseln seines Luftfilters. »Bleib verdammt noch mal unten!«, brüllte Lee sie an.

Sie stand auf den Beinen, krumm gebeugt, und starrte ihn mit merkwürdig anmutenden Augen hinter den Haarsträhnen an. Dann hob sie das blutige Messer und streckte es nach ihm aus. »Du!« Es war kaum mehr als ein keuchendes Flüstern.

»Lass das Messer fallen!«

»Du!« Sie ging auf ihn los.

Er zog den Abzugshahn komplett zurück und zielte instinktiv auf ihren Rumpf. Drei rasch aufeinanderfolgende Kugeln trafen sie aus nächster Entfernung in die Brust und besudelten ihr Kleid mit rotem Blut. Sie taumelte einige Schritte zurück, ging aber nicht zu Boden. Der Atem entwich ihr, als ob sie etwas sagen wollte, aber sie konnte keine Worte mehr formen. Also tat sie erneut einen Schritt auf ihn zu, und Lee sprang die drei hölzernen Stufen zur Veranda in einem Satz hinauf. Er stemmte die Schulter gegen die Tür, bemerkte mitten in der Hektik, dass daran ein Stück Papier hing, aber er hatte keine Zeit, es abzunehmen, sondern stürmte durch den Eingang, drehte sich um, warf die Tür hinter sich ins Schloss, verriegelte sie und sprintete dann durch die Küche auf die Tür zum Keller zu.

Beinahe fiel er die Treppe hinab. Der Schmerz in seinem Oberschenkel meldete sich jetzt und war äußerst penetrant. Seine Schritte landeten eher zufällig als gezielt auf den Stufen. Er erreichte das Ende der Treppe, war völlig blind in der plötzlichen Finsternis und fummelte nach der Luke, bis seine Hand kaltes Metall berührte.

Aus dem Parterre drang ein Krachen an der Tür an seine Ohren. »Immer mit der Ruhe«, ermahnte er sich, vermochte es aber nicht, seinem eigenen Rat zu folgen. Stattdessen sprang er förmlich hindurch und stieß in der Hast mit Kopf und Ellenbogen gegen den Rahmen der Luke. Er riss sie hinter sich zu, drehte das Sperrrad, bis es nicht mehr weiterging, und hüpfte dann von der Plattform auf den Boden des Tunnels.

Der Schmerz schoss durch sein Bein, und seine Knie gaben nach, sodass er vornüber aufs Gesicht fiel. Er raffte sich auf, rannte einige Schritte, wurde dann langsamer, fiel in einen Trott, denn er wusste, dass die Panik ihn antrieb, und er tat sein Bestes, um sie unter Kontrolle zu bringen. Er holte tief Luft und versuchte den Gedanken, dass das kleine Mädchen hinter ihm herlief und ihm die Kehle durchschneiden wollte, wieder aus seinem Kopf zu verbannen.

Das Schott zum Bunker war bereits in Sicht. Tango stellte sich auf, den Kopf gesenkt, als ob er wusste, dass irgendetwas ganz und gar nicht stimmte.

»Aus dem Weg«, fuhr Lee ihn an und stürzte durch

das Schott. Er schob Tango mit seinem verletzten Bein fort, ehe er vor Schmerzen zusammenzuckte. Der Hund war voll und ganz auf den Tunnel konzentriert.

Nachdem er es geschafft hatte, Tango beiseite zu schieben, fluchte Lee laut auf, als er die Luke ins Schloss warf und am Sperrrad kurbelte, bis er sich in Sicherheit wägte. Er riss sich die Gasmaske vom Gesicht und sog die frische Luft ein. Dann eilte er zur Küchenspüle, öffnete den Küchenschrank und schnappte sich die Flasche mit Bleichmittel. Er schraubte den Deckel mit Kindersicherung ab und schüttete den Inhalt der Flasche mitten in der Küche über sich.

Er rieb die ätzende Flüssigkeit über die gesamte Oberfläche des MOPP-Anzugs, ehe er sich, die Flasche noch immer in der Hand, Richtung Badezimmer bewegte. Dann drehte er das heiße Wasser auf, wartete, bis es zu dampfen begann, und stieg in voller Montur unter die Dusche. Zwei weitere Male übergoss er sich mit dem Bleichmittel und arbeitete es in jeden Quadratzentimeter seines Sicherheitsanzugs. Das Wasser drang ein und brannte auf seiner Haut. Dann zog er den Anzug aus und fluchte leise mit zusammengebissenen Zähnen, als das brühend heiße Wasser ihn überall bespritzte. Rinnsale beinahe kochenden Wassers flossen seinen Körper hinab und trafen auf den tiefen Einschnitt. Er schrie vor Schmerzen auf und schlug mit der Faust gegen die Duschkabine.

»Wie bescheuert kann man nur sein?«, brüllte er wutentbrannt.

Dann nahm er erneut die Flasche mit dem Bleichmittel, goss sich drei weitere Male die ätzende Flüssigkeit über den Körper und rieb sie sorgfältig in jede Ritze ein. Bei der Wunde war er besonders vorsichtig und achtete darauf, dass sie vollständig desinfiziert wurde, was ihm Tränen in die Augen trieb. Er spülte sich mit brühend heißem Wasser ab und trat aus der Dusche. Statt sich abzutrocknen und anzuziehen, ging er schnurstracks zur Abstellkammer, um seine Erste-Hilfe-Ausrüstung zu holen. Auf dem Weg schnappte er sich das Handtuch, das neben dem Waschbecken hing.

»Ich kann mich unmöglich infiziert haben – niemals.« Lee glaubte seinen eigenen Worten nicht.

Er durchstöberte die Ausrüstung, holte eine Flasche Sauerstoffperoxid hervor, riss den Verschluss ab und goss die Flüssigkeit in den tiefen Messerstich. Er beobachtete, wie sie in die Wunde eintrat. Kaum traf sie auf sein Fleisch, begann es zu schmerzen. Blasen formten sich. Je mehr Blasen, desto dreckiger die Wunde. Es war schier unmöglich einzuschätzen, wie dreckig die Klinge war oder ob sie damit bereits andere Infizierte zur Strecke gebracht hatte. Lee malte sich die Bakterien vor seinem inneren Auge wie kleinste Ameisen aus, die in atemberaubender Geschwindigkeit durch seine Blutbahnen rauschten und sich bereits an seinem Frontallappen zu schaffen machten.

Während das Sauerstoffperoxid seine Arbeit verrichtete, inspizierte Lee die Wunde und dachte über die Konsequenzen seiner schiefgegangenen Erkundungsmission nach. Wenn er sich recht erinnerte, war das Messer knappe acht Zentimeter lang gewesen – wahrscheinlich ein Gemüse- oder Schälmesser. Obwohl die Klinge höchstens einen guten Zentimeter breit war, hatte das Mädchen sie ihm erst in den Oberschenkel gerammt, um sie dann nach unten zu ziehen, wobei sie weitere zwei Zentimeter seines Fleisches aufgeschlitzt hatte. Es hatte seine Muskeln zwar erwischt, aber nichts angerichtet, was schlimm genug war, seine generelle Beweglichkeit einzudämmen.

Er zog eine sterile Wegwerfspritze hervor und steckte sie sich zwischen die Zähne. Dann suchte und fand er ein Fläschchen mit Lidocain, einem Lokalanästhetikum, ein in Jod getränktes Tuch, eine Tube mit extra starker antibiotischer Salbe, zwei mittelgroße Pads aus Verbandsmull und eine Packung mit Nahtnadeln sowie etwas Faden aus Nylon.

Er nahm sich ein Pad aus Verbandsmull und drückte es mit aller Kraft auf die Wunde. Dann legte er sein Bein auf die Couch. Die erhöhte Position würde den Blutfluss etwas hemmen – Rinnsale seines roten Lebenssafts flossen bereits kreuz und quer über sein Bein bis hin zu seiner Ferse, und auf dem Boden hatten sich bereits kleine Lachen gebildet. Während er den Verbandsmull weiterhin fest auf die Wunde drückte, biss er die Zähne zusammen und wischte das Blut mit dem Handtuch aus dem Bad von der Erde auf.

Dann drückte er erneut fest zu, und die Schmerzen stachen empfindlich, ehe er das Pad vorsichtig hob, um den Blutfluss zu überprüfen. Die Wunde füllte sich schon bald wieder mit dem roten Lebenssaft, der sich sammelte, um dann sein Bein hinabzulaufen. Aber das Blut in der Wunde schien nicht zu pulsieren, was bedeutete, dass keine Schlagader getroffen war, und je höher er das Bein hielt, desto weniger Blut sammelte sich in dem tiefen Einstich. Zum Glück, wenn man es denn so formulieren wollte, handelte es sich um einen sauberen Schnitt, sodass er sich nicht die Mühe machen musste, mit dem Skalpell loses und nicht brauchbares Gewebe auszuschneiden und die Ränder zu begradigen, wie es bei einer Risswunde der Fall gewesen wäre. Immerhin ersparte ihm das eine gehörige Portion Schmerzen.

Dann legte er das Pad mit Verbandsmull erneut auf die Wunde und drückte mit dem Ellenbogen darauf. Er nahm sich die sterile Einwegspritze, riss die Verpackung auf und steckte sie in das Fläschchen Lidocain, um einige Kubikzentimeter Flüssigkeit abzusaugen. Schließlich hielt er sie in die Höhe, drückte auf den Kolben, um jegliche Luft auszustoßen, und steckte sie dann erneut zwischen die Zähne, denn er benötigte beide Hände, um das mit Jod getränkte Tuch aus seiner Verpackung zu befreien. Jetzt zog er den mit Blut besudelten Wattebausch fort, warf ihn beiseite und tupfte die Wunde und ihre Umgebung mit dem jodgetränkten Tuch ab, sodass sein halber Oberschenkel gelbbraun gefärbt war.

Er injizierte kleine Dosen Lidocain um die Wunde herum, um so den Effekt einer Lokalanästhesie herbeizuführen. Als er die wenigen Kubikzentimeter verschossen hatte, setzte er die Schutzkappe wieder auf die Spritze und warf sie neben das blutige Wattepad. Lee wartete eine Zeit lang, bis der stechende Schmerz in seinem Oberschenkel abklang, ehe er den Nylonfaden in die gebogene Nahtnadel einfädelte. Dann kramte er zwei Arterienklemmen und eine kleine Schere hervor, um den Faden abzuschneiden, ehe er sich an die Arbeit machte. Er nähte die Wunde und benötigte ganze zehn Minuten, ehe er sie versorgt hatte.

Er schmierte die extrastarke antibiotische Salbe darüber und bedeckte die Stelle schließlich mit dem zweiten Pad. Abschließend fixierte er den Wattebausch mit chirurgischem Klebeband.

So verarztet kehrte er in das Badezimmer zurück, um die MK23 aus dem Oberschenkelholster zu holen, das noch immer irgendwo im nassen Haufen seines ruinierten MOPP-Anzugs steckte. Kaum hatte er sie gefunden, warf er das Magazin aus und nahm die Kugel aus dem Patronenlager. Von der Waffe tropften Wasser und Bleichmittel. Er untersuchte die Mündung nach Fremdmaterialien – Haare, Haut oder Blut –, die vielleicht aus der Brust des Mädchens gespritzt waren und jetzt an der Waffe klebten.

Als er die MK23 in Augenschein nahm, begannen seine Hände plötzlich wie wild zu zittern. Ihm fiel das Schlucken schwer, als er sie auf einmal wieder vor sich sah, die Brust voller .45 Kaliber-Löcher, aber trotzdem noch auf den Beinen, ihn trotzdem angreifend. Er erinnerte sich an ihren eisernen Griff, als sie ihn am Knöchel gepackt hatte. Wie konnte ein junges Mädchen so stark sein?

Es war ihm unmöglich, die Waffe ruhig zu halten, sodass er mit bebenden Fingern an ihr herumfummelte, um schließlich die Einzelteile auf der Badezimmerablage zum Trocknen auszulegen.

Er musste sich anziehen.

5

Die Petersons

Lee zog sich eine neue MultiCam-Tarnhose an. Seine Stiefel trockneten im Badezimmer. Sie waren noch immer triefnass von seiner Dekontaminationsaktion, die keine Sekunde länger hätte warten dürfen. Nasse Stiefel waren ein Fluch, und er würde sich hüten, den Fuß vor die Tür zu setzen, ehe sie nicht vernünftig getrocknet waren.

So lautete zumindest seine Ausrede.

Vor seinem inneren Auge spielte sich immer wieder die Szene ab, wie das Mädchen sich von hinter der Treppe auf ihn gestürzt hatte. Die spinnenartigen Bewegungen auf allen vieren, die dünnen Ärmchen, nur aus Haut und Knochen bestehend, aber doch schockierend kraftvoll. Es erinnerte ihn an einen Junkie oder einen Geistesgestörten, die ihren Körpern ebenfalls erstaunliche Kraftakte abfordern konnten. Er war felsenfest davon überzeugt, dass es damit zu tun haben musste, dass ihr Frontallappen einem Schweizer Käse glich.

War sie etwa ein Beispiel dafür, wie es dem Rest der Welt ergangen war?

Er stellte sich Mengen von Menschen vor, randalierende Meuten voller kranker, brutalster und übermenschlich kräftiger Geisteskranker, die mit scharfen Küchengeräten, Bleirohren und allem, was gerade zur Hand war, wild in der Luft herumfuchtelten.

Er versuchte sich an ihr Gesicht zu erinnern, aber mehr als ihr wildes verfilztes Haar und ihre merkwürdigen wahnsinnigen Augen konnte er sich nicht ins Gedächtnis rufen. Er fragte sich, ob er das Mädchen kannte. Sie musste von hier sein. Ob ihre Eltern wohl noch lebten und gesund waren?

Die Petersons tauchten ebenfalls immer wieder in seinen Gedanken auf. Jason und seine Frau Marla sowie ihre vier Jahre alte Tochter Stephanie. Jason war nicht auf den Kopf gefallen und obendrein noch hart gesotten, aber Lee glaubte nicht, dass er auf so etwas vorbereitet gewesen sein konnte. Stahlhart sein hieß noch lange nicht, dass man gegen alles gefeit war. Er hoffte, dass die Lager der Katastrophenschutzbehörden zumindest einigen Menschen das Leben gerettet hatten und die Petersons sich in Sicherheit befanden.

Sogleich entschied er sich, bei der nächsten Gelegenheit bei den Petersons vorbeizuschauen. Morgen. Es war keine Option mehr, sich weiterhin im Bunker einzukerkern. Schließlich würde sich die Lage bestimmt nicht bessern, wenn er noch weitere zwei Wochen wartete. Im Gegenteil. Falls es den Petersons gelungen war, sich ins Haus zu retten und zu verbarrikadieren, bot Lee vielleicht ihre einzige Chance auf Rettung.

Außerdem stellte Hilfeleistung sein primäres Missionsziel dar.

Ich bin Captain Lee Harden von der Armee der Vereinigten Staaten von Amerika. Die US-Regierung hat mich geschickt, um Ihnen zu helfen.

So lauteten die Worte, die Lee herunterleiern musste, wenn er jemanden rettete. Projekt Hometown war ins Leben gerufen worden, damit die Menschen wussten, dass die Regierung der Vereinigten Staaten weiterhin für sie einstehen würde, ganz gleich, wie schlimm es auch aussehen mochte. In der Vordertasche von Lees Fahr-zur-Hölle-Rucksack war eine in Folie eingeschweißte Karte angebracht, auf der dieser Satz in fünf verschiedenen Sprachen abgedruckt stand.

Von nun an konnte Lee an nichts anderes mehr denken als an die Petersons.

In der folgenden Nacht wälzte sich Lee im Bett hin und her, ohne einschlafen zu können.

Nachdem er seine MK23 gereinigt und das Magazin neu aufgefüllt hatte, trank er ein paar Flaschen Wasser und kochte sich ein Fertiggericht – Spaghetti bolognese –, denn sämtliche frischen Lebensmittel hatte er bereits aufgebraucht. Er schmeckte das Essen kaum, ihm war auch nicht danach, aber er stopfte es sich dennoch hinein, denn er wusste, dass er etwas in den Magen bekommen musste.

Die Stichwunde begann zu jucken, und Lee musste sofort an eine mögliche Infektion denken, obwohl es unwahrscheinlich war, dass sie so rasch voranschreiten würde. Jedes Mal, wenn er nur daran dachte, dass sie sich in seinem Körper ausbreitete und das Gehirn angreifen würde, verkrampfte sich Lees Magen.

Was für eine beschissene Art, abzudanken.

Am späten Abend legte er sich ins Bett und fuhr mit der Hand an seine Stirn, um zu prüfen, ob er Fieber hatte. Dann räusperte er sich. Vielleicht entwickelte er einen Husten? Er verspürte überhaupt keinen Appetit, aber das war angesichts dessen, was er dem Mädchen angetan hatte, keine wirkliche Überraschung.

Frank hatte gemeint, dass die Inkubationszeit des Krankheitserregers bis zu zweiundsiebzig Stunden dauern könnte – das hieß aber nicht, dass es nicht auch schneller ging. Wenn man sich durch fremden Speichel ansteckte, dauerte es naturgemäß länger, als wenn man ein dreckiges Messer, an dem es nur so von Bakterien wimmelte, ins Bein gerammt bekam.

Er schlief auf der Bettdecke und trug noch immer seine MultiCam-Armeehose. Sein M4 lag gesichert und geladen neben ihm. Tango lag wie immer neben dem Bett und zuckte im Traum, aber Lee erwachte des Öfteren, um Tango mit gespitzten Ohren vor der Bunkertür stehen zu sehen. Ab und zu begann er zu knurren, es kam tief aus seinem Rachen. Die Aufmerksamkeit, die Tango dem Schott schenkte, stellte Lee die Haare im Nacken auf.

Jedes Mal, wenn er so erwachte, stieg Lees Puls, bis sein Kopf zu pochen begann. Beinahe kam es ihm vor, als ob der gesamte Bunker beben würde. Und jedes

Mal war er sich sicher, dass er nie wieder einschlafen würde. Aber als er dann auf das Schott starrte, begannen seine Gedanken den Faden zu verlieren, seine Augenlider wurden immer schwerer, und früher oder später übermannte ihn der Schlaf.

Um fünf entschied er sich, aufzustehen.

Die letzte halbe Stunde hatte er wach im Bett gelegen, sein M4 in Händen, und auf den Wecker gestarrt. Um Punkt fünf setzte er sich auf. Lee wollte das Licht nicht anschalten. Schließlich war es draußen auch noch dunkel. Außerdem wollte er seine natürliche Nachtsicht nicht ruinieren. Er ging ins Badezimmer, lehnte das M4-Maschinengewehr gegen den Schrank und setzte sich aufs Klo. Da seine Hose sowieso schon offen war, zog er sie weiter über den Oberschenkel und begutachtete seine Bandage. Er konnte lediglich einen kleinen Tropfen Blut ausmachen, der durchgesickert war, nahm den Verband aber trotzdem ab und massierte mehr antibiotische Salbe auf und um die Wunde ein. Sie war weder rot noch angeschwollen, und der von ihr ausgehende Juckreiz war ebenfalls verschwunden. Wenn es tatsächlich einen Infektionsherd geben sollte, gäbe es mittlerweile Anzeichen dafür.

Nachdem er den Verband erneuert und die Hose wieder hochgezogen hatte, streifte er sich sein Tarnhemd über, legte den Pistolengürtel um und straffte die Gurte des Oberschenkelholsters. Dann überprüfte Lee das Magazin seiner MK23 – es war voll und saß gut in seiner Fassung – und sah nach, ob eine Kugel im Patronenlager steckte. Zufrieden ließ er die Pistole wieder in ihrem Holster verschwinden. Seine Stiefel mochten zwar innen noch ein wenig feucht sein, aber das würde nach einigen Stunden körperlicher Betätigung schon ausdampfen. Er warf sich seine Kampfmittelweste über, die über sechs Taschen verfügte, in denen jeweils zwei Magazine für sein M4 Platz fanden. Das dreizehnte Magazin steckte bereits in der Waffe. Er zurrte an den Riemen, bis die Weste bequem und sicher saß und das Gewicht gleichmäßig verteilt war, und überprüfte dann erneut jedes einzelne Magazin, um auf Nummer sicher zu gehen, dass alle vernünftig geladen waren.

Er bezweifelte zwar, dass er so viel Munition brauchen würde, um bis zu den Petersons vorzudringen, aber erst gestern hätte er es für unmöglich gehalten, dass eine wilde Fünfzehnjährige hinter seiner Treppe auf ihn lauern und ihm ein Messer ins Bein rammen könnte. Er besann sich, dass sein Übermut und seine Nachlässigkeit ihn beinahe das Leben gekostet hatten – genau wie damals im Irak, als er den jungen Leutnant gerügt hatte. Gestern noch war Skepsis seine Haltung gewesen, heute aber hieß es vor allem, wachsam zu sein. Er erwartete das Allerschlimmste und bereitete sich dementsprechend vor. Er wollte nicht glauben, dass die Welt komplett aus dem Ruder geraten oder, schlimmer noch, bereits verloren war. Das Ausmaß, das die Katastrophe angenommen hatte, war unmöglich einzuschätzen. Er wusste nur, dass jetzt

Vorsicht statt Nachsicht geboten war. Hätte ihn gestern ein erwachsener Mann angegriffen, wäre er jetzt wahrscheinlich nicht mehr am Leben. Fehler in dieser neuen Realität kamen teurer zu stehen, als Lee es sich leisten konnte.

Die gute Nachricht lautete, dass Lee noch immer keine Symptome aufwies.

Er hatte keine Lust auf Rührei aus dehydriertem Eierkonzentrat, also schnappte er sich eine Handvoll Energieriegel, aß einen und steckte die restlichen drei in seinen Rucksack. Dazu trank er eine Portion kurz geschüttelten »Orangensaft« aus einer eingeschweißten Tüte. Der Drink besaß reichlich Vitamin C und Kohlenhydrate, genug für einen prompten Energieschub. Energie, die man zum Rennen und Kämpfen brauchte. Er hoffte zwar, dass es nicht nötig sein würde, aber er konnte das Gefühl nicht loswerden, dass ihn genau das und nichts anderes erwarten würde.

Nach dem hastig eingenommenen Frühstück setzte er seinen Fahr-zur-Hölle-Rucksack auf und hängte den Ein-Punkt-Umhängegurt für sein M4 an der dafür vorgesehenen Öse ein. Heute würde er ohne MOPP-Anzug losmarschieren, denn er war der Meinung, dass die negativen Qualitäten – der Lärm und die Unbeweglichkeit beim Tragen – die positiven – in diesem Fall minimaler Schutz gegen Infektion – überwogen. Seine Gasmaske allerdings wollte er überstülpen. Hätte Frank ihm nur genauere Informationen über die Seuche zulassen kommen können. Vielleicht wusste Abe ja mehr. Er würde ihm eine E-Mail schreiben, sobald er zurück war.

Er zog sich die Gasmaske über, überprüfte, dass sie auch dicht saß, zog den Durchladehebel seines M4 halb zurück, nickte zufrieden, als er das Messing im Lauf glitzern sah, und ließ ihn dann wieder los. Dann entsicherte er die Waffe, denn wozu gab es sonst Abzugsfinger?

»Tango.« Lee deutete auf den Boden neben sich. »Bei Fuß.«

Der Hund stellte die Ohren auf und trottete aufgeregt zu Lee hinüber. Endlich durfte er wieder arbeiten, denn für ihn bedeutete Arbeit Spaß, Spaß und noch mehr Spaß. Er hatte keine Ahnung, was in der Welt vor sich ging, und das war auch gut so. Hunde waren sich nie der fürchterlichen Situationen bewusst, in denen sie sich befanden. Deswegen wedeln ausgebildete Armeehunde auch mit dem Schwanz, wenn sie Bewaffnete angreifen. Aber es bedurfte manchmal nur einer traumatischen Erfahrung, eines einzigen negativen Vorfalls, während der Hund seine Arbeit verrichtete, um alles zunichtezumachen.

Es war gut, dass Tango sich darauf freute, endlich wieder nach draußen zu dürfen. Lee ging es da allerdings völlig anders. Er sah zu dem Hund hinunter, der noch immer neben ihm saß und freudig zu seinem Herrchen hochblickte. »Tango, schleichen!«

Das war kein normaler Befehl, aber Lee hatte Tango nebenbei einige Tricks beigebracht, die er beim Schutzhundtraining nie erlernt hätte. Augenblicklich zog Tango die Zunge in sein Maul, senkte den Kopf kaum merkbar und ließ die Schulterblätter nach oben stehen, sodass er einem Wolf auf der Pirsch glich. Solange Lee ihn daran erinnerte, zu »schleichen«, blieb Tango dicht am Boden und gab keinen Laut von sich. Lee wurde es manchmal etwas unwohl, seinen Hund zu dessen animalischen Wurzeln zurückkehren zu sehen.

Lee streckte die Arme aus und öffnete das Schott.

Vor ihnen erstreckte sich der in rötliches Licht getauchte Tunnel. Er sah leer aus. Lee verspürte eine Welle der Erleichterung über sich hinwegbrausen. Irgendwie hatte er halb damit gerechnet, dass das verrückte Mädchen von gestern hier unten auf ihn warten würde.

Aber sie war garantiert tot. Niemand auf der Welt war in der Lage, so viele Schüsse mitten in die Brust einzustecken und zu überleben.

Lee und Tango machten sich auf den Weg, langsam, vorsichtig und vor allem lautlos. Auf halber Strecke flüsterte Lee Tango in anregendem Tonfall »Gut so« zu, was der Hund mit einem Schwanzwedeln beantwortete. Dann erinnerte er ihn daran, zu »schleichen«, und Tango gehorchte aufs Wort. Lee tat all das mehr oder weniger nebenbei, ohne nachzudenken. Der Kreislauf von Befehlen, Gehorsam und Bestärkung gehörten zu seinem Wesen. Sobald es ihm möglich war, würde er Tango belohnen. Für den Notfall hatte er ein altes zerkautes Seilende in einer seiner Hosentaschen – eines von Tangos Lieblingsspielzeugen, das er aber nur zu sehen bekam, wenn er seine Arbeit gut verrichtet hatte.

Als sie an der Treppe ankamen, kletterte Lee die Stufen hinauf, um das Sperrrad zu entriegeln. Er öffnete die Luke und beäugte den Keller in derselben Manier wie am vorigen Tag. Die Luft war rein. Er schnalzte mit der Zunge, und Tango eilte ihm hinterher, lief um seine Beine und in den Keller. Lee schloss die Luke hinter sich und gab die Zahlenkombination in die Tastatur ein, um sie wieder zu verriegeln. Er wartete, bis er ein *Klick* hörte, und drehte sich dann zu der Kellertreppe um.

Auf seiner Flucht am Vortag hatte er völlig übersehen, die Tür zur Küche hinter sich zu schließen. Das Licht, das durch die Öffnung in den Keller strömte, war nicht zu grell. Zumindest konnte er so mit Sicherheit sagen, dass niemand hinter der Tür in der Küche auf ihn wartete.

Er hielt das M4 zwar nur in Hüfthöhe, aber jederzeit schussbereit in der Hand, als er sich die Treppe hinaufwagte. Mit der freien Hand tätschelte er Tango. »Warte hier.« Tango setzte sich hin, die Ohren nach vorne gelegt und die Augen auf die Tür am Ende der Treppe gerichtet.

Normalerweise war es die Aufgabe des Hundes, voranzugehen und mögliche Bedrohungen für sein Herrchen auszukundschaften. In dieser Situation allerdings war es anders: Tango war sein einziger Partner, und Lee wusste nicht, ob das Virus auch Tiere infizierte. Auf jeden Fall wollte er nicht, dass

Tango seine Zähne unnötig in infizierte Menschen schlug.

Lee kletterte die Stufen hinauf und ging durch das Haus. Jedes Mal, wenn die Kacke zu dampfen drohte, verkrampfte sich sein Magen, aber jetzt, da er tausendmal geübte Bewegungsabläufe abrief, ging es ihm wieder etwas besser. Und trotzdem verspürte er einen Anflug der Unruhe, bevor er ein neues Zimmer betrat. Aber sobald er wusste, dass die Luft rein war, verflog sein Unwohlsein. Es erinnerte ihn an Falludscha. Dort hatten sie sich von Haus zu Haus kämpfen müssen. Anfangs war ihm stets so mulmig gewesen, dass es ihm beinahe den Magen umgedreht und seine Hände zu zittern begonnen hatten. Sobald sie aber die erste Tür aufgebrochen hatten, schwanden für gewöhnlich seine zuvor gezeigten Nerven, und nach der erfolgreichen Einnahme des dritten Hauses fühlte er sich beinahe schon wieder normal.

Aufs Äußerste angespannt, so wie jetzt, aber trotzdem normal. Nachdem er durch das Haus gegangen war, kehrte er in die Küche zurück, nur um zu sehen, dass Tangos Neugier gesiegt hatte. Der Hund war die Treppe hochgeschlichen und lugte schnüffelnd in die Küche. Lee konnte seine Nase zucken sehen. Aber er wollte Tango jetzt nicht tadeln. Gute Arbeitshunde konnte man nicht ständig unter Kontrolle halten.

»Komm schon«, sagte Lee aufmunternd und klopfte sich auf den Oberschenkel, sodass Tango munter in die Küche trottete. »Schleichen!«, musste er ihn erinnern.

Zusammen gingen sie zur Vordertür. Sie war noch immer intakt. Plötzlich kehrte das flaue Magengefühl zurück. Er stellte sich vor das Seitenfenster und warf einen Blick nach draußen. Auf der Veranda erspähte er einen blassen Fuß, unbewegt daliegend, mit den Zehen nach unten. Der Fuß war klein, beinahe zierlich. Das war das Mädchen von gestern. Er wusste es und musste sofort gegen die aufsteigende Magensäure ankämpfen, die sich seinen Schlund emporarbeitete. Er tat einen Schritt zur Seite, um seinen Sichtwinkel zu verbessern, schaffte es aber nicht, mehr als bis zur Wade zu sehen. Die Haut schien grau und wächsern und war mit Kratzern übersät, als ob sie querfeldein durch ein Dornenfeld gelaufen war.

Logik diktierte, dass sie tot sein musste. Aber etwas anderes in Lee meldete sich zu Wort und ermahnte ihn still und leise, das Schlimmste zu erwarten. Er beugte sich ein wenig vor und zielte mit der Waffe in die Richtung, in der er ihren Kopf vermutete. Einen Augenblick lang fühlte sich die Pistole schwer und irgendwie falsch in seinen Händen an. Für jemanden, der wie Lee mit Schussfeuerwaffen mehr oder weniger aufgewachsen war, war das kein gutes Zeichen, und Lee spürte, wie sein bereits angeknackstes Selbstbewusstsein einen weiteren Dämpfer erlitt. Der Geschmack des halb verdauten Energieriegels stieg in ihm auf und legte sich auf seine Zunge. Er wollte das Mädchen nicht noch einmal erschießen. Er streckte den Arm aus und legte die Hand auf das kühle Metall der Klinke. Dann öffnete er die Tür.

Ihr Arm schnellte abwärts, das Messer noch immer fest in der Hand.

Lee zuckte zurück und konnte sich gerade noch beherrschen, nicht am Abzugshahn zu ziehen. Das Mädchen lag tot vor der Tür, aber ihr Arm war dagegengelehnt gewesen und hinabgefallen, als er sie geöffnet hatte. Zumindest stellte sie keine Bedrohung mehr da.

Tango stürmte hinzu. Er schien von dem Ding vor der Tür fasziniert zu sein und wollte seine Nase hineinstecken. Lee schubste ihn mit dem Bein fort und sagte in eindringlichem Ton: »Nein! Aus ... Aus!«

Tango drückte weiterhin gegen sein Bein, bis Lee ihm einen ordentlichen Stoß mit dem Knie in die Rippen gab und den Befehl wiederholte. Endlich ließ Tango ab, stieß aber ein bedauernswertes Jaulen aus und starrte wie gelähmt auf das tote Mädchen.

Die Außenseite der Tür war mit Blut verschmiert und voller kleiner Einstiche. Sie hatte es irgendwie geschafft, sich auf die Veranda zu schleppen, nachdem er ihre Brust mit .45er-Munition vollgepumpt hatte. Aber als ob das nicht genug gewesen wäre, hatte sie danach auch noch in völliger Rage oder Verzweiflung oder vielleicht auch beidem wie wild auf die Tür eingehauen und -gestochen.

Der Fußabstreifer war blutgetränkt. Lee hatte sich nie an den Anblick von viel Blut gewöhnen können, und auch jetzt verkrampfte sich sein Magen erneut. Es war so ... so überhaupt nicht wie Hollywood. Künstliches Blut sah toll aus, beinahe hübsch. Die Spritzer waren perfekt, die Lachen stets in einer homogenen

Farbe. Malen-nach-Zahlen-Gore. In der Wirklichkeit aber sah das ganz anders aus; die Folgen einer schweren Wunde sind chaotisch und widerlich. Es gab immer irgendein anatomisches Detail, das von dem Blut herausgespült wurde und dessen Anblick einen zwang, sich nach vorne zu beugen, um es besser sehen zu können und sich fragen zu müssen: *Was zum Teufel ist das Widerliches?*

Diese Bilder zeitigten außerdem einen kumulativen Effekt. Lee fand sie inzwischen schwerer zu verdauen als damals, als er noch jung war. Er ließ den Blick von der Toten zu der Tür voller Einstiche schweifen, und erst jetzt bemerkte er das Stück Papier, das er am Tag zuvor auf seiner Flucht zwar gesehen, aber nicht mitgenommen hatte. Es handelte sich um aus einem Spiralblock gerissenes Linienpapier, das mit Tesafilm an die Tür geklebt war. Die Nachricht war handgeschrieben und ziemlich kurz gehalten.

Lee schnappte sie sich, behielt aber das tote Mädchen die ganze Zeit über im Auge. Die Tatsache, dass sie nicht sterben wollte, wenn andere schon längst den Löffel abgegeben hätten, machte ihn stutzig, und er rechnete damit, dass sie jederzeit wieder aufstehen könnte, um sich erneut mit dem Messer auf ihn zu werfen. Ehe er sich der Nachricht widmete, trat er ihr das Messer aus der Hand. Tango verfolgte es gierig mit seinem Blick, als es über die Veranda flog, rührte sich aber nicht vom Fleck.

Die Nachricht stammte von Marla Peterson.

Lee,
Jason ist heute nach der Arbeit nicht nach Hause gekommen und hat auch nicht angerufen. Vielleicht ist er bei Ihnen? Wenn Sie diese Nachricht lesen sollten – die Katastrophenschutzbehörde evakuiert uns heute um dreizehn Uhr. Wir kommen in ein Lager in Sanford. Bitte sagen Sie John, dass er so schnell wie möglich nachkommen soll und ich ihn liebe. Wir werden dort auf ihn warten.
Marla

Die Nachricht war datiert. Sie stammte vom 5. Juli.

Irgendwie fühlte Lee sich verantwortlich, obwohl er es selbst nicht ganz nachvollziehen konnte. Sanford war eine Kleinstadt circa achtzig Kilometer südwestlich von Raleigh gelegen. Es kam ihm wie ein merkwürdiger Ort für ein Lager der Behörden vor, mitten im Nirgendwo. Aber er nahm an, dass man bei einer Virusepidemie die Sicherheitszonen so weit wie möglich von Ballungsgebieten entfernt einrichten wollte.

Lee befand sich ungefähr fünfzig Kilometer östlich von Sanford, außerhalb einer Ortschaft namens Angier. Die Reise würde zwei Tage dauern, höchstens drei. Natürlich stand sein Pickup-Truck voll betankt in der Garage. Theoretisch müsste er sich nur hineinsetzen und losfahren, dann wäre die Sache in einer Stunde gegessen, aber bei einem sozialen Einbruch oder Umsturz, so ganz ohne Gesetzeshüter und Autobahnpolizei, eroberten Gangster und Psychopathen die Straßen zurück und verwandelten sie in Orte, an denen man sich besser nicht aufhielt.

Autofahren war also ein Tabu. Lee würde lieber schnurstracks geradeaus gehen. Aber zuvor wollte er noch wissen, was mit Jason passiert war.

In Lees Nähe hatte er sich nicht aufgehalten, so viel war klar. Als Polizeibeamter durfte er wahrscheinlich als einer der Letzten zu seiner Familie zurückkehren. Soweit Lee wusste, gab es vier Möglichkeiten bezüglich dessen, was ihm widerfahren sein konnte. Entweder war er bereits zu seiner Familie gestoßen, auf dem Weg zu ihr, eingeschlossen und Hilfe erwartend in seinem Haus oder tot.

Wie auch immer, das änderte nichts an Lees Vorhaben. Er faltete die Nachricht sorgsam zusammen und steckte sie in eine der Seitentaschen seiner Hose. Dann richtete er seine Aufmerksamkeit erneut auf die am Boden liegende Tote, stieß sie mit den Zehenspitzen seiner Stiefel an und erwartete fast eine Reaktion – warum auch immer. Es gab einen Spruch in der Army: Je enger der Nahkampf, je näher die Person, die du tötest, desto traumatischer das Erlebnis. Im Irak hatte er Menschen umgebracht, aber das war meistens wildes Schießen in die ungefähre Richtung von Mündungsfeuern an Fenstern oder Türöffnungen gewesen. Nur einmal hatte er einen Mann erschießen müssen, als sie ein Haus stürmten. Dieser, sechs Meter von ihm entfernt, hatte sich die neben ihm stehende AK schnappen wollen. Durch das Nachtsichtgerät war Lee der Mann ausdruckslos erschienen, ohne jegliche Emotionen, kaum mehr als ein grünes Phantasma.

Kaum menschlich.

Gestern aber hatte er dem Mädchen in die Augen geschaut, ganz gleich, welcher Wahnsinn hinter ihnen verborgen war, und aus nächster Nähe abgedrückt. Dann war er aufgestanden, um erneut zu feuern. Schließlich hatte er sie einfach liegen-, dem Wahnsinn überlassen, der von ihr Besitz ergriffen und sie dazu getrieben hatte, wie wild auf die Tür einzustechen, bis sie endlich verblutet war.

Er betete gen Himmel um Verzeihung und verdrängte dann jeglichen weiteren Gedanken daran.

Als er sich vergewissert hatte, dass das Mädchen auch wirklich tot war, stieg er über sie, ergriff sie mit behandschuhten Händen an den Fersen und zog sie von der Fußmatte, um den Weg zur Tür freizugeben. Zuerst wollte er sie ganz von der Veranda ziehen, aber nach dem Überraschungsangriff von gestern war ihm nicht wohl bei dem Gedanken, mit vollen Händen rückwärts die Treppe hinunterzugehen. Außerdem war es noch immer dunkel, und Lee wollte erst einmal sein Grundstück kontrollieren, ehe er sich zu den Petersons aufmachte.

Also zerrte er die Tote so leise wie möglich links neben die Tür, sodass sie erst einmal aus dem Weg war. Ihre Überreste würde er später entsorgen, sobald es hell war und er wusste, dass er sich sicher auf seinem Grundstück bewegen konnte. Als er sie fortzerrte, registrierte er weitgehend teilnahmslos, dass sie sich in die Hose gemacht hatte. Allerdings wusste er nicht, ob es ihr im Todeskampf passiert war oder die infizierten

Wahnsinnigen keine Kontrolle mehr über ihren Schließmuskel besaßen.

Verlust der Muskelkontrolle bedeutete ein bereits vorangeschrittenes Stadium der Krankheit; sie aber schien ihre motorischen Fähigkeiten sehr wohl unter Kontrolle gehabt zu haben, als sie ihn angegriffen hatte. Sie hatte sogar reden können, wenn es auch nur ein Wort war. Lee kam zu dem Schluss, dass sie lediglich das Anfangsstadium der Krankheit durchlebt hatte und ihre Darmentleerung ein Nebeneffekt ihres Wahnsinns war.

Als er sie in die Ecke geräumt hatte, klopfte er sich ans Bein und rief Tango zu sich. »Auf geht's, Tango. Schleichen!«

Sie ließen die Veranda hinter sich und gingen die Stufen zum Pfad extrem vorsichtig hinunter. Hinter jedem Schatten lauerte irgendetwas, und jeder Grashalm, der im Wind wehte, erhielt Lees uneingeschränkte Aufmerksamkeit. Sie gingen um das Haus, überprüften alle Winkel und Ecken, fanden aber nichts. Wer auch immer das Mädchen gewesen sein mochte, sie schien allein gewesen zu sein.

Allein gestorben. Besudelt mit Blut und ihren eigenen Fäkalien.

Als Lee das komplette Grundstück abgesucht hatte, begann die Morgendämmerung. Der Horizont im Osten hellte auf, wurde grau, und die Kakofonie der Vögel hatte begonnen. Er schwitzte bereits, so warm und schwül war es. Heute würde ein brütend heißer Sommertag in North Carolina werden. Einer dieser

»Dschungeltage«, an denen man mehr Feuchtigkeit als Luft in die Lungen saugte.

Sie hatten Haus und Grundstück im Uhrzeigersinn abgesucht und die Garage und den kleinen Kriechkeller überprüft. Tango hatte nicht geknurrt oder sonstige Anzeichen gemacht, dass sie nicht allein waren, sondern stets den Kopf gesenkt und sich brav an Lees Seite gehalten. Lee fühlte sich mit Tango in der Nähe sicherer. Insbesondere dessen ausgezeichnete Nase und Schutzinstinkt dienten Lee als Frühwarnsystem für etwaige Menschen in der Gegend – mochten sie infiziert sein oder nicht.

Als sie wieder zu ihrer Ausgangsposition an der nordwestlichen Ecke des Hauses zurückkehrten, ging Lee zum Rand seines Vorgartens, wo der gemähte Rasen endete und der Wald begann. Der Hintergarten der Petersons lag nur knappe zweihundert Meter Richtung Norden.

Er arbeitete sich vorsichtig durch den Wald. Die Morgendämmerung, die es durch die Wipfel bis zum Boden schaffte, tauchte die Umwelt in ein monochromes Licht. Jeder Baum sah genauso aus wie der vorige. Aufgrund der schwülen Luft und des Taus auf der Erde knirschte es kaum unter Lees Füßen, und außer dem Rasseln seiner eigenen Gasmaske herrschte Totenstille im Wald.

Endlich teilten sich die Bäume, und eine Lichtung kam zum Vorschein.

Lee befand sich am Fuß eines steilen Hügels, über dessen Kamm er das Dach der Petersons ausmachen konnte. Zu seiner Linken floss ein flacher Bach durch eine Senke. Auf dem Weg durch den Wald sank seine Hoffnung, jemanden im Haus der Petersons anzutreffen. Es gab keinen Grund für Jason, sich dort aufzuhalten – zumindest nicht ohne seine Familie. Er war ein feiner Kerl, ein echter Familienvater, und würde es nicht zulassen, dass Marla und Stephanie alleine in irgendeinem Auffanglager auf ihn warteten. Nein, wenn nötig, würde er das ganze Land auf der Suche nach ihnen durchqueren.

Und trotzdem ...

Er wollte sich vergewissern, dass die Petersons es geschafft hatten. Wenn er sie in Sicherheit wusste, würde es ihm ein wenig besser gehen.

Lee und Tango schlichen sich den Hügel hinauf, und mit jedem Schritt kam mehr von dem Haus in Sicht. Da Lee nicht wusste, wer – oder was – im Haus oder in dessen Nähe auf ihn warten würde, wurden sie noch vorsichtiger, versteckten sich hinter Bäumen oder nutzten die Schatten für Deckung. Auf freier Fläche rannte er gebückt und war stets wachsam, was hinter dunklen Stämmen auf ihn warten könnte.

Eine Sache bemerkte er, als er sich dem Haus näherte: Ein Licht brannte im ersten Stock und ließ das Fenster schwach im Morgengrauen glühen.

Daraus zog Lee eine Reihe von Schlüssen. Er wusste, dass es sich bei den Petersons, im Gegensatz zu ihm, nicht um professionelle Überlebenskünstler handelte und ihre Stromversorgung nicht autark war. Ihr Haus hing am öffentlichen Netz. Wenn das Licht bei ihnen brannte, gab es also noch Strom. Er ging davon aus, dass die Arbeiter der Kraftwerke ebenfalls evakuiert worden waren. Wer also bediente sie? War es die Nationalgarde, oder gab es automatisierte Systeme?

Als er darüber nachsann, begann das Licht zu flackern. Es war eine Kerze, was ihn zu einer anderen Schlussfolgerung kommen ließ. Eine Kerze brannte nicht ewig. Jemand musste sie angezündet haben. Vielleicht befand die Person sich noch im Haus. Zumindest muss bis vor Kurzem jemand dagewesen sein. Jason? Oder jemand, der dort Zuflucht gesucht hatte?

Lee war noch immer davon überzeugt, dass sein Freund und Nachbar wohl kaum ohne seine Familie daheimbleiben würde. Das hieß, dass jemand im Haus war, der dort eigentlich nicht hingehörte. Lee überlegte, wie er die Situation angehen sollte.

Einerseits gewann Einbruch angesichts eines sozialen Umsturzes eine neue Qualität. Anstatt einer Straftat war es eher so etwas wie eine Notwendigkeit. Ein Zufluchtsort war in diesen Zeiten gleichbedeutend mit Überleben.

Andererseits handelte es sich hier um das Haus seines Freundes, und Lee fühlte sich dafür verantwortlich, es bis zu seiner Rückkehr gesichert zu wissen. Wer konnte schon vorhersagen, wann diese Katastrophe überstanden war und die Leute wieder nach Hause zurückkehren konnten? Er wollte nicht, dass die Petersons ihr Heim geplündert und heruntergekommen vorfanden – nur, weil ein Streuner es sich aus »Überlebensgründen« darin gut gehen ließ.

Das Ganze war eine Grauzone.

Er musste die Situation genau einschätzen, ein Gefühl dafür bekommen. Die Hausbesetzer konnten Arschlöcher sein, das Haus als Basis benutzen, um Straßensperren zu errichten oder ihre Beute zu horten. Es konnte sich aber auch um eine Familie handeln, die zu Fuß unterwegs war und nach einer sicheren Übernachtungsmöglichkeit gesucht hatte.

Lee ging um das Haus, Tango immerwährend an seiner Seite. Er richtete sein M4 stets auf die Fenster, falls man ihn erspähte. Er hatte die Intensität seiner Laserzielvorrichtung heruntergedimmt, sodass der rote Punkt in dem schwachen Morgenlicht nicht zu grell leuchtete.

An der Rückseite angelangt, hielt er sich links und ging auf eine hölzerne Treppe zu, die zu einer großzügigen Veranda auf Stelzen führte. Er ließ die große Terrassentür zu keinem Zeitpunkt aus den Augen. Es handelte sich um eine Schiebetür ohne Vorhänge. Falls sich jemand drinnen aufhielt, würde er Lee schon lange bemerkt haben, ehe dieser ihn sehen konnte. Rasch durchlief er den tödlichen Schacht und stellte sich dann links neben der Tür auf. Erst jetzt konnte er etwas in der Finsternis hinter dem Glas ausmachen.

Hinter der Tür befand sich das Wohnzimmer, das einen auf den ersten Blick guten Eindruck erweckte. Er sah den Fernseher, den Couchtisch, auf dem einige

Magazine lagen, zwei Sofas und einen ledernen Fernsehsessel. Vor seinem inneren Auge sah Lee, wie Jason es sich sonntags darin bequem machte, um mit einem kalten Bier in der Hand Football zu schauen. Wenn man links aus dem Wohnzimmer ging, befand man sich in einem langen Flur, der zur Vordertür führte.

Er überprüfte die Terrassentür, aber sie war verschlossen. Scheiße.

Er wägte seine Optionen ab. Entweder musste er das Glas zerschlagen oder einen anderen Eingang ins Haus finden. Wer auch immer hinter den Mauern war, würde das Brechen der Tür hören. Und je nachdem, wie viele Leute sich im Haus befanden und ob sie bewaffnet waren, könnte das zu einem Problem werden.

Lee wollte sich gerade abwenden, als er jemanden auf der Couch liegen sah. Es war ein junges Mädchen. Er konnte dunkle lockige Haare erkennen. Er hatte sie übersehen, weil sie mit dem Rücken zur Terrassentür lag und sich in der Dunkelheit optisch an die Kissen und das Material anglich.

Stephanie.

Lee wollte sie auf sich aufmerksam machen, aber er wusste, dass sie viel zu viel Angst haben würde, um ihn unter seiner Gasmaske zu erkennen. Rasch riss er sie sich vom Kopf und hängte sie an einen Karabinerhaken seiner Kampfmittelweste. Dann klopfte er mit seinem behandschuhten Fingerknöchel an die Terrassentür und flüsterte: »Steph! Steph!«

Sie reagierte nicht.

Er wollte gerade erneut klopfen, als er eine dunkle Gestalt im Gang stehen sah, die ihn beobachtete.

»Scheiße«, flüsterte er, trat einen Schritt zurück und hob sein M4.

Die Kreatur schien sich wenig um die Waffe zu kümmern, sondern humpelte ungelenk näher. Es wirkte so, als ob ihre Beine und Arme steif wären. In ihrer rechten Hand hielt sie etwas. Lee glaubte, ein Fleischerbeil zu erkennen.

Stephanie hatte sich noch immer nicht bewegt. Die Einsicht überrollte ihn wie ein D-Zug. Stephanie schlief nicht. Sie war tot. Und der Verrückte mit dem Fleischerbeil hatte sie umgebracht. Lee trat einen weiteren Schritt zurück, als der Mann um die Küchentheke humpelte und das Beil in die Höhe hob, als ob er nicht begriff, dass eine Glastür ihn von seinem Gegenüber trennte. Wer zum Teufel war dieser Typ, und warum befand er sich im Haus der Petersons? Lee hatte noch nie jemanden aus Wut umgebracht. Jetzt aber, glaubte er, könnte es durchaus passieren.

Er brachte das M4-Maschinengewehr erneut in Anschlag, zielte, sodass der rote Punkt auf der Brust des Mannes ruhte, und drückte ab. Die Stille des frühen Morgens wurde erschüttert. Der Knall seiner Waffe hallte in Lees Trommelfell nach. Das Glas zerbarst nach innen in tausend Stücke, und durch die herabregnenden Splitter konnte Lee den Mann sehen, der noch immer mit erhobenem Beil auf ihn zukam.

Lees Gehirn schickte einen Befehl an seinen Abzugsfinger: *Nicht aufhören!*

Lees Finger gehorchte, und als er zusah, wie der Mann mit jedem Einschlag in die Brust weiter rückwärts stolperte, bemerkte er wieder diese wahnsinnigen Augen, musterte das Gesicht des Mannes, und für den Bruchteil einer Sekunde glaubte Lee, ihn wiederzuerkennen. Dann aber traf eine Kugel den Kiefer und riss ihn mit sich. Die nächste bohrte sich tief in seine Stirn.

Der Körper fiel mit dem Gesicht zuerst auf das zerborstene Glas zu Boden, zuckte aber noch sporadisch. Plötzlich merkte Lee, dass er noch immer den Finger am Abzug hatte und abdrückte.

Lee warf Stephanie nicht einmal einen Blick zu. Im Hinterkopf hatte er bemerkt, dass sie sich während des Feuerhagels nicht gerührt hatte. Er wusste, dass nichts mehr zu machen war. Stattdessen starrte er auf den Körper, der jetzt vor ihm auf dem Boden lag. Irgendetwas stimmte nicht, aber was genau, konnte er im Augenblick nicht sagen. Er wollte sich Zeit nehmen, den Toten zu untersuchen – schließlich hatte er den Mann wiedererkannt. Zuerst aber musste er weiter, denn es waren eventuell noch andere Infizierte im Haus.

Lee schaute sich um und nahm die Szene so emotionslos wie möglich in sich auf. Er warf Stephanie einen flüchtigen Blick zu und sah, dass man ihr die Kehle durchgeschnitten hatte. Sie war bereits einige Zeit tot. Plötzlich stieg ihm der grässliche Gestank von

Verwesung in die Nase. In der Küche, die er jetzt vom Wohnzimmer her einsehen konnte, bemerkte er eine weitere Tote. Er wusste sofort, dass es sich um Marla handelte. Er ging zu ihr und musterte sie, was seine schlimmsten Befürchtungen bestätigte. Sie war bereits aufgebläht und halb verwest, sodass ihre liebenswürdigen und warmherzigen Züge weitgehend verschwunden waren. Trotzdem erkannte er sie sofort. Jemand hatte den überwiegenden Teil ihres Rumpfes in Stücke gehackt. Die Küche war voller Blut, und Lee konnte nicht umhin, an ein Gemälde von Jackson Pollock erinnert zu werden.

Langsam dämmerte ihm auch, was so merkwürdig an dem Mann mit dem Fleischerbeil war – er trug einen Gürtel, aber nicht irgendeinen, sondern einen aus Lackleder, wie bei der Polizei ...

Lee kehrte zur Leiche des Mannes zurück und positionierte sich so, dass er den Gang stets im Blick hatte, durch den man ins Haus kam. Lieber Vorsicht als Nachsicht walten lassen, dachte er. Vielleicht lauerte ein weiterer Angreifer irgendwo im Flur oder anderswo im Haus. Er drehte den Leichnam mit einem Fuß auf den Rücken.

Jason starrte mit leeren toten Augen zu ihm auf. Sein Gesicht war von tiefen Schnittwunden entstellt. Hatte er sich die vielleicht selbst beigebracht? Entweder hatte er ganze Klumpen Haare verloren oder sie sich selbst ausgerissen. Das Gesicht beziehungsweise das, was davon übrig geblieben war, war eingesunken und farblos. Getrocknete Blutspritzer bedeckten die gesamte untere Hälfte seines Kopfes und seinen Hals. Es sah beinahe so aus, als ob er die anderen gegessen hatte.

Lee ging in die Knie und hockte sich hin. Er wartete darauf, dass die Emotionen in ihm hochkochen würden, aber sie wollten nicht kommen. Er wusste, dass das ein typisches Verhalten für sein Gehirn war. Erst später würden sie ihn einholen, in der Stille der Nacht, wenn er schlafen wollte. Die schlimmen Erinnerungen warteten immer auf ruhiges Fahrwasser, ehe sie sich an die Oberfläche wagten.

Er flüsterte in seine zur Faust geballten Hand: »Jason, was hast du getan?« Aber Jason antwortete nicht. Das Gleiche galt für seine Familie. Tango stand an der Terrassentür und schnaufte aufgeregt, als ob er Lees Aufmerksamkeit auf sich ziehen wollte. Lee schenkte Jason einen letzten Blick und stand dann auf. »Bleib da, Tango.« Er wollte nicht, dass der Hund sich vielleicht die Pfoten an den Glasscherben aufschnitt. Es war zwar unwahrscheinlich, dass er sich verletzen würde, aber Lee besaß nur eine Erste-Hilfe-Ausrüstung für Menschen, nicht für Tiere. Lee schnappte sich zwei Decken, die über dem Fernsehsessel lagen und die Jason nie wieder benutzen würde, und warf sie über die Scherben. »Komm«, befahl er Tango und schnalzte mit der Zunge.

Lee war die Lust auf weitere Aktionen vergangen. Er wollte das Haus nicht länger durchsuchen, verspürte kein Verlangen, sich in seiner Nähe aufzuhalten. Er wollte nur noch weg von hier. Trotzdem machte er weiter, auch wenn er sich benommen fühlte. Es gab Arbeit zu erledigen. Er wollte, dass das Haus bereinigt wurde. Außerdem verdienten Marla und Stephanie ein vernünftiges Begräbnis. Das war das Mindeste, was er für sie tun konnte.

Tango stapfte vorsichtig über die Decken. Lee ging durch die Küche in den Gang, und Tango folgte ihm auf dem Fuß. Der Hund schien weniger an diesen Leichnamen interessiert zu sein als an dem Mädchen auf Lees Veranda, aber Lee befahl ihm trotzdem, davon abzulassen. Er konnte schließlich nicht wissen, ob Marla oder Stephanie infiziert worden waren, ehe Jason sie getötet hatte.

Er schlich den Flur entlang. Das Morgenlicht schien jetzt auf die Reihe von Familienfotos, die an den Wänden hingen. Lee nahm sich ein relativ neues davon und musterte es. Alle drei saßen eng beieinander und lächelten. Er hängte es nicht wieder an seinen Platz zurück, sondern stellte es auf den Boden.

Das Wohnzimmer war so weit gesichert. Jetzt musste er die Treppe hoch in den ersten Stock. Lee ging in das Elternschlafzimmer, wo er Jasons Unterschlupf vorfand. Dort war er in seinem Wahnsinn beinahe verrottet, sein Gehirn aufgefressen worden, bis es nur noch die allernotwendigsten Funktionen auszuführen imstande war. Die Kerze, die Lee vom Hügel aus hatte flackern sehen, war fast abgebrannt, kaum noch fünf Zentimeter hoch und stand in einer ausgehärteten Lache aus Wachs.

Die Bettlaken waren voller Blut. Lee war sich nicht

sicher, ob es von Marla oder Stephanie stammte oder von den anscheinend selbst verursachten Wunden in Jasons Gesicht. Wie auch immer, Lee ließ sie links liegen und erkundete weiter.

Dann entdeckte er etwas anderes in dem großen Badezimmer.

Über dem Spiegel, der über den zwei Waschtischen hing, stand ES TUT MIR LEID in Blut geschrieben. Nicht nur einmal, nicht zweimal, sondern immer und immer wieder. Es stand an den Wänden und auf den Stellflächen der Kommoden und Schubladen. Lee glaubte, dass Jason während des Abschlachtens seiner Familie vielleicht einen Moment der Klarheit inmitten seines gewalttätigen, wahnsinnigen Verlangens erlebt hatte. Plötzlich musste sein Bewusstsein die Oberhand gewonnen haben. Lee malte es sich aus. Da stand Jason, starrte voller Hass auf sein Spiegelbild. Er hackte mit dem Fleischerbeil auf sein eigenes Gesicht ein und benutzte sein Blut, um die Nachricht auf alles zu schmieren, was sich ihm anbot. Lee fragte sich, wie lange wohl dieser Augenblick der Erkenntnis gedauert haben mochte, ehe Jason wieder dem Wahnsinn verfiel und die Worte nur wiederholte, ohne zu wissen, was sie bedeuteten oder warum er sie schrieb.

Lee verließ das Badezimmer. Ihm war ein wenig schummrig. Er ging wieder ins Parterre, um nach den Leichen zu schauen. Er wollte sichergehen, dass sie sich nicht bewegt hatten – und das war natürlich nicht der Fall. Dann kam der Keller dran, ehe er sich die Garage vornahm. Er griff sich eine Schaufel und warf sie durch das Garagentor in den Garten, ehe er die Gasmaske wieder aufsetzte und ins Wohnzimmer stapfte. Zuerst kümmerte er sich um Stephanie, die er vorsichtig auf die Arme nahm, als ob er sie nicht aufwecken wollte. Wenn er sie so hielt, dass ihr Kopf auf ihrer Brust ruhte, konnte er die klaffende Wunde an ihrem Hals kaum ausmachen.

Der Gestank drang sogar durch sämtliche Filter seiner Gasmaske, sodass er einige Male würgen musste. Er legte das Mädchen auf ein flaches Stück Rasen vor dem Abhang. Dann holte er Marlas Leichnam, indem er unter die Achseln griff und sie herausschleppte, um sie dann neben ihrer Tochter zu platzieren.

Nach getaner Arbeit stand er eine Weile da und fragte sich, ob er Jason ebenfalls beerdigen sollte – neben seiner Familie. Er war offenbar nach Hause gekommen, ehe sie ins Sammellager der Katastrophenschutzbehörde flüchten konnten. Zusammen an Ort und Stelle geblieben wären sie kaum, was bedeutete, dass er bereits infiziert hier angekommen war und bereits unter einigen Symptomen gelitten haben musste. Lee wusste, dass Jason zwölf Stunden lange Schichten gearbeitet hatte. Aber im Fall einer Katastrophe war es durchaus denkbar, dass sie ihm eine Doppelschicht aufgehalst hatten, also vierundzwanzig Stunden Dauereinsatz. Entweder hatte er sich also einige Tage vorher infiziert und es irgendwie noch nach Hause geschafft, oder er war den Bakterien direkt ausgesetzt gewesen, sodass die Inkubationszeit verkürzt wurde und die Krankheit rascher fortschritt, als er vermutet hatte.

Lee entschied sich, dass die Seuche schuldig war, nicht der Mann.

Wenn es einen Himmel gab, dann befände sich Jason aufgrund der Dinge, die er als Lebender getan hatte, dort. Was danach passierte, als sein Gehirn halb weggefressen war, zählte nicht. Er verdiente es, mit den Seinen begraben zu werden. Er hatte beide sehr geliebt, und Jason war kein Mann gewesen, der ihnen in irgendeiner Form Leid hätte antun können.

Lee ging also zurück ins Haus und kniete sich vor den Leichnam des Mannes, den er einmal einen Freund geheißen hatte. Jetzt erst bemerkte er, dass Jason noch immer seine Uniform trug. Er musste gewusst haben, dass er infiziert worden war – entweder durch das Trauma einer schlagartigen Infizierung oder aufgrund der auftretenden Symptome. Lee nahm an, dass Jason zurückgekehrt war, um seine Familie ein letztes Mal vor seinem Tod zu sehen, ohne zu wissen, welch ein grausames Schicksal FURY für ihn und seine Angehörigen parat hielt.

Lee checkte die beiden Hemdtaschen und fand eine zerknüllte Nachricht. Die Handschrift war so zittrig, dass Lee sie kaum lesen konnte. In schwarzer Tinte stand dort:

Wenn ich bereits tot bin, überreichen Sie diese Nachricht bitte Marla und Stephanie Peterson in der 110 Morrison Street. Steph und Marla, ich wurde von einem Infizierten

in den Arm gebissen. Das war heute Morgen, und ich spüre bereits, dass es auch mich erwischt hat. Ich habe versucht, nach Hause zu kommen, um euch ein letztes Mal zu sehen, aber es sollte wohl nicht klappen. Seid versichert, dass ich euch beide liebe, und wenn ich gewusst hätte, dass ich euch nie mehr wiedersehen würde, hätte ich das Haus nie verlassen, um zur Arbeit zu gehen.
Es tut mir so leid.
Euer Ehemann und Vater

Lee rollte die Ärmel hoch. Der rechte Arm schien unversehrt, aber um den linken war ein dicker Verband gewickelt. Lee nahm ihn ab und entdeckte eine tiefe Bisswunde knapp über dem Handgelenk.

Selbst im Tod hatte Jason sich wieder einmal als nützlich erwiesen und ihm Informationen von unschätzbarem Wert zukommen lassen. Eine direkte Infizierung konnte innerhalb weniger Stunden zu den ersten Anzeichen der Krankheit führen, woraufhin es offenbar nicht lange dauerte, bis die Verwandlung endgültig vollzogen war. Merkwürdigerweise fühlte Lee sich ein wenig erleichtert, denn wenn das Messer, mit dem das Mädchen ihn am Vortag verletzt hatte, voller FURY-Bakterien gewesen wäre, hätte eine prompte Ansteckung folgen müssen. Aber Lee verspürte nichts Außergewöhnliches.

Nachdem er die Nachricht wieder zusammengefaltet und zurück in Jasons Hemdtasche gesteckt hatte, ergriff er die Leiche an den im Gegensatz zum Restkörper kaum blutbesudelten Fersen und zerrte sie in den Garten. Was von Jasons Kopf übrig geblieben war, knallte unsanft die Stufen hinab. Lee hätte ihm Würdevolleres gewünscht, aber unter den gegebenen Umständen war ein Grab alles, was er der Familie bieten konnte.

6
Sam

Lee brauchte zwei Stunden, um ein Loch zu graben, das breit genug war, um die drei Toten Schulter an Schulter liegend fassen zu können. Es war weniger als einen Meter achtzig tief, aber tief genug, um sie lange genug unter der Erde zu wissen. Die Erde im Garten war nicht schlecht, aber nach einem Meter stieß Lee auf roten Lehm, den ohne größere Werkzeuge auszuheben beinahe unmöglich war. Das hielt ihn nicht davon ab, noch weitere dreißig Zentimeter zu graben, ehe er erschöpft war.

Er sah auf die Uhr. Es war fast neun.

Die Sonne brannte bereits auf die Erde nieder, genau, wie er es vorhergesehen hatte. Sein Fahr-zur-Hölle-Rucksack, die Kampfmittelweste und das M4 lagen auf dem Boden neben den Leichnamen. Sein Tarnhemd war schmutzig und durchgeschwitzt. Tango lag neben Lees Ausrüstung und ignorierte die Toten. Stattdessen schaute er Lee bei der Arbeit zu und hechelte in der Hitze.

Lee warf die Schaufel aus dem Loch und kletterte hinaus. Er öffnete eine Flasche Wasser, trank die Hälfte und gab Tango den Rest. Der Hund leckte gierig an der Flasche, als Lee das Wasser langsam herauslaufen ließ.

Zuerst legte er Marla ins Grab, dann Jason. Zwischen die beiden kam Stephanie. So, wie sie dalagen, musste er erneut an das Familienporträt denken, das er auf dem Boden abgestellt hatte.

Ehe er das Grab wieder zuschaufelte, nahm er sich Jasons Dienstwaffe und die zwei Extramagazine von dessen Gürtel. Es handelte sich um eine Smith & Wesson M&P .40 Kaliber. Gar nicht schlecht, irgendwo zwischen einer 9mm und einem .45 Kaliber, wenn es um Durchschlagskraft ging. Er steckte seine Beute in den Fahr-zur-Hölle-Rucksack und schaufelte dann die ausgehobene Erde wieder ins Familiengrab.

Als das Loch gefüllt und die Erde gestampft war, ging er erneut ins Haus und holte das Familienfoto, das er zuvor auf den Boden gestellt hatte, aus dem Flur. Er überlegte, ob er es mitnehmen sollte, quasi als Andenken an die gute alte Zeit, entschied sich aber dagegen. Es sollte bei den Petersons bleiben, und er setzte es als Grabstein in die Erde.

Er war schon dabei, sich die Ausrüstung wieder anzulegen, als Tango plötzlich aufstand und die Ohren spitzte. Er blickte sich um, wandte sich dann zur Morrison Street um und begann zu knurren.

Lee erstarrte augenblicklich und lauschte angestrengt. Aber er hörte nichts. Also zog er sich zügig an, zog die Kampfmittelweste fest und warf sich das Maschinengewehr über die Schulter. Auch wenn er nichts hören konnte, hieß das noch lange nicht, dass Tango sich getäuscht hatte. Dann schnappte er sich den Fahr-zur-Hölle-Rucksack am Haltegriff und eilte, so leise er konnte, ins Haus der Petersons.

Er sprintete die Stufen zur Veranda hoch und rannte ins Wohnzimmer. Wenn es doch nur eine Möglichkeit gäbe, die kaputte Terrassentür irgendwie zu sichern. Er lief den Flur entlang zur Vordertür, überprüfte, dass sie verschlossen war, und lugte dann aus dem Fenster neben der Tür. Hinter ihm winselte Tango und sprang wild durch die Gegend. Auch er konnte Lees Anspannung spüren.

Währenddessen schnallte Lee sich seinen Fahr-zur-Hölle-Rucksack um und zog die Riemen straff. Er blieb für eine weitere Minute dort, wo er war, stehen und hielt Ausschau, sah aber nichts. »Was hast du gehört?« Lee ging die Treppe zum ersten Stock hoch, bog nach links ab, weg vom Elternschlafzimmer, in Stephanies Zimmer. Es war pink, voller Blumen und Prinzessinnen. Wenn Lee eine Gelegenheit gehabt hätte, sich das Herz brechen zu lassen, wäre genau das jetzt geschehen.

Die Rollos waren hochgezogen und boten einen guten Überblick der Morrison Street. Jetzt hörte auch er etwas. War es ein Motor? Irgendjemand brüllte ... oder schrie. Es schien ein Mann zu sein ... nein, eine ganze Reihe von Männern. War das ein Pfeifkonzert? Jason hätte es »allgemeines Gejohle« genannt. Auf jeden Fall war der Motor wieder dabei, der jetzt überdreht wurde. Irgendetwas mit Saft unter der Haube, wie ein Achtzylinder.

Er konnte lediglich einen schmalen Streifen der Straße unter sich einsehen. Zwischen dem Haus der Petersons und Lees stand ein dichter Hain, der den Blick auf die Morrison Street gen Süden verwehrte. Und so sehr er sich auch streckte, er vermochte es nicht, einen guten Blick nach Norden zu erhaschen, obwohl dort keine Bäume standen.

Von Süden her erspähte er plötzlich einen roten Wagen, der immer wieder zwischen den Bäumen erschien, ehe er den Wald passiert hatte und in freie Sicht kam. Es handelte sich um einen roten Pickup-Truck mit übergroßen Geländereifen. Auf der Ladefläche standen zwei bewaffnete Männer, aber Lee konnte aus der Entfernung nicht mit Sicherheit sagen, ob sie Gewehre oder Flinten trugen. Es war ihm nicht möglich, in das Innere des Fahrzeugs zu schauen, sodass er unmöglich feststellen konnte, mit wie vielen Männern er es zu tun hatte. Der Wagen wurde langsamer. Es schien ganz so, als ob sie nach etwas suchten.

Lees Herz begann heftig in seiner Brust zu pochen, sodass sein ganzer Körper zu beben begann.

Die Männer zeigten plötzlich aufgeregt in Richtung Waldgrenze. Der Truck wurde wieder schneller und verließ dann mit hohem Tempo die Straße, sodass einer der Männer auf der Ladefläche beinahe das Gleichgewicht verlor und herunterpurzelte. Lees Blick folgte dem Wagen und ging ihm dann Böses ahnend voraus. Lee sah, wie zwei Gestalten, ein Mann und ein Junge, aus dem Wald liefen.

Lee fluchte, bückte sich und presste den Rücken gegen die pinkfarbene Wand, ließ die beiden aber nicht aus den Augen. Sie rannten wie Hasen, die vor einer Meute von Hunden flüchteten. Lee lehnte sich vor und sah, wie der Pickup zu einem abrupten Stopp schlitterte und Erde und Gras aufwirbelte. Sie hielten ungefähr zweihundert Meter von den beiden Fliehenden entfernt an. Die Türen des Wagens öffneten sich, und die beiden Männer auf der Ladefläche sprangen ab. Dann stiegen drei weitere Männer aus der Fahrerkabine – jeder von ihnen schien mit Flinten beziehungsweise Jagdgewehren bewaffnet zu sein.

Der Mann und der Junge rannten in Richtung Haus, wussten aber, dass sie es nicht schaffen würden. Sie waren stehen geblieben. Der Mann stellte sich mit erhobener Brust auf und beobachtete die fünf Männer beim Pickup-Truck. Der Junge, anscheinend nicht viel älter als zehn Jahre, versteckte sich hinter dem Mann, von dem Lee annahm, dass es sein Vater war.

Die bewaffneten Männer schlenderten zu den beiden hinüber, unterhielten sich und lachten lautstark. Offensichtlich verhöhnten sie die beiden. Sie fächerten aus, als ob sie den Mann und den Jungen umzingeln wollten. Lee konnte nicht alles hören, verstand aber einzelne Wörter wie *Scheiße* und *Hübscher kleiner Junge*. Das reichte ihm.

»Tango, komm.« Lee schoss aus Stephanies Zimmer, rannte die Treppe hinab, eilte den Flur entlang und gelangte durch die kaputte Terrassentür in den Garten. Tango folgte ihm auf den Fersen.

Lee wies Tango an, stets einen Meter hinter ihm zu

bleiben, und stellte sich dann hinter der südwestlichen Ecke des Hauses auf, um den Hals auszustrecken und dem Schauspiel weiter zu folgen. Hinter dem überwachsenen Garten sah Lee, wie der Vater sich noch immer schützend vor seinem Sohn aufstellte, aber langsam einen Schritt nach dem anderen Richtung Haus tat. Der Mann schien mit der Hand nach etwas in seiner Tasche zu suchen und brachte schließlich etwas hervor, das wie ein kleiner silberner Revolver aussah.

»Tu es nicht ...«, flüsterte Lee, während er in einer Tasche seiner Kampfmittelweste nach einem Sucheraufsatz mit dreifacher Vergrößerung herumkramte, ihn fand und gleich hinter den Sucher seines M4 steckte.

Der Mann zielte mit dem Revolver auf die sich nähernden Männer und brüllte: »Zurück mit euch! Sonst schieße ich!« Er besaß einen starken Akzent. Lee erkannte sofort, dass es sich um einen Araber handelte.

Einer der Männer vom Pickup, wahrscheinlich der Anführer, entgegnete: »Wenn in dem Spielzeug Kugeln wären, hättest du schon lange abgedrückt.«

Lee konnte an der Logik des Mannes nichts aussetzen. Der Revolver musste leer sein und fungierte nur als Drohmittel, oder vielleicht hoffte der Araber, irgendwann Munition zu finden.

Der Anführer der Verfolger hob sein Jagdgewehr zum Anschlag und zielte damit auf den Mann. »Und außerdem wollen wir nicht dich, du Hadschi-Arschloch.«

Der Kopf des Arabers schnellte nach hinten, und ein roter Nebel sprühte aus seinem Hinterkopf. Er stolperte rückwärts. Der Junge wollte seinem Vater helfen, zog dann aber die Hand zurück, drehte sich um und sprintete, so schnell er konnte, genau auf Lee zu. Die fünf Männer lachten laut auf und joggten ihm locker hinterher.

Lee hatte kaum Zeit, sich auf das Folgende vorzubereiten.

Als der Junge um die Ecke gerannt kam, schnappte Lee sich ihn blitzartig und hielt ihm die Hand über den Mund, ehe er aufschreien konnte. Dann zog er ihn eng an sich – er wog kaum fünfzig Kilo – und flüsterte ihm ins Ohr: »Alles ist gut, es ist okay. Ich bin hier, um dir zu helfen.« Mehr Zeit gab es nicht. Der Junge erschlaffte, und Lee hielt ihn aufrecht. Er fragte sich, ob er vielleicht in Ohnmacht gefallen war.

Lee hielt ihn mit einem Arm fest und sprintete dann Richtung Bäume, so schnell seine Beine ihn trugen. Seine beste Chance bestand darin, den Hügel zwischen sich und den Männern zu wissen, ehe sie vom Pickup-Truck um die Ecke kamen. Der Hügel und die Bäume würden ihm und seinem kleinen Mündel als Schutz dienen. Ohne offensichtliche Spur, der sie folgen konnten, würden die Männer höchstwahrscheinlich glauben, dass der Junge im Haus Zuflucht gesucht hatte. Sie würden es erst durchsuchen, was Lee genügend Zeit geben würde, um ein besseres Versteck zu finden.

Mit Seitenstichen und brennenden Beinen schaffte

Lee es zum Hügel und ließ dann die Schwerkraft und den Schwung den Rest erledigen. Tango rannte neben ihnen her und warf dem Jungen immer wieder neugierige Blicke zu. Lee verdrängte das wilde Pochen seines Herzens, das beinahe aus seiner Brust zu platzen drohte, und lauschte nach einem verräterischen Schrei oder sonstigen Zeichen dafür, dass man sie entdeckt hatte.

Als sie zum Fuß des Hügels kamen, hielt er nicht an, sondern lief weiter auf die Senke mit dem Bach zu. Wenn er es bis dorthin schaffte, würde er ihn als eine Art Straße benutzen und den Jungen in Sicherheit bringen können, wobei ihm das Bild des fetten Arschlochs, das den Vater dieses Jungen erschossen hatte, nicht aus dem Kopf wollte.

Recht und Ordnung wiederherstellen.

Ein weiteres Missionsziel.

Er konnte sich noch an den Soziologie-Professor erinnern, der die Koordinatoren in die verschiedenen Theorien darüber, wie die Welt sich nach einem sozialen Umsturz neu bilden könnte, eingewiesen hatte. »Rasche und gnadenlose Rechtsprechung ist die einzig mögliche Art und Weise, dem Chaos Einhalt zu gebieten. Sie müssen Angst und Schrecken nicht nur bei jenen verbreiten, die Unrecht getan haben, sondern auch bei denen, die daran denken. Sie müssen zum Feindbild werden, das die Übeltäter nachts unter dem eigenen Bett vermuten. Ich rede hier nicht von einer normalen Festnahme, gefolgt von einer Vorladung vor dem Geschworenengericht. Solche Maßnahmen greifen vielleicht in einer zivilisierten Welt, aber nicht in einer Situation, in der Sie sich befinden werden. Ich rede über erbarmungslose Hinrichtungen, über eine Kugel im Kopf für Straftaten, die in der heutigen Zeit vielleicht eine Gerichtsvorladung nach sich ziehen. Ich hoffe, dass Sie dazu bereit sind, denn in einer postapokalyptischen Weltordnung wird alles andere als Schwäche interpretiert.«

Hört sich gut an, Professor Thompson.

Lee war am Bach angekommen und kniete sich hin. Er setzte den Jungen ab, der leicht benommen dreinschaute, und schüttelte ihn. »Hey! Aufwachen, Kleiner!«

Der Junge starrte ihn verwirrt an.

»Verstehst du mich? Sprichst du Englisch?« Der Junge nickte. »Okay, dann mal los. Wir müssen fort von hier.« Lee ergriff die Hand des Jungen, und Tango steckte seine feuchte Schnauze in sein Gesicht, um zu schnüffeln, welche Gerüche Lee ihm die ganze Zeit vorenthalten hatte. Lee schlug ihm sanft auf das Maul und ermahnte ihn: »Aus, Tango. Komm, los geht's!«

Lee lief gebeugt voran, sodass sein Oberkörper auf einer Ebene mit der Senke und somit außer Sicht blieb. Sie legten ungefähr einhundert Meter zurück, ehe sie das Haus der Petersons endlich hinter sich gelassen hatten und zu einem umgefallenen Baumstamm kamen, der über den Bachverlauf führte und dessen ausgerissener Wurzelstock eine natürliche Erdhöhle aufgeworfen hatte. Es war der perfekte Ort, um den Jungen zu verstecken.

Lee rollte über die Kante der Senke und zog dann den Jungen nach sich. Tango folgte ihnen mit einem gewaltigen Satz und schnüffelte sogleich die Gegend ab. Der Junge war außer Atem. Lee streifte seinen Fahr-zur-Hölle-Rucksack ab und stellte ihn auf den Boden ihrer kleinen Höhle. Dann klopfte er auf die Tasche. »Komm, Kleiner. Setz dich hin.«

Der Junge schlurfte zu Lee. Es war offensichtlich, dass er Angst hatte. Entweder ist das Wasser vom Bach an ihm hochgespritzt, oder er hat sich in die Hose gemacht. Lee konnte es ihm nicht übel nehmen. Er hatte erlebt, wie erwachsene Männer die Kontrolle über ihren Schließmuskel verloren hatten, und das in weitaus weniger brenzligen Situationen.

Als der Junge sich auf den Rucksack gesetzt hatte, kniete Lee sich neben ihn, sodass die beiden sich auf Augenhöhe begegneten. Lee musterte ihn genau, um zu kontrollieren, dass er nicht verletzt war. »Wie heißt du, Kleiner?«

»Sameer«, antworte der Junge heftig keuchend. »Aber alle nennen mich Sam.«

»Okay, Sam.« Lee hatte sich mittlerweile überzeugt, dass dem Jungen nichts fehlte. »Hast du Durst?«

Sam nickte.

»Hier …« Lee bedeutete ihm, aufzustehen, was er auch tat. Lee holte zwei Flaschen Wasser aus seinem Fahr-zur-Hölle-Rucksack, gab Sam eine, öffnete die andere und nahm zwei tiefe Schlucke, um sich den Rest über das Gesicht zu gießen. Dann kramte er erneut im Rucksack herum, zog die M&P .40 hervor, die er Jason zuvor abgenommen hatte, und hielt sie in die Höhe.

Sam schien der Anblick der Waffe nervös zu machen. »Wie alt bist du, Sam?« Lee prüfte, dass die Waffe auch geladen war.

»Fast dreizehn.« Sam schien etwas in seinem Kopf zu überschlagen. »Nächsten Monat.«

»Wirklich?« Lee lächelte und hoffte, dass es überzeugend schien. »Ich dachte, du bist sechzehn. Du siehst viel älter aus.«

Sam lächelte schwach.

»Pass auf, Sam. Soweit ich das beurteilen kann, hast du dich eben gerade wie ein Mann verhalten.« Er legte eine Hand auf Sams Schulter und drückte sanft zu. »Meiner Meinung nach bist du ein Mann.«

Sam nickte schwach und nahm dann einen tiefen Schluck aus der Flasche.

Lee hielt ihm die Pistole vor die Nase. »Hast du schon einmal so etwas in den Händen gehalten?« Sam starrte auf die Waffe. Endlich schüttelte er den Kopf. »Okay. Dann hör gut zu. Du musst jetzt aufpassen.« Sam wandte den Blick von der Pistole ab und schaute Lee an. »Ich lege die Waffe jetzt neben dich auf den Boden. Das ist kein Kinderspielzeug – also nicht damit herumspielen. Ich will noch nicht einmal, dass du sie anfasst. Du darfst sie nur in die Hand nehmen, wenn du einen dieser Typen siehst, die dich verfolgt haben, okay? Dann aber musst du sie aufheben und so halten, schau her, und sie auf den nächsten Mann richten. Wenn du ihn im Visier hast, will ich, dass du dreimal abdrückst.« Lee hielt drei Finger in die Luft. »Dreimal, Sam. Wenn er dann noch nicht auf dem Boden liegt, drückst du drei weitere Male ab. Okay? Hast du das alles verstanden?«

»Nicht berühren.« Sam nickte. »Wenn ich einen der Männer sehe, dreimal schießen. Wenn er noch lebt, noch dreimal abdrücken.«

Lee lächelte. Kinder mussten heutzutage verdammt schnell erwachsen werden, ganz besonders in dieser kollabierten Welt. »Genau«, bestätigte Lee und legte die Waffe wieder ab. »Hast du jemals *Call of Duty* gespielt?«

»Ja.«

Lee nickte. »Na, dann bist du ja bestens gewappnet, denn das ist genau wie *Call of Duty*. Erinnere dich daran, wenn es so weit ist.«

»Genauso wie in *Call of Duty*«, wiederholte Sam und schaute kurz angsterfüllt drein. »Okay.«

Lee stand auf und klopfte sich auf den Oberschenkel. »Tango! Komm her!« Zu Sam gewandt meinte er: »Magst du Hunde?«

»Klar«, entgegnete Sam und nickte.

»Das hier ist Tango. Er wird dich beschützen.« Lee kraulte Tango hinter den Ohren und zog ihn dann zu Sam. »Lass ihn an dir schnuppern.« Sam streckte dem Hund die Hand entgegen, damit der an ihr riechen und sie lecken konnte. Lee schnipste mit den Fingern, um Tangos Aufmerksamkeit zu kriegen, und zeigte dann auf den Boden vor Sams Füßen. »Tango, pass auf. Aufpassen!«

Tango setzte sich vor Sam hin. Der Junge war nicht besonders groß für sein Alter, aber neben dem riesigen Hund sah er noch viel kleiner aus.

»Okay. Ich werde mich da oben mal umschauen. Ganz gleich, was du hörst, du bewegst dich keinen Millimeter. Du bleibst hier mit Tango, bis ich zurückkomme.«

Sam nickte, und Lee wandte sich ab, um zu gehen. »Mister ...«

Lee drehte sich zu ihm um.

»Werden Sie die Leute töten?«

Jetzt war keine Zeit für Babysprache. Lee nickte. »Das ist der Plan, Kleiner.«

Sam schaute ihn nur an, sagte aber nichts. Lee wandte sich erneut ab, kletterte aus der Erdhöhle und verschwand im Bachlauf.

Seit die Männer Sams Vater ermordet hatten, waren zehn Minuten vergangen.

Lee wusste kaum, wo ihm der Kopf stand. Er kam sich vor, als ob er einen Dampfkochtopf auf dem Nacken sitzen hätte. Die Hitze staute sich jedes Mal, wenn er die Szene von Sams Vater und die rote Blutwolke vor Augen sah. Dann Sams Augen, die zu verstehen versuchten, was sie sahen. Die Gesichter der lachenden Männer. Aber die Wut half ihm, sich zu konzentrieren, die Hände ruhig, Puls und Herzschlag niedrig zu halten und seine Aufgabe stets vor Augen zu haben. Er hatte keine Worte für das, was er im Begriff war zu tun, nur Bilder des Todes. Ohne Reue oder Gewissensbisse würde er jeden Einzelnen umbringen.

Leise, aber zügig schlich er durch den Bach am Hügel vorbei, um dann am tiefsten Punkt in den Garten der Petersons zu klettern. Er versteckte sich hinter einem Baum mit einem dicken Stamm und horchte. Über dem generellen Gezwitscher der Vögel und dem Summen der Insekten konnte er ihre Stimmen ausmachen. Außerdem hörte es sich so an, als ob Möbel durch die Gegend geschoben wurden.

Sie nahmen das Haus auseinander. Sam musste ihnen einiges wert sein.

Lee sprintete hinter seinem Versteck hervor und rannte diagonal durch den Garten zurück zur Waldgrenze zwischen den Petersons und seinem Haus.

Dann pirschte er sich gebeugt parallel der Waldgrenze entlang auf das Haus zu und hielt sich stets im schützenden Schatten der Bäume. Bei jedem Schritt achtete er darauf, nicht aus Versehen auf einen Ast oder trockenes Laub zu treten. Er rollte die Fußballen ab und bewegte sich fast lautlos, höchstens für gut trainierte und geübte Ohren hörbar. Für alle anderen war er genauso wenig bemerkbar wie eine leise dahinschleichende Katze.

Er hielt inne und kniete sich auf den Boden. Jetzt, da er in Sichtweite des Hauses war, führte er jede Bewegung langsam und bedächtig aus, denn alles, was schnell war, zog Aufmerksamkeit auf sich.

Der Rauch einer Zigarette stieg ihm in die Nase.

Von seiner Position aus – Lee war circa fünfzig

Meter vom Haus entfernt – konnte er den Raucher ausmachen. Er stand auf der Veranda, hatte ein Jagdgewehr über der Schulter hängen, starrte auf den Wald vor sich und genoss seine Zigarette. Zigaretten waren ein Zeichen dafür, dass der Feind sich sicher fühlte, entspannt war und glaubte, alles unter Kontrolle zu haben.

Lee war also im Vorteil. Er wusste bereits, mit wie vielen Männern er es zu tun hatte. Wenn nur einer auf der Veranda stand, waren die anderen vier im Haus – einschließlich des Dicken, der Sams Vater in den Kopf geschossen hatte. Lee konnte gerade noch so die Ladefläche des roten Pickups sehen. Er musste nur wenige Meter weiterschleichen, durch Dickicht und Unterholz, um sich den Wagen ein wenig genauer anschauen zu können. Eine der Hintertüren stand offen, und so wie der Truck geparkt war, konnte Lee einen Blick hineinwerfen, ohne sich weiter zu nähern.

Der Wagen war leer. Lee dankte dem Himmel für das erste bisschen Glück heute. Ein Mann mit einem roten Hut gesellte sich jetzt zu dem Raucher auf der Veranda, und die beiden unterhielten sich. Sie lachten viel, klopften sich auf die Rücken und schienen bester Laune. Diese Jungs waren laut und rau und erinnerten Lee an angetrunkene Rednecks. Sie standen rum und kratzten sich am Arsch, während ihre Freunde einen Dreizehnjährigen suchten, dessen Vater sie vorher kaltblütig vor seinen Augen umgebracht hatten.

Lee wollte den roten Hut in den Schatten locken und sein KA-BAR-Messer tief in dessen Gedärme rammen, damit spielen, bis er zum Herzen und zur Lunge vorgedrungen war. Er wollte seine Hand auf den Mund des roten Huts legen und zuschauen, wie das Leben seine Augen verließ. Er wollte sichergehen, dass der letzte Anblick des roten Huts auf dieser Erde Lees lächelndes Gesicht war.

Das wäre zwar kurzzeitig sehr befriedigend, aber die Chancen standen schlecht.

Lee überschlug mindestens ein halbes Dutzend Pläne, aber manchmal bestand der beste Plan einfach darin, überhaupt keinen zu haben. Lees größter Vorteil war seine Initiative. Er wusste, dass er sowohl den roten Hut als auch den Raucher ausschalten konnte, ehe sie überhaupt wussten, wie ihnen geschah. Dann würden nur noch der Dicke und zwei andere bleiben. Die einzige Frage lautete: Würden sie kämpfen oder fliehen?

Lee war sich sicher, dass sie sterben würden, ganz gleich, für welche Variante sie sich entschieden.

Lee ging in den Liegendanschlag. Hinter dem dicken Baumstamm war er abgesehen von seinem Kopf und seiner Waffe so gut wie unsichtbar, insbesondere da es beinahe unmöglich für jemanden war, aus dem prallen Sonnenschein in den tiefen Schatten zu schauen. Verdammt, sie würden ihn nicht einmal bemerken, wenn er sich senkrecht aufstellte und einen orangen Overall anzog.

Er holte einige Male tief Luft und drückte dann beim Ausatmen ab. Zuerst war der Raucher mit einem Kopfschuss genau in die Schläfe dran. Der rote Hut sah verwundert drein, als sein Kumpel zu Boden ging. Gehirnteile, Blut und Stücke vom Schädel spritzten ihm ins Gesicht. Er öffnete den Mund voller Schrecken, bekam aber keine Chance mehr, einen Laut auszustoßen. Lee versenkte zwei Kugeln in seiner Brust und wollte ihm noch eine in den Kopf jagen, aber der Mann fiel bereits nach hinten, und die dritte Kugel sauste Zentimeter über seiner Stirn ins Leere.

Lee kniete sich wieder hin und wartete. Jetzt konnte er Schreie aus dem Haus hören. »Kenny? Was zum Teufel war das?« Lee wartete weiter. Sie würden es schon herausfinden. »Scheiße! JC, die sind beide tot!«

»Was?«

»Ich glaube, die hat jemand erschossen!«

»Komm wieder rein!«

Lee konnte dem Rest nicht folgen, da die drei Männer im Haus blieben. Entweder würden sie aus den Fenstern schauen und Lee finden – das würde sie das Leben kosten –, oder sie würden versuchen, den Pick-up zu erreichen und zu fliehen. Egal was, das Endresultat würde das Gleiche sein.

Als Lee hörte, wie die Vordertür ins Schloss geworfen wurde, wusste er, für welche Option sie sich entschieden hatten. Es folgten Schritte über die Eingangsterrasse.

Langsam ist geschmeidig, und geschmeidig ist schnell.

Er bewegte sich mit kontrollierter Dringlichkeit. Zuerst entriegelte er das Rohr seines M203-Granatwerfers, indem er den gewellten Handgriff nach vorne schob, sich eine 40-mm-Granate nahm, die wie eine gigantische Patrone aussah, und sie von hinten in den Lauf steckte, um ihn dann am Handgriff wieder zurückzuziehen und in der Ausgangsposition zu arretieren. Dann hob er die Waffe und drückte am Abzugshahn des Granatwerfers. Mit einem dumpfen Knall schoss die Granate aus dem Rohr. Lee war sich nicht sicher, ob sein Timing stimmte, aber er hätte es nicht besser treffen können. Gerade als die drei Männer in Sicht kamen – sie sprinteten auf den Laster zu, hatten kaum noch zehn Meter zurückzulegen –, plumpste die 40-mm-Granate aus dem Himmel auf die Fahrerkabine des Pickups, die sich vor ihren Augen in Luft auflöste.

Alle drei hielten sich die Hände vors Gesicht und fielen rücklings zu Boden.

Lee kam mit erhobenem M4 aus dem Wald. Er fackelte nicht lange, sondern drückte gleich ab, als der erste Mann aufstehen und nach seiner Waffe greifen wollte. Lee schickte zwei Kugeln in seine Richtung. Die erste vergrub sich in seine Schulter, und die zweite bohrte ein sauberes Loch in seinen Hals. Der Mann fiel erneut zu Boden und erstickte an seinem eigenen Blut.

Der Dicke und ein Mann in einem karierten Hemd saßen noch immer auf der Erde und warfen ihre Gewehre von sich. Beide hoben die Hände über den Kopf.

Aus fünf Metern Entfernung verpasste Lee dem karierten Hemd eine Patrone in die Brust. Der Typ starrte entsetzt auf die Wunde, tastete sie ab und rollte sich dann laut heulend auf dem Boden herum. Welches Recht besaß er, um Gnade zu bitten oder vor Schmerz laut aufzuschreien? Der Mann, den sie erst vor Kurzem abgeknallt hatten, hatte sein Leben verloren, um seinen Sohn zu verteidigen – und zwar ohne wie ein Schwein am Spieß zu plärren.

Der Dicke starrte mit offenem Mund auf das karierte Hemd. Er war vor Schreck wie gelähmt. Endlich blickte er zu Lee auf und besann sich wieder. Wenn er ein Kämpfer gewesen wäre, hätte er gewusst, dass es vorbei war – trotzdem hätte er sich auf sein Gewehr geworfen, um zumindest nicht ohne Gegenwehr zugrunde zu gehen.

Aber der Dicke war nichts weiter als dick, ein unfitter Hinterwäldler, der auf kleine Jungen stand. Er war nicht für die harten Sachen im Leben geschaffen, und sein Verstand wusste überhaupt nicht, was es hieß, zu kämpfen. Er wusste nur, wie er mit Angst umgehen konnte – wie man sie einflößte, wie man sie spürte.

Lee stand jetzt nur noch einen guten Meter vor den beiden Männern. Das karierte Hemd jammerte noch immer laut vor sich hin und rollte auf dem Boden herum. Lee entschied sich, dass er keine Lust mehr hatte, sich das anzuhören. Ohne die Augen vom Dicken zu nehmen, drückte er zwei Male in Richtung kariertes Hemd ab. Er hatte keine Ahnung, wo die Kugeln einschlugen, aber zumindest herrschte danach Ruhe.

»Bitte töte mich nicht! Ich flehe dich an!«, begann der Dicke zu flennen.

Lee schüttelte mit dem Kopf. »Hör auf zu weinen.«

Der Dicke jammerte und schluchzte.

»Ernsthaft. Hör auf zu weinen.« Lee trat ihm gegen die Beine. »Aufstehen. Hopp, hopp!«

Der Dicke raffte sich auf, stand aber nicht gerade da, sondern beugte sich vor und stützte sich ab. Vor wenigen Minuten noch war er dreist und frech gewesen. Jetzt hingegen jammerte er nur flehend vor sich hin und ... pinkelte sich in die Hose. Ein dunkler Fleck erschien auf einmal auf seinem rechten Bein und wuchs und wuchs.

Lee bedeutete ihm, loszugehen, aber der Typ folgte nur widerwillig – er schien wie ein geschlagener Hund. Als er nahe genug gekommen war, verpasste Lee ihm einen Schlag gegen den Hals und versenkte dann einen Hieb in seiner wabbeligen Magengegend, sodass der Typ sich krümmte, seitlich zu Boden ging und anfing zu husten.

Lee wollte ihm keinerlei Gnade gewähren, war sich aber gleichzeitig bewusst, dass er ihn nicht töten wollte. »Entspann dich und atme ein und aus. Du bist nicht verletzt, es tut nur ein bisschen weh. Warte eine Weile.«

Der Dicke rollte auf den Bauch und raffte sich dann auf Hände und Knie. Er rang eine Weile nach Luft, ehe er wieder vernünftig atmen konnte.

»Hoch mit dir.« Lee steckte ihm den Lauf seines M4 in den Nacken. »Du hast noch etwas vor dir.«

Der Dicke schaufelte um sein Leben. Wortwörtlich.

Lee verriet ihm, dass ihm unvorstellbare Qualen bevorstünden, wenn er sich nicht die größte Mühe gab oder sich Sams Vater gegenüber respektlos zeigte. Er würde ihm einen Bauchschuss verpassen und ihn einfach liegen lassen. Den Rest des Grabes könnte Lee schon selber ausheben. Der Dicke hatte vier tote Kumpel, die bezeugten, dass Lee keinerlei Probleme damit hatte, Gewalt auszuüben – ganz gleich welcher Art.

Es dauerte ungefähr eine halbe Stunde, bis Lees Gefangener tief genug gegraben hatte, um Sams Vater zu beerdigen. Mit vorgehaltener Waffe begleitete Lee den Dicken zum Leichnam, damit der Fettsack ihn zum Grab tragen konnte. Zuvor jedoch durchsuchte Lee den Toten und sah, dass er eine goldene Uhr trug. Er nahm sie ihm ab. Die war für Sam. Der Dicke tat sich anfangs schwer, war aber letztendlich doch in der Lage, den Körper zu schultern und fortzutragen.

Nachdem sie den Mann beerdigt hatten, befahl Lee dem Dicken, ihm den Schnürsenkel seines rechten Schuhs zu geben. Der Fettsack tat, wie ihm geheißen, und reichte Lee das sechzig Zentimeter lange Band, mit dem Lee ihm dann die Hände hinter dem Rücken fesselte.

Lee drückte ihm die Waffe erneut in den Rücken und führte ihn den Hügel hinab in den Wald.

»Wohin gehen wir?«

Lee sah keinen Grund, den Mann anzulügen. »Zu dem Sohn, dessen Vater du getötet hast. Zu dem Jungen, den du vergewaltigen wolltest.«

Der Dicke hielt inne und starrte Lee voller Entsetzen an. »Warum tust du das?«

»Weil er dich umbringen soll, wenn er dazu Lust hat.«

Die Augen des Dicken füllten sich mit Tränen. »Nein! Ich bitte dich, Mister!« Er kniete sich vor Lee hin. »Ich wollte ihn doch gar nicht vergewaltigen! Warum lässt du es zu, dass er mich einfach so tötet? Ich habe doch gar nichts getan!«

Lee warf ihm einen verächtlichen Blick zu. »Du hast ganz schön viel getan.« Lee konnte sehen, wie der Dicke in seinem Kopf kramte, um sich zu erklären. Aber Lee schnitt ihm das Wort ab, ehe er es überhaupt ergreifen konnte. »Du hast heute einen Mann umgebracht. Du weißt es, ich weiß es. Und ich habe das Lächeln auf deinem Gesicht gesehen, als du abgedrückt hast. Das kann nur heißen, dass es vielleicht nicht das erste Mal war, dass du jemanden kaltblütig umgebracht hast. Also würde ich dir liebend gern in Andenken an den Vater heute und an all die anderen, denen du das Leben genommen hast, eine Kugel verpassen. Ich gebe dir die Wahl. Entweder kannst du weitergehen und deine Chance bewahren – wie klein sie auch sein mag –, dass er Nachsicht mit dir hat, oder wir halten hier und jetzt an, und ich erledige den Rest. Und zwar mit Vergnügen.«

Der Dicke blickte Lee in die Augen und wollte genauso kalt entschlossen dreinschauen, konnte aber den Mut dazu nicht sammeln und senkte dann das Haupt. Dann stand er auf, drehte sich um und ging weiter den Bachlauf entlang.

Schon bald sah Lee den Wurzelballen nicht weit entfernt vor sich, in dessen Loch Sam und Tango sich versteckt hielten. Er warf den Fettsack auf die Knie, richtete sich ganz auf und rief: »Sam?«

Sams Kopf erschien, und kurz darauf kam auch Tangos in Sicht.

Lee bedeutete ihm mit einem raschen Nicken, zu ihm herüberzukommen. Der Junge folgte nur zögerlich und schälte die ganze Zeit nervös die Rinde von einem Ästchen in seinen Händen. Lee fühlte sich nicht ganz wohl bei dem Gedanken an das, was er gleich von dem Kleinen verlangen würde, aber es kam ihm doch gerechter vor, als den Typen einfach abzuknallen, nachdem er das Grab geschaufelt hatte. Schließlich hatte er Sams Vater auf dem Gewissen, und daher sollte es Sam sein, der darüber entschied, was mit ihm geschah.

Als Sam sich zu ihnen gesellte, kniete Lee sich neben den Dicken und flüsterte in sein Ohr: »Und wehe, du gibst auch nur einen Ton von dir. Ich verspreche dir, dass du es bereuen wirst.«

Sam kletterte den kleinen Abhang ins Flussbett hinunter. Seine Khakihose war schon von Schlamm verschmutzt. Er hielt in sicherer Entfernung an und starrte auf den im Dreck knienden Dicken. Lee konnte sein Gesicht nicht lesen, sodass ihn erneut Gewissensbisse quälten. Tat er wirklich das Richtige, indem er den Mann zu Sam gebracht hatte?

Aber diese vor die Hunde gegangene Welt war nun einmal alles andere als ein schöner Ort, und dieser Tag würde so oder so für immer einen dunklen Fleck im Kopf des Kleinen zurücklassen. Manchmal heilt

Rache, manchmal scheint danach aber auch alles noch viel schlimmer. Es war nicht an Lee, zu entscheiden, wie Sam jetzt vorging.

Er stellte sich zwischen Sam und dem Fettsack auf, achtete aber darauf, dass er den Mann keine Sekunde aus den Augen ließ. Er legte die Hand auf Sams Schulter und redete dann leise und eindringlich mit ihm.

»Du weißt, wer das ist, oder?«

Sams Augen wanderten zum Dicken. Nach einem kurzen Augenblick nickte er.

»Und du weißt, was er getan hat?«

»Er hat meinen Vater getötet.«

»Genau. Was immer du auch entscheidest, er verdient es.« Lee neigte den Kopf noch weiter nach unten, sodass er dem Jungen in die Augen schauen konnte. »Sieh mich an, Sam. Du weißt, dass die Welt heute eine andere ist als die, die sie vor Kurzem noch war. Du weißt, wie sie sich verändert hat. Heute haben wir keine Polizei und keine Gerichte mehr, die sich um solche Leute wie den da kümmern. Diese Aufgabe müssen wir jetzt selbst in die Hand nehmen. Und es ist nicht schön, manchmal tut es sogar weh, aber es führt kein Weg daran vorbei. Verstehst du, was ich damit sagen will?«

Der Junge nickte langsam und blickte die ganze Zeit auf den weinenden Mann. Sams Augen waren eiskalt, sodass sich Lee die Haare im Nacken aufrichteten. Jetzt wirkte er nicht mehr so klein. »Ja, das verstehe ich.«

»Dir hat er Unrecht getan. Und jetzt ist es deine Sache, zu entscheiden, was mit ihm geschieht. Okay?«

Sam biss die Zähne zusammen, und seine Lippen formten eine dünne Linie. Eigentlich besaß er ein Gesicht, das für ein Lächeln und nicht für solch einen finsteren Blick geschaffen war, und es war daher befremdlich, ihn derart grimmig zu sehen. Dann drehte er sich um und dachte an die M&P .40, die noch immer dort lag, wo Lee sie zu seiner Sicherheit hingelegt hatte. »Darf ich die Pistole holen?«

Er fragte, als ob er sich ein wenig Kleingeld leihen wollte. Lee fackelte nicht lange und schüttelte mit dem Kopf. »Ich werde es tun. Du triffst nur die Entscheidung.«

»Okay …« Sam schien ein wenig erleichtert.

Dann trat er einen Schritt auf den Dicken zu und musterte ihn näher. Der Mann musste gewusst haben, dass ihm nur noch wenige Augenblicke auf dieser Welt blieben, und heulte jetzt hemmungslos vor sich hin. Er hatte keinen Funken Mut übrig, um seinen Tränen zumindest im Moment seines Todes Einhalt zu gebieten. Stattdessen schwatzte er unkontrolliert vor sich hin; der Rotz lief ihm aus der Nase über die Oberlippe und formte bei jeder gemurmelten Silbe Blasen.

Der junge Mann ließ den Blick eine ganze Weile auf dem Fettsack ruhen, lehnte sich dann vor und flüsterte etwas in sein Ohr, das Lee nicht verstand. Dann drehte er sich um und ging wieder zu Lee. »Lass ihn frei«, sagte er ruhig.

Lee folgte ihm mit den Augen, als er wieder aus dem Bachbett kletterte und sich neben Tango setzte, der seine Schnauze auf Sams Schulter legte und ihn fröhlich abschleckte. Lee wandte sich wieder dem Dicken zu. Seine Lider waren schwer, und sein Mund hing offen. Er sah völlig benommen aus.

Er steckte die Pistole in das Oberschenkelholster, ging zu ihm hinüber und klopfte ihm auf die Schulter, was ihn aber nicht aus seinem Stupor zu reißen schien. »Los, auf geht's!«

Der auf dem Boden kniende Mann drehte langsam den Kopf und blickte sichtlich bebend zu Lee auf. »Heißt das, dass ihr mich wirklich gehen lasst?«

Lee zuckte mit den Achseln. »Der Kleine will dich nicht töten.«

Der Dicke raffte sich auf die Beine und konnte es kaum erwarten, wieder frei zu sein. »Ich schwöre euch, ich komme nicht zurück!«

»Mmmm-hmmm.« Lee lächelte freudlos. »Und jetzt geh einfach.«

Schweigend machten sie sich wieder auf den Weg durch das Bachbett. Der Dicke stolperte mit auf den Rücken gebundenen Händen vor, und Lee folgte ihm dicht auf den Fersen. Sie kamen zum Garten der Petersons, und Lee befahl dem Dicken, anzuhalten. Er tat, wie ihm geheißen, und warf dann einen Blick über die Schulter zu Lee.

Der Fettsack rang bibbernd nach Luft. »Ich verspreche es euch, ihr werdet mich nie wiedersehen.«

Lee nickte und zog dann sein KA-BAR-Messer aus der Scheide an seiner Kampfmittelweste. »Ich weiß.«

Dann streckte er die Arme nach dem Dicken aus, packte ihn an der Stirn, zog ihn an sich, versenkte die

Klinge seines KA-BAR in dessen Nacken, kurz über dem ersten Halswirbel, dem Atlas, und durchschnitt ihm die Wirbelsäule. Der Dicke verwandelte sich augenblicklich in einen zweieinhalb Zentner schweren Zementsack und ging zu Boden. Lee wischte die Klinge an seiner Hose ab und ließ das Messer wieder in seiner Scheide verschwinden, ehe er zurück zu Sam und Tango ging. Den Dicken ließ er einfach liegen.

7
Vormund

Als Lee zurückkam, saß Sam auf seinem Fahr-zur-Hölle-Rucksack, hatte die Arme um die Knie gelegt und blickte mit gesenktem Haupt zu Boden. Als Lee näher kam, sah er, dass der Junge weinte. Er hielt inne und fragte sich, ob er dem Kleinen etwas Zeit und Raum geben sollte. Er fluchte leise im Ärger über sich selbst. Er hätte den Dicken nie herbringen, hätte Sam nicht vor diese schwere Entscheidung stellen sollen. Das war einfach zu viel für einen Zwölfjährigen. Und obendrein hatte der Kleine noch genug damit zu tun, den Tod seines Vaters zu verdauen. Sobald das Adrenalin abebbte, hatte der Kopf eine Chance, das Gesehene erneut abzuspielen und in den Vordergrund zu holen, und das war die Zeit, wenn die Emotionen durchzubrechen drohten.

Lee kannte dieses Phänomen nur zu gut. Er hatte in seiner Einheit im Irak erstklassige Männer verloren. Einen durch einen Scharfschützen, zwei weitere durch eine Straßenbombe. In beiden Fällen hatte er, als sie sich ereigneten, außer Angst, etwas Panik und einer gewissen Hilflosigkeit – als ob er etwas tun musste, aber nicht darauf kam, was – nichts empfunden. Erst später, nach dem Patrouillengang und zurück in relativer, stacheldrahtgeschützter Sicherheit, hatte er im Bett gelegen, die Decke angestarrt und sich von erdrückender Trauer übermannt gefühlt, als wäre er in einem Traum gefangen gewesen, aus dem er nicht wieder aufwachen konnte.

Lee erinnerte sich gut an die fürchterliche Leere und die damit verbundene Einsamkeit.

Leise näherte er sich Sam. Der Junge schreckte zusammen, als er einen Ast brechen hörte, und blickte auf, um Lee neben sich knien zu sehen. Sam wischte sich rasch über die Augen, legte dann den Kopf in die Hände und starrte auf den Waldboden.

Lee holte tief Luft. »Du hast eine gute Wahl getroffen. Du darfst es niemals bereuen, wenn du jemandem Gnade erweist.«

»Das tue ich auch nicht«, murmelte Sam mit tränenerstickter Stimme.

Sie saßen eine Weile da, ließen sich von der Stille des Waldes einlullen. Lee lauschte den Geräuschen, hörte, wie ab und zu ein Ast zu Boden fiel, nahm das unaufhörliche Gezwitscher der Vögel kaum wahr, die sich von Baum zu Baum die letzten Neuigkeiten zuriefen. Endlich erhob Lee die Stimme. »Wie hieß dein Dad eigentlich?«

»Labib.« Sam warf Lee einen Seitenblick zu. »Und wie heißen Sie?«

»Lee Harden.« Er reichte Sam eine Hand, die er sofort nahm und kurz schüttelte. »Ich bin Hauptmann der US Army.«

»Der Army?« Sam schaute ihn ungläubig an. »Ich dachte, es gibt keine Army mehr.«

Lee kam es plötzlich vor, als hätte man ihm den Atem geraubt. Er wusste, dass die Regierung in dieser postapokalyptischen Welt nicht mehr funktionierte, aber aus dem Mund eines kleinen Jungen zu hören, dass es die Armee nicht mehr gab, traf ihn dennoch wie ein Keulenschlag. Selbst für Kinder war es eine unumstößliche und gängige Tatsache, dass keine Streitkräfte mehr existierten. Lee ließ sich jedoch nichts anmerken und lächelte den Jungen mit einer Zuversicht an, die er nicht verspürte.

»O nein. Uns gibt es noch. Wir arbeiten nur ein wenig verdeckter als sonst.«

»Und wo stecken die ganzen Soldaten dann? Arbeitet ihr nicht in Teams?« Sam ließ den Blick umherschweifen, als ob er andere wie Lee erwartete, die er zuvor übersehen hatte.

»Ich nicht, Kleiner. Ich wurde extra ausgebildet, allein zu arbeiten.«

Sam nickte. »Du hast gerade eine Gruppe Männer ganz allein umgebracht.« Lee wusste nicht, was er sagen sollte. Sam aber fuhr fort: »Liegt mein Vater noch da?«

Lee stellte sein M4 mit dem Kolben auf den Boden und lehnte sich dann darauf. »Ja, aber ich habe ihn bereits beerdigt.«

»Soll das heißen, dass ich ihn nicht mehr sehen kann?« Sams Lippen begannen zu beben, und es fiel ihm schwer, weitere Tränen zurückzuhalten.

Lee überlegte, ob er dem Jungen irgendeine Geschichte auftischen sollte. Vielleicht, dass er nicht wollte, dass Sam seinen Vater in diesem Zustand sah, oder dass es gar nicht sein Vater, sondern nur noch eine Hülle war, aber das schien alles so banal und abgedroschen, dass er lieber schwieg. Er schüttelte einfach den Kopf und gab Sam so zu verstehen, dass er seinen Vater nicht mehr verabschieden konnte. Dann fuhr er mit der Hand in die Seitentasche seiner Tarnhose und holte die goldene Uhr hervor, die er Labib vor seiner Beerdigung abgenommen hatte. Er hielt sie in der Hand, wischte mit dem Daumen ein Klümpchen Erde vom Ziffernblatt und reichte sie dann Sam. »Hier.«

Sam nahm sie entgegen und starrte auf die Uhr. Jetzt konnte er die Tränen nicht mehr zurückhalten.

»Es tut mir leid, dass du ihn nicht mehr sehen kannst«, meinte Lee.

Sam nickte und drückte die Uhr an seine Brust, ehe er losheulte. Lee war nicht daran gewöhnt, mit Menschen umzugehen, die in der Krise steckten, geschweige denn mit Teenagern. Er setzte sich und ließ Sam eine Weile weinen. Lee begann sich Sorgen zu machen. Sie hatten sich bereits sehr lange im Freien aufgehalten und einen Haufen Lärm verursacht, einschließlich des explodierten Autos und des davon aufsteigenden Rauchs. Er wusste nicht, wie viel Aufmerksamkeit sie möglicherweise auf sich gezogen hatten, aber er war sich sicher, dass er nicht dabei sein wollte, wenn hier die Hölle losbrach.

Schließlich verfügte er noch über einen sicheren Unterschlupf, und es war an der Zeit, sich endlich wieder dorthin zurückzuziehen.

Als ob irgendwer seine Gedanken gelesen hätte, ertönte auf einmal von irgendwo aus dem Wald ein Schrei – ein Schrei absolut unmenschlicher Wut. Lee wurde auf der Stelle an das Mädchen unter seiner Treppe und das Geräusch erinnert, das sie von sich gegeben hatte, als sie ihn zu Gesicht bekommen hatte. Es war das gleiche wahnsinnige, wutentbrannte Kreischen – und außerdem verdammt nah.

Lee warf sich das M4 über die Schulter und ließ den Blick durch den Wald schweifen. »Los, Sam. Wir müssen weg von hier.«

Das Trio schlich wortlos durch den Wald. Sam hatte seine Trauer verdrängt, und seine Augen waren klar und fokussiert. Er suchte die Umgebung ständig von links nach rechts ab – wie ein guter Soldat auf Patrouille. Anfangs war Lee beeindruckt, und er fragte sich, wo Sam wohl gelernt hatte, sich derart geschmeidig durch den Wald zu arbeiten, während er ihn noch dazu so effizient absuchte. Dann entsann er sich, dass Sam bereits einen Monat in dieser neuen Realität hatte überleben müssen – anders als er selbst. Für Lee war noch alles neu und unbekannt. Notwendigkeit und Überleben waren verdammt gute Lehrer, bei denen es entweder Bestehen oder Scheitern gab, Schwarz oder Weiß. Für Zwischentöne war kein Platz.

Das Gekreische aus dem Wald hörte sich für Lee

inzwischen nicht mehr wie wutentbranntes Grölen, sondern eher wie ein Herbeirufen an. Wie das Heulen eines Wolfes, der eine Spur aufgenommen hat. Dieser unerquickliche Gedanke ließ ihn schneller werden – auch wenn es nur noch hundert Meter bis nach Hause waren. Nach ein paar Minuten hätte Lee schwören können, eine Antwort von der anderen Ecke des Waldes gehört zu haben.

Sie wurden umzingelt.

Lee schnappte Sam bei der Hand und zog ihn näher zu sich. »Hast du das schon mal gehört?«, wollte er von ihm wissen.

Sam nickte eifrig. »Die haben die Schüsse gehört«, lautete seine Antwort.

»Werden die immer von lauten Geräuschen angezogen?«

»Ja.«

»Hast du schon mal erlebt, dass sie oder wie sie zusammenarbeiten? Als Team?«

»Anfangs noch nicht, aber neuerdings haben Papa und ich sie in Gruppen gesehen.«

»Wie groß?«

Sam zuckte mit den Achseln. »Zu viert oder zu fünft. Einmal haben wir sogar zehn auf einen Haufen gesehen.«

»Und warum töten die sich nicht gegenseitig?«

»Das tun sie.« Sam ließ die Augen erneut durch den Wald schweifen und fuhr dann mit seiner Antwort fort, diesmal leiser: »Dad sagte, dass sie wie wilde Hunde sind – manchmal verstehen sie sich, manchmal kämpfen sie gegeneinander und bringen sich um. Gegen uns aber wollen sie immer kämpfen.«

Lee hatte genug gehört, stellte keine Fragen mehr, und Sam schien auch nichts mehr hinzufügen zu wollen. Sie erreichten die Baumgrenze vor Lees Garten, traten aber nicht aus dem Wald. Stattdessen wartete Lee eine Weile und sah sich genauestens um, um sicherzugehen, dass niemand auf sie lauerte – ganz gleich, ob gesund oder infiziert. Die Mittagssonne prallte auf sie nieder, und es war verdammt schwül. Selbst die Vögel hatten zu zwitschern aufgehört. Anscheinend wollten selbst sie keine unnötige Energie verschwenden. Man konnte nur noch die Insekten hören, die weiterhin laut und unaufhörlich zirpten, als ob ihnen die drückende Hitze nichts ausmachte.

Als Lee sich überzeugt hatte, dass sie allein waren, wischte er sich den Schweiß von den Augenbrauen, trat in den Garten, beugte sich vornüber und eilte rasch zur Veranda. Er wollte so unauffällig wie möglich sein. Sam folgte ihm, und Tango bildete die Nachhut.

Lee behielt die Leiche des Mädchens auf der Veranda im Auge, während er die Tür aufsperrte und Sam und Tango hineinwinkte. Sam konnte sich einen Seitenblick auf den Leichnam nicht verkneifen. Der Tod schien ihn zu faszinieren, und er wurde langsamer, als er an dem leblosen Körper vorbeiging. Lee fragte sich, wie oft der Junge wohl in den letzten vier Wochen solche Bilder gesehen hatte, und welche unauslöschlichen Folgen es für seine Psyche haben würde.

Oder vielleicht besaß er eines der Gemüter, die so etwas einfach von sich abschütteln können und weitermachen.

Sobald Sam und Tango sich in Sicherheit befanden, trat auch Lee ein und verschloss dann die Tür hinter sich. Die Klimaanlage war ein unbeschreiblicher Luxus, und die Luft kam Lee beinahe arktisch vor, als sie auf seinen schweißnassen Körper traf. Er hatte genug Zeit in brütend heißen Gegenden gedient, auch in schwülen Breitengraden hatte er Einsätze gehabt, aber der Sommer in North Carolina hatte etwas besonders Irritierendes, sodass die kühle Luft umso willkommener war.

Sam schien völlig verblüfft und fragte: »Ist das dein Haus? Du hast eine Klimaanlage?«

»Ja, das ist meins. Fühlt sich gut an, nicht wahr?«, entgegnete Lee.

Sam machte es sich sofort auf Lees Couch bequem und streckte die Arme von sich. »Wie kannst du eine Klimaanlage haben? Ich dachte, niemand hat mehr Strom!«

Lee setzte seinen Fahr-zur-Hölle-Rucksack ab und holte zwei weitere Flaschen Wasser heraus. »Ich habe Solarzellen auf dem Dach und eine ganze Reihe Batteriezellen im Keller. Wir haben elektrisches Licht, Klimaanlage und unten sogar einen Computer und einen Fernseher.« Lee reichte Sam eine Flasche. »Ich zeige dir gleich den Bunker, aber erst muss ich dir noch ein paar Fragen stellen.«

Lee setzte sich auf den Polstersessel gegenüber der

Couch. Normalerweise erlaubte er es nicht, dass man sich im Wohnzimmer mit verschwitzter und dreckiger Kleidung hinsetzte, aber er ging davon aus, dass das jetzt auch keinen Unterschied mehr machte. Er nahm einen tiefen Schluck aus seiner Wasserflasche und schaute dann Sam an. »Erzähl mir von deinem Vater.«

Sam rutschte ein wenig hin und her und blickte düster drein. »Wir haben in einem großen Haus in Apex zusammen mit meiner Mutter und meiner Schwester gewohnt. Dann kam die Seuche, und alle sind gestorben.«

Lee war klar, dass Sam nicht allzu viele Informationen preisgeben würde. Er müsste schon die richtigen Fragen stellen, um das zu erfahren, was er wissen wollte. »Was hat dein Vater gearbeitet?«

»Er war bei einer Computer-Sicherheitsfirma angestellt, hat Rechner vor Hackern geschützt und so. Er war auch wirklich gut. Andere Firmen haben immer versucht, ihn abzuwerben, haben ihm mehr Geld geboten, aber er mochte Apex. Außerdem war meine Mutter Lehrerin und wollte nicht weg.« Sam starrte die Decke an, und Lee sah, dass ihm wieder Tränen in den Augen standen. »Wir hatten einen Swimmingpool im Garten, mit Lichtern an den Seiten, die ständig die Farbe wechselten. Dad hat viel Geld ausgegeben, um ihn letzten Sommer bauen zu lassen. Aber als er fertig war, war es schon viel zu kalt, um darin zu schwimmen. Wir haben ihn nur ein paar Male benutzen können, und dann hat alles angefangen.«

Lee beugte sich vor. »Und du weißt, was passiert ist, was da angefangen hat?«

»Nicht wirklich. Dad hat gemeint, dass jemand Amerika mit einer Plage angegriffen hat, die die Leute wahnsinnig werden lässt. Er hat gesagt, dass es so ähnlich wie Tollwut ist, die Menschen krank werden und sich gegenseitig angreifen. Kurz darauf hat es meine Mom erwischt. Von da an musste ich mich im Keller verstecken. Danach habe ich weder meine Mutter noch meine Schwester wiedergesehen. Das ist ungefähr einen Monat her.« Sam schwieg eine Weile und starrte auf das Wasser in seiner Flasche. »Ich glaube, er hat Mom umgebracht. Ich habe keine Ahnung, ob Farah auch krank war und Dad sie auch umbringen musste oder ob Mom wahnsinnig geworden ist und sie umgebracht hat, ehe Dad etwas dagegen unternehmen konnte.«

Lee konnte kaum fassen, wie viel der Kleine hatte durchmachen müssen. Und das alles in nur wenigen Wochen. Innerhalb eines Monats hatte er jeden und alles verloren, alles, was er kannte und liebte. »Seid ihr danach noch daheim geblieben, oder seid ihr abgehauen?«

»Nein, wir sind noch eine Woche geblieben. Dann kamen diese Busse voller Soldaten. Die wollten uns mitnehmen und haben gesagt, dass sie uns an einen sicheren Ort bringen wollten. Die hatten auch Krankenschwestern, die unsere Temperatur maßen, ehe wir einsteigen durften. Alle mussten Masken tragen. Einen haben sie nicht in den Bus gelassen, nachdem sie seine Temperatur gemessen hatten, und er begann herumzubrüllen, ehe zwei Soldaten mit Masken kamen und ihn in ein großes Zelt geschleppt haben. Danach war alles wieder ruhig. Ich glaube, die haben ihm eine Spritze gegeben – so, wie man einen Hund einschläfert.«

Obwohl es Sam offensichtlich schwerfiel, sich die ganzen Geschehnisse des letzten Monats noch einmal vor Augen zu führen, musste Lee mehr über die Sammellager herausfinden, insbesondere, warum sie die Flucht ins Ungewisse der Sicherheit eines Lagers vorgezogen hatten. »Haben sie euch dann in das Lager gebracht?«

Sam schüttelte den Kopf. »Die wollten uns mitnehmen, aber dann war wieder ein Aufruhr, mit viel Gebrüll, und Hubschrauber sind gekommen. Ich glaube, dass eine Meute Wahnsinniger auf uns los wollte, und dann sind die Busse einfach ohne uns abgefahren. Dad und ich hatten gerade noch genug Zeit, ein paar Sachen aus unseren Koffern zu nehmen, und dann haben uns ein paar Typen auf die Ladefläche ihres Pickup-Trucks gelassen und sind losgefahren.«

»Waren das die Leute von vorhin?«

»Nein, das waren andere. Das war … Das war vor zwei Wochen oder so.« Sam machte eine Geste mit der Hand, die Lee sagte, dass er sich nicht ganz sicher war. »Wie auch immer, wir sind aufs Land gefahren. Da hatte diese Familie eine Hütte. Die waren echt nett, dass sie uns mitgenommen haben. Wasser haben wir auch noch gekriegt. Aber wir konnten nicht dortbleiben, meinten sie, sie hatten weder genug Platz noch genügend Proviant. Wir sollten zu einem Sammellager in Sanford gehen. Es hieß, dass wir da sicher sein würden. Da gab es keine Infizierten.«

»Und genau da wolltet ihr heute hin?«

»Genau. Wir sind schon zehn Tage unterwegs. Letzte Nacht sind wir über diese Leute mit dem roten Pickup gestolpert. Die haben gesagt, dass wir unsere Rucksäcke abnehmen sollen. Dann haben sie sie durchsucht. Dad hat sie gebeten, uns etwas Wasser zu lassen, aber sie meinten, dass wir nur Wasser kriegen, wenn Dad mich ihnen übergibt. Dann hat Dad gesagt: ›Fickt euch, ihr Arschlöcher‹, hat mich am Kragen geschnappt, und dann sind wir losgelaufen. Wir haben uns die ganze Nacht im Wald versteckt. Die haben uns gesucht und schließlich auch gefunden, deshalb sind wir wieder losgerannt. Dann kamen wir zu diesem Haus, aber Sie waren ja nicht da, als wir geklopft haben. Und dann haben sie uns eingeholt.« Sam nahm einen zaghaften Schluck Wasser. »Sie waren dabei, Sie haben gesehen, was passiert ist.«

Lee nickte. »Ja, das habe ich.«

Es folgte eine lang anhaltende Stille, während der Lee über weitere Fragen nachdachte, die er Sam stellen konnte, als Sam plötzlich das Wort ergriff. »Warum haben Sie sie nicht erschossen, ehe diese Männer meinen Dad umgebracht haben?« Sam schaute Lee direkt in die Augen, aber Lee konnte nicht einschätzen, was Sam von ihm dachte. Es war der gleiche ausdruckslose Blick, den er dem Dicken zugeworfen hatte, als er überlegte, ob er ihn leben oder sterben lassen sollte.

Lee fühlte sich hilflos, während er über seine Antwort nachdachte. »Sam ...« Lee brauchte noch ein wenig länger. »Es gibt Situationen in dieser Welt, in denen du nicht einfach das tun kannst, was du willst. Wenn es einen Weg gegeben hätte, dich und deinen Dad vor den anderen zu retten, dann hätte ich es getan. Aber wenn es tatsächlich einen Weg gab, dann habe ich ihn übersehen. Hätte ich abgedrückt, sobald mir klar war, dass die euch etwas anhaben wollten, wären du und dein Vater und höchstwahrscheinlich auch ich selbst gestorben. Ich musste abwarten, mir einen Vorteil verschaffen, aber der kam zu spät. Es tut mir leid, Sam, aber manchmal kann man nicht einfach das tun, was man will.«

Sam starrte Lee weiterhin wortlos an. In seinem Gesicht spiegelten sich keinerlei Emotionen wider. Endlich, nach einer langen Zeit des Schweigens, während der Lee zu Boden blickte, erhob Sam erneut das Wort. »Wir sind die Straße entlanggegangen, haben dieses Haus in der Ferne gesehen. Dad hat angehalten. Angeblich hatte er einen Schrei gehört. Ich habe mich umgesehen, aber nichts außer diesem Haus bemerkt, das hinter einem riesigen Feld lag. Dann habe ich mir das Fernglas geschnappt und drei Menschen auf dem Dach gesehen. Die haben dagesessen und uns auch durch einen Feldstecher beobachtet. Dann nahmen sie ein weißes Handtuch und winkten uns zu, so eine Art Hilfesignal. Sie haben uns zugerufen, waren aber zu weit entfernt, sodass man sie nicht verstehen konnte. Mir war nur klar, dass sie Hilfe brauchten. Das habe ich auch gleich Dad erzählt, und er hat mir das Fernglas abgenommen und selbst durchgeschaut. Dann habe ich gesagt: ›Dad, wir müssen ihnen helfen!‹ Nach einer ganzen Weile hat er mir das Fernglas wieder zurückgegeben, sich dann auf den Weg gemacht und mir hinterhergerufen, dass ich mich beeilen sollte.

Da ist mir dann der Kragen geplatzt, und ich habe meinen Dad angeschrien. Ich habe nicht verstanden, dass er den Leuten auf dem Dach nicht helfen wollte, und gesagt: ›Wie können wir von anderen erwarten, dass sie uns helfen, wenn wir selbst es nicht tun?‹ Aber er hat mir nicht geantwortet, sondern ist einfach weitergegangen. Ich habe geschimpft und gemeint, dass das nicht richtig ist. Habe ihm sogar gesagt, dass ich ihn hasse, aber ich wollte doch nur, dass er anhält und mir zuhört. Endlich hat er sich umgedreht und mir eine Ohrfeige gegeben. Dann hat er gemeint, dass ich wieder durch das Fernglas schauen sollte.

Und dann habe ich sie gesehen. Es waren mindestens zehn. Sie sind im Garten herumgelaufen, waren im Haus, überall. Einige haben versucht, die Regenrinnen hochzuklettern, um zu den Leuten auf dem Dach zu kommen. Andere haben große Steine genommen und sie auf die Menschen geschleudert. Und dann hat es einen gegeben, der ins Haus gerannt ist, um Messer zu holen, die er ebenfalls nach den Leuten geworfen hat.

Dann hat mir mein Vater den Feldstecher abgenommen und gesagt: ›Wenn wir denen helfen, werden wir sterben. Und irgendwann werden die Leute auf dem Dach auch sterben. Der einzige Unterschied ist, dass wir unsere Leben einfach weggeworfen haben.‹ Dann ist er weitergegangen und hat noch gemeint: ›Manchmal kann man nur gewinnen, wenn man nicht kämpft.‹

Also sind wir die Straße entlang. Und die Menschen auf dem Dach – da waren ein Mann, eine Frau und ein kleines Mädchen – haben gesehen, wie wir sie angestarrt haben, um sie dann einfach im Stich zu lassen. Wir konnten ihnen nicht helfen, ganz gleich, wie sehr wir wollten.«

Lee entschied sich, nichts Weiteres zu sagen, was seine früher am Tag getroffenen Entscheidungen hätte rechtfertigen können. Er hatte das Gefühl, dass Sam und er jetzt etwas teilten und weitere Worte alte Wunden wieder aufreißen würden. Die Entscheidung war getroffen worden, und es war unmöglich, jetzt noch etwas daran zu ändern. Sam hatte begriffen, dass Lee unter den gegebenen Umständen das Bestmögliche getan hatte, alles andere zu einer Katastrophe geführt hätte und es nicht an ihm war, Lee im Nachhinein zu kritisieren. Nach einer Weile meinte Lee: »Wie lange ist das schon her?«

Sam dachte einen Moment nach. »Das war vor zwei Tagen.«

Lee nickte langsam und bedächtig. »Weiß du noch, wo das Haus war?«

Sam starrte Lee an. »Werden Sie ihnen helfen?« Die Anspielung war offensichtlich. *Sind Sie besser als mein Dad? Er hat ihnen nicht helfen können, Sie aber schon.*

»Sam, das hier hat nichts mit deinem Vater zu tun. Er war ein Mann mit einem Revolver ohne Munition. Außerdem musste er sich um dich kümmern. Es ist mein Job, den Menschen zu helfen. Dazu bin ich da. Die Regierung hat mich extra dafür ausgebildet, und ich besitze viele Waffen. Dein Vater hat die richtige Entscheidung getroffen. Gegen zehn infizierte Wahnsinnige zu kämpfen wäre nichts als Selbstmord gewesen. Aber ich bin mir sicher, dass dein Dad ihnen mit der richtigen Ausrüstung geholfen hätte – wie ich es tun werde.«

Sam senkte den Blick beschämt zu Boden. »Es hat an dieser Straße gelegen, aber ich weiß nicht mehr, wie weit es entfernt ist. Wir waren kurz vor Sonnenuntergang da, sind dann noch eine Stunde oder so gegangen, ehe wir einen Schlafplatz im Wald gefunden haben. Am nächsten Morgen ging es dann weiter, bis es dunkel war – und dann sind auch schon diese Typen im roten Laster aufgetaucht.«

Lee überschlug die Daten im Kopf. Ein normaler Mensch konnte auf den hiesigen Straßen locker dreißig Kilometer am Tag zurücklegen. Das hieß also, dass das Haus in einem Umkreis von fünfzig bis sechzig Kilometern stand. Morrison Street war lang und wechselte den Namen mit jeder Gemeinde, jedem Landkreis, durch die sie führte, aber Lee war sich nicht sicher, ob sie tatsächlich *so* lang war. Vielleicht hatten sie des Öfteren angehalten, um sich auszuruhen oder in verlassenen Häusern nach Proviant zu suchen.

»Habt ihr noch andere Überlebende getroffen?«

»Wir sind an einem Haus vorbeigegangen, in dessen Garten ein Haufen Menschen brannte. Wir konnten nicht ins Innere sehen und wussten nicht, ob es sich um Infizierte oder Gesunde handelte, also sind wir weitergerannt. Wir hatten doch keine Ahnung, ob die Leute freundlich oder so wie die Typen im roten Truck waren.«

Leichen verbrennen hörte sich nach einer vernünftigen Art und Weise an, Infizierte zu beseitigen, aber Sam und sein Dad hatten richtig gehandelt, einen weiten Bogen um das Haus zu machen. Menschen, die genügend Infizierte töten konnten, um einen »Haufen« aus ihnen zu bilden, besaßen höchstwahrscheinlich eine ganze Menge Feuerkraft. Entweder sollte man ihnen gar nicht erst in die Quere kommen, oder sie könnten sehr nützliche Verbündete werden. Lee entschied sich, das Haus mit besonderer Vorsicht zu erkunden.

»Und wo war das?«

»Das war kurz bevor wir die Typen im roten Pickup trafen. Kann also nicht so weit weg sein.«

»Kannst du dich erinnern, wie das Haus aussah?«

»Nicht wirklich. Ich weiß noch, dass es irgendwie komisch war ... eher wie eine Scheune, aber es war trotzdem ein Haus.«

Lee wusste genau, welches Haus Sam meinte. Er

kannte zwar den Besitzer nicht, wusste aber, dass er einen schwarzen Ford Ranger fuhr. Er hatte ihn einige Male im Supermarkt getroffen. Der Mann war grauhaarig und um die fünfzig Jahre alt. Lee war sich nicht sicher, ob er alleine wohnte oder nicht. An eines aber konnte Lee sich noch genau erinnern – an der Stoßstange des Ford Ranger klebte ein schwarzer Aufkleber mit den Worten: GOTT SEGNE UNSERE TRUPPEN … GANZ BESONDERS UNSERE SCHARFSCHÜTZEN. Das, zusammen mit dem Haufen Leichen, ergab Sinn. Ganz gleich, wie viele Waffen oder Helfer er besaß, der Typ gehörte entweder dem Militär oder der Polizei oder etwas Ähnlichem an, und solange er kein durchgeknallter Psychopath war, könnte er sich als durchaus nützlicher Kontakt herausstellen.

Gerade als Lee die nächste Frage stellen wollte, passierten drei Dinge auf einmal. Sams Augen weiteten sich, er öffnete den Mund, aber es kam nichts heraus. Hinter ihm ertönte ein lauter Knall, und Tango begann wie wild zu bellen und rannte auf das Fenster zu.

Lee sprang sofort auf, brachte das M4 in Anschlag und suchte nach dem Grund der Aufregung. Dann sah er ein blutbeschmiertes Gesicht, das gegen das Sicherheitsglas gepresst wurde. Die Augen waren weit aufgerissen und versprühten Wahnsinn, während die Kreatur obszön das Glas mit der Zunge leckte und eine blutige Spur hinterließ. Tango stand jetzt knurrend am Fenster und bellte. Das Fell stand ihm am ganzen Körper wie eine Irokesenfrisur ab.

Endlich fand Sam seine Stimme wieder und begann zu schreien. Lee drückte beinahe ab, erinnerte sich aber gerade noch rechtzeitig, dass er nur das Sicherheitsglas zerstören würde.

So, wie es stand, konnte niemand ins Haus eindringen, es sei denn mit höllischem Aufwand oder Dynamit.

Also entspannte er sich, nahm den Finger vom Abzugshahn und entfernte sich vom Fenster.

Nachdem Sam sich ausgeschrien hatte, wurde er ganz still und drückte sich offenbar mit aller Kraft in die Sofaritzen, sodass er beinahe darin verschwand.

Ein weiterer dumpfer Knall drang an ihre Ohren, gefolgt von einem Hämmern gegen die Küchenfenster. Lee drehte sich auf der Stelle um, warf einen Blick auf die Ursache der neuen Störung und sah einen weiteren Infizierten, der mit einem Hammer wie wild auf das Sicherheitsglas der stählernen Terrassentür schlug.

Tango bemerkte den neuen Eindringling gar nicht und bellte noch immer den ersten an.

»Tango! Bei Fuß! Mach schon, sei endlich still!« Tango ging ein paar Schritte zurück, hörte aber nicht zu bellen auf. Lee packte Sam am T-Shirt und zog ihn von der Couch. »Folge mir.«

Lee schubste den Jungen in die Küche, aber Sam wehrte sich, schließlich wollte er nicht in die Arme des Wahnsinnigen mit dem Hammer geraten. Als Lee die Kellertür öffnete, glaubte er den Mann »Öffne endlich die verfickte Tür!« schreien zu hören.

Er knipste das Licht an, sodass Sam keine Angst haben würde, und zeigte in den Keller. »Geh.«

»Nein!«

»Sam!«, schrie Lee. »Du tust jetzt, was ich dir sage. Geh endlich in den Keller!«

Sam nahm die ersten Stufen zaghaft, hielt dann auf der vierten an, drehte sich um und erstarrte.

»Tango!«, rief Lee über die Schulter dem Hund zu, ohne den Wahnsinnigen mit dem Hammer aus den Augen zu lassen. Die Schläge hinterließen kleine weiße Kratzer, aber nichts, was die Scheibe beeindruckte. Der Hund kam wie ein schwarzbrauner Wirbelwind in die Küche gerannt und hielt vor der Terrassentür an, die Augen auf den Infizierten gerichtet. Lee streckte den Arm nach Tango aus, schnappte ihn sich am Halsband und zog ihn zu sich. »Nein! Aus! Tango, ab in den Keller mit dir!«

Dann riss er ihn zurück. Tango bellte noch immer und wedelte mit dem Schwanz. Spaß, Spaß, Spaß.

Lee schloss die Tür hinter ihnen und ging dann wieder ins Wohnzimmer. Der Wahnsinnige auf seiner Veranda flippte völlig aus, als er Lee sah, und begann, so hart er konnte, auf das Fenster einzudreschen. Als das nichts brachte, trat er mit den Füßen dagegen. Lee konnte ihn jetzt genauer mustern. Er trug eine lange Stoffhose, ein Polohemd und Golfschuhe. Das Alter konnte er schwer einschätzen, denn die Haut war überall mit verkrustetem Blut beschmiert. Nur seine Halbglatze gab Lee einen Anhalt, und er glaubte, dass er irgendwo Mitte vierzig sein musste.

Er schnappte sich seinen Fahr-zur-Hölle-Rucksack. *Hier gibt es weit und breit keinen Golfplatz*, dachte Lee. *Der muss schon seit Tagen unterwegs sein.*

Dann ging er wieder zur Kellertür, öffnete sie und fand Tango vor sich, der bereit war, sich wieder ins Getümmel zu stürzen. Sam stand zusammengekauert auf halber Höhe der Treppe und wollte weder hochkommen noch in die Tiefen des unheimlichen Kellers gehen.

»Sam, mach schon«, sagte Lee und ging langsam die Stufen hinab. »Das ist Sicherheitsglas, okay? Die Wahnsinnigen kommen da nicht rein. Und wenn doch, werde ich mich schon um sie kümmern. Du glaubst mir, oder?«

Sam schüttelte den Kopf.

Er tat Lee leid, aber es gab nichts, was er jetzt für Sam tun konnte. Er ging die Treppe hinab und hörte, wie Sam und Tango ihm folgten. Dann gab er den PIN-Code auf der Tastatur ein, hörte das Klicken des Schlosses und öffnete die Luke. »Hier unten ist es sicher. Da kommt niemand rein.«

Sam lugte verängstigt durch die Öffnung, sah sich mit der Finsternis konfrontiert und schüttelte erneut den Kopf.

Lee kniete sich neben ihn. »Ich weiß, dass du in letzter Zeit viel durchgemacht hast, aber du musst mir jetzt vertrauen. Ich werde nie etwas von dir verlangen, das dich in Gefahr bringt. Hast du verstanden? Wenn ich dir etwas sage, dann, um dich sicher zu wissen. Ich will nicht, dass dir etwas passiert. Du musst auf mich hören. Ich verspreche dir, dass da unten nichts Böses auf dich wartet. Tango und ich verbringen unsere ganze Zeit da unten.«

Sam blickte noch immer verunsichert drein.

»Du brauchst jetzt keine Angst mehr zu haben, Sam. Du musst einfach tapfer sein.«

Endlich gab der Junge nach und schwang die Beine in das dunkle Loch. Lee war sich nicht sicher, ob Sams plötzliche Bereitwilligkeit daran lag, was er ihm gesagt hatte, oder ob der Junge einfach einen Schalter in seinem Kopf umgelegt hatte. Eigentlich war es ihm auch egal, er war nur glücklich, dass es endlich weiterging. Als Sam auf dem Boden des Korridors stand, griff Lee Tango um die Brust und war das erste Mal verärgert, dass er nicht auf einen haustierfreundlichen Eingang zu seinem Bunker bestanden hatte. Er kniete sich hin und reichte Tango durch die Luke. Aber der Hund war noch ganz aufgeregt und verspielt, sodass Lee den Halt verlor.

Tango kam mit einem Jaulen auf dem Boden auf.

Lee fluchte laut auf und beobachtete Tango, der sich bereits wieder auf die Beine gerafft hatte und umherlief. Anfangs schien er nicht ganz zu wissen, wie ihm geschah, aber er war anscheinend nicht verletzt. Lee beschimpfte den Hund durch zusammengebissene Zähne, kroch durch die Luke, stellte sich auf die Leiter und drehte dann am Sperrrad, um die Luke zu schließen.

»Geht es ihm gut?«, wollte Sam wissen.

»Ja, das wird schon. Ist nur dumm gelaufen.« Lee

ging zusammen mit Sam den Korridor entlang, während Tango aufgeregt vor ihnen herlief. Nach einem halben Tag an der frischen Luft litt er wahrscheinlich Hunger und Durst. Schließlich hatte er die Gelegenheit voll genutzt, endlich wieder draußen zu sein, und markiert, was das Zeug hielt.

»Sind Sie sauer auf mich?«, fragte Sam niedergeschlagen.

»Nein, Kleiner. Ich bin nicht sauer auf dich.« *Sauber gemacht, Lee. Der Kleine verliert seine gesamte Familie, und du fährst ihn an, weil er ein bisschen Angst vor dem Ungewissen zeigt.* »Ich weiß, dass es hart ist, und du kennst mich nicht richtig, aber du musst mir vertrauen, okay? Ich bin dein Freund. Und Freunde müssen einander vertrauen.«

Sam beäugte das Schott, das zu Lees Bunker führte. »Ist schon gut«, gab er kleinlaut zurück.

Lee öffnete die Tür und bedeutete Sam, einzutreten. »Willkommen im Château du Harden.«

»Wie bitte?« Sam schaute verdutzt drein.

Lee wollte sich nicht erklären. »Hier habe ich den letzten Monat verbracht.«

Sam schaute sich um und starrte dann auf den großen Fernseher. »Wahnsinn! Sie haben ja wirklich einen Fernseher! Und auch noch so *riesig!*«

»Jawohl.« Lee konnte die Widerstandsfähigkeit der jungen Generation kaum fassen. Die kamen viel rascher wieder auf die Beine als Erwachsene, konnten nahtlos von einer Tragödie zum Erfolg übergehen, ohne darüber nachdenken zu müssen. Natürlich konnte es auch ein Zeichen sein, dass Sam sich emotional abkapselte – ein einfacher Abwehrmechanismus.

Lee schaute auf die Uhr.

Es war halb eins. Es würde noch fast acht Stunden lang hell sein, und es gab zwei Orte, an denen sich möglicherweise Überlebende aufhielten. Der ältere Mann im Scheunenhaus war offensichtlich in der Lage, auf sich selbst aufzupassen. Priorität hatte folglich die Familie auf dem Dach, auch wenn Lee nicht wusste, wie weit sie entfernt waren. In dieser Hitze völlig ungeschützt auf einem Dach auszuharren bedeutete, dass sie es nicht allzu lange ohne Wasser aushalten würden. Es zählte also jede Sekunde. Lee musste so bald wie möglich los, um ihnen zu helfen.

Das einzige Problem war, dass er es kaum bis dorthin schaffen würde, ehe die Sonne unterging, ganz zu schweigen von der Rückreise. Er spielte mit dem Gedanken, sich zu Fuß aufzumachen, sämtliche Infizierte ins Jenseits zu schicken, um dann die Nacht mit der Familie im Haus zu verbringen und am nächsten Morgen wieder aufzubrechen.

Aber dann war da noch die Sache mit Sam. Lee wollte ihn nicht mitnehmen, um ihn nicht unnötigen Gefahren auszusetzen. Er war sich ziemlich sicher, dass er mit den Wahnsinnigen im Garten alleine zurechtkommen würde, aber sich dabei auch noch gleichzeitig um Sam zu kümmern – oder Tango – lag kaum im Bereich des Möglichen. Die beiden mussten also im Bunker bleiben. Eine weitere Sache komplizierte die Lage noch: Lee wollte sie nicht allzu lange unbeaufsichtigt alleine lassen, und zwei Tage waren zu lang.

Also blieb ihm nur eine Möglichkeit übrig, und die bereitete ihm einiges Kopfzerbrechen und verstieß gegen alles, was er im Training gelernt hatte, aber manchmal musste man einfach improvisieren und die Taktik den Gegebenheiten anpassen. Lee musste den Truck nehmen. Vorher aber waren noch einige Dinge zu erledigen. Zuerst galt es, den Wagen zu holen, wozu er die beiden Infizierten im Garten unschädlich machen musste, die um alles in der Welt ins Haus wollten. Zweitens bedeutete es, dass er die Straße entlangfahren musste und vielleicht auf weitere Gangs wie die im roten Pickup-Truck treffen würde. Zwar hatte er die Truppe mit einiger Leichtigkeit beseitigen können, aber mit dem Überraschungseffekt auf seiner Seite war das auch keine große Kunst gewesen. Außerdem waren es nur fünf gewesen, keiner von ihnen schwerer bewaffnet als mit einem ganz normalen Gewehr. Sollte ihn eine besser ausgestattete oder größere Gruppe überfallen, stünden seine Überlebenschancen erheblich schlechter.

Aber die Tatsache, dass dort eine Familie auf einem Dach saß und höchstwahrscheinlich schon halb vertrocknet und von Hitzschlag geplagt war – wenn sie überhaupt noch lebte –, war nicht von der Hand zu weisen. Obendrein steckten sie in einer absolut aussichtslosen Situation. Lee mochte beziehungsweise konnte sich überhaupt nicht vorstellen, welche allumfassende, erdrückende Hoffnungslosigkeit sie heimgesucht haben musste, als Sam und sein Vater – wahrscheinlich die ersten Menschen, die sie seit geraumer Zeit zu Gesicht bekommen hatten – sie einfach links liegen gelassen hatten.

Er musste ihnen helfen. Wenn er es nicht täte, würde er nie mehr in den Spiegel schauen können. Außerdem war es sein Job. Als Koordinator war das seine Hauptaufgabe, und er hatte schwören müssen, sich stets daran zu halten, genauso wie an die Verfassung.

Und um sie zu retten, musste er den Truck nehmen. Daran führte nichts vorbei. Der Vorteil war natürlich, dass er vor Anbeginn der Nacht wieder zurück sein würde. Lee ging zur Abstellkammer und rief Sam zu sich. Der Kleine würde hier ganz alleine bleiben. Lee wollte ihm nicht verbieten, in die Kammer voller Waffen und Munition zu gehen und damit zu spielen, denn es gab nichts, was ein Kind stärker verlockte als Verbote.

Stattdessen entschied er sich für eine andere Vorgehensweise. Er hoffte, dass ein wenig Instruktion und Vorwissen bezüglich seiner Ausrüstung Sams Neugier dämpfen und ihn hoffentlich davon abhalten würden, sich aus Versehen selbst umzubringen.

Lee öffnete die Tür und sah, wie Sams Augen sich weiteten. »Wow. Sie haben eine ganze Menge Zeug.«

Lee kniete sich nieder, holte seine 5,56mm-Munitionsschachtel hervor, nahm das Magazin aus seiner Maschinenpistole und füllte es wieder auf. »Das sind alles Werkzeuge, Sam. Genauso wie ein Schraubenzieher oder ein Hammer. Ich brauche sie, um meine Arbeit zu verrichten. Und da du mir dabei helfen wirst, musst du lernen, mit ihnen umzugehen.«

Lee verbrachte die nächsten zwanzig Minuten damit, Sam alles über seine Ausrüstung zu erklären, und zeigte ihm auch die Waffen, die er am Körper trug. Er beantwortete die meisten von Sams Fragen und ließ ihn die meisten Gerätschaften sogar anfassen. Schließlich wollte er nicht, dass Sam hinter seinem Rücken aus lauter Neugier einen Ring aus einer Handgranate zog. Nach einem umfassenden Schnellkurs über Pistolen, Gewehre, Granaten, GPS-Empfänger und das Auffüllen von Magazinen hatte er sein M4 und die Pistole wieder nachgeladen und die Granate, mit der er den roten Truck in die Luft gejagt hatte, ersetzt. Er schloss die Tür und stand auf.

»Jetzt habe ich dir noch etwas zu sagen.« Lee wartete, bis Sam ihm in die Augen schaute. »Wir sind Freunde. Und wie ich vorhin schon gesagt habe, müssen Freunde einander vertrauen. Das heißt, ich vertraue dir. Erinnerst du dich, dass ich gesagt habe, dass du für mich kein Junge mehr bist, sondern ein Mann?«

Sam nickte.

»Daran hat sich nichts geändert. Ich finde immer noch, dass du ein Mann bist. Und Männer nehmen sich nicht einfach die Werkzeuge ihrer Freunde, es sei denn, sie fragen vorher oder brauchen sie ganz dringend. Wie zum Beispiel in einem Notfall.« Lee hatte den Eindruck, dass seine Erklärungsversuche auf immer tauber werdende Ohren trafen. »Mach also keinen Blödsinn, okay? Vergiss nicht, dass man den Ring nicht von einer Handgranate zieht. Sonst stirbt man. Ganz gleich, in welche Ecke du sie hier schleuderst, der Druck würde einfach deinen Kopf explodieren lassen. Verstanden?«

Sam warf einen eher bangen Blick zurück auf die Abstellkammer. Gut. Lee stand auf und überprüfte seine Ausrüstung ein zweites Mal.

»Wo wollen Sie hin?« Sam schien besorgt.

Lee fragte sich, ob es tatsächlich eine gute Idee war, den Kleinen alleine zurückzulassen, entschied sich aber, dass dieser eine Junge seine Entscheidungsfindung nicht beeinflussen durfte. Er hatte eine Mission zu erfüllen. Wenn es dort draußen Menschen gab, die seine Hilfe brauchten, dann musste er los und sie retten.

Subvenire Refectus.

Retten und Wiederaufbau.

»Ich werde den Menschen auf dem Dach helfen und sollte in ein paar Stunden wieder zurück sein.«

»Und was ist mit den Infizierten draußen?« Sam schrie fast.

»Sam ...« Lee warf ihm einen warnenden Blick zu, redete aber ruhig weiter. *Mit gutem Beispiel vorangehen.* »Ich muss versuchen, den Leuten zu helfen. Das ist mein Job. Mir wird schon nichts passieren, genauso wie mir nichts passiert ist, als ich dir geholfen habe. Und mach dir keine Sorgen um die beiden da oben, darum kümmere ich mich.« Lee war sich seiner Sache nicht so sicher, wie er vorgab. Wenn das Mädchen von gestern ihm eines gezeigt hatte, dann, dass er weder die Hartnäckigkeit noch die Kraft infizierter Individuen unterschätzen durfte. »Das wird schon.«

Sam biss die Zähne zusammen. Ihn schien bei dem Gedanken, hier unten alleingelassen zu werden, überhaupt nicht wohl. »Und was soll ich tun, während Sie weg sind?«

»Hier.« Lee ging zum Couchtisch, schnappte sich die Fernbedienung und schaltete den Fernseher an. Es war keinesfalls unter seinem Niveau, den Gehorsam des Jungen durch ein bisschen Bestechung zu erlangen. »Spiel einfach *Call of Duty*. Und wehe, du hast nicht gewonnen, wenn ich zurück bin.«

»Das ist unmöglich«, murmelte Sam.

»Wie auch immer.« Lee warf ihm einen Joystick zu und schaltete dann die Spielkonsole an. »Ich habe es in fünf Stunden geschafft, aber wenn du glaubst, dass du das nicht kannst …«

»Ich werde schneller sein«, erklärte Sam und ergriff den Controller.

Lee lächelte. Der Junge besaß Ehrgeiz. Eine gute Voraussetzung für jemanden, der in einer Welt wie dieser überleben will. Leute, die nicht auf Wettbewerb standen, tendierten zu einer früheren Kapitulation, während solche, die sich einer Aufgabe stellten, einfach weitermachten, selbst wenn es niemanden mehr gab, gegen den sie antreten konnten.

Lee öffnete das Schott und befahl Tango, bei Sam zu

bleiben. Kurz bevor er es wieder schloss, warf er einen letzten Blick auf Sam und erwischte ihn dabei, wie er Lee voller Angst anstarrte. Er machte sich wirklich Sorgen, was als Nächstes passieren könnte. Er lächelte den Kleinen zuversichtlich an, reckte einen Daumen in die Höhe und sagte dann mit seiner besten Arnold-Stimme: »Hasta la vista, Baby.«

Lee sah, wie ein leichtes Lächeln um die Lippen des Jungen spielte, ehe er das Schott hinter sich zuzog.

8
Auf der Straße

Lee schlich sich den Korridor entlang, kletterte die Leiter hinauf und stand vor der Luke zum Keller.

Ohne Tango als sein Frühwarnsystem musste er mehr Zeit darauf verwenden, an jeder Ecke zu lauschen und zu warten. Ehe er die Luke öffnete, blieb er auf der Leiter, sein Ohr gegen das Metall gepresst, hörte aber keine Bewegungen von der anderen Seite. Er glaubte, weiterhin die Schläge von dem Infizierten zu hören, den er inzwischen den Hammer-Typen getauft hatte. Das Geräusch war so leise, dass er die Möglichkeit in Erwägung zog, es sich nur einzubilden.

Als er schließlich die Luke öffnete, tat er es sehr langsam und vorsichtig. Dann kletterte er hindurch in den Keller und achtete stets darauf, dass sein M4 und der Rest seiner Ausrüstung nicht aus Versehen gegen Luke oder Wand stießen und irgendwelchen Lärm verursachten.

Im Keller lauschte er erneut. Jetzt erst wurde ihm klar, dass er weder Hammer-Typ noch den Golfer hörte. Es herrschte komplette Stille. Auch von oben drang nichts an seine Ohren, was Lee stärker verunsicherte, als wenn die beiden Verrückten auf der Veranda weiterhin auf die Scheiben eingedroschen hätten. Schließlich hätte er dann gewusst, wo sie sich befanden. Jetzt aber, inmitten völliger Stille, hatte er keine Ahnung.

Er überprüfte noch einmal das Patronenlager. Als er sich versichert hatte, dass es geladen und arretiert war, ging er die Treppe hoch.

SERE-Training (Survival, Evasion, Resistance and Escape, also Überlebens-, Ausweich-, Widerstands- und Fluchttraining) hatte ihn gelehrt, sein Verhalten situationsgemäß aufzugliedern, um Konflikte lösen zu können. Wenn man von Feinden umzingelt war, die Angst einen zu Boden trieb und einen glauben ließ, dass es keine Fluchtmöglichkeit mehr gab und man keine Chance hatte, seine Missionsziele zu erreichen, musste man die Sachen einfach aufgliedern. Statt sich dem Angriffsziel zu nähern, konzentrierte man sich darauf, hinter dem umgefallenen Baum Zuflucht und Schutz zu suchen. Von dort aus konnte man zum Beispiel im Sumpf verschwinden. Alles wurde in zu bewältigende, kleine Aufgaben eingeteilt, bei denen es nicht immer gleich ums Ganze zu gehen schien.

In diesem Augenblick wollte ihm die Angst einflüstern, dass der Hammer-Typ und der andere Infizierte durch sein Haus schlichen und nach ihm suchten. Trotzdem wollte er bis zur Küchentür. Also setzte er einen Fuß vor den anderen, das Maschinengewehr stets auf die Tür gerichtet, und schlich dann die Treppe hinauf.

Oben angekommen hielt er inne und lauschte erneut.

Aber es herrschte völlige Stille. Er öffnete die Tür einige Zentimeter, sodass er zumindest einen Blick auf die Terrassentür werfen konnte, an der sich der Hammer-Typ zuvor zu schaffen gemacht hatte. Dann sah er ihn. Er saß auf dem Boden, den Rücken zum Haus gewandt, und kratzte irgendetwas mit dem Hammer in den Boden. Es schien viel wärmer als zuvor, aber er war schließlich eine Zeit lang im Bunker gewesen, den er stets auf einundzwanzig Grad hielt. Er nahm an, dass sein Körper sich bereits an die kühlere Temperatur gewöhnt und eingestellt hatte.

Lee beobachtete den Hammer-Typen bei der Arbeit. Die raue Intensität und Aggression des Infizierten beunruhigten ihn. Nach einer Weile reckte er den Hals, um zu sehen, ob zumindest der Golfer noch immer auf die Scheibe eindrosch. Sein Winkel war nicht der beste, aber je schwieriger es für ihn war, den Golfer zu erspähen, desto unwahrscheinlicher war es auch, dass Lee entdeckt werden würde. Er wollte die beiden schön ruhig und entspannt, sodass er eine bessere Angriffsposition einnehmen konnte. Sein Plan war außerdem, sie so leise wie möglich umzubringen, sodass nicht noch mehr von diesen Monstern angelockt wurden.

Allmählich entwickelte Lee die Überzeugung, dass das merkwürdige Gejaule der Infizierten eine Form von Überbleibsel des Raubtierinstinkts war, längst vergessene DNA-Stränge, die aus den Tagen übrig geblieben waren, in denen Menschen noch in Horden jagten. Lee fand, dass es sich wie der Ruf eines Wolfs anhörte, der Beute gewittert hat, und er konnte sich des Gefühls nicht erwehren, dass ein solcher Schrei weitere Infizierte anlockte, in ihnen einen reflexartigen Ur-, einen Jagdtrieb auslöste.

Er schlich in die Küche und den Flur entlang zur Treppe im Gang, um dann in den ersten Stock zu gehen. Rasch schlüpfte er um das Treppengeländer herum, erklomm die Stufen, nahm jeweils zwei auf einmal. Oben angekommen wandte er sich nach links, sodass er zur Vorderseite des Hauses kam, wo er das letzte Mal den Golfer gesehen hatte.

Im Gästeschlafzimmer, das im seemännischen Stil eingerichtet war, ging Lee in die Hocke und marschierte dann im Entengang zum Fenster, von dem aus man die Veranda und den Garten übersehen konnte. Die Veranda war zwar überdacht, aber wenn sich der Mann in den Garten zurückgezogen hatte, würde Lee ihn gut ins Visier nehmen können. Vor den Fenstern des Gästeschlafzimmers hingen hölzerne Rollos. Lee nahm einen Finger und legte ihn auf eine Lamelle, damit er in den Vorgarten lugen konnte.

Leider war sein Blickfeld zu schmal, sodass er den Golfer nicht ausmachen konnte.

»Verdammt …«, entfuhr es Lee, und er stellte seinen Fahr-zur-Hölle-Rucksack weniger vorsichtig als üblich ab. Etwas Hartes am Boden des Rucksacks knallte auf die Holzdielen. Lee zuckte bei dem Lärm zusammen.

Dann ein Scheppern. Irgendwo in einem der Schlafzimmer im ersten Stock zerbarst etwas Gläsernes.

Lee brachte sein M4 sofort in Anschlag und dachte *Was zum Teufel war das?*, traute sich aber nicht, auch nur einen Ton über die Lippen kommen zu lassen. Er wusste nämlich genau, was es war. Irgendetwas trieb sein Unwesen in einem der Badezimmer hier oben und hatte gehört, wie Lee seinen Rucksack abgestellt hatte. Es war warm im Haus, aber nicht, weil der Thermostat ein paar Grad höher eingestellt war, sondern weil jemand oft genug gegen die Haustür getreten hatte, bis sie nachgab. Und jetzt befanden sich die Hitze, die Schwüle und wer immer auch die Tür aufgebrochen hatte, im Haus.

Lee ließ den Korridor durch die Schlafzimmertür nicht aus den Augen, bewegte sich zum Rucksack und holte mit der freien Hand den Schalldämpfer aus der Seitentasche. Er stellte sich so auf, dass er seine MK23 im Oberschenkelholster rasch ziehen konnte, nur für den Fall, dass ein Infizierter im Flur erschien, während er noch den Schalldämpfer aufdrehte. Dann hob er den Lauf seines M4 in die Höhe und begann zu schrauben.

Erneut ein Geräusch, diesmal ein Poltern im Flur.

Lee versuchte sich auf das Gewinde zu konzentrieren, starrte aber die ganze Zeit auf den Gang. Er wollte das Arschloch nicht ohne Schalldämpfer auf der Waffe erlegen. Der Schuss wäre so laut, dass nicht nur alle anderen Infizierten aus der Gegend angelockt würden – nein, zusammen mit der eingetretenen Tür glich er dann schon fast einer offiziellen Einladung.

Er hörte ein Würgen, gefolgt von einem Schwall von Flüssigkeit, die auf den Hartholzboden traf.

Endlich hatte er den Anfang des Gewindes gefunden und begann zu schrauben. Schnell.

Vom Flur drang ein Keuchen an seine Ohren. Dann erneut Schritte, die ständig auf dem Boden zu kratzen schienen. Wie Stollen – oder Golfschuhe.

Mach schon ...

Lee schraubte, so schnell seine Hände es zuließen. Die Schritte waren an der Tür angekommen. Fertig. Ein Schatten erschien.

Lee hob das M4 und kämpfte gegen die Panik an. Er wollte nicht einfach so drauflosballern. Er richtete den roten Laserstrahl auf die Mitte der immer näher kommenden Gestalt und drückte zwei Male schnell hintereinander ab. Beide Kugeln trafen mitten in die Brust des Golfers, sodass er rückwärts gegen die Tür geworfen wurde. Komischerweise hörten sich die gedämpften Schüsse des M4 in Lees Ohren so an, als ob jemand einen Abschlag beim Golf machte.

Der Golfer schien nur eine Sekunde lang benommen, ehe er sich wieder erholte und Lee mit offenem Maul anstarrte, aus dem dickes rotes Blut rann. Er streckte die Arme aus, die Finger zu Krallen gekrümmt, und warf sich dann auf Lee.

Dieses Mal drückte Lee einfach ab, zog dreimal rasch hintereinander am Hahn. Der Golfer aber hielt nicht inne, sodass Lee rasch den Rückwärtsgang einlegen musste, bis er mit dem Rücken gegen die Wand stieß und von der Hüfte aus abdrückte.

Der Golfer brauchte nicht lange, um das Gästeschlafzimmer zu durchschreiten, und als er nur noch eine Armlänge entfernt vor Lee stand, holte dieser mit dem Bein aus, wie er es im Irak immer getan hatte, wenn er eine Tür eintreten musste. Der Tritt traf den Wahnsinnigen in die Brust und warf ihn zu Boden. Lee stolperte, gewann wieder das Gleichgewicht und hielt dann den Lauf mit dem Schalldämpfer gegen den Schädel des Golfers. Die Druckwelle richtete mehr Schaden als die Kugel selbst an und ließ das Gesicht beinahe komplett einfallen.

Sobald Lee sicher war, dass der Golfer sich nicht mehr bewegen würde, stolperte er zurück, bis er mit dem Rücken erneut gegen die Wand prallte. »Verdammt …«, keuchte Lee und rang nach Luft. Sein Herz pochte heftig in seiner Brust und hörte sich fast wie eine Dschungeltrommel an. Er spürte, wie das Adrenalin durch seine Adern schoss. Lee wusste, dass seine Hände zittern würden, wenn er das M4 nicht so fest umklammerte.

Er nahm sich zusammen und ging zu einem der Spiegel an der Wand, um sein Gesicht nach Blutspritzern abzusuchen, fand aber keine.

Sein Zittern erreichte kurz darauf den Höhepunkt, ehe die Erleichterung Oberhand gewann. Sein Körper schüttete jetzt Unmengen Endorphine in seine Blutbahn aus.

»Wow!«, keuchte Lee ein, zwei, drei Male, ehe ihm

bewusst wurde, dass er keine Zeit verschwenden durfte und weitermachen musste.

Er warf sich seinen Fahr-zur-Hölle-Rucksack über die Schulter und rannte die Treppe hinab. Um den Golfer würde er sich später kümmern. Der Gestank des Leichnams sollte sich schließlich nicht im ganzen Haus verbreiten, aber im Augenblick hatte er weder die Zeit noch seinen Schutzanzug zur Verfügung, um ihn vernünftig zu beseitigen. Wie er vermutet hatte, stand die Haustür offen. Über dem gesamten Türblatt verbreitet befanden sich winzige sternförmige Dellen – sie stammten von den winzigen Stollen der Golfschuhe. Der Typ musste unzählige Male gegen die Tür getreten haben, bis das Schloss endlich nachgab. Nach einer raschen Untersuchung hatte Lee den Grund dafür gefunden. In der Eile, Sam ins Haus zu kriegen, hatte er vergessen, den Riegel vorzuziehen.

Lee fluchte und schloss die Tür. Diesmal vergaß er den Riegel nicht. Da der Türrahmen aus Stahl war, hatte er kaum etwas abbekommen – genauso wie die Tür. Nur das Schnappschloss hatte von den Hunderten von Tritten dran glauben müssen.

Jetzt, da der Golfer keine Gefahr mehr darstellte, brauchte Lee sich beim Hammer-Typen nicht mehr derart vorzusehen. Er öffnete die Terrassentür und verpasste ihm eine Kugel in den Kopf. Schnell und einfach. Dann nahm er sich die Zeit und las, was er mit dem Hammer in den Boden gekratzt hatte.

HÖLLFE

Lee ließ den Blick zwischen dem falsch geschriebenen Wort in der Erde und der Leiche hin und her wandern. Die Ironie war erstaunlich. Das eigenwillig buchstabierte Wort schien sowohl den allgemeinen Zustand dieser postapokalyptischen Welt als auch das, was jeder darin haben wollte und dringend brauchte, zum Ausdruck zu bringen. Aber Lee wusste, dass Infizierte nicht logisch denken konnten.

Oder vielleicht doch?

Er ging weiter zu seiner alleinstehenden Garage, öffnete die Tür und trat ein. Als er hinter sich zuschloss, drehte er sich noch einmal um und überprüfte, dass die Luft rein war. Sein Chevy 1500 stand noch genau da, wo er ihn geparkt hatte, anscheinend unberührt und noch immer mit vollem Tank. Zuerst warf er seinen Fahr-zur-Hölle-Rucksack in die Fahrerkabine, kletterte dann selbst hinein und legte das M4 auf den Beifahrersitz. Dann schnallte er sich an, startete den Motor und drückte auf die Fernbedienung für das Garagentor.

Die Tür ächzte und krächzte, öffnete sich aber langsam. Das Geräusch war so laut, dass es jeder im Umkreis von fünfhundert Metern gehört haben musste. Lee fuhr hinaus und warf einen letzten Blick auf den Garten. Außer dem Leichnam, der Hilfe gebraucht beziehungsweise den Zustand der Welt angeprangert hatte, schien er verlassen zu sein.

Entweder oder. Lee starrte eine ganze Weile auf den Toten, während der Motor im Leerlauf vor sich hin nagelte. War es richtig gewesen, ihn einfach so von hinten ins Jenseits zu schicken? Schließlich war er trotz allem ein menschliches Wesen. Verdammt, Lee tötete amerikanische Staatsbürger, krank oder nicht. War es wirklich an ihm, sie einfach vom Angesicht der Erde zu wischen, ohne Vorwarnung? Das Mädchen, das ihn angegriffen hatte, wie auch der Golfer hatten beide ihr Bestes gegeben, ihn fertigzumachen. Aber der Hammer-Typ, der gegen die Fensterscheibe gedroschen und gesagt hatte: »Öffne endlich die verfickte Tür!«, um dann das Wort »HÖLLFE« in die Erde zu kratzen ... Vielleicht hatte er tatsächlich einfach nur Hilfe gebraucht, nach einem Zufluchtsort gesucht. Hatte Lee in seiner Furcht vor den Infizierten einen Hilferuf fälschlicherweise als Aggression interpretiert?

Lee verdrängte diesen fürchterlichen Gedanken in eine der hintersten Ecken seines Verstands. Darüber konnte er sich später auch noch den Kopf zerbrechen. Jetzt brauchten drei mögliche Überlebende auf einem Dach seine Hilfe. Menschen, die er retten konnte. Nicht-Infizierte. Und die stellten seine höchste Priorität dar, dazu war er da, deswegen hatte man ihn trainiert. Die Lebenden hatte er zu retten, nicht die Toten und Sterbenden.

Lee ließ seine Auffahrt hinter sich, um dann links in die Morrison Street Richtung Süden einzubiegen. Außer zu fahren blieb ihm nur noch eines übrig: Auf das Beste zu hoffen.

Die Morrison Street führte Kilometer über Kilometer durch Farmland. Zu beiden Seiten der asphaltierten Straße erstreckten sich Felder. Nur hier und da wurde sie von schmalen Waldstücken eingerahmt. Lee sah hauptsächlich Tabak-, aber auch ein paar Maisfelder. Ab und zu fuhr er an Farmen vorbei, manchmal standen sie weit abseits der Straße, manchmal direkt daneben. Er war langsam unterwegs, und sobald er ein Haus ausmachte, hielt er an und musterte es ausführlich, um herauszufinden, ob seine Bewohner es noch immer nutzten.

Aber sämtliche Anwesen schienen leer zu stehen. Die Fenster waren entweder dunkel oder mit Brettern verschlagen und die Auffahrten mit Unkraut überwachsen. Drinnen gab es keinerlei Anzeichen von Leben, das Gleiche galt für alle Felder in der Umgebung. Nachdem er jedes Haus ausgekundschaftet hatte, fuhr er langsam weiter, wobei seine Augen stets die Felder nach möglichen Problemherden absuchten. Er mochte es gar nicht, die Morrison Street entlangfahren zu müssen. Obwohl das hier nur eine Nebenstraße war und die Plünderer sich eher auf größere Straßen mit mehr Beute konzentrierten, kam es ihm vor, als ob die Bäume Augen und Ohren besäßen und nur darauf warteten, dass irgendetwas schieflief, um ihn endlich in ihrer Gewalt zu haben.

Er kam zu einer lang gezogenen Kurve, nach der die Straße eine ganze Weile geradeaus verlief. Er bremste hart und hielt mitten auf der Fahrbahn an. Ein großer grüner Mähdrescher stand vor ihm und blockierte beinahe die gesamte Fahrbahn. Den Reifenspuren nach war er offensichtlich aus dem Feld zu Lees rechter Seite gekommen.

Lee fackelte nicht lange und ergriff sofort das M4, das noch immer auf dem Beifahrersitz lag. So eine Straßenblockade war perfekt für einen Überfall. Die Plünderer konnten entweder im Mähdrescher, dahinter oder in irgendeinem Versteck in der Nähe auf ihn lauern. Vielleicht war es auch nur ein blöder Zufall, und der Mähdrescher stand einfach da, ohne eine Gefahr darzustellen. Er schnappte sich den Sucher mit der dreifachen Vergrößerung von seinem M4 und durchkämmte das Feld zu seiner Rechten. Er sah eine breite Schneise, die mitten durch das riesige Feld geschnitten war und bis zur Straße führte. Als er die Vergrößerung einschaltete, erkannte er dunkle Haufen im Feld, die in der Schneise lagen. Lee konnte sich nicht sicher sein, aber sie sahen wie Menschen aus.

Er stellte sich einen alten Bauern in einem blauen Jeansoverall vor, gefangen in seinem kleinen Bauernhof, umgeben von schier unendlichen Feldern, auf denen der Mais bis zur Brust stand. Mitten darin schwärmte eine Bande Infizierter aus wie Alligatoren in einem Burggraben. Wenn Lee in der gleichen Situation gewesen wäre, hätte wahrscheinlich auch er den Mähdrescher als letzte Möglichkeit wahrgenommen. Es bewies eine gewaltbereite Findigkeit, die Lee beeindruckte, und er spann den Faden weiter, sah den Farmer vor seinem inneren Auge, wie er laut lachend und Kautabak kauend sowohl Mais als auch die Infizierten niedermähte.

Lee nahm sich die Zeit und zählte die Leichen in der

Schneise. Siebzehn. Vielleicht mehr, aber das war alles, was er von seiner Position aus einsehen konnte. Falls es allesamt Wahnsinnige waren, bedeutete es eine relativ große Meute. Deutlich mehr als die »vier oder fünf oder zehn«, von denen Sam berichtet hatte. Besaßen sie genug Verstand, um sich zu organisierten Gruppen zu formen und gemeinsam anzugreifen, oder stolperten sie nur durch die Gegend und sammelten sich aus irgendeinem latenten sozialen Bedürfnis? Und warum hatten sie sich nicht gegenseitig zerfleischt?

Sam hatte behauptet, dass er sie sich gegenseitig töten gesehen hatte. Und sein Vater hatte sie mit einem Rudel wilder Hunde verglichen. Lee sinnierte über den Rudelinstinkt, der in Menschen wie in wilden Hunden präsent war, in der modernen Gesellschaft allerdings unterdrückt beziehungsweise kontrolliert wurde. Soziale Kontrolle oder nicht, Menschen fanden sich immer in Gruppen zusammen. Die Annahme, dass sich dies selbst angesichts massiver Beschädigung des Frontallappens durch Bakterien nicht ändern würde, war alles andere als blühende Fantasie. Als Lee sich die Sache durch den Kopf gehen ließ, kam er zu dem Schluss, dass ohne Vernunft die tief sitzenden Instinkte des Menschen mehr und mehr zum Vorschein kamen.

Eigentlich eine gewagte Hypothese, wenn man in Betracht zog, dass er keinerlei Beweise hatte.

Lee fuhr vorsichtig weiter, die ganze Zeit ein Auge auf den Mähdrescher und die ihn umgebenden Felder werfend. Die Möglichkeit eines Überfalls war jetzt in den Hintergrund gerückt. Er machte sich vielmehr Sorgen darüber, dass der fliehende Farmer nicht alle Infizierten niedergemäht hatte, die zwischen ihm und der Freiheit gestanden hatten. Vielleicht gab es noch ein paar Nachzügler, die gleich auf Lee losgingen.

Er fuhr um den Mähdrescher herum und befürchtete, dass jeden Augenblick ein durchgeknallter alter Mann im blauen Jeansoverall das riesige Fahrzeug anlassen und ihn umfahren würde. Aber nichts bewegte sich. Es war, als ob man an einem ausgestopften Löwen in einem Museum vorbeiging, der so echt und real wirkte, dass man sich ständig umdrehte und sich vergewissern wollte, dass er einen nicht hinterlistig angriff. Lee trat aufs Gaspedal, sobald er am Mähdrescher vorbei war. Ihm war nicht wohl bei dem Gedanken, das riesige Fahrzeug hinter sich zu wissen.

Er fuhr einen guten Kilometer weiter, ehe er etwas anderes bemerkte und erneut anhielt.

Ungefähr fünfzig Meter von der Straße entfernt kniete eine Frau in einem bestellten Feld. Viel konnte er nicht erkennen, lediglich, dass sie blonde Haare hatte, die von der Brise hin und her geweht wurden. Sie hatte Lee den Rücken zugewandt und schaute zu Boden. Es schien so, als ob sie irgendetwas in den Armen hielt, das ihre ganze Aufmerksamkeit auf sich zog. Lee konnte jedoch nicht sehen, worum es sich handelte. Die Frau trug ein kurzes weißes Jäckchen und Jeans, aber keine Socken oder Schuhe.

Sie bewegte sich keinen Zentimeter, sodass Lee fast an ihr vorbeigefahren wäre, wenn sie nicht dieses weiße Jäckchen getragen hätte, das ihm ins Auge stach. Bei genauerem Hinsehen bemerkte er, dass es völlig verdreckt war.

Sein Instinkt verriet ihm, dass sie noch lebte. Tote knieten normalerweise nicht.

Sein zweiter und wesentlich paranoiderer Gedanke war, dass es sich um eine Falle handeln könnte. Für Banden war es Usus, eine Frau als Lockvogel zu benutzen, die verloren schien oder in Schwierigkeiten steckte. Er beobachtete sie eine Weile und sah sich dann die Umgebung genauer an. Es schien kein geeigneter Ort für einen Überfall, denn es gab keine Sackgasse, nur freies Feld. Zudem sah er kaum Versteckmöglichkeiten für potenzielle Angreifer.

Lee legte den Schalthebel des Automatikgetriebes auf P und schnappte sich wieder das M4 vom Beifahrersitz. Dann musterte er die Umgebung erneut, suchte nach möglichen Bedrohungen, entdeckte aber keine und öffnete dann die Tür. Sein Truck begann zu piepen und erinnerte ihn daran, dass die Schlüssel noch steckten und der Motor noch lief. Nach kurzem Nachdenken zog er die Schlüssel ab und schob sie in eine Seitentasche seiner Hose.

Kaum war er ausgestiegen, hob er die Waffe zum Anschlag und sah sich durch den Dreifach-Zoom seines Suchers die Gegend etwas genauer an. Jetzt, wo er draußen stand, konnte er das leise Geräusch von Weinen hören, das über das Feld an seine Ohren getragen wurde. Er richtete den Blick auf die Frau und sah, wie ihre Schultern sich bebend hoben und senkten.

Er ließ seinen Blick wieder schweifen, und es kam ihm vor, als ob sich irgendjemand von hinten an ihn heranschlich. Er wollte den Wagen aus Furcht vor einer Falle nicht unbewacht lassen – er bildete seine einzige Transportmöglichkeit, und die wollte er sich nicht nehmen lassen.

Vorsichtig näherte er sich der Frau, bis er am Rand der Straße angekommen war. Er hielt an und rief: »Ma'am!« Seine Stimme war laut und bestimmend, wie ein Kanonenschuss inmitten kompletter Stille.

Die Frau erstarrte, und der Kopf drehte sich ansatzweise, als ob sie ihn aus dem Augenwinkel musterte. Er konnte ihr Gesicht noch immer nicht ausmachen, da die vielen Haare es verdeckten.

Irgendetwas stimmte nicht. »Ma'am. Ich bin Captain Lee Harden von der Armee der Vereinigten Staaten von Amerika. Ich bin hier, um Ihnen zu helfen.«

Sie starrte weiter ins Nichts, verharrte einen Augenblick in dieser Pose, drehte sich aber schließlich wieder ab und richtete ihre ganze Aufmerksamkeit auf das, was vor ihr passierte. Lee wollte eigentlich weiter, war sich aber gleichzeitig auch darüber im Klaren, dass er es nicht konnte. Er verließ den Asphalt der Straße und trat langsam auf die Frau zu, nicht direkt, sondern hielt sie immer etwas zu seiner Linken. Er versuchte ihr Gesicht auszumachen, zu sehen, was sie in den Armen hielt. Die Waffe hielt er stets schussbereit im Anschlag.

»Ma'am ...«, wiederholte er mehrere Male, als er näher kam – jetzt trennten sie gerade mal sechs Meter. Er wollte, dass sie wusste, dass er sich näherte. »Ich komme jetzt, okay? Können Sie reden? Können Sie mir etwas sagen – irgendetwas –, damit ich weiß, dass wir auf einem Nenner sind?«

Aber sie antwortete nicht.

Knappe fünf Meter vor ihr hielt er endlich an. Er stand direkt zu ihrer Linken und konnte ihr Profil sehen. Als junges Mädchen war sie garantiert richtig hübsch gewesen, obwohl ihre Augen mittlerweile jegliche Erkenntnis und Intelligenz vermissen ließen. Ihr Mund war geöffnet, und an den Winkeln formten sich weiße Blasen. Glänzende Bahnen aus Rotz liefen aus ihren dreckigen Nasenlöchern über das ganze Gesicht.

»Um Gottes willen ...« Lee tat sein Bestes, um den Ekel herunterzuschlucken, der in ihm aufstieg. Er zog das M4 enger an seine Schulter und legte den Finger um den Abzugshahn.

Die Frau starrte auf eine winzige Kreatur in ihren Armen, blass und farblos. Die Augen waren eingefallen und die Lippen gerunzelt. Die Haut machte einen losen, ledrigen Eindruck, und man konnte die Rippen herausstechen sehen. Das Baby musste schon eine ganze Weile tot sein.

Aber seine Stimme schien endlich den erwünschten Effekt erzielt zu haben, denn sie drehte den Kopf zu ihm um. Lee bemerkte, dass sie ebenfalls nur noch aus Haut und Knochen bestand, wahrscheinlich selbst kurz vor dem Tod wegen Unterernährung und Flüssigkeitsmangel stand. Ihr leerer Blick schweifte über das Feld bis hin zu Lees Stiefeln und wanderte dann seine Beine hinauf bis zu seinem Gesicht. Für einen Augenblick glaubte Lee, etwas Verstand zu erkennen, vielleicht sogar Hoffnung. Die Frau verlagerte ihr Gewicht ein wenig, sodass Lee vorsichtshalber einen Schritt zurück tat, aber sie stand nicht auf, sondern hob nur die Hände – den winzigen Leichnam noch immer in ihren Armen. Es sah aus, als wollte sie Lee das tote Baby reichen.

Können Sie helfen? Können Sie mein Baby wieder in Ordnung bringen?

Die Frau – oder was auch immer von ihr übriggeblieben war – gab ein leises Wimmern von sich.

Lee wollte sie auf der Stelle erschießen. So etwas wünschte man nicht einmal seinem schlimmsten Feind. Eigentlich hätte er sie einfach erlösen sollen, konnte sich dazu aber nicht überwinden. Hier hatte er einen der seltenen Fälle vor sich, bei denen der oder die Infizierte sich nicht der Gewalt hingegeben hatte. Lee fragte sich, wie die Frau wohl gewesen war, ehe die Seuche ihr Gehirn zerstört hatte. Schließlich konnte sie sich auch ohne Frontallappen nicht dazu überwinden, irgendwelche Gewalttaten zu begehen. Lee glaubte, dass sie einmal richtig warmherzig und nett gewesen sein musste.

Sie verdiente ein solches Schicksal nicht. Niemand verdiente es. Langsam senkte sie die Hände und das erbärmliche Stück verwesendes Fleisch, das sie hielten, wieder zu Boden. Ein weiteres Geräusch, wieder ein leises Stöhnen. Ihr Blick folgte dem toten Baby, das jetzt bewegungslos auf der Erde lag. Sie kniete sich erneut davor und starrte darauf. Schon schien sie wieder wie versteinert. Einzig und allein der Wind wehte ihr die Haare ins Gesicht.

Lee entfernte sich von der Frau, überließ sie ihrem Schicksal und ihrer Trauer. Sie war verloren, ihre Gedanken irrten in einer unendlichen Ebene aus primitiven, instinktiven Erinnerungen umher – Leben aus Leben und Fleisch aus Fleisch, Fürsorge und Liebe, aber auch die leere Einsamkeit des Todes, die Verzweiflung des Verlusts.

Als er wieder weit genug entfernt war, drehte er sich um und rannte zum Truck.

Er stieg ein und schloss rasch die Tür hinter sich, weil er befürchtete, dass sie ihm gefolgt war, aber als er sich umschaute, sah er sie noch genau dort sitzen, so still wie vorher. Komischerweise musste er wieder an Deana denken, er wusste nicht, warum. Ein winziger Teil in ihm wollte eine Familie haben, aber eigentlich war er froh, ganz allein überlebt zu haben. Die Einsamkeit war lächerlich gegenüber dem Schmerz der Trennung.

Er warf den Motor an und fuhr los.

Nach einer halben Stunde auf Achse hielt er erneut an und sah ein Haus in der Ferne hinter einem großen Acker stehen. Er war an so vielen brachliegenden Feldern ohne Farmen vorbeigefahren, dass er schon glaubte, sein Ziel übersehen zu haben, und dass Sams jugendliche Augen mehr Sehschärfe besaßen als die seinen. Hier aber war ein Bauernhof auf einem Hügel, circa einen halben Kilometer von der Straße entfernt. Das Dach schien allerdings leer.

Er zog den Sucheraufsatz von seinem M4 und untersuchte das Haus näher. Zwar war der Zoom nicht so stark wie der seines Fernglases, aber es reichte Lee für den Augenblick. Jetzt konnte er auch zwei liegende Gestalten auf dem Dach erkennen. Ihre verdreckte Kleidung stach kaum von den dunklen Dachziegeln ab. Obwohl er nur ihre Umrisse ausmachen konnte, schienen sie sich nicht zu bewegen.

Im Vordergarten waren keine Infizierten zu sehen. Die Vordertür stand offen. Es war durchaus möglich, dass die zehn Wahnsinnigen, von denen Sam berichtet hatte, im Haus Zuflucht vor der Hitze suchten, während die eigentlichen Bewohner auf dem Dach vor sich hin garten.

Jetzt stellte sich Lee die Frage, ob er die Entfernung zum Haus zu Fuß hinter sich bringen und somit sich selbst in Gefahr bringen sollte, ganz abgesehen davon, dass er bei dieser Taktik auch seinen Wagen verlieren könnte. Aber was, wenn die Überlebenden auf dem Dach bereits gestorben waren? Oder sollte er vielleicht hupen, um ihre Aufmerksamkeit auf sich zu lenken? Dann würde er zumindest wissen, ob sie noch am Leben waren oder nicht. Allerdings wäre er dann aufgeflogen, was ihre Flucht nur komplizieren würde.

Aber Lee wusste, dass es nichts brachte, sich allzu lange darüber den Kopf zu zerbrechen. Selbst wenn die beiden auf dem Dach auf sein Hupen nicht reagierten, würde er sie trotzdem nicht ihrem Schicksal überlassen, sondern sie aufsuchen, sehen, ob sie noch lebten, ehe er sie endgültig aufgab.

Und das machte das Ganze viel einfacher.

Am Straßenrand zwischen dem Asphalt und dem brachliegenden Feld, das sich bis zum Haus erstreckte, befand sich ein tiefer Graben. Es war unmöglich, ihn mit dem Pickup-Truck zu überwinden. Er könnte es zwar trotzdem versuchen, aber Lee bevorzugte es, dass sein Fluchtfahrzeug fahrbereit auf ihn wartete, falls irgendetwas schiefging und er es eilig hätte. Also parkte er das Auto so nah wie möglich am Straßenrand und schlüpfte leise hinaus, ohne die Tür ins Schloss zu werfen oder hinter sich abzuschließen.

Er setzte sich seinen Fahr-zur-Hölle-Rucksack auf und verschwand dann im Graben. Wenn er es bis auf einige Hundert Meter Entfernung zum Haus schaffte, könnte er vielleicht mit den Leuten auf dem Dach Kontakt aufnehmen und hoffentlich einen Fluchtplan schmieden – falls die Infizierten sich überhaupt noch im Haus befanden.

Lee hegte die leise Hoffnung, dass die Wahnsinnigen, die die Leute auf dem Dach vor wenigen Tagen noch umbringen wollten, endlich das Interesse verloren hatten und verschwunden waren. Lee zweifelte keine Sekunde daran, dass er imstande war, jegliche Bedrohung zu eliminieren, aber es ließ sich nicht leugnen, dass die kaputten und zerstörten Gehirne der mit FURY infizierten Menschen nur schwer auszuschalten waren. Und es gleich mit zehn auf einmal aufzunehmen wäre dementsprechend schwieriger.

Er kletterte aus dem Graben, machte sich auf den Weg zum Haus und suchte Schutz am Rand eines kleinen Waldes, der am Feld angrenzte. Er lief ein paar Schritte, hielt aber immer wieder inne, um sich umzuschauen und zu sehen, ob sein Wagen noch auf ihn wartete. Eigentlich gefiel es ihm überhaupt nicht, wie er dort geparkt war, einsam und verdammt auffällig. Es schien, als forderte der Wagen es beinahe heraus, endlich gestohlen zu werden.

Lee wandte sich wieder dem Haus zu, nahm sich auch genügend Zeit, um es auszukundschaften und einen Blick durch Fenster und Vordertür zu werfen, aber entweder war er zu weit entfernt, oder es war leer. Auf jeden Fall wurde er dadurch nicht schlauer. Dann kam ihm ein Gedanke: Wenn das Haus leer stand, was suchte die Familie dann noch immer auf dem Dach?

Es sei denn, sie waren bereits tot.

Nachdem er dieses Spiel einige Male hinter sich gebracht hatte, also Laufen, Umdrehen, Prüfen, befand er sich nur noch zweihundert Meter vom Haus entfernt. Das war nah genug. Erneut hob er den Sucher ans Auge und richtete ihn auf die zwei Individuen auf dem Dach. Es handelte sich dabei um zwei weibliche Gestalten, eine ungefähr Mitte dreißig, die andere ein Mädchen von vielleicht fünf oder sechs Jahren. Keine der beiden bewegte sich. Aus dieser Distanz konnte Lee nicht erkennen, ob sich ihre Brustkästen hoben und senkten.

Oder vielleicht war er doch schon nah genug, aber sie taten es einfach nicht.

Lee kroch ein paar Meter auf allen vieren zu dem nächsten dichten Strauch, der ihm genügend Deckung schenkte. Dort legte er seinen Fahr-zur-Hölle-Rucksack ab und kramte in einer seiner Seitentaschen herum, bis er die Finger endlich um die Dose mit Tarnfarbe legte. Er wollte sich zwar nicht anmalen, benötigte aber den Spiegel im Deckel der Dose.

Er öffnete sie und hielt den Spiegel gegen die Sonne, bis er einen schwachen Lichtstrahl über die Vorderseite des Hauses huschen sah. Er wackelte ein wenig, zielte genauer, bis er den Strahl endlich auf die ältere Frau und schließlich in ihre Augen gerichtet hatte. Er versuchte es einige Male, aber sie bewegte sich noch immer nicht. Also versuchte er es bei dem Mädchen. Wieder schwenkte er den Spiegel einige Male hin und her.

Sie hob den Kopf.

Lee sah, wie sie sich ein wenig aufrichtete, um sich dann die Hand vor die Augen zu halten und in die Richtung zu schauen, aus welcher der Strahl kam. Das Mädchen trug blonde Locken, die von der Brise hin und her geweht wurden. Sie schien besorgt und schätzte das merkwürdige Licht offensichtlich nicht als freundlich gesinnt ein. Es war wahrscheinlich eine ganze Zeit lang her, dass ihr irgendetwas Gutes widerfahren war, so lange, dass sie es selbst nicht mehr glauben konnte, wenn es geschah.

Lee blitzte ihr weiterhin den Strahl ins Gesicht, ließ dann aber ab und stand kurz auf, um ihr zuzuwinken, ehe er wieder in Deckung ging.

Jetzt änderte sich ihre Miene. Das Misstrauen verschwand und machte einem Ausdruck der Dringlichkeit Platz. Sie rollte zu ihrer Mutter und zog an ihrem Arm. Diese, das Gesicht völlig verbrannt und dreckig, sah auf. Sie schien durch die Hitze völlig verwirrt. Das Mädchen sagte zwar kein Wort, deutete aber auf Lee, der erneut kurz aufstand und ihnen zuwinkte.

Plötzlich setzte sich die Mutter kerzengerade auf und begann mit beiden Armen wild in der Luft herumzufuchteln und zu rufen: »*Hilfe! Bitte helfen Sie uns!*«

Lee bediente sich einiger wohlgewählter, wenn auch fast tonlos hervorgestoßener Kraftausdrücke und antwortete dann mit einer beschwichtigenden Geste, die Handflächen zur Erde gerichtet und die Arme auf und ab bewegend: *Ruhig! Immer schön ruhig bleiben!*

Aber es war zu spät. Von irgendwo im Haus ertönte wieder einer dieser fürchterlichen Schreie.

Lee zeigte auf das Haus, zählte dann mit den Fingern ab – eins, zwei, drei – und streckte die Hände in die Höhe. Das war seine Art zu fragen, wie viele sich im Haus befanden. Die Frau senkte den Kopf, blickte auf ihre Füße, als ob sie durch das Dach hindurchschauen und zählen müsste, ehe sie sich wieder Lee zuwandte und mit den Schultern zuckte. Lee war sich nicht sicher, ob sie seine Frage verstanden hatte oder einfach nicht wusste, wie viele es waren.

Erneut machte er eine beschwichtigende Bewegung und verschwand dann wieder hinter dem Gebüsch.

Nur einen Sekundenbruchteil später schoss eine Gestalt aus der Vordertür. Es war ein Mann. Er war groß und sehr dürr. Sein linkes Bein schien verletzt, denn er zog es hinter sich her, was ihn aber nicht davon abzuhalten schien, sich mit unglaublicher Geschwindigkeit zu bewegen. Er trug lediglich eine Unterhose und schwarze Strümpfe. In der Hand hielt er einen Rechen.

Der Infizierte reckte den Hals, um nach den beiden Überlebenden auf dem Dach zu schauen, wobei er wie er ein verängstigter Hund schnaufte. Dann kam er die Treppe herunter, und der stählerne Aufsatz des Rechens schepperte bei jeder Stufe.

Die beiden auf dem Dach hörten, wie er in den Garten kam, und legten sich wieder flach auf den Bauch. Lee wusste nicht, ob Slim sie bereits gesehen hatte oder nicht, aber der eine Schrei von der Mutter war genug gewesen, um ihn auf hundertachtzig zu bringen. Er ergriff die Gartenharke mit beiden Händen und begann, sie wie eine Axt über dem Kopf hin und her zu schwingen. Einzelne Zacken schepperten, als sie gegen die Dachrinne schlugen, und er schaffte es sogar, einige Meter Rinne abzureißen.

Auf einmal erschienen zwei weitere Infizierte aus dem Garten auf der anderen Seite des Hauses. Der Lärm musste sie angezogen haben. Sie rannten zu

Slim und fingen an, hin und her zu gehen, ständig zum Dach hinaufschauend, als ob sie wüssten, dass es dort oben einen Leckerbissen gab. Keiner der Neuankömmlinge besaß eine Waffe, aber beide schienen sehr agil und wiesen keinerlei motorische Schäden auf.

Lee wartete und holte tief Luft, aber niemand anderes gesellte sich zu der kleinen Gruppe – weder vom Garten noch aus dem Haus. Das hieß, dass es nur noch drei waren. Lee fragte sich, was wohl mit den anderen geschehen war. Und dann stellte sich ihm die nächste Frage: Warum waren die überhaupt noch hier? Wie lange dauerte es, ehe sie das Interesse verloren? Würden sie sich jemals ausruhen, jemals klein beigeben, oder würden sie einfach unaufhörlich nach dem Objekt ihrer Begierde lechzen, nie aufgeben?

Lee streifte sich vorsichtig seinen Fahr-zur-Hölle-Rucksack über, warf das M4 über die Schulter und kniete sich einseitig auf den Boden, sodass er die Szene durch die Blätter des Strauches besser beobachten konnte. Der Rechen war mittlerweile kaputt, und die drei Infizierten gaben jetzt merkwürdige Geräusche von sich und starrten zum Dach hinauf. Einer lief noch immer wild umher, aber die beiden anderen standen still, die Hände in die Hüften gestemmt, als ob sie sich auf einen Kampf vorbereiteten. Auf dem Dach hielt die Frau das Mädchen in den Armen. Beide starrten ängstlich nach unten, wo die Infizierten außer Sicht darauf warteten, sie endlich zu zerfleischen.

»Diesmal versuche ich es mit Kopfschüssen ...«, flüsterte Lee zu sich selbst, begann ruhig zu atmen, ein durch die Nase, aus durch den Mund, und kam dann aus seinem Versteck hervor.

Er bewegte sich vorwärts, legte so viel Distanz wie möglich zurück, damit er eine bessere Chance besaß, die Kopfschüsse auch wirklich ins Ziel zu bringen. Er dachte sich, dass ein Kopfschuss mit ziemlich großer Sicherheit genug war, um sie zu erlegen, ganz gleich, wie widerstandsfähig sie auch waren. Und wenn alle drei sich auf ihn stürzten, hätte er nicht viel Zeit, um seine Arbeit sauber zu verrichten.

Er ging in kleinen Schritten in gleichmäßigem Tempo auf sie zu. Mittlerweile hatte er das M4 wieder gezückt und an die Schulter gelegt. Der rote Punkt zielte jetzt genau auf den Hin-und-her-Wandler. Er würde derjenige sein, der Lees Näherkommen am ehesten bemerken könnte, da die anderen beiden ihm den Rücken zukehrten und zum Dach hinaufschauten.

Er näherte sich bis auf hundertfünfzig Meter, und sie hatten ihn noch immer nicht bemerkt.

Er stellte sich vor, wie er stolperte und zu Boden fiel, während er den unebenen Boden unter den Füßen spürte. Die drei Wahnsinnigen würden sich auf ihn stürzen, bevor er imstande war, sich wieder aufzurichten. Er senkte den Kopf, um sich den Untergrund unter seinen Füßen genauer anzuschauen, und als er wieder aufblickte, kam der Hin-und-her-Wandler bereits auf ihn zu gesprintet.

»Scheiße ...«, war alles, was Lee stammeln konnte. Er

stellte sich seitlich versetzt hin, während der Infizierte sich mit einer erstaunlichen Geschwindigkeit näherte. Und in der gleichen Sekunde ermahnte er sich, ruhig zu sein, die Haltung zu wahren und vernünftig zu zielen. Dann wanderten seine Gedanken zu der Frau im Feld, die über dem Leichnam ihres Kindes trauerte. Sollte er vielleicht eine Warnung geben, ehe er abdrückte und diesen unbewaffneten Infizierten in die Hölle schickte? Eine Warnung, wie er sie eigentlich immer gab?

Er wartete.

Dann visierte er den Schädel des Heranstürmenden mit dem roten Punkt an – mittlerweile war er gerade noch hundert Meter entfernt – und atmete langsam aus. Der dreifache Zoom des Suchers ließ den Irren viel näher erscheinen, als er tatsächlich war, und Lees Instinkte drängten ihn dazu, endlich abzudrücken, aber er wartete weiter. Erneut einatmen ... er kam näher ... und wieder ausatmen ...

Lee drückte einmal ab, sah, wie die Kugel die Schulter des Infizierten in Stücke riss und ihn aus dem Trab brachte. Er musste noch einmal schießen, drückte erneut ab. Diesmal formte die Patrone ein gleichmäßiges Loch knapp über seinem linken Ohr, und der Infizierte ging zu Boden.

Lee senkte die Waffe um wenige Zentimeter, sodass er nicht mehr durch den Sucher schauen musste – er wollte sich einen Überblick verschaffen. Die beiden anderen Infizierten waren sich jetzt seiner Gegenwart bewusst und rannten wie wahnsinnig auf ihn zu, wobei sie unaufhörlich kreischten. Lee nahm den Schnelleren ins Visier, den mit zwei intakten Beinen, und drückte rasch ab. Der Kopfschuss traf genau ins Ziel, und der Angreifer ging augenblicklich zu Boden. Dann wandte er sich dem Dritten zu, der mittlerweile so nah war, dass sein fauchendes Gesicht und der Torso aus Haut und Knochen den Sucher ausfüllten. Drei Patronen genügten, ihn zu Fall zu bringen, aber er wollte nicht sterben und kroch weiterhin auf allen vieren auf Lee zu, bis er ihn mit einer Kugel in den Kopf erlöste. Slim starb keine sechs Meter von Lee entfernt.

Erst nachdem er aufgehört hatte, sich zu bewegen, nahm Lee die Schreie wahr.

Er blickte auf und sah die beiden Überlebenden am Rand des Daches stehen. Die Frau hielt ihre Tochter fest, die mit ausgestreckten Armen laut weinte, das Gesicht vor Trauer und Wut entstellt. Sie schrie Lee an, aber er konnte nicht hören, was sie von ihm wollte; ihre Worte waren von den in ihr aufwallenden heftigen Emotionen völlig verzerrt. Lee warf der Mutter einen Blick zu und sah ihren Gesichtsausdruck. Dann schaute er zu dem Leichnam, der gute fünf Meter vor ihm auf dem Boden lag. Jetzt verstand er, was die Kleine ständig plärrte: »Daddy!«

Aber das war nicht ihr Daddy. Zumindest nicht mehr. Aber wie sollte eine Fünfjährige das verstehen?

»Kacke.« Lee verspürte eine drückende Kälte in der Magengegend, als ob er gerade eine wichtige Mission verbockt hätte. Aber welche andere Wahl hatte er schon gehabt? Er konnte sich doch nicht von einem Infizierten in Stücke reißen lassen, nur damit eine Fünfjährige nicht weinte, weil ihr Daddy erschossen wurde. Lee schüttelte den Kopf und machte sich zum Haus auf.

Als er nah genug war, dass sie ihn verstehen konnten, hatte sich das kleine Mädchen von ihm abgewandt und das Gesicht an die Brust ihrer Mutter geschmiegt. Er öffnete bereits den Mund, um ihnen seinen gewohnten Spruch aufzusagen, aber es kam nichts heraus. Er schämte sich, obwohl er wusste, dass er nichts anderes hätte tun können. Und trotzdem wollte er sich nicht eine Minute, nachdem er den Vater des Mädchens umgemäht hatte, als der befreiende Retter des Militärs der Vereinigten Staaten vorstellen.

Also entschied er sich für ein schlichtes: »Tut mir leid, aber ich habe nichts mehr für ihn tun können. Ich bin hier, um Ihnen zu helfen. Wie sind Sie überhaupt auf das Dach gekommen?«

Die Frau wischte sich die Tränen aus den Augen. Sie war offensichtlich sehr bestürzt, aber auch vernünftig genug, um zu wissen, dass ihr Mann von der Seuche in einen Wahnsinnigen verwandelt worden war, der sie im Handumdrehen umgebracht hätte, wenn Lee ihn nicht ins Jenseits befördert hätte. Sie zeigte auf die andere Seite der Dachschräge.

»Da liegt eine Leiter auf der Erde. Sie müssen ums Haus gehen.« Ihre Stimme war heiser und brüchig. Lee konnte keine Flaschen oder sonstigen Proviant auf dem Dach sehen und musste davon ausgehen, dass die beiden kurz vor dem Austrocknen standen.

Er lief ums Haus und wurde an jeder Ecke langsamer, um einen guten Blick von dem neuen Gelände zu erhaschen, aber der Weg war frei. Als er im Hintergarten ankam, suchte er in dem langen Gras und dem vielen Unkraut nach der Leiter.

Endlich fand er sie im kniehohen Gras. Sie zeigte vom Haus weg, und Lee schlussfolgerte, dass die Menschen zuerst auf das Dach geklettert waren und sie dann abgestoßen hatten, damit die Angreifer ihnen nicht folgen konnten.

Er ergriff sie mit einer Hand, stellte sie wieder auf und lehnte sie gegen das Dach. Die Frau und ihre Tochter erschienen jetzt auf dieser Seite des Hauses und stiegen vorsichtig die Dachschräge bis zur Leiter hinab.

Die Frau zeigte in den Garten. »Abby, ich möchte, dass du zuerst hinuntergehst.«

Das kleine Mädchen schüttelte entschlossen den Kopf und ließ ihre blonden Locken durch die Luft wirbeln. »Zu dem will ich nicht!«

Lee verspürte einen Stich im Herz. »Ist schon gut, Kleines. Ich verspreche, dass ich dir nichts tun werde.«

Abby aber wollte sich nicht überreden lassen und schrie mit ohrenbetäubender Lautstärke: »Du hast meinen Daddy umgebracht!«

»Abby«, begann die Frau mit zitternder, aber ernster Stimme. »So darfst du nicht mit ihm reden.«

Das kleine Mädchen schluchzte vor sich hin, antwortete aber nicht. Die Frau drehte sich um und stieg die Leiter hinab. Sie bewegte sich langsam und etwas unbeholfen, sodass Lee sich Sorgen darüber machte, wie weit fortgeschritten ihre Dehydration schon war. Als sie endlich unten ankam, streckte sie die Arme über den Kopf und gab ihrer Tochter zu verstehen, ihr zu folgen. Endlich gab Abby nach, schwang ihre Beine auf die Leiter und begann, eine Stufe nach der anderen zu ihnen hinunterzuklettern. Ihre Mutter wartete im Garten und war stets bereit, sie zu fangen, falls sie abrutschen sollte.

Als beide vor Lee standen, legte er vorsichtig eine Hand auf die Schulter der Mutter und deutete in Richtung der Hauswand. Die Sonne stand jetzt so tief, dass dort Schatten herrschte, und genau das war es, was sie jetzt unbedingt brauchten. Schlimmer noch, trotz der Hitze bemerkte Lee, dass die Frau nicht schwitzte. Das konnte nur bedeuten, dass sie keinerlei Flüssigkeit mehr im Körper hatte, die sie ausschwitzen konnte.

»Ab in den Schatten mit Ihnen.« Lee hielt ihren Arm fest und führte sie langsam zur Hauswand. »Kühlen Sie sich erst einmal ab. Ich habe Wasser.«

Bei dem letzten Wort weiteten sich die Augen der beiden Überlebenden. Die Frau nickte, als sie sich hinsetzte und den Rücken gegen die Wand lehnte. »Bitte. Wir haben schon seit Tagen nichts mehr getrunken.«

Lee legte sein M4 ab und lehnte es neben sich gegen die Hauswand. Dann nahm er den Rucksack ab und stellte ihn auf den Boden vor sich. Er holte vier Flaschen Wasser aus dem Hauptfach, stellte zwei auf die

Erde und reichte die anderen beiden den Überlebenden.

»Die sind nicht kalt«, sagte Lee. »Sie müssen langsam trinken, sonst könnten Sie sich übergeben.«

Während die beiden die Flaschen aufschraubten und an dem rettenden Nass nippten – sie taten, wie ihnen geheißen, und tranken überhaupt nicht hastig –, suchte Lee die Umgebung ab, konnte aber keine weiteren Bedrohungen ausmachen. Zufrieden, dass keine Gefahr auf sie lauerte, schloss er den Reißverschluss des Hauptfachs und kramte dann in einem Seitenfach herum, in dem sich die Erste-Hilfe-Ausrüstung befand. Er zog zwei Packungen mit Elektrolyttabletten und zwei Eisbeutel heraus.

Die Tabletten reichte er der Mutter mit den Worten: »Wenn Sie die erste Flasche ausgetrunken haben, tun Sie die Tabletten in die zweite Flasche und schütteln kräftig, bis sich alles aufgelöst hat. Die helfen beim Rehydrieren.« Während er das sagte, knickte er die Eisbeutel und löste so die chemische Reaktion aus, welche sie im Handumdrehen zu Matscheis werden ließ.

Mit einem Eisbeutel in der Hand näherte er sich vorsichtig Abby, als ob sie ein Hund wäre, dessen Reaktion er nicht ganz einzuschätzen vermochte. Das kleine Mädchen blickte ihn mit ängstlichen blauen Augen an, reagierte aber nicht. Also legte er ein entwaffnendes Lächeln auf und hielt ihr den Eisbeutel entgegen. »Das hier wird dir gefallen, okay?«

Das Mädchen schien sehr glücklich, Wasser zu trinken, war aber offensichtlich noch völlig verstört. Doch sie nickte und erlaubte ihm, ihr den Eisbeutel an die Stirn zu halten.

Nach einer Sekunde wehrte sie ihn ab. »Das ist kalt.«

»Schatz«, begann die Mutter, und ihre Stimme klang erschöpft und neben der Spur. »Das ist nur, damit du dich abkühlst. Lass ihn einfach machen.«

Abby entspannte sich, und Lee hielt ihr den kalten Beutel erneut an die Stirn. Dann fuhr er langsam über ihren Kopf zum Nacken. Nach einer Weile nahm er ihre Hand, legte sie auf den Eisbeutel und meinte: »Halt es einfach da, okay? Auch wenn es etwas ungemütlich wird.«

Dann drehte er sich zur Mutter und legte ihr ebenfalls einen Eisbeutel auf die Stirn. Sie hatte die Augen geschlossen. Tränen flossen ihr die Wangen hinab und hinterließen Spuren in ihrem dreckigen Gesicht. Lee flüsterte ihr besänftigend zu: »Das wird schon wieder. Ich werde Sie in Sicherheit bringen.«

Die Frau öffnete die rot umrandeten Augen und hauchte: »Danke.«

Lee nickte. »Wie heißen Sie?«

»Angela ...« Dann überlegte sie eine Weile, als ob sie sich nicht erinnern konnte. »Mooring.«

»Angela, ich bin Lee Harden.« Er wollte seinen Rang und Status noch nicht preisgeben.

Später, dachte er. *Jetzt ist nicht der richtige Zeitpunkt.*

Während er ihr den Eisbeutel im Nacken hielt, trank Angela die erste Flasche Wasser aus, öffnete die zweite und tat den Inhalt eines Päckchens mit Elektrolyten hinein – zwei Tabletten. Sie lösten sich augenblicklich auf und färbten das Wasser orangegelb. Sie schüttelte trotzdem, obwohl ihre Bewegungen schwach und träge ausfielen.

»Wie viel Zeit haben Sie auf dem Dach verbracht?«, wollte Lee wissen.

»Ich glaube ... drei Tage?«

»Haben Sie während dieser Zeit gar nichts getrunken?«

»Wir haben fünf Liter mitnehmen können, mehr Zeit hatten wir nicht. Die waren schon dabei, die Fenster einzuschlagen.«

»Und es waren nur Sie drei?«

Sie nickte.

Lee musterte die beiden. »Sie haben verdammtes Glück gehabt. Sie werden ziemlich dehydriert sein, aber hoffentlich reichen das bisschen Wasser und die Elektrolyte, um Sie wieder auf die Beine zu bringen, damit ich Sie bei mir in Sicherheit unterbringen kann.«

»Sie haben ein Haus? Und es ist sicher?« Angela schien überrascht, geradezu überwältigt zu sein. Der Gedanke an einen sicheren Ort schien ihr Vorstellungsvermögen zu übersteigen.

»Ja, aber es ist einige Kilometer von hier entfernt.«

»Sind Sie zu Fuß hergekommen?«

»Nein, mit meinem Truck ...« Kaum hatte er die Worte ausgesprochen, als er den entfernten Knall einer Tür hörte, die ins Schloss geworfen wurde. Es war ein unverwechselbares Geräusch inmitten der Stille, die um sie herum herrschte. Lee erstarrte und blickte sich nervös um, während Angela und Abby überhaupt nicht reagierten, sondern ihn weiterhin anstarrten.

Er schnappte sich sein M4 und richtete sich auf. Angela streckte die Hand nach ihm aus – so schnell hatte sie sich vorher nicht bewegt – und ergriff seinen Arm. »Bitte ... Bleiben Sie hier.«

Lee senkte den Kopf und blickte sie mitfühlend an. »Ich gehe nicht weit, bin sofort wieder da.«

Sie ließ los, und er schlich zur Ecke des Hauses, um zu sehen, was vor sich ging. Die Landschaft erstreckte sich vor ihm, und er sah die Straße und seinen Pickup-Truck. Nein ... Das war nicht sein Truck, sondern ein anderer. Ein dunkelblauer Dodge Ram. Lee lehnte sich etwas weiter um die Ecke, um einen besseren Blickwinkel zu haben.

Sein eigener Pickup war von zwei Fahrzeugen eingeparkt. Vorne stand der Ram und hinten ein olivbrauner Humvee. Zwei Leute betrachteten Lees Truck, und drei weitere näherten sich langsam dem Haus. War das vielleicht ein Überbleibsel der militärischen Streitkräfte? Wahrscheinlicher war es, dass sie sich einfach die Ausrüstung unter den Nagel gerissen hatten. Lee hob die Waffe zum Anschlag und musterte die drei durch den Sucher. Zwei von ihnen – der eine hatte eine Glatze – trugen Kampfanzüge, allerdings ohne jegliche Abzeichen oder Namensschilder, und keiner besaß Körperpanzerung oder eine kugelsichere Weste. Sie sahen eher wie Zivilisten aus, die einen Army-Surplus-Laden überfallen hatten. Der Dritte trug eine

Jeans und eine Tarnweste. Alle drei hatten M4s bei sich, aber statt sie auf das Haus zu richten, hielten sie sie einfach vor der Brust. Dilettanten.

Wenn sie tatsächlich vom Militär waren, dann konnte es sich nur um eine stillgelegte Einheit oder Reservisten handeln. Ob sie gute oder böse Absichten hegten, war unmöglich vorherzusagen, und jetzt war auch nicht die richtige Zeit, es herauszufinden. Er zerbrach sich den Kopf, suchte verzweifelt nach einem Plan, wie er seinen Truck wiederkriegen konnte, aber alle Entwürfe scheiterten an der Tatsache, dass er sich um die zwei Überlebenden kümmern musste.

Lee senkte seine Waffe und schätzte die Entfernung zu den Neuankömmlingen ab.

Die drei Männer waren nur noch vierhundert Meter entfernt und gingen langsam, aber stetig auf das Haus zu. Lee und seine Schützlinge hatten also nur wenige Minuten, um spurlos von hier zu verschwinden.

Er zog sich wieder zurück, und Angela und Abby starrten ihn mit weit aufgerissenen, fragenden Augen an. »Wir müssen fort von hier.«

»Wie bitte?« Angela stand auf, und Abby folgte dem Beispiel ihrer Mutter.

Lee ergriff ihre Schulter und schubste sie sanft vom Haus fort. »Laufen Sie auf den Wald zu. Die Leute kommen schon, und ich weiß nicht, was sie wollen und will es auch gar nicht erst herausfinden.«

»Vielleicht sind sie ja da, um uns zu helfen?«, rief ihm Angela über die Schulter zu und stolperte. »Die könnten freundlich sein.«

»Es sind fünf bis an die Zähne bewaffnete Männer«, entgegnete Lee mit leiser Stimme, obwohl der Ernst und die Dringlichkeit der Lage ihn viel lieber hätten schreien lassen. »Falls sie nicht unser Bestes wollen, sind wir am Arsch ... Oh, Entschuldigung.«

Vor ihm reckte Angela den Hals und versuchte einen Blick über die Schulter von den Neuankömmlingen zu erhaschen. Lee aber hatte die Hand noch immer auf ihrer Schulter und führte sie bestimmt Richtung Wald. »Nun machen Sie schon«, sagte er. »Ich weiß, dass Sie müde sind, aber wir müssen schneller vorankommen.«

»Und was ist mit Ihrem Truck?«, jammerte Abby viel zu laut. »Wie sollen wir denn zu Ihrem Haus kommen? Ist es weit?«

»Pssst!«, zischte Lee sie an und blickte hinter sich, als ob er jeden Augenblick eine Salve Kugeln als Antwort erwartete. »Leise reden! Meinen Laster haben sie bereits. Wir müssen zu Fuß gehen.«

Sie kamen zum Waldrand, und Lee kniete sich hin, zog an Angelas Schulter und bedeutete ihr, seinem Beispiel zu folgen. Sie gehorchte. Abby kniete sich neben ihre Mutter. Sie tauschten besorgte Blicke aus und schauten dann gebannt auf ihr Haus.

Lee flüsterte hastig: »Sie müssen direkt in den Wald gehen, bis Sie das Haus nicht mehr sehen können. Ich bilde die Nachhut. Wenn Sie tief genug im Wald sind, legen Sie sich auf den Boden. Verstecken Sie sich und warten Sie, bis ich komme und Sie finde.«

»Und wie wollen Sie uns finden, wenn wir uns verstecken?«, wollte Abby wissen.

»Ich kann das sehr gut, weißt du?« Lee warf ihnen einen strengen Blick zu und wandte sich erneut Angela zu. »Sie müssen mir vertrauen. Wenn Sie überleben wollen, bis ich Sie in Sicherheit bringe, müssen Sie meinen Anweisungen exakt folgen. Hinterfragen Sie mich nicht und versuchen Sie gar nicht erst, mir Vorschläge zu bereiten. Und jetzt los mit Ihnen.«

Angela nickte rasch und entschlossen, aber Abby blickte noch immer etwas verwirrt drein. Ihre Mutter griff sie bei der Hand, und schweigend verschwanden die beiden im Wald, ohne auch nur einmal zurückzublicken. Sie waren schnell, aber laut. Für Lee glich jeder Schritt einem kleinen Erdbeben, und er konnte nur hoffen, dass die Neuankömmlinge sie nicht hören würden.

Er wartete einen Moment, drehte sich dann wieder dem Haus zu und legte die paar Meter zum nächsten großen Baum im Entenmarsch zurück. Er hob das M4 zum Anschlag und lugte dann vorsichtig hinter dem Stamm hervor. Er bewegte sich langsam immer weiter vorwärts, bis er das gesamte Haus und dessen unmittelbare Umgebung gut einsehen konnte. Nichts. Er überschlug die Zeit, die ihm blieb, noch einmal im Kopf und schätzte, dass er noch ein paar Meter zwischen sich und die Neuankömmlinge legen konnte.

Rasch lief er weiter in den Wald hinein und achtete stets darauf, so viel Unterholz und Gestrüpp wie möglich zwischen sich und dem Haus zu wissen. Zudem achtete er inmitten ständiger Blicke zum Haus darauf, wo er hintrat – schließlich wollte er nicht so viel Lärm machen wie Angela und Abby vor ihm. Jetzt waren es nur noch zwanzig Meter bis zu einem Hang, hinter dem der Wald abfiel. Wenn er es nur bis dorthin schaffen könnte, ehe die ...

Zu spät.

Die drei Männer kamen um die Ecke des Hauses. Einer bewegte sich wie ein Profi – das war der mit der Glatze und dem Kampfanzug. Er hielt seine Waffe im Anschlag, und als er um die Ecke kam, drehte er seinen Oberkörper wie einen Panzerturm. Wohin auch immer seine Augen blickten, seine Waffe wies in die gleiche Richtung. Er kam rasch und elegant um die Ecke geschlichen und hatte sofort einen günstigen Winkel für sich geschaffen. Erst als er die Gegend gesichert hatte, winkte er seinen beiden Kameraden zu, ihm zu folgen.

Der andere im Kampfanzug trug längeres Haar, viel länger, als es bei der Armee geduldet wurde. Er hatte es zurückgekämmt und erweckte den Eindruck, direkt einem Werbespot für Haarwuchsmittel entstiegen zu sein. Außerdem hielt er seine Waffe wie ein Amateur – den Kolben unter der Achsel, den Lauf gen Himmel gerichtet – und stolzierte locker durch die Gegend. Der Dritte mit der Tarnweste und den Jeans hatte seine Waffe noch immer vor der Brust, den Kolben in der linken Armbeuge.

Einer war vielleicht beim Militär gewesen. Die anderen beiden ... keine Chance.

Ohne die Verantwortung für Angela und Abby könnte er diese drei Trottel ohne weitere Problem ausschalten, um sich dann im Haus zu verschanzen und die restlichen zwei außer Gefecht zu setzen. Aber er wollte das Feuer nicht eröffnen, ohne ihre Absichten zu kennen. Er wollte keinesfalls das Risiko eingehen, friedfertige Menschen abzuknallen. Schließlich bestand die Möglichkeit, dass es sich um eine gemischte Einheit aus Militär und Zivilisten handelte, deren Aufgabe es war, Hilfe zu leisten.

Lee hatte sich hinter einem großen Baum verschanzt. Jetzt erhob er sich auf ein Knie und beobachtete die Szene mit nur einem Auge, sodass der Großteil seines Gesichts hinter dem Baumstamm verborgen blieb.

Die Glatze im Kampfanzug ging zur Hintertür des Hauses, hielt aber die ganze Zeit über den Garten im Blick. Das Haarwuchsmittel und die Weste folgten ihm auf den Fersen. Die Glatze wartete an der Hintertür, bis das Haarwuchsmittel ihm auf die Schulter klopfte, und dann stürmten alle drei ins Haus.

Lee hatte genug gesehen.

Er stieß sich vom Baumstamm ab, rannte Richtung Abhang, stürzte, so schnell er konnte, in einem Affenzahn hinunter und nutzte so die Gegebenheit aus, dass die drei unbekannten Neuankömmlinge gerade im Haus beschäftigt waren. Er sprintete weiter, bis er glaubte, genügend Entfernung zwischen sich und das Haus gebracht zu haben, sodass sie ihn nicht mehr sehen konnten. Er hielt an, drehte sich um, suchte durch die Lücken in den Bäumen nach dem Haus, konnte es aber nicht mehr ausmachen.

Er keuchte nach Luft – der Sprint hatte ihn Kraft gekostet – und blickte sich dann um, wollte sich orientieren. Für einen Sekundenbruchteil kam er sich völlig überfordert vor – einer dieser fürchterlichen Momente, in denen man merkt, dass Menschen sich auf einen verlassen und man sie nicht im Stich lassen darf. Die Verantwortung für Angela und Abby und Sam, der sich wahrscheinlich bereits Sorgen machte, dass Lee noch immer nicht zurückgekommen war, fühlte sich wie ein Strick um sein Genick an, der sich langsam, aber stetig immer weiter zuzog.

Dann holte er erneut Luft, schüttelte den Kopf, und das Gefühl war verschwunden.

Zuerst musste er Angela und Abby finden. Dann hieß es, einen Plan auszuhecken, wie er sie sicher zurück zum Haus bringen konnte, ohne dem dehydrierten und unterernährten Mutter-Tochter-Duo zu viel abzuverlangen. Und das musste geschehen, ehe Sam die Nerven verlor, Lee tot glaubte und das Haus auf eigene Faust verließ.

Aber eins nach dem anderen. Zuerst Angela und Abby suchen. Die Aufgaben aufgliedern. Also machte Lee sich auf den Weg und suchte auf dem Waldboden nach abgebrochenen Ästen oder menschlichen Fußspuren.

Es dauerte nicht lange, bis die unbekannten Fremden Wind davon gekriegt hatten, dass es offensichtlich Überlebende geben musste. Nachdem sie das Haus durchkämmt und die anderen beiden bei den Autos zu sich gerufen hatten, nahm die Glatze sich Zeit und begutachtete den Hintergarten sorgfältig. Das lange Gras war umgeknickt, als ob Menschen darauf gelegen hatten. Dann bemerkte er die beiden leeren Wasserflaschen und die Verpackungen der Elektrolyttabletten, die noch immer auf dem Boden lagen. Außerdem hob er die beiden Eisbeutel in die Höhe, die noch immer kalt waren und an denen das Kondenswasser herunterlief. Es sah ganz so aus, als ob zwei Menschen gerettet wurden. Es musste also auch einen Retter geben.

Mindestens drei Leute.

Und einer von ihnen besaß eine Erste-Hilfe-Ausrüstung.

9

… besonders unsere Scharfschützen

Lee erkundete kurz seine Umgebung und fand schon bald durcheinandergebrachte Blätter, die den Blick auf den Waldboden sowie einen Fußabdruck in Form eines Halbmonds freigaben. Er folgte der Spur knapp fünfzig Meter tiefer in den Wald bis zu einer kleinen Schlucht, wo er zwei völlig durcheinandergebrachte blonde Schöpfe sah, ehe zwei blaue Augenpaare ängstlich hinter einem Baumstamm hervorlugten.

»Gott sei Dank sind Sie es.« Angela stellte sich auf, und Lee sah, dass sie in der einen Hand einen großen Stock wie einen Baseballschläger hielt. Ihre behelfsmäßige Waffe war völlig verrottet und hätte einem Angreifer nichts anhaben können, außer vielleicht einen Fleck aus Holzstaub zu hinterlassen. Aber Lee schätzte ihren Mumm. Die meisten hätten sich einfach versteckt und sich ihrem Schicksal ergeben. Zumindest war sie dazu bereit, die Sache selbst in die Hand zu nehmen.

Lee blickte sich erneut um, um sicherzugehen, dass ihnen niemand gefolgt war, stieg dann über den umgefallenen Baumstamm, lehnte seinen Fahr-zur-Hölle-

Rucksack gegen einen Stumpen, setzte sich hin und streckte die Beine aus. Er trank ein paar Schlucke von seinem CamelBak und bedeutete den beiden, sich zu ihm zu gesellen.

Er wandte sich an sie, diesmal nicht mehr flüsternd, sondern sagte mit normaler Stimme: »Wir müssen zu mir, aber meinen Truck können wir vergessen. Wir können davon ausgehen, dass die dort an und in Ihrem Haus wissen, dass es uns gibt. Sie werden die Verfolgung aufnehmen.«

»Wirklich?« Angela schien besorgt.

Lee zuckte mit den Achseln. »Mit hundertprozentiger Sicherheit kann ich das natürlich nicht sagen. Aber wir müssen stets auf alles vorbereitet sein, sodass wir nicht dumm dastehen, falls sie auf einmal auftauchen sollten.« Lee zeigte gen Osten. »Einige Kilometer weiter steht ein Bauernhof, in dem ein älterer Mann wohnt. Wenn ich mich nicht täusche, hat er beim Militär gedient. Ich schlage vor, wir machen uns erst mal zu ihm auf und hoffen das Beste.«

»Ach, Sie meinen wohl Mr. Burnsides«, meinte Angela und warf Lee einen fragenden Blick zu. »Er ist der Einzige hier in der Gegend, der früher bei der Army war.«

»Wissen Sie, was für ein Auto er hat?«, wollte Lee wissen.

»Keine Ahnung. Ich habe mich nie mit ihm unterhalten, ihn nur ab und zu im Supermarkt gesehen. Ein älterer Herr mit grauen Haaren, aber das war es auch schon.«

Lee nickte. Eigentlich waren es unnütze bis gar keine Informationen, aber Lee schätzte Angelas Hilfsbereitschaft. Er blickte auf seine Armbanduhr. Es war jetzt fast fünf Uhr nachmittags, und es würde spätestens um neun dunkel werden.

»Okay, wir haben noch ungefähr vier Stunden Tageslicht«, meinte Lee und raffte sich auf die Beine. »Wenn wir uns beeilen, sollten wir vor Einbruch der Dunkelheit bei Mr. Burnsides auf der Matte stehen.«

Abby zeigte auf Lees Fahr-zur-Hölle-Rucksack. »Haben Sie auch etwas zu essen dabei?«

Angela legte einen Arm um ihre Tochter. »Falls Sie etwas zu essen haben ... Wir haben seit Tagen nichts mehr zwischen die Zähne gekriegt.«

Lee war nicht begeistert von der Idee, dass sie mit völlig dehydrierten Mägen etwas Festes zu sich nahmen. Die Chance, dass ihnen schlecht wurde, sie sich übergeben mussten und somit nur noch mehr Flüssigkeit verlieren würden, war groß. Allerdings brauchten sie auch etwas, das sie zu Kräften brachte.

»Klar.« Lee setzte den Rucksack ab, holte zwei Einmannpackungen hervor, riss sie auf und durchsuchte sie. Aus der einen zog er einen Schokoriegel und einen Früchtecocktail, aus der anderen ein Stück Sandkuchen und eine Packung Smarties. Er reichte Abby die Smarties und Angela den Früchtecocktail. »Hier. Essen Sie bitte sehr langsam. Da sind genügend Kohlenhydrate drin, um Sie auf den Beinen zu halten. Wenn das Essen im Magen bleibt, kriegen Sie auch noch den Schokoriegel und den Sandkuchen. Und immer schön Wasser trinken!«

Lee setzte den Rucksack wieder auf und marschierte ohne ein weiteres Wort los. Die beiden kämpften mit den Verpackungen, folgten ihm aber, sobald sie das fertige Essen in der Hand hatten. Sie aßen begierig, aber langsam – genauso, wie er es ihnen gesagt hatte.

Lee lugte durch das dichte Blattwerk zum Bauernhof hinüber, der einsam und düster am Ende eines langen Feldwegs stand. Der Wald spitzte sich zu einem Dreieck zu, dessen Spitze genau auf das Gebäude gerichtet war. Vom Waldrand zum Bauernhof waren es höchstens fünfzig Meter, aber Lee ließ Vorsicht walten und wagte sich nicht bis zum Rand vor, sondern blieb tief im Wald. Zu seiner Linken und Rechten befand sich flacher Ackerboden voller halbhoher Tabakpflanzen.

Es war zwar noch hell, aber die Abenddämmerung würde bald einsetzen. Sie hatten die Strecke innerhalb von drei Stunden zurückgelegt. Im Halbdunkel konnte Lee den Hühnerstall mit einer Reihe Hennen und einem Hahn ausmachen, der den Zaun entlangpatrouillierte. Alles machte einen ordentlichen und gepflegten Eindruck.

Das Haus selbst lag im Dunkeln, aber die Fenster im ersten Stock standen offen. Drinnen war es düster. Wenn Mr. Burnsides ein guter Scharfschütze war, würde er den Lauf seines Gewehrs nicht aus dem Fenster strecken, sondern sich irgendwo hinten im Zimmer verschanzen, wo er sich vor neugierigen Blicken in Sicherheit befand. Lee fragte sich, ob er wohl gerade durch den Sucher eines Scharfschützengewehrs beobachtet wurde. Der Gedanke ließ ihn unsicher werden. Er wollte sich in Deckung begeben, aber der einzige Schutz weit und breit bestand aus Dickicht und dünnen Baumstämmen – nichts, was eine Kugel aus einem Scharfschützengewehr abhalten konnte.

Im Vordergarten lag der Leichenhaufen, von dem Sam ihm erzählt hatte. Er rauchte zwar nicht mehr, und die meisten Körper waren verkohlt beziehungsweise zu Asche verbrannt, aber hier und da sah Lee noch angekokelte Knochen und Skelette, selbst Kleidungsstücke und sogar einen Stiefel. Erneut fragte sich Lee, ob es ausschließlich die Überreste von Infizierten waren oder sich auch gesunde Menschen darunter befanden, die Hilfe gesucht, aber keine bekommen hatten.

Lee warf einen Blick hinter sich, stets bemüht, sich langsam und unauffällig zu bewegen, um nicht weitere Aufmerksamkeit auf sich zu ziehen. Von dort, wo er lag, konnte er weder Angela noch Abby sehen, die sich fünfzig Meter weiter hinten im Wald versteckt hatten. Sie sollten dort warten, bis Lee ihnen ein Signal gab, dass sie herauskommen konnten. Schließlich ergab es keinen Sinn, dass sie alle starben, falls Mr. Burnsides den Verstand verloren hatte. Lee war nicht gerade von der Idee begeistert, dass er hier das Versuchskaninchen spielen musste, aber schließlich gehörte es sich nicht, Angela oder Abby an seiner statt in die Höhle des Löwen zu schicken.

Lee holte einige Male tief Luft, um sich wieder zu beruhigen, und stellte sich dann perverserweise vor, wie es sich wohl anfühlen müsste, sich ein Loch in der Brust von einem Scharfschützengewehr einzufangen. Mit dem M4 über der Schulter und den Händen über dem Kopf ging er langsam Richtung Waldrand und hielt dann auf freiem Feld inne.

Bitte, lass ihn kein total durchgeknalltes Arschloch sein …

Aber er hörte keinen Schuss, verspürte kein Brennen in der Brust.

Ein weißer Vorhang in einem der dunklen Fenster wurde von einer Brise beiseite geweht.

Lee hielt die Hände immer schön über dem Kopf, die Finger brav auseinander, als ob er die Zahl Zehn anzeigen würde. Dann tat er einige Schritte auf das Haus zu, hielt aber sofort wieder an, als er den Warnschrei hörte.

»Das reicht!«

Lee zuckte zusammen, reckte die Hände noch höher und wartete darauf, erschossen zu werden. Er mochte es ganz und gar nicht, sein Leben in den Händen anderer zu wissen, aber jetzt hieß es, in den sauren Apfel zu beißen. Schließlich blieb ihm nichts anderes übrig. Dann ertönte die Stimme aus dem Haus erneut: »Hände auf den Kopf legen und zusammenfalten!«

Lee folgte dem Befehl.

»Und jetzt runter auf die Knie!«

Wieder gehorchte er, entschied sich aber, dass es jetzt an der Zeit war, selbst den Mund aufzumachen. »Ich habe zwei Zivilisten bei mir, die Hilfe benötigen.«

»Halt verdammt noch mal das Maul!«

Lee schloss den Mund im Handumdrehen. Seine Handflächen fühlten sich feucht an.

»Auf den Boden starren und nicht aufblicken, bevor ich es sage. Und falls du es dir anders überlegen solltest, knalle ich dich ab.«

Das hörte sich nicht gut an.

Lee senkte das Haupt. Es dauerte eine ganze Weile, ehe Lee leise Schritte hörte. Sie kamen von rechts, um dann einen Bogen zu schlagen und sich von hinten zu nähern. Plötzlich wurden seine ineinander verschlungenen Hände gepackt, sodass er sich nicht mehr bewegen konnte. Eine andere Hand suchte ihn nach Waffen ab. Lees Pistole verschwand aus ihrem Holster, und sein M4 wurde aus seiner Umhängeschlaufe befreit und ihm ebenfalls abgenommen. Dann kamen seine Taschen an die Reihe. Auch die Laschen seiner Stiefel wurden genauestens nach – wie Lee vermutete – versteckten Waffen untersucht.

»Nicht bewegen«, hauchte die Stimme ihm ins Ohr. Lee hörte, wie sich die Schritte entfernten, dann aber innehielten. »Dreh dich schön langsam um und schau mir in die Augen.«

Lee folgte den Anweisungen aufs Wort und bewegte sich mit beinahe übertriebener Langsamkeit. Er wollte nichts riskieren. Es war offensichtlich, dass Mr. Burnsides – falls er es war, mit dem Lee es hier zu tun hatte – kein Mann war, den man verarschen konnte. Als er sich endlich fertig umgedreht hatte, sah er einen Typen Mitte vierzig vor sich. Er stand vor ihm und zielte mit dem Lauf seines Remington-700-Repetiergewehrs direkt auf seine Stirn. Die Waffe war von einem der besten Sucher der Firma Leupold gekrönt. Lee bemerkte, dass der Mann extrem groß und schlank war. Sein Jeanshemd mit langen Ärmeln und die Khakihose passten ihm perfekt, sodass sein bohnenstangenartiger Vogelscheuchen-Körper weder ein Resultat der Seuche noch von Nahrungsmangel geformt war. Auf dem Kopf trug er eine dreckige alte Baseballkappe, unter der Lee kurze graue Haare herauslugen sah. Obwohl die Haut des Mannes straff schien, war sie von tiefen Falten durchfurcht, die ihm ein wettergegerbtes Aussehen verliehen. Dunkle zusammengekniffene Augen starrten Lee unter dicht gewachsenen Augenbrauen an.

Das war nicht der Mann, den Lee vom Supermarkt her kannte. Der Typ meldete sich zuerst zu Wort: »Wer bist du, und was willst du hier?«

»Ich bin Captain Lee Harden von der Armee der Vereinigten Staaten von Amerika. Ich habe zwei Zivilisten unter meiner Obhut. Wir sind nur auf der Durchreise und wollen Ihnen nichts anhaben.«

»Schwachsinn ...«, fauchte der Mann.

Lee war sich nicht sicher, auf welche seiner Aussagen sich die Reaktion bezog, auf seinen Rang oder auf die Beteuerung friedlicher Absicht.

»Habe schon lange keine Army mehr gesehen – wochenlang nicht mehr«, klärte der Mann Lee auf. »Alles, was noch übrig geblieben ist, sind ein paar Reservisten, die früher mal Bürohengste oder so was waren und sich jetzt im Namen des Gesetzes alles unter die Nägel reißen, an das sie ihre dreckigen Hände legen können. Und jetzt raus mit der Sprache: Sind Sie ein Bürohengst oder ein Reservist?«

Lee schüttelte den Kopf und sprach mit fester, ruhiger Stimme. »Nein, Sir. Ich stehe im aktiven Dienst. Die Armee der Vereinigten Staaten hat mich geschickt, um zu helfen.«

»Wobei helfen?«, schnaubte der Mann verächtlich.

»Mein Dienstausweis ist in meinem Rucksack. Überzeugen Sie sich selbst.«

Den Lauf weiterhin auf Lee gerichtet, kniete sich der Mann über den Rucksack, den er Lee abgenommen hatte, wollte aber nicht in die Taschen greifen. Lee erklärte ihm, in welchem Fach er sich befand, und der Mann holte Lees Dienstausweis hervor, starrte eine ganze Weile darauf und steckte ihn dann wieder ein.

»Na und? Ich glaube Ihnen immer noch nicht«, erklärte er trotzig.

Lee nickte. »Ich kann Ihr Misstrauen verstehen. Aber ganz gleich, ob Sie mir nun glauben oder nicht – ich bin von der Army, und es ist garantiert nicht meine Aufgabe, Ihnen Leid anzutun. Ich muss lediglich zwei Zivilisten in Sicherheit bringen.«

»Hier in der Gegend gibt es keine ›Sicherheit‹. Und wer zum Teufel sollen diese Zivilisten sein, von denen Sie reden?«

»Die verstecken sich.«

Der Mann rollte mit den Augen. »Ich habe nicht vor, irgendjemandem wehzutun.«

»Mir geht es genauso. Und ich habe tatsächlich Sicherheit zu bieten. Wenn Sie mir versprechen, weder mir noch meinen beiden Schützlingen etwas anzutun, erkläre ich Ihnen gerne die Situation. Drinnen.« Der Mann dachte eine Weile über Lees Vorschlag nach, und während er noch grübelte, erhob Lee erneut das Wort: »Ach, und Sie sind im Übrigen doch Mr. Burnsides, oder etwa nicht?«

Der Mann warf Lee einen skeptischen Blick zu. »Genau der bin ich.«

»Denn ich kannte den Mann, der hier einmal gewohnt hat.« Lee führte es nicht weiter aus, sondern stellte die nicht ausgesprochene Frage einfach nur in den Raum.

»Don Burnsides. Jau.« Der Mann richtete den Blick auf die Asche, die zuvor ein Haufen Leichname gewesen war. »Don war mein Vater.«

Lee erkannte den Schmerz in dem Gesicht des Mannes – ein Gesicht, das für gewöhnlich Emotionen dieser Art unterdrückte. Hier gab es eine Geschichte, das konnte Lee nicht übersehen, aber Burnsides Junior wollte offensichtlich nicht darüber reden. So unerwartet und rasch der Schmerz in seinem Gesicht aufgetaucht war, so flüchtig war er – wie eine Wolke, die kurz Schatten spendet, ehe sie vom Wind weitergetragen wird.

Dann erhob Burnsides Junior wieder das Wort. »Ich heiße Jack Burnsides, war ein Marine. Den Schwachsinn mit dem Militär können Sie sich also bei mir sparen. Ich weiß sofort, wenn Sie lügen.«

Lee ging nicht auf den letzten Satz ein. »Nun gut, Jack. Wollen wir ins Haus?«

Jack trat beiseite, sodass Lee sowohl ihn als auch den Wald dahinter sehen konnte. »Dann rufen Sie mal Ihre Zivilisten. Die sollen aus ihren Löchern kriechen, und zwar unbewaffnet!«

Da weder Abby noch Angela eine Waffe besaßen, machte sich Lee keine Sorgen. Er rief laut ihre Namen und sagte, dass sie herauskommen sollten. Lee und Jack warteten eine Weile stillschweigend, ehe die Geräusche zweier tollpatschiger Spaziergänger aus dem Wald an ihre Ohren drangen. Nach einigen Sekunden kamen die beiden in Sicht. Abby hielt sich an Angelas Bein fest und starrte Jack ängstlich an.

Jack musterte die beiden kritisch – er war ein wirklich sturer Hund –, tat ihnen aber den Gefallen, nicht den Lauf seiner Waffe auf sie zu richten. Sein Blick ließ nicht von ihnen ab, als ob er sich nicht entscheiden konnte, ob sie gefährlich waren oder nicht. Lee war sich nicht sicher, zu welchem Schluss er kommen würde, als Jack ihnen endlich mit einem Zeichen zu verstehen gab, dass sie allesamt ins Haus gehen sollten. »Wird langsam Zeit, reinzugehen. Außerdem kann man sich keinen schlechteren Zeitpunkt vorstellen, als so einem Wahnsinnigen mitten in der Nacht über den Weg zu laufen.«

Jack führte die drei zur Hintertür und wies sie an, einzutreten. Sie gingen ins Wohnzimmer, wo er ihnen einen Platz anbot, während er die Tür verriegelte. Vor das Türfenster hatte er ein Brett genagelt, und an den beiden Seiten des Türrahmens befanden sich robust aussehende Winkel, in die er ein Kantholz quer vor die Tür legte. Es war wie ein mittelalterliches Schloss, das vor Horden von Barbaren verbarrikadiert werden musste.

Nachdem die Tür gesichert war, überprüfte er die wenigen Fenster im Parterre, die noch nicht völlig mit Brettern verschlagen waren. In einige hatte er Löcher geschnitten, durch die der Lauf seines Remington-700-Repetiergewehres passte. Durch diese kleinen Schießscharten schienen die letzten Sonnenstrahlen des Tages ins Haus. Mit den zugenagelten Fenstern und der verbarrikadierten Tür fühlte sich Lee eher wie in einem Mausoleum statt in einem Haus.

Nachdem er sich überzeugt hatte, dass das Parterre vollständig gesichert war, ging Jack zurück ins Wohnzimmer, stellte sich in der Mitte auf und warf Lees Waffen in die gegenüberliegende Ecke. Dann schnappte er sich eine Gaslaterne, drehte am Hahn und zündete sie an. Das kühle Licht der Propanlampe erfüllte den Raum.

Da seine drei Gäste – oder Gefangene – die gesamte Couch einnahmen, wählte Jack einen Ohrensessel und stellte ihn gegenüber dem Trio auf. Dann setzte er sich, legte sich sein Gewehr auf den Schoß und blickte seine Gegenüber jeweils lang und durchdringend an, ehe er die Stimme erhob.

»Es tut mir wirklich leid, wenn ich etwas schroff mit Ihnen umgegangen bin, aber Sie müssen meine

Lage verstehen. Hier ist schon jeder aufgetaucht – von Wahnsinnigen bis hin zu abtrünnigem Militär – und wollte mir meinen Scheiß wegnehmen ... Bitte verzeihen Sie meine Ausdrucksweise.«

Lee nickte. »Man kann nie vorsichtig genug sein.«

Jack wandte sich an ihn. »Und Sie behaupten, dass die Armee Sie geschickt hat. Ihr Dienstausweis überzeugt, aber es fällt mir schwer, Ihre Geschichte zu glauben. Erklären Sie sie mir doch bitte.«

Lee holte tief Luft. »Meine Erklärung hört sich für Sie vielleicht weit hergeholt an, aber ich versichere Ihnen, dass ich nichts als die Wahrheit sage.« Er blickte Angela und Abby an, denn er war auch ihnen eine Erklärung schuldig. »Ohne mich in Details verlieren zu wollen: Ich bin Teil einer Regierungsinitiative, die von der Armee der Vereinigten Staaten geleitet und unter dem Namen Projekt Hometown gehandelt wird. Insgesamt sind wir achtundvierzig Soldaten. Ein jeder ist in einem Binnenstaat der USA stationiert. Die Regierung hat unsere Häuser gebaut. Sie besitzen unterirdische Bunker ... man könnte es beinahe eine Gruft nennen. Wir nennen es ›Das Loch‹. Bei einem Vorfall, von dem die Regierung glaubt, er könne die Sicherheit der Vereinigten Staaten gefährden, werden wir in unsere Bunker geschickt. Während die Krise anhält, stehen wir in stetem Kontakt mit unseren Vorgesetzten. Sobald sie ausgestanden ist, dürfen wir wieder rauskommen. Sollte die Krise aber anhalten, lautet unser Befehl, dreißig Tage zu warten und dann unsere Mission zu starten.«

»Aber es ist doch gerade erst einen Monat her, dass die Seuche über uns hereingebrochen ist«, fuhr Angela dazwischen. »Hat die Regierung Sie etwa frühzeitig in Ihren Bunker geschickt? Die konnten doch nicht schon vorher wissen, was geschehen würde?«

»Nein. Sie hatten keine Ahnung, was uns allen bevorsteht.« Lee schüttelte den Kopf. »Aber die Pläne sind stets für den größten anzunehmenden Unfall ausgerichtet. Ich bin schon viele Male in mein Loch beordert worden, aber die Lage hat sich stets entspannt. Das Schlimmste, was die Öffentlichkeit davon mitgekriegt hat, war vielleicht ein Bericht in den Nachrichten. Diesmal habe ich natürlich auch damit gerechnet – wie immer.«

»Sie haben von einer Mission geredet«, meinte Jack. »Darf ich fragen, wie genau diese Mission aussieht?«

»Im Fall eines totalen Systemzusammenbruchs eine neue stabile, zentralisierte Regierung aufbauen.«

Es folgte ein Schweigen. Abby ging das natürlich alles über den Kopf, aber die beiden Erwachsenen starrten Lee mit großen Augen an. Endlich konnten sie die Stille nicht mehr aushalten, und Jack sprach das aus, was auch Angela beschäftigen musste.

»Hm ... Wenn das, was Sie behaupten, wahr ist, dann kann es keine Regierung mehr geben. Sonst wären Sie überhaupt nicht hier.«

»Es gibt keine Regierung mehr ...«, wiederholte Angela, und in ihrer Stimme hallte eine Niedergeschlagenheit, ja beinahe Verzweiflung mit, als ob Lee ihr den letzten Funken Hoffnung geraubt hätte.

Lee beugte sich vor. »Ja, es ist höchstwahrscheinlich, dass die Regierung ausgelöscht wurde – zumindest in der Form, in der wir sie kennen. Mir kommt es auf jeden Fall so vor. Meine Mission beginnt erst, wenn ich keinerlei Kontakt mehr zu meinen Vorgesetzten habe, und ich erhielt die letzte Nachricht am 2. Juli.«

»Und was für ein Datum haben wir heute?« Angela klang verloren.

»Heute ist der 24.« Jack stützte sich auf seinem Gewehr ab.

»Haben Sie denn gar keine Informationen für uns?«, wollte Angela wissen. »Ist diese Krankheit überhaupt heilbar?«

Lee zuckte mit den Achseln. »Die Informationen, die mir die Regierung hat zukommen lassen, sind alt. Ich wurde am 15. Juni in den Bunker geschickt, und das war auch der Stand der Dinge meines Briefings. Mittlerweile gehe ich davon aus, dass Ihre individuellen Erfahrungen mit den Infizierten die wenigen Informationen, die ich erhalten habe, bei Weitem übersteigen.«

Angela kniff die Augen zusammen. »Ich will nicht kleinreden, was Sie für Abby und mich getan haben ... Aber wenn wir mehr wissen als Sie, wie wollen Sie dann eine neue Regierung aufbauen?«

Lee nickte zustimmend, schließlich war der Einwand berechtigt, aber Jack antwortete, ehe Lee den Mund aufmachen konnte.

»Weil er dafür ausgebildet wurde.« Jack stand von seinem Sessel auf und legte zum ersten Mal das Gewehr beiseite. »Er ist darin geschult, Nester von Menschen auszumachen und diese zu größeren Gruppen zu organisieren, damit sie auf ein gemeinsames Ziel hinarbeiten können. Und es ist offensichtlich, dass er besser ausgerüstet ist als wir – oder alle anderen, die ich bisher getroffen habe.« Jack zog eine Schachtel Zigaretten aus seiner Hemdtasche und steckte sich eine in den Mund. Dann warf er Angela einen fragenden Blick zu. »Stört es Sie?«

Sie zuckte mit den Schultern. »Sie wohnen hier, nicht ich.«

»Danke.« Er zündete sie an. »Wenn ich so etwas von irgendjemand anderem gehört hätte, Lee, würde ich sagen, dass der Typ spinnt. Aber aus irgendeinem Grund glaube ich Ihnen. Oder vielleicht bin ich auch einfach nur deprimiert und klammere mich an jeden Strohhalm, der mir zumindest etwas Halt verspricht.«

Lee beobachtete den schlaksigen Mann zurückhaltend. Hinter seiner ausdruckslosen Miene ging einiges in Lees Kopf vor. Er hatte keine Lust mehr, dieses Arschloch von sich zu überzeugen. Vielmehr wollte er wieder los. Leider war es nicht Bestandteil seiner Mission, Menschen zu retten, um sie dann bei der erstbesten Gelegenheit wieder sich selbst zu überlassen. Nein, genau wie Jack gesagt hatte, musste er funktionierende Gruppen bilden, und hier hatte er zwei Erwachsene, die dabei helfen konnten.

»Bitte hören Sie mir zu«, meinte Lee und stand auf. »Ich verstehe, was in Ihnen beiden vorgehen muss. Ich bitte Sie nicht um Hilfe. Vielmehr biete ich Ihnen die meine an.« Dann hielt er inne, damit seine Worte einsinken konnten. Als weder Jack noch Angela antwortete, fuhr er fort: »Falls Sie meine Hilfe beanspruchen möchten, sollten wir jetzt los. Wenn Sie mich nicht brauchen, ist das auch gut. Jack, ich möchte Sie nur darum bitten, mir meine Ausrüstung zurückzugeben, und schon bin ich wieder verschwunden.«

Angela stand sofort auf. »Wir gehen mit.«

Ihre schlagartige Entscheidung überraschte Lee, aber er glaubte, dass die Verzweiflung und der Wille zum Überleben einem wenig Alternativen ließen. Jetzt, da sich Mutter und Tochter für Lee entschieden hatten, richteten sich alle Augen auf Jack, der noch immer völlig unbeeindruckt an seiner Zigarette zog.

»Was?« Jack starrte zurück. »Wollen Sie etwa, dass ich Ihrer Gruppe beitrete?«

»Es gibt keine Gruppe«, entgegnete Lee. »Nur Angela, Abby und mich. Und zu Hause in meinem Bunker wartet ein zwölfjähriger Junge, der zusehen musste, wie sein Vater heute früh erschossen wurde. Mein Hund ist bei ihm. Mehr sind wir nicht.«

Jack verschränkte die Arme vor der Brust und spitzte die Lippen. »Und warum wollen Sie, dass ich mitkomme?«

»Weil es meine Aufgabe ist, die Leute in Gruppen zu organisieren. Weil ich Sie gebrauchen kann. Weil Sie ein Marineinfanterist und – bitte korrigieren Sie mich – kampferprobt sind.«

»Irak in 03 und Afghanistan in 07 und 08«, antwortete Jack.

Lee lächelte. »03 war ich auch im Irak. Aber ich will Ihnen nichts aufzwingen. Tun Sie ruhig, was Sie für richtig halten. Aber Sie haben nicht mehr viel Zeit, sich zu entscheiden.«

»Genau.« Jack tat einen Schritt auf Lee zu. »Von wegen sich aufmachen ... Ich bin dagegen, dass man nachts draußen umherschleicht.«

Lee wollte gerade antworten, als Jack einen Finger an die Lippen legte und ihm bedeutete, den Mund zu halten. Für einen kurzen Augenblick hielt Lee den Mann für ein Arschloch, begriff dann aber, dass er lauschte, denn jetzt konnte er es auch hören.

»Was?«, flüsterte Angela. »Was ist los?«

Jack schnappte sich sein Remington-700-Repetiergewehr, und Lee stürzte sich auf die Lampe, um sie so weit wie möglich runterzudimmen. Im Halbdunkel starrte Lee Jack an und flüsterte: »Ich hole meine Waffe.«

Jack nickte.

»Was geht hier vor?«, flüsterte Angela erneut. Diesmal aber hörte man ihr an, dass sie kurz davor war, in Tränen auszubrechen. Abby spürte die steigende Spannung im Raum und begann zu wimmern.

Lee ging leise in die gegenüberliegende Ecke, in die Jack sein Zeug geworfen hatte, und legte seine Ausrüstung an. Jack hingegen stellte sich neben Angela und legte einen Arm um sie. Er redete sanft auf sie ein, während er sie und Abby hinter ein großes Sofa führte, hinter das sie sich kauern sollten.

»Es kommt jemand. Hier gibt es nicht allzu viele

freundlich gesinnte Menschen – deshalb auch das herzliche Willkommen, das ich Ihnen entgegengebracht habe. Vielleicht sind die nett, aber lieber Vorsicht als Nachsicht walten lassen«, erklärte Jack.

Lee war innerhalb von wenigen Sekunden einsatzbereit. »Die sind hinter uns her.«

»Entweder sind die Ihren Spuren durch den Wald gefolgt oder …« Es schien, als ob Jack das Gleiche wie Lee dachte. »Oder sie tauchen hier auf, weil es der erstbeste Ort ist, an dem man Zuflucht suchen könnte.« In seiner Stimme schwang kein bisschen Vorwurf mit; er artikulierte einfach nur eine Tatsache. »Die Frage aber lautet: Sind die uns wohlgesinnt oder nicht?«

»Keine Ahnung.« Lee kniete sich vor ein Fenster und steckte den Lauf seiner Waffe durch ein Loch in den Brettern. »Ich habe ein ungutes Magengefühl, was die angeht, aber das ist heutzutage nichts Neues bei dem ganzen Scheiß, der abgeht.« Lee suchte den Teil des Gartens ab, der vor dem Wäldchen lag, aus dem er mit Angela und Abby gekommen war. »Hier ist die Luft rein.«

Jack ging zur Vordertür, stellte sich vor das Fenster daneben und lugte durch eine Schießscharte. »Ich habe etwas. Einen Humvee, zwei Pickup-Trucks und fünf bewaffnete Männer, die sich in einer Schützenkette nähern. Dazu noch drei Bewaffnete, die auf die Fahrzeuge aufpassen.«

Jack stellte sich breitbeinig auf und schob den Lauf seiner Waffe durch das Loch, das gerade groß genug war, damit er mit dem Sucher sein Ziel anpeilen konnte. Das schwache Licht, das von außen eindrang, warf ein helles Quadrat auf sein Gesicht.

Lee zeigte nach oben. »Jack, sichern Sie den ersten Stock. Von dort haben Sie einen besseren Überblick mit Ihrem Gewehr.«

»Nein«, erwiderte er und suchte weiterhin die Umgebung durch den Sucher ab. »Hier stehe ich prima. Die fünf sind circa einhundert Meter entfernt.« Seine Stimme wurde lauter. »Angela, schieben Sie das Sofa vor, hinter dem Sie stecken. Darunter finden Sie eine große schwarze Flinte. Sie ist geladen – einfach zielen und abdrücken, okay? Wenn jemand durch die Hintertür kommen will, geben Sie ihm Saures, verstanden?«

»Ich ... a-aber ...«, stammelte sie.

Lee drehte sich zu ihr um. »Angela, tun Sie es einfach, bitte.«

Sie nickte und schob das Sofa nach vorne. Dann bückte sie sich kurz außer Sicht und tauchte mit einer Pistolengriff-Schrotflinte in der Hand wieder auf. Lee beäugte die Waffe und entschied, dass er noch nie zuvor ein fieseres und bedrohlicheres Schießeisen zu Augen bekommen hatte. Angela starrte mit weit aufgerissenen Augen auf die Waffe, als ob es sich um einen tollwütigen Köter handelte.

»Muss ich es bei jedem Mal neu spannen?«, wollte sie wissen.

»Nein«, antworte Jack, ohne sich von der Schießscharte abzuwenden. »Die hat Halbautomatik und ist absolut idiotensicher. Wie gesagt, einfach zielen und abdrücken.«

»Jack«, begann Lee und ließ den Lauf seines M4 auf der Unterkante des Gucklochs ruhen. »Wie lautet Ihr Plan? Sollen wir mit ihnen reden oder einfach schießen? Ich würde vorschlagen, wir versuchen es erst mal ohne Gewalt. Scheint nicht fair, ihnen überhaupt keine Chance ...«

Aber Jack schien Lees Meinung nicht im Geringsten zu interessieren, denn er öffnete den Mund und brüllte den Männern vor dem Haus zu: »Ihr da vor dem Haus! Haltet sofort an! Legt die Waffen auf den Boden und die Hände schön über den Kopf!«

Lee drehte sich zu Jack um, warf ihm einen flüchtigen Blick zu und wollte gerade den Mund öffnen, um eine Frage zu stellen.

»Verdammt!«, brüllte Jack und warf sich zu Boden.

Helle Lichtstrahlen bohrten sich durch die Finsternis, einer nach dem anderen. Sie zogen eine Linie von einer Seite des Hauses bis zur anderen. Das Ganze sah spektakulär aus, bis die Geräusche den Bruchteil einer Sekunde später Lees Ohren erreichten: Schüsse der halbautomatischen Waffen, gefolgt von Kugeln, die durch die mit Brettern verschlagenen Fenster krachten. Dann das Geschrei von Abby und Angela.

Lee tat es Jack gleich und warf sich ebenfalls flach auf den Boden.

»Wichser!«, brüllte Jack über den Lärm des Kugelhagels hinweg.

»Der hat eine beschissene SAW!« Lee meinte damit das M249 Squad Automatic, ein leichtes Maschinengewehr mit 5.56mm-Munitionsgurt, zu dem nur das

Militär Zugang hatte. Das Rattern der Waffe, während der Kugelhagel auf sie herabregnete, war unverkennbar.

Jack drehte den Kopf und blickte Lee an. Sein Gesicht war noch immer auf den Boden gepresst. Er wollte sich so klein wie möglich machen, und Lee konnte nur seine Augen sehen, die ihn über seine linke Schulter hinweg anstarrten. Lee war sich jetzt sicher, dass der Typ nicht ganz richtig im Kopf war, denn obwohl er den Rest des Gesichts nicht ausmachen konnte, hätte Lee schwören können, dass Jack ein breites Grinsen aufgesetzt hatte.

»Sieht ganz so aus, als ob sie uns nicht freundlich gesinnt sind!«, brüllte Jack. Dann explodierte das Haus. Von Lees Position aus konnte er die Treppe hoch ins erste Geschoss schauen. Aus seinem Augenwinkel sah er einen Blitz, dann einen Rauchschwall, als Holzsplitter und Putz zu ihnen heruntergeflogen kamen. Die schwere Wolke aus Staub und Rauch wälzte sich die Treppe herab und bedeckte ihn mit feinem weißen Pulver. Die Explosion hatte er gar nicht richtig wahrgenommen, aber seine Ohren klingelten.

»... zum Teufel, was war das denn?«, schrie Jack.

»Eine Panzerfaust!« Lee hatte jetzt den Autopiloten eingeschaltet und stützte sich mit den Händen ab, ehe sein Gehirn überhaupt registrieren konnte, dass der Kugelhagel aufgehört hatte. Obwohl er verdammt schnell die Hände auf dem Boden hatte, schien es ihm eine Ewigkeit zu dauern, endlich auf die Beine zu kommen.

Jetzt schien auch Jack zu merken, dass eine Pause im Gefecht herrschte, und er rollte von der Tür weg. »Wir müssen hier raus!«

»Ja. Auf geht's.« Lee stand blitzschnell auf. Die Erschütterung der Explosion ließ ihn leicht unsicher hin und her wanken. Vielleicht hatte sein Innenohr einen Schaden abbekommen. Er stolperte in Richtung Angela und Abby, die sich umarmten und zusammengekauert in einer Ecke auf dem Boden lagen. Überall um sie herum waren Einschusslöcher in den Wänden, sodass es an ein verdammtes Wunder grenzte, dass sie nicht in tausend Stücke gerissen worden waren. Apropos ...

Lee kniete sich neben sie, während Jack zur Hintertür ging und durch ein Guckloch die Umgebung absuchte. »Hinten ist alles klar«, erklärte Jack. »Kommen Sie, wir müssen fort von hier. *Jetzt!*«

Lee schüttelte Abby und Angela. »Los! Sie müssen aufstehen!« Während er auf die beiden einredete, suchte er sie nach etwaigen Verletzungen ab. Manchmal kaschierte das Adrenalin den Schmerz, und man konnte mehrere Minuten seinen Körper ganz normal bewegen, ehe man überhaupt mitkriegte, dass man verwundet war. Aber die beiden schienen unversehrt. Lee ergriff Angelas Arm und zog sie auf die Beine – vielleicht ein wenig schroff, aber er hatte jetzt keine Zeit, den Gentleman zu spielen. »Wir müssen verdammt noch mal hier raus!«

Er schubste die beiden Richtung Hintertür. Abby hielt sich die Hände über die Ohren, und ihre Mutter erweckte den Eindruck, völlig von der Rolle zu sein – sie hielt ihre Tochter wie einen Teddybär. Jack übernahm jetzt, packte Angela an den Schultern und schüttelte sie hart. »Schauen Sie mich an«, befahl er ihr, aber sie hatte nur Augen für ihre Tochter in ihren Armen.

Jack gab ihr eine Ohrfeige.

Endlich schien sie zu reagieren. Sie war völlig schockiert, aber immerhin hatte er jetzt ihre Aufmerksamkeit. »Ich entschuldige mich später«, sagte er und legte die Hand auf den Türknauf. »Wenn ich diese Tür öffne, gehen Lee und ich zuerst raus. Sie kommen mit Abby nach und rennen, so schnell Sie können – direkt auf den Wald zu. Lee, Sie kümmern sich um die rechte Flanke, ich passe links auf. Einverstanden?«

»Alles klar.« Bei den Worten drehte sich ihm der Magen um.

Jack riss am Türknauf. Lee schlüpfte zuerst hindurch und hielt sich rechts, das M4 im Anschlag und schussbereit. Er konnte nicht sehen, was die anderen hinter ihm taten. Es gab diesen alten Spruch, den Lee vor vielen Jahren während seiner Infanterieausbildung in Sand Hill das erste Mal gehört hatte. Er lautete: »Pass auf deine Schusslinie auf«, was meinte, dass jedes Mitglied einer Einheit für seine eigene Schusslinie verantwortlich war. Das galt für sämtliche Sicherheitsaspekte. Wenn man darauf achten musste, dass alle anderen ihren Job vernünftig erledigten, dann war die Wahrscheinlichkeit eher gering, dass man seinen eigenen Job vernünftig ausführen konnte.

Lee konzentrierte sich auf die rechte Ecke des Hauses. In diesem Augenblick gab es nichts anderes auf der Welt für ihn. Er schlich die Hauswand entlang, näherte sich dem Zentrum seines Universums stetig, die Waffe im Anschlag, die Fußballen immer schön abrollend und zu jeder Zeit bereit, alles und jeden wegzupusten, der oder das ihm in die Quere kam.

Ungefähr drei Meter vor seinem Ziel entfernte er sich von der Hauswand, um den Winkel zu verbessern. Er lehnte sich nach links, um weiter um die Ecke schauen zu können, dann wieder einen kleinen Schritt, sodass der Winkel immer größer und größer wurde, als ...

Mann mit Waffe.

Er war näher, als Lee es erwartet hatte. Er zog instinktiv am Abzugshahn, zwei Male. Beide Schüsse rissen Löcher in die Brust des Typen. Der Körper des Neuankömmlings zuckte zusammen, und der Mann torkelte auf das Haus zu, sodass Lee ihn aus den Augen verlor. Lee tat augenblicklich einen Ausfallschritt, um den Winkel wieder zu vergrößern, bis er die gesamte Hauswand entlangsehen konnte. Der Mann, dem er eben gerade zwei Kugeln verpasst hatte, lehnte auf einem Knie gegen die Hauswand. Sein Oberkörper war nach vorne gebeugt, und er versuchte, die Waffe zu heben. Lee bemerkte, dass er eine Jeans und ein T-Shirt trug und eine AK-47 in der Hand hielt. Lee drückte erneut zweimal ab, versenkte beide Kugeln im Oberkörper des Mannes, und dieser stürzte vornüber mit dem Gesicht zuerst zu Boden, den Arsch in die Höhe gestreckt, als ob er sich vor Lee verbeugen wollte.

Hinter dem toten Mann erschien eine dunkle Gestalt und näherte sich rasch ihrem gefallenen Kameraden.

Plötzlich explodierte die gesamte Hausseite und schickte Holzsplitter und Glasscherben in Lees Richtung. Er schrie auf, mehr aus Überraschung als vor Schmerz, und suchte, so schnell er nur konnte, Deckung hinter seiner Hausecke. Ein Feuergefecht glich einem Schachspiel, dauerte aber nur wenige Sekunden. Man hatte keine Zeit, großartig nachzudenken oder zu überlegen, sondern konnte lediglich darauf hoffen, dass man ein besseres Training genossen und untrüglichere Instinkte besaß als der Gegner. Innerhalb des Bruchteils einer Sekunde wurde Lee klar, dass Initiative und Vorteil bei seinem Gegenüber lagen. Wenn er jetzt zu lange wartete, würde er sie nicht mehr zurückerlangen.

Ein Feuergefecht glich einem Ballett. Nichts stand still.

Wenn man sich rasch und dauernd bewegte, raubte man dem Gegner die Möglichkeit, taktisch vorgehen zu können. Man zwang ihn dazu, sich auf die eigenen Instinkte zu verlassen, und Lee wusste, dass sein besseres Training sich auszahlen würde.

Lee ließ sich auf ein Knie nieder und dann nach links zu Boden fallen – das Ganze hieß »urbanes Liegendschießen« –, sodass nur der obere Teil seines Kopfes und der Lauf seiner Waffe um die Ecke lugten.

Der Tote, den Arsch noch immer in die Höhe gestreckt, blockierte beinahe sein gesamtes Blickfeld, aber dessen ungeübter Kumpel rannte zu ihm hin und hielt sich wie ein Amateur direkt an der Hauswand. Lee schickte zwei Kugeln in seine Richtung und dann noch zwei weitere, um sicherzugehen. Er fiel genau auf seinen Kumpan, und Lee konnte bei dem Anblick, der sich ihm bot, ein Schmunzeln nicht unterdrücken.

Er raffte sich auf die Knie und warf einen Blick über die Schulter. Aus dem Augenwinkel konnte er Angela und Abby sehen, wie sie auf den Wald zurannten. Jack kniete ebenfalls einseitig, lehnte sich um die andere Ecke und sicherte so die zweite Flanke.

»Bereit?«, rief Lee.

»Sag Bescheid!«, antwortete Jack.

Lee musterte das Terrain hinter dem Haus. Es bestand aus fünfzig Meter ungepflegtem Rasen, gefolgt von weiteren hundert Metern gepflügtem Acker, der an den Wald grenzte. »Taktischer Rückzug! Ich gebe dir Deckungsfeuer!«

»Wie auch immer!«, rief Jack zurück und drückte einmal ab. Die .308er ließ Lees 5.56mm-Waffe wie einen Tacker klingen. Der Marine steckte eine weitere Patrone in sein Lager und schaute erneut durch den Sucher.

Lee griff in seine Kampfmittelweste und holte eine Granate hervor. Dann warf er einen Blick um die Ecke und sah den Lauf einer Waffe hinter der entfernten Hauswand hervorlugen. Sah ganz so aus, als sammelten sich die Typen, um das Haus zurückzuerobern.

Wenn sie clever waren, würden sie es stürmen, um dann den Garten von der Hintertür einzunehmen. Lee aber hatte andere Pläne – ein kleines Ablenkungsmanöver, damit ihnen nicht langweilig wurde.

Er zog am Ring, trat um die Ecke – in voller Sicht der Angreifer – und schleuderte die Granate mit einem Unterhandwurf zu ihnen. Sie flog niedrig und rollte dann bis kurz hinter die Ecke des Hauses, hinter der die Bande sich sammelte.

Lee wartete nicht auf die Explosion.

Er drehte sich um und sprintete Richtung Feld. Schreie drangen an seine Ohren, als jemand erkannte, was auf sie zukommen würde. Dann ertönte ein lauter Knall, gefolgt von Stille.

Lee kam es vor, als ob er schneller rannte als je zuvor. Er glaubte, dass seine Beine nicht mehr mit seinem Tempo Schritt halten konnten – als ob die gesamte Welt ein gigantisches Laufrad war, das man auf Höchstgeschwindigkeit eingestellt hatte. Er ließ die Grasgrenze hinter sich und rannte weiter über den gepflügten Acker. Plötzlich – er war sich nicht sicher, ob er sich hingeworfen hatte oder einfach nur gestolpert war – lag er mit dem Gesicht auf der weichen Erde, fing sich aber rasch und raffte sich wieder auf die Beine.

Im Nu hatte er sich umgedreht und die Waffe zum Anschlag erhoben.

»Jack! Schnell!«

Der Mann mit dem Unterhebelrepetierer sprang auf, verließ seine Position und sprintete direkt auf Lee zu. Obwohl das Gras im Hintergarten sehr hoch gewachsen war, konnte er kniend genug von Jack sehen, um dem flüchtenden Mann ausreichend Deckung zu gewährleisten. Lee hätte es vorgezogen, sich hinzulegen, aber das Schlachtfeld war ein sich ständig ändernder Kriegsschauplatz, auf dem man sich mit dem begnügen musste, was vorhanden war. Zumindest schenkte ihm das hohe Gras etwas Deckung, auch wenn es keinerlei Schutz bot.

Jack hatte den Acker erreicht und sprintete an Lee vorbei Richtung Waldgrenze, während Lee sich weiterhin auf das Haus konzentrierte. Um Jacks Ecke kamen jetzt zwei Männer in US-Army-Kampfanzügen mit AR-15s in den Händen. Sie sahen nicht nur aus wie professionelle Kämpfer, sondern bewegten sich auch so. Zuerst sicherten sie die Hinterseite des Hauses und suchten die Gegend dann nach etwaigen Bedrohungen ab. Sie schienen Lee hinter dem hochgewachsenen Unkraut nicht zu bemerken, richteten die Läufe ihrer Waffen aber auf Jack, der noch immer über den Acker zum Wald lief.

Lee wartete nicht, bis sie schussbereit waren, sondern eröffnete das Feuer. Es kam ihm sehr merkwürdig vor, so bereitwillig auf anscheinend amerikanische Truppen zu schießen. Vielleicht wollte er sie unbewusst gar nicht töten, denn seine Schüsse waren viel zu hoch, und die beiden warfen sich auf der Stelle zu Boden.

»Scheiße.« Lee drehte sich zum Wald um und lief bereits, als er Jacks Worte hörte: »Ich habe sie im Visier! Komm schon, Beeilung!«

Es war gar nicht so leicht, über den weichen, unebenen Boden zu sprinten. Er war eher wie Sand, und Lee stolperte zweimal, konnte sich aber gerade so fangen, ehe er endlich den schützenden Wald vor sich hatte. Er sah Jack, der an einem dünnen Bäumchen lehnte, durch seinen Sucher zielte und abdrückte. Die Kugel sauste knapp über Lees rechte Schulter hinweg.

Lee zuckte zusammen. Er spürte die Druckwelle im Gesicht, lief aber weiter. Hinter sich hörte er, wie Jack ihm folgte.

10
Nachts

Es wurde im Handumdrehen dunkel.

Jack und er waren wie verrückt in den Wald gerannt und hatten es geschafft, die Angreifer hinter sich zu lassen. Jetzt aber stellten sich ihnen eine ganze Reihe unbeantworteter Fragen. Als sie sich bereits tief im Wald befanden, fiel Lee erst auf, dass es schon dunkel war und er sich bemühen musste, nicht irgendwo hängen zu bleiben oder hinzufallen. Die beiden Männer vom Militär waren nicht gerade langsam unterwegs. Lee glaubte, dass sie Richtung Westen rannten. Sie waren zwar nicht sonderlich laut, achteten aber auch nicht darauf, leise zu sein. Das Einzige, was sie antrieb, war, so viel Distanz wie möglich zwischen sich und das Haus zu bringen.

Überhaupt waren Häuser mittlerweile nicht mehr Lees bevorzugte Aufenthaltsorte. Schließlich war es jetzt bereits das zweite Mal gewesen, dass er gerade noch Zeit gehabt hatte, um bei einem Frontalangriff durch die Hintertür zu verschwinden. Zudem waren moderne Häuser nicht besonders gut zu verteidigen. Eine vernünftige Salve aus einem Gewehr, selbst ein kleines Kaliber wie 5.56mm, reichte, um glatt durch die Außenhaut zu dringen, wie Lee es bei der M249 Squad Automatic am eigenen Leib hatte miterleben dürfen. Während sie durch den Wald rannten, ließen Lee die Gedanken nicht los, überfluteten ihn förmlich. Zuerst dachte er an die Leute, die sie gerade angegriffen hatten. Handelte es sich um gut ausgerüstete Plünderer oder schlecht ausgerüstete Reservekräfte? Man konnte die Fakten so oder so deuten. Lee sah drei Möglichkeiten: Es handelte sich um eine nervöse Reserveeinheit, die aus Angst viel zu früh losballerte, aber trotzdem freundlich gesinnt war; eine Reserveeinheit, die komplett den Faden verloren und sich dem Bösen zugewandt hatte; oder aber es waren normale Zivilisten, die ein Waffenlager ausgeräumt hatten und jetzt auf mehr aus waren.

Dann fragte er sich auch noch, was bloß aus Angela und Abby geworden war. Wo zum Teufel konnten sie nur stecken? Falls Angela Zweifel hegte, dass Jack und Lee nur ihr Bestes wollten, dann hatte sie diese Möglichkeit sicher zur Flucht genutzt. Dazu kam noch Jacks Ohrfeige, die sicher auch nicht geholfen hatte, ein gegenseitiges Vertrauensverhältnis aufzubauen. Trotzdem schien sie zuvor mit Lee kein Problem gehabt zu haben. Aber ganz gleich, was sie dachte, die beiden hatten weder zu essen noch zu trinken, und es gab weit und breit keinen sicheren Unterschlupf.

»Hey«, ertönte eine Stimme im Flüsterton.

Lee hielt inne und warf Jack einen Blick zu. Der Marine stand stocksteif da, etwas nach vorne gebeugt, die Waffe im Anschlag, und suchte die Gegend ab. Lee hielt inne und schaute ihn an.

»Was?«, flüsterte er zurück.

Jack drehte sich zu ihm und erwiderte seinen Blick. »Ich habe nichts gesagt.«

Die beiden reagierten gleichzeitig, drehten sich nach außen ab und gingen in die Knie, um die Umgebung besser absuchen zu können.

Dann ertönte eine ihnen bekannte Stimme: »Jungs, ich bin's.«

Lee spürte eine Welle der Erleichterung über sich schwappen. »Angela?«

»Wer sonst?« Die blonde Frau trat hinter einem großen Baumstamm hervor und winkte ihnen zu. Sie hielt noch immer die Flinte mit Pistolengriff in der Hand, die sie aus Jacks Haus mitgenommen hatte. Dann erschien auch Abbys Kopf von hinter dem Stamm, wenn auch zaghaft – ganz so, als ob sie dem Instinkt ihrer Mutter nicht hundertprozentig vertrauen wollte.

»Verdammt!«, grummelte Jack. Angela warf ihm einen verächtlichen Blick zu.

Lee hängte sich seine Waffe um und ging zu der Frau. »Geht es Ihnen und Abby gut?«

Die Frau warf ihrer Tochter einen Blick zu. »Ja. Uns fehlt nichts.«

Abby trat jetzt auch hervor und hielt ihren rechten Arm mit ernster Miene Lee entgegen. »Ich habe mich gekratzt, aber es geht mir gut.«

»Wir mussten durch einen Dornenstrauch«, erklärte Angela.

Lee konnte nicht anders, als die Kleine anzulächeln. Er kniete sich hin und nahm sanft ihren Arm. »Lass mich mal sehen, wie schlimm es ist.« Obwohl er in der Finsternis so gut wie nichts erkennen konnte, tat er so, als ob er Abbys Arm genau untersuchte. »Da hast du ganz schön was abbekommen, Abby. Aber du bist hart im Nehmen. Das wird schon wieder. Ich werde den Arm ein wenig säubern, und dann geht es dir wieder wie vorher.«

Abby nickte ihn ernst und bedächtig an.

Jack beugte sich zu Lee hinab und flüsterte ihm ins Ohr: »Wir sollten ein Lager aufschlagen, und zwar verdammt schnell.«

Lee warf ihm einen Blick zu, als ob er es mit einem Wahnsinnigen zu tun hatte. »Was? Hier?«

Jack nahm bereits seine Waffe von der Schulter. »Genau. Die Typen werden mitten in der Nacht die Verfolgung aufgeben. Die wissen schon, wie die Sache läuft. Und überhaupt, wir sollten nachts überhaupt nicht draußen sein, geschweige denn durch die Gegend stapfen.«

Lee starrte ihn einfach weiter an. Er wollte dem Mann nicht widersprechen, denn er glaubte, dass Jack das alles aus Erfahrung sagte, aber Lee wollte weiter. Er hatte vor, es bis nach Hause zu schaffen, wo er die Schotten dichtmachen und in Sicherheit schlafen konnte. Außerdem machte er sich Sorgen um Sam und Tango. Sam machte sich inzwischen wahrscheinlich vor Angst in die Hose. Schließlich hatte er dem Kleinen gesagt, dass er in ein paar Stunden wiederkommen würde, und Lee war jetzt schon viel zu spät dran.

Jack merkte Lee an, dass er nicht gerade begeistert von der Idee war, hier zu übernachten. Er kniete sich hin und bedeutete Angela und Abby, sich zu ihm zu gesellen. »Ich habe keine Ahnung, wie weit ihr schon herumgekommen seid, aber ich bin aus Lejeune querfeldein gekommen, um bei meinem Vater zu sein. Diese Leute – die Infizierten – werden nachts einfach verrückt. Sie rennen in Meuten durch die Gegend, und ich weiß zwar nicht, warum, aber die können genauso gut hören wie Tiere. Wenn man also des Nachts unterwegs ist, kommen einem diese Arschgeigen schneller auf die Spur, als man glauben möchte.« Er warf Lee einen Blick zu. »Ich habe schon mitgekriegt, dass du – ich darf doch übrigens Du sagen? – ein knallharter Typ bist, der mit der Waffe umgehen kann, aber ich habe nur noch ein paar Schüsse in meinem Magazin übrig, und dank unserer hastigen Flucht hatte ich keine Zeit, meine Ausrüstung mitzunehmen. Und ich habe diese Infizierten schon in fünfzig Mann starken Gruppen herumrennen sehen. So viele kannst du allein gar nicht aus dem Weg räumen.«

Fünfzig ... dachte Lee.

Das waren noch viel mehr, als Sam beobachtet hatte. Die Augenzeugenberichte von diesen Gruppen schienen beinahe stündlich zu wachsen. Wuchsen sich einfach die Geschichten aus, oder trafen die Infizierten durch puren Instinkt aufeinander, sodass diverse kleinere Gruppen zu immer größeren Horden anschwollen?

»Ich habe eine Waffe …«, gab Angela von sich.

»Ma'am, nichts für ungut, aber Sie haben absolut keine Ahnung von dem Gerät, das Sie gerade in den Händen halten.«

Angela schien indigniert. »Ich weiß, wo der Abzugshahn ist.«

»Mit welcher Art Waffe haben Sie es denn da zu tun?«, wollte Jack von ihr wissen und lächelte sie an.

Angela warf einen Blick auf das Schießeisen. »Ein … Gewehr?«

»Nein, es ist eine Flinte. Wie viele Patronen hält es?«

»Zehn.«

»Fünf. Und wissen Sie, wie lange es dauert, bis man alle abgeschossen hat? Haben Sie zusätzliche Munition, von der ich nichts weiß? Wissen Sie überhaupt, wie man das Ding neu lädt? Passen Sie mal auf, Kleine, ich will nicht böse sein, aber das hier ist weder die richtige Zeit noch der richtige Ort, um feministisch herumzufaseln. Sobald ich Zeit habe, würde ich mich freuen, Ihnen das alles beizubringen, aber hier und jetzt müssen Sie einfach nur zugeben, dass Sie von Tuten und Blasen keine Ahnung haben.«

Angela starrte ihn wutentbrannt an. »Ich bin eigentlich keine sonderlich aggressive Feministin, sondern wollte nur helfen. Aber nennen Sie mich nie wieder *Kleine* … Sie Arschloch!«

Jack lächelte einfach weiter vor sich hin. Lee entschied sich, einen Schlussstrich zu ziehen, ehe die Situation sich weiter aufheizen würde. »Also gut. Wir schlagen hier unser Lager auf.«

»Können wir ein Feuer machen?«, fragte Abby.

»Nein, Kleines.« Jack kniete sich zu ihr hin. »Und außerdem müssen wir sehr, sehr leise sein, okay? Wir wollen nicht, dass uns jemand hört.«

»Okay …«, entgegnete Abby in einem aufgesetzten Flüstern.

Lee nahm seinen Fahr-zur-Hölle-Rucksack ab und öffnete ihn. Er hatte noch eine Flasche Wasser für jeden. Das musste reichen, bis sie morgen den Bunker erreichten. Also gab er Angela und Abby den Rest der Einmannpackungen, die er zuvor bereits für sie geöffnet hatte. Leider hatte er nur zwei davon mitgenommen, sodass er und Jack sich jeweils mit einem Energieriegel zufriedengeben mussten. Jack bedankte sich und erklärte sich bereit, die erste Wache zu schieben. Um zwei Uhr früh würden sie tauschen.

Sie fielen über ihr Essen her, schlangen es hungrig in sich hinein, ohne viel Zeit mit überflüssigem Reden zu verschwenden. Als sie fertig waren, kuschelten sich Mutter und Tochter zusammen, und Jack schlich sich mit seiner Waffe fort, um einen guten Platz zu finden, von dem aus er über die Schlafenden wachen konnte. Lee war bei dem Gedanken, dass ein Wildfremder ihn beschützen sollte, ziemlich unwohl zumute, aber welche Wahl hatte er schon?

Er kramte einen Poncho aus seinem Rucksack hervor und hielt ihn Angela hin. Sie blickte das zusammengefaltete Quadrat aus Stoff kritisch an und schien sich nicht sicher, was sie damit anfangen sollte. »Das ist ein Poncho«, erklärte er. »Kann man nachts, wenn einem kälter wird, gut als Decke benutzen.«

Sie lächelte ihn an, nahm ihn entgegen und breitete ihn dann über ihre Tochter und sich aus.

Lee lehnte sich zurück, nahm seinen Fahr-zur-Hölle-Rucksack als Kopfkissen, verschränkte die Beine im Schneidersitz und umarmte sein M4 über der Brust. Das war eigentlich seine Lieblingsstellung, wenn er draußen schlafen musste. Er hatte sie während langer Nächte in Handgranatenkratern gefunden. Es war die gleiche Position, die er in einer Hängematte einnahm, wenn er eine warme Sommernacht genießen wollte. Vielleicht war das der Grund, warum er sie so bequem fand.

Er war überrascht, wie müde er war, und drohte schon nach wenigen Minuten einzuschlafen. Aber gerade, als er in das Reich der Träume sank, drängte sich ihm ein Gedanke auf, der ihm beinahe den Magen verstimmte und ihn für wenige Minuten wieder zurück ins Leben rief. Er glaubte, dass er vielleicht nie mehr in einer Hängematte sitzen und ein kaltes Bier genießen könnte.

Lee wachte auf – etwas war ihm ins Gesicht gefallen. Er öffnete die Augen und sah, dass noch immer Dunkelheit herrschte. Was auch immer ihn getroffen hatte, es war klein – vielleicht eine Eichel, die von der Eiche, an die er sich gelehnt hatte, gefallen war. Er hob den Kopf und musterte die Baumwipfel über sich. Der Mond schien hell und tauchte alles in silbernes Licht. Die Nacht, obwohl viel kühler als der Tag, war sehr schwül, und Lee spürte, dass sein gesamter Körper von einem dünnen Film aus Schweiß bedeckt war und seine Klamotten an ihm klebten.

Seine Gedanken wanderten zu Sam und Tango. Er war sich sicher, dass der Kleine sich sorgte. Erst hatte er zuschauen müssen, wie sein Vater ermordet wurde, und dann haute der Typ, der ihn gerettet hatte, einfach ab und ward nicht mehr gesehen. Lee konnte ihn nicht kontaktieren, ihn nicht wissen lassen, dass es ihm den Umständen entsprechend gut ging und er sich auf dem Rückweg befand. Er konnte sich gut vorstellen, wie Sam sich das Schlimmste ausmalte und seine Fantasie mit ihm durchging. Er hoffte nur, dass er keine Dummheiten begehen würde.

Zu seiner Linken hörte er eine schwache Brise, die sich durch die Bäume arbeitete. Er schloss die Augen und wartete, bis sie ihn erreichte und hoffentlich den Schweiß an seinem Körper trocknete.

Erneut traf ihn etwas im Gesicht.

Lee hätte schwören können, dass es diesmal härter war, als wenn etwas einfach vom Baum gefallen wäre. Er stützte sich auf den Ellenbogen ab und blickte um sich, als wieder etwas auf ihn herabfiel und auf seiner Brust landete. Lee wollte gerade aufstehen und fragen, was zum Teufel hier los war, als er Jack vor sich im Mondlicht stehen sah. Sein skelettartiger Körperbau sah irgendwie unheimlich aus; die Augen waren völlig hinter den hervorstehenden Wangenknochen versunken und schimmerten silbrig. Das Grinsen auf seinem Gesicht konnte Lee nur erahnen.

Was zur Hölle wollte er?

Dann bemerkte Lee den Finger, den Jack über die Lippen gelegt hatte. Er sollte also den Mund halten. Im gleichen Moment wurde Lee klar, dass die Geräusche im Wald zu seiner Linken nicht von einer Brise stammten, sondern von mehreren Gestalten, die sich geschickt, rasch und leise durch die Bäume voranarbeiteten.

Lee entsicherte sein M4 und zog es sich gegen die Schulter. Dann drehte er sich langsam um und warf Angela und Abby einen Blick zu. Die beiden schliefen noch, aber er wollte sie nicht aufwecken, falls sie unbedacht Lärm machten. Angela war langsam zu Boden gesackt, sodass sie nicht mehr mit dem Rücken gegen den Baum lehnte. Ihr einer Fuß war nur noch Zentimeter von Lees entfernt. Mit größter Vorsicht rutschte er auf dem Boden entlang, bis sein Stiefel ihren Schuh berührte, und stieß dann dagegen.

Sie wachte augenblicklich auf und starrte ihn mit weit aufgerissenen Augen an. Sie wollte gerade den Mund öffnen und fragen, was los war, als er seinen Zeigefinger hob und an die Lippen brachte. Die Augen richtete er auf die Quelle der Geräusche.

Beide starrten in die Dunkelheit.

Im Mondlicht fiel es ihnen schwer, die sich bewegenden Gestalten zwischen den vielen Bäumen auszumachen, aber Lee sah, dass es sich um Menschen handelte. Es schien, als ob sie in einer Meute Jagd machten. Es waren sieben oder acht an der Zahl, und sie befanden sich höchstens fünfzig Meter vom Lager entfernt. Sie schlichen sich parallel der Straße entlang, soweit Lee die Örtlichkeiten im Kopf hatte. Keiner von ihnen war bewaffnet, und ohne nachzudenken wusste Lee, dass dies nicht die Leute waren, die sie am Vortag angegriffen hatten.

Es waren Infizierte.

Seine Reaktion ließ sich nicht einfach beschreiben. Physisch fühlte er, wie das Adrenalin durch seine Adern pumpte. Er hasste nichts mehr, als sich verstecken und warten zu müssen. Sein Mund war ganz trocken, und seine angespannten Muskeln begannen zu zittern. Ihm war, als ob er sich jeden Augenblick in die Hose machen musste. Mental aber überraschte ihn, wie leise und geschmeidig sie sich durch den Wald bewegten, wie eine gut geübte und ausgebildete Einheit. Es bestätigte, was Sam ihm erzählt hatte – dass sie sich in Meuten wie Hunde zusammenrauften. Ihre Vorsicht verriet ihm noch etwas: Sie waren offensichtlich auf der Jagd nach Beute. Lee fragte sich, ob dies ein Symptom war, das früher oder später wieder verschwand, zumindest sobald die FURY-Bakterien sich durch das Gehirn ihrer Opfer gefressen hatten, oder ob die Seuche nur so viel Schaden anrichtete, dass sie die Menschen in Ghule verwandelte, um es dann dabei zu belassen.

Er wandte sich erneut Angela zu. Abby schien noch immer in ihren Armen zu schlafen, hatte aber eine

Hand über den eigenen Mund gelegt und die Augen fest zusammengekniffen, als ob sie weder aufschreien noch weinen wollte. Dann öffnete sie kurz die Augen, und Lee sah, wie die Tränen herauskullerten und glänzende Schlieren auf ihren Wangen hinterließen. Er wusste nicht, wie er sie beruhigen konnte. Mit ihr zu reden kam überhaupt nicht in Frage, also streckte er seine Hand aus und bedeutete ihr mit langsamer Geste, ruhig zu bleiben.

Gleichzeitig flüsterte er ihr lautlos zu: *Ist schon gut.*

Sie schloss wieder die Augen. Wenn ich sie nicht sehen kann, können sie mich auch nicht sehen. Kindheitsängste wurden lebendig, sodass man sich am liebsten unter der Bettdecke versteckte und nur darauf wartete, endlich aufzuwachen.

Lee wandte sich wieder Jack zu. Der Mann saß gegen einen umgefallenen Stamm gelehnt, und der Kopf ragte gerade so eben darüber. Er beobachtete die sich bewegenden Schatten, die Waffe im Anschlag, aber schien insgesamt gelassen dazusitzen; sogar seine Miene wirkte völlig unbeeindruckt von der unmittelbaren Bedrohung.

Lee fragte sich, ob der Mann mental unausgeglichen war. Er schätzte es, einen weiteren ausgebildeten Soldaten mit von der Partie zu haben, insbesondere einen, der so besonnen und gelassen wie Jack schien. Aber diese leichtsinnige Nach-mir-die-Sintflut-Einstellung machte ihm zu schaffen. Hatte er womöglich einen leichten Schatten? Vielleicht, aber auch nur vielleicht war er so hart wie Kruppstahl. Wie auch immer, das würde sich früher oder später schon zeigen. Dachschaden oder Saucoolness.

Es dauerte einige Minuten, bis das Pack Infizierter in der Finsternis verschwunden war und man es nicht mehr hören konnte. Sie ließen weitere zwei Minuten verstreichen, ehe sie es wagten, sich zu bewegen. Endlich drehte Jack sich zu den anderen um und zog die Augenbrauen in die Höhe, aber reden wollte er noch immer nicht. Stattdessen richtete er sich langsam auf und bahnte sich den Weg zu Lee.

»Dreimal darfst du raten«, flüsterte er ihm zu.

Lee schaute ihn fragend an. »Es ist zwei Uhr morgens?«, riet er.

Jack grinste ihn an.

Lee rollte von seinem angewärmten Platz und machte sich mit seiner Umgebung vertraut. Angela beobachtete die beiden Männer mit Tränen in den Augen, gab aber keinen Ton von sich. Jack zog sein Flanellhemd aus, unter dem er ein graues T-Shirt trug. Er rollte das Hemd zusammen, schob es sich unter den Kopf und legte sich dann auf die Seite. Die Waffe hielt er genau wie Lee in den Armen.

Ehe er aufstand, klopfte Lee Angela beruhigend aufs Bein und schenkte ihr sein bestes Lächeln, das, so hoffte er zumindest, Zuversicht ausstrahlte. »Entspannen Sie sich und versuchen Sie, ein wenig zu schlafen. In zwölf Stunden sind wir bei mir im Bunker. Dort können Sie sich vernünftig waschen und den Luxus eines echten Bettes genießen.«

Tapfer erwiderte sie sein Lächeln, ehe Lee aufstand und seinen Posten bezog.

Er hoffte, dass seine Worte sich bewahrheiten und sie unversehrt und ohne weitere Überraschungen zu ihm nach Hause gelangen würden.

Als er es sich hinter dem umgefallenen Baumstamm bequem gemacht hatte, konnte er bereits Jacks stetes und ruhiges Atmen hören. Der Mann war im Handumdrehen eingeschlafen.

11

Gesellschaft

Es würde eine Affenhitze werden.

Um halb sechs war es bereits schwül, und als alle aufgewacht waren und man wieder marschierte, wurde es schon unangenehm warm. Lee hatte keinerlei Verpflegung mehr in seinem Fahr-zur-Hölle-Rucksack. Zum Glück war Abby die Einzige, die über Hunger klagte. Lee war sich zwar sicher, dass es Angela und Jack nicht anders erging, aber sie wussten, dass es nichts mehr gab und sie hoffentlich in wenigen Stunden in Lees Bunker sitzen würden. Auch Lees Magen knurrte, aber er hatte schon Schlimmeres erlebt.

Die Gruppe trank den Rest des Wassers aus Lees Rucksack und machte sich auf den Weg. Angela und Abby standen einfach auf und klopften sich Blätter und Nadeln aus den Kleidern und Haaren. Angela faltete den Poncho sorgfältig zusammen und reichte ihn mit einem Lächeln und einem Dankeschön an Lee zurück, der ihn sofort einsteckte, den Rucksack überwarf und seine Waffe auflas.

Schweigend standen sie da und suchten den Wald ab. Die Vögel veranstalteten bereits einen Höllenlärm, aber das Summen der Insekten ließ noch auf sich warten. Man konnte nicht gerade behaupten, dass es neblig war, aber die Hitze begann bereits das im Waldboden gespeicherte Wasser in Dampf aufzulösen, sodass eine unheimliche Stimmung herrschte.

»Sind alle bereit?«, erkundigte sich Lee und erhielt drei wortlose Nicken als Antwort. »Jack, du voraus?«

»Klar doch.«

»Ich bin gleich bei euch«, versicherte Lee ihnen.

Jack schnappte sich seine Waffe und führte Angela und Abby fort.

Lee las einen abgebrochenen Ast vom Boden auf und fegte das kleine Lager gründlich, um jegliche Spuren zu verwischen, die darauf hinweisen könnten, dass dort jemand übernachtet hatte. Die Infizierten bereiteten ihm größeres Kopfzerbrechen als die Leute, die sie gestern angegriffen hatten, oder solche, die es vielleicht noch versuchen würden. Trotzdem, die Leute von gestern durfte er auch nicht völlig außer Acht lassen.

Als er das Lager vernünftig »aufgeräumt« hatte, warf Lee den Ast in den Wald und machte sich ebenfalls auf den Weg. Sobald er zu Jack, Angela und Abby aufgeschlossen hatte, ging er für eine Weile neben der Mutter her.

»Wie geht es Ihnen?«

Sie schenkte ihm ein grimmiges Lächeln. »Hungrig, durstig, müde ... alles tut weh ... aber ich bin froh, dass wir nicht mehr auf dem Dach sind.« Ihr Lächeln verwandelte sich auf einmal, und es kam ihm so vor, als sei sie ihm wahrlich dankbar. »Vielen Dank für alles. Sie haben sich als echter Gentleman entpuppt.«

Lee winkte ab, warf Abby einen Blick zu und wollte Angela fragen, wie die Kleine sich hielt, wie sie den Tod ihres Vaters verkraftete, aber er war sich nicht sicher, ob die beiden schon bereit waren, darüber zu reden. Obwohl Angela offensichtlich nichts mit der Welt von Soldaten und Kommandoeinheiten zu tun hatte, hatte sie viel durchgemacht und schlug sich den Umständen entsprechend gut. Lee schätzte die nötige Selbstkontrolle und das Verständnis, das sie ihm entgegenbrachte. Schließlich vertraute sie genau dem Mann, der ihren Ehemann umgebracht hatte – auch wenn der nicht mehr er selbst war, als es geschah. Er fragte sich kurz, ob es vielleicht noch andere Gründe gab, die den Tod von Angelas Mann und Abbys Vater emotional weniger traumatisch ausfallen ließen – Gründe, von denen er nichts wusste. Vielleicht war die Ehe schon längst zerrüttet gewesen.

Oder vielleicht war Angela wirklich so hart im Nehmen, wie es den Anschein hatte.

Nun, falls sie sich entschied, bei ihm zu bleiben, würde sie früher oder später vielleicht die ganze Geschichte von sich aus erzählen. Außerdem hatte er sich gerade auf Wichtigeres zu konzentrieren als Angelas vergangenes Eheleben.

Er tat ein paar lange Schritte und holte zu Jack auf.

»Hauptmann Harden«, begrüßte Jack ihn mit einem schelmischen Lächeln. »Wie geht es dir an diesem wunderschönen Morgen?«

Lee musterte den älteren Mann mit ausdrucksloser Miene. Er ahnte, dass es wohl eine Weile dauern würde, ehe er Jacks Charakter ausgelotet haben würde, aber sein Bauchgefühl verriet ihm, dass Jack ein Typ war, der es einfach liebte, Marine zu sein, die Gefahren genoss, die sein Beruf mit sich brachte, und es am meisten schätzte, stets eine ordentliche Knarre bei sich tragen zu können. Nicht, dass ihn daran etwas störte, insbesondere angesichts der Umstände, in die diese postapokalyptische Welt sie tagtäglich brachte. Solche Leute mochten vielleicht kurz davor stehen, Psychopathen zu sein, aber sie schienen immer eine Krise zu brauchen, um richtig aufzublühen, denn sie dachten unabhängig und funktionierten unter Bedingungen, unter denen andere dahinwelken und sich wie ein Baby zusammenrollen würden.

»Mir geht es gut, danke«, antwortete Lee nach einer Weile. »Ich bin mir nicht ganz sicher, wie weit wir es noch haben, aber wenn wir uns parallel zur Straße halten und immer nach Osten gehen, sollten wir hoffentlich am frühen Nachmittag ankommen.«

»Auf welcher Straßenseite liegt dein Bunker?«, erkundigte sich Jack.

»Auf der anderen.«

»Dann müssen wir wohl oder übel über die Straße.«

»Ja …« Lee verstummte. »Also, Jack, was genau war deine Aufgabe bei den Marines?«

»Kundschafter-Scharfschütze. Wie mein Vater vor mir.« Jacks Augen suchten ständig den Wald ab, während sie sich unterhielten. »Wollte mich eigentlich auf Lebenszeit verpflichten, aber Gott und die Hadschis hatten andere Pläne.«

Lee entschied sich, anzubeißen. »Wie meinst du das?«

Zum ersten Mal nahm Jack die alte dreckige Baseballkappe ab und drehte sich, sodass Lee seine linke Kopfhälfte sehen konnte. Eine dicke Narbe erstreckte sich von Jacks Schläfe bis zum Haarwirbel, ehe sie die Richtung änderte und zum Ohr hinabkurvte.

»Autsch.« Mehr fiel Lee im Moment nicht ein.

Jack setzte die Baseballkappe wieder auf. »Hatten gerade eine der gefährlichsten Missionen hinter uns, die mir jemals aufgehalst wurden. Fuhren dann mit einem Humvee wieder zum Lager, als plötzlich eine USBV direkt unter uns hochgeht. Nun«, Jack schnitt eine Grimasse, »zumindest direkt unter unserem Fahrer. Von dem haben sie nicht mehr viel gefunden. Ich lag zwei Wochen im Koma, hatte einen Hirnschaden. Die haben an mir herumoperiert, und jetzt kann ich nicht mehr so gut mit dem linken Auge sehen. Sie meinten, dass sie keine Ahnung hätten, ob es an der Operation oder dem Trauma lag. Aber wie auch immer, nachdem sie herausgefunden hatten, dass ich nicht mehr gut sehen konnte, lag die Kündigung knappe zwei Wochen später auf der Matte. ›Vielen Dank für Ihre Dienste und so weiter, aber scheren Sie sich gefälligst zum Teufel.‹« Jack wandte sich zu Lee und lächelte. »Im Nachhinein kann man sagen, dass ich einen riesigen Dusel gehabt habe.«

Lee wusste nicht, was es an der Geschichte zu grinsen gab. »Zumindest hast du deinen Sinn für Humor nicht verloren.«

»Nö.« Jack wischte sich einen Tropfen Schweiß von

der Nase. »Aber ich habe echt Glück gehabt. Das war ein gut organisierter Angriff. Wir waren im ersten Humvee, und die Mine, die unter unseren Ärschen hochgegangen ist, war eigentlich für den hinteren Teil des Konvois bestimmt. Einen guten Kilometer weiter finden sie auf einmal einen Typen in einem Pickup mit genügend Sprengstoff, um uns alle fünfmal in die Luft zu jagen, aber der Chef der ganzen Operation, der den Auslöser drücken sollte, hat abgekackt. Wenn er nicht zu früh gesprengt hätte, wären wir jetzt alle Holzkohle. Also kann ich nur meinem Schutzengel danken, Gott preisen und mich über die Unfähigkeit der Hadschis kaputtlachen.«

Lee musste das erste Mal seit langer Zeit schmunzeln. Es fühlte sich gut an.

»Und was ist mit dir, Captain? Wie hast du deine Zeit rumgebracht?«

»Tja, ich habe meine besten Jahre in einem Humvee im Irak verlebt und in Bagdad patrouilliert.«

Lee untertrieb ein wenig, wenn es um seine eigene Erfahrungen ging, denn das eigentliche Ziel, das zu erreichen er sich von diesem Gespräch erhoffte, hatte nicht das Geringste mit alten Kriegsgeschichten zu tun. »Nach zwei Schichten dort unten machten sie mich zum Captain, wollten mir ein Haus samt Bunker bauen. Das Einzige, was im Gegenzug von mir verlangt wurde, war das Versprechen, eine Zivilisation von jetzt auf gleich wiederaufzubauen.«

Jack nickte. »Passt doch gut ins Tagespensum, mein Freund.«

Sie gingen weiter, ohne ein weiteres Wort zu wechseln. Endlich fragte Lee: »Also, wie lange ist es eigentlich schon so?«

»Wie?«, entgegnete Jack und sah Lee an. »Heiß und schwül?«

Lee formulierte die Frage um: »Wann hast du das letzte Mal einen Cop zu Gesicht bekommen? Oder irgendjemanden von der Katastrophenschutzbehörde? Oder Soldaten, die nicht auf eigene Faust handeln, sondern offiziell?«

»Ahh ...« Jack warf ihm einen merkwürdigen Blick zu, als ob er etwas anderes in Lee sehen würde als den Mann selbst. »Der letzte Bulle, der mir über den Weg gelaufen ist, war in Clinton. Das ist ungefähr zwei Wochen her. Dreißig Infizierte waren hinter ihm her. Er ist um die Ecke. Keine Ahnung, was danach mit ihm passiert ist.«

Lee ging schweigend weiter und fragte sich, ob der Polizist es wohl geschafft hatte. Wahrscheinlich nicht. Jack fuhr fort: »Dann, ein paar Tage später, sah ich drei Helikopter, die aus der Richtung von Raleigh gekommen sind. Sind schnell und tief geflogen. Den einen hatte es erwischt, hat ganz schön geraucht, aber soweit ich weiß, ist er in der Luft geblieben. Aber das war es auch schon. Danach bin ich nur noch über Banden von Infizierten gestolpert – oder über solche Typen wie die von gestern.«

Angela hatte jetzt zu ihnen aufgeholt. »Ich habe erst letzte Woche einen Polizisten gesehen, als wir zum Laden sind, um einzukaufen. Der hatte ein Gewehr dabei. Ich kann mich deshalb so gut erinnern, weil ich vorher noch nie einen Polizisten zittern gesehen hatte. Er wollte gerade weg, als wir kamen. Er hat uns noch zugerufen, dass das Geschäft bis auf Weiteres geschlossen ist. Dann ist er mit quietschenden Reifen auf und davon.« Sie zögerte. Als sie erneut zu sprechen begann, war ihre Stimme viel leiser. »Von innen hörten wir Schreie, aber die Türen waren verbarrikadiert. Die haben wohl eine Gruppe Infizierter dort eingesperrt. Wir sind dann gleich wieder nach Hause.« Angela versuchte ein Lächeln aufzusetzen, aber irgendwie wollte es ihr nicht richtig gelingen. »Danach gab es grüne Bohnen und Mais aus Dosen bei Kerzenlicht, da sie den Strom abgeschaltet hatten ... Wir haben uns noch lustig darüber gemacht, dass wir erst einen allgemeinen Stromausfall brauchen, um endlich mal ein romanisches Abendessen bei Kerzenlicht zu haben ...«

Lee und Jack tauschten einen Blick aus. »Seit wann gibt es keinen Strom mehr?«, wollte Lee wissen.

Angela schien nicht bei der Sache, wurde aber von seinen Worten aus ihren Erinnerungen gerissen. »Äh ... Das ist vielleicht eineinhalb Wochen her. Schwer zu sagen. Die Tage vergehen so schnell, fließen förmlich ineinander über.«

Jack runzelte die Stirn und richtete sich an Lee: »Warte mal, hast du etwa Strom?«

Lee starrte die beiden erwartungsvollen Gesichter an. »Ja, habe ich. Mein Haus samt Bunker hängt an einer Stange Batteriezellen, die tagsüber von Solarzellen gespeist werden.«

»Also …« Angela sah aus, als schien ihr die Vorstellung viel zu schön, um wahr zu sein. »Wann sind die Batterien leer?«

»Die werden nicht leer. Wie gesagt, ich habe Solarzellen.«

»Also haben Sie quasi unbegrenzt Strom?«

»So kann man es sagen.«

Angelas Gesichtsausdruck war wie der eines kleinen Mädchens, das das erste Mal zum Zirkus geht. »Das heißt … Das heißt, Sie haben eine Klimaanlage und all das?«

»Klimaanlage, fließend heißes Wasser – alles, was man so braucht.« Lee lächelte Angela und Jack an, die ihn anstarrten, als ob er Petrus wäre und ihnen gleich das Tor zum Himmel öffnen würde. »Da unten ist es beinahe wie in den alten Zeiten.«

»Ich werde mir zuerst eine heiße Dusche genehmigen«, erklärte Angela.

Jack lächelte träumerisch. »Und ich trinke ein großes Glas voll kaltem Wasser.« Er warf Lee einen Blick zu. »Ich gehe mal davon aus, dass du einen Kühlschrank hast.«

»Klar.« Lee wechselte das Thema. »Ich muss unbedingt mehr darüber erfahren, was während der letzten dreißig Tage passiert ist. Ich habe vielleicht Vorräte und so ziemlich alles, was das leibliche Wohl garantiert, aber ich brauche Informationen. Ich brauche euch beide. Ihr müsst mich auf den neuesten Stand bringen.«

»Kein Problem«, sagte Angela und zuckte mit den Schultern. »Was wollen Sie wissen?«

»Sind euch die Typen von gestern bekannt? Habt ihr sie schon einmal gesehen?«

Angela schüttelte den Kopf, aber Jack schnaufte verächtlich: »Du meinst die Schwanzlutscher, die sich ihre Ausrüstung zusammengestohlen haben? Ja ... Die habe ich nicht das erste Mal gesehen.«

»Das beantwortet bereits meine nächste Frage.« Lee rückte seinen Rucksack zurecht. »Du meinst, dass es Zivilisten sind, die ein Waffenlager überfallen haben?«

»Entweder das, oder sie haben irgendeiner Einheit aufgelauert und ihr alles abgenommen. Truppen der Nationalgarde gab es vor eineinhalb Wochen noch wie Sand am Meer. Überall flogen Hubschrauber, und Humvees eskortierten Busse voller Flüchtlinge zu den Lagern der Katastrophenschutzbehörde.«

Angela meldete sich zu Wort, aber leise, als ob sie Jack nicht verärgern wollte. »Ich dachte, das waren Soldaten.«

Jack zog eine Grimasse. »Jetzt pass mal auf, Süße ...«

Lee unterbrach die beiden sofort und erstickte somit eine mögliche Streiterei im Keim. »Da ist was dran, Jack. Klar, die meisten von denen hatten keine Ahnung, konnten kaum die Waffe richtig halten, aber ein oder zwei erweckten den Eindruck, als ob sie gutes Training genossen hatten.«

Jack antwortete nicht.

Lee fuhr fort: »Hast du von irgendwelchen Einheiten gehört, die es auf eigene Faust versuchen?«

Der ältere Marineinfanterist ging neben Lee her, schwieg aber weiterhin. Endlich sagte er: »Hm, könnte schon sein, aber nichts Genaues weiß ich nicht. Vielleicht sollten wir das nächste Mal einfach fragen.«

Lee klopfte ihm auf die Schulter. »Das überlasse ich dir. Aber ganz gleich, wer es war, was weißt du sonst noch über sie?«

»Tja«, begann Jack und zog seine Waffe zurecht. »Man hört viel von allerlei Leuten, die man so auf seinen Reisen trifft. Einige behaupten, dass die Banden plündern, brandschatzen, vergewaltigen und morden, während andere sagen, dass sie einfach nur von Haus zu Haus gehen und um Essen und Trinken bitten, damit sie anschließend wieder ihrer Mission nachgehen können, die angeblich lautet, alle Infizierten ins Jenseits zu befördern. Ich nehme an, dass die Wahrheit irgendwo in der Mitte liegt. Kann mir durchaus vorstellen, dass sie irgendwann einmal die Idee hatten, diese Epidemie in den Griff zu kriegen, indem sie alles, was infiziert ist, beseitigen. Jetzt durchforsten sie die Landschaft und ›erbitten‹ sich Proviant. Vielleicht gerät alles etwas außer Rand und Band, wenn sie nichts kriegen. Da kann der Finger am Abzug schnell mal zucken.«

Lee schnaubte verächtlich.

»Dunkle Machenschaften, so eine Art Schutzgelderpressung«, meldete sich Angela wieder zu Wort. »So nutzen solche Arschlöcher das aus.«

»Es besteht ein Machtvakuum«, erklärte Lee. »Jeder Vorstadtcowboy mit einer Knarre und einem Komplex versucht, dieses Vakuum zu füllen. Keine Frage, dass einige schlimmer sind als andere.«

Angela warf Lee einen fragenden Blick zu. »Aber Sie sind nicht so einer?«

Lee konnte ihr die Frage nicht übel nehmen und lächelte sie an. »Nein, ich bin kein Vorstadtcowboy mit einer Knarre und einem Komplex, sondern ein Mitglied der Streitkräfte der Vereinigten Staaten von Amerika. Und ich will auch keine Macht, sondern nur helfen.«

Jack hielt mitten im Schritt inne.

Angela hielt ebenfalls an, und Lee hob sofort seine Waffe auf Hüfthöhe, sah sich um, war schussbereit. »Was ist los?«

Jack hob den Kopf ein wenig, und Lee glaubte, ihn tief durch die Nase einatmen zu hören. »Könnt ihr das auch riechen?«, fragte er.

Lee tat es ihm nach und rümpfte dann die Nase. »Riecht so, als ob etwas brennt.«

Jack nickte. »Wir haben Ostwind, zwar nicht stark, aber immerhin. Riecht auf jeden Fall nicht gut ... Da brennt kein Holz.«

Lee kannte den Geruch nur zu gut. Er hatte ihn des Öfteren während der Invasion Iraks gerochen. Das waren eindeutig künstliche Sachen, die irgendwo vor sich hin schwelten. Plastikflaschen zum Beispiel. Wenn man direkt danebenstand, war der Gestank kaum auszuhalten, jetzt aber lag er nur als Hauch in der Luft. Als er erneut einatmete, dachte er an staubige Straßen, alles in einem dezenten Sandsteingelb, hohe und eng aneinander stehende Gebäude mit finsteren Fenstern, die auf einen hinabstarren, und egal, in welche

Richtung er ging, die ganze Straße war von diesem Rauch und Ruß verpestet, und die Häuser sahen vor lauter Kugeleinschlägen wie Jugendliche mit Akne aus.

Sie schwiegen eine Zeit lang und überlegten, was der Geruch wohl bedeuten konnte. Es schien, als ob sie alle zu Sehern mutiert waren und den Flug des Falken beobachteten, um daraus die Zukunft zu deuten.

Lee drehte sich nach links und zeigte mit dem Arm. »Die Straße sollte hier entlangführen.« Dann ging er einfach los. »Es ist an der Zeit, auf die andere Seite zu kommen.«

Ohne ein Widerwort folgten ihm die drei.

12
Wieder zu Hause

Es dauerte nicht lange, ehe sie die Straße erreichten.

Früher war Lee hier oft spazieren gegangen, entweder aus purem Vergnügen oder um sich etwas Bewegung zu verschaffen. Damals hatte er aufgrund der vielen Wagen immer gewusst, wo die Straße war – sie hatte ihn wie ein rauschender Fluss begleitet. Jetzt lag sie leer und still da, und Lee hatte beinahe schon den ersten Fuß auf den Asphalt gesetzt, ehe er überhaupt bemerkte, wie weit sie bereits gekommen waren.

Die Gruppe hielt noch vor dem Waldrand an. Hinter den Bäumen kam eine Böschung, die zur Straße hinaufführte. Jack bot an, die Lage auszukundschaften, und Lee stimmte zu. Er kniete sich mit Angela und Abby in seinem Rücken nieder, während Jack die Böschung auf allen vieren emporkroch, um die Straße nach links und rechts auszuspionieren.

»Wie weit ist es noch, bis wir bei Ihnen sind, Mister?«, flüsterte Abby.

Lee sah sich um. Vielleicht würde er ja irgendetwas wiedererkennen, aber der Weg, den sie durch den Wald genommen hatten, hatte ihn verwirrt, und jetzt wusste er nicht, wo genau sie sich befanden. Es könnte nur einen Kilometer weit sein – oder aber auch zehn. Zum Glück hatte er auf die verstrichene Zeit geachtet, sodass er jetzt nur noch ein paar Zahlen im Kopf überschlagen musste.

»Genau kann ich das zwar nicht sagen, aber ich schätze mal drei Kilometer?«

Abby antwortete nicht. Die Kleine hielt gut mit, ließ sich durch nichts aus der Fassung bringen, aber wenn Kinder sich nicht irgendwie beschwerten, musste man sich eigentlich schon Sorgen machen, was mit ihnen los war. Lee vermutete, dass sie einfach zu müde und ausgetrocknet war, um die notwendige Energie fürs Meckern aufbringen zu können – sowohl ihr Kopf als auch ihr Körper waren auf Autopilot und in den Überlebensmodus geschaltet.

Er drehte sich um und schenkte Mutter und Tochter einen Blick.

Die beiden machten einen zerzausten Eindruck, um das Mindeste zu sagen. Die wenigen Flaschen Wasser, die er bei sich gehabt hatte, waren vielleicht gerade mal genug gewesen, um sie zu rehydrieren, nachdem sie tagelang auf dem heißen Dach gewesen waren. Aber jetzt, nach einem guten Tagesmarsch, war es höchste Zeit, dass sie wieder Flüssigkeit zu sich nahmen. Angela massierte immer wieder ihren Oberschenkel, sodass Lee annahm, dass sie unter Krämpfen litt.

Er musste die beiden an den Tropf hängen. Viel länger würden sie es in diesem Zustand nicht aushalten. Er hoffte, dass sie es ohne Probleme bis zum Bunker schaffen würden, aber dann müsste er sich um ihre Gesundheit kümmern und sie wieder auf Vordermann bringen.

Ein leiser Pfiff von der Böschung riss Lees Aufmerksamkeit an sich. Jack lag auf dem Bauch und hatte sich bis zum Straßenrand vorgearbeitet. Er warf Lee einen Blick zu und signalisierte, dass die Luft rein war.

Lee wandte sich erneut Angela zu. »Sind Sie so weit? Wir haben es fast geschafft.«

Angela und Abby standen langsam auf, und Lee bedeutete ihnen, zu Jack aufzuschließen. Angela joggte zusammen mit Abby über die Straße, und sie verschwanden auf der anderen Seite wieder im Wald. Lee wartete, bis sie sich in Sicherheit befanden, und lief ihnen dann nach. Jack bildete die Nachhut. Sie gingen weiter in den Wald hinein, bis sie gerade noch die Straße ausmachen konnten, ehe sie nach Osten abbogen.

Der Gestank nach brennendem Plastik wurde stärker, je weiter sie kamen. Der Wald war jetzt in einen dünnen Nebel getaucht, aber Lee war sich nicht sicher, ob es der Rauch vom Feuer oder die letzten Überreste von Tau waren, welche die Sonne aus dem noch feuchten Wald sog. Er verriet den anderen nichts, denn er nahm an, dass sie sich lediglich Sorgen machen würden. Nach ungefähr zweihundert Metern glaubte er ein Schreien zu hören, aber dann fiel bei ihm der Groschen. Es war Bellen. Tango.

»Holla!« Er hob eine Hand, und die Gruppe hielt auf

der Stelle an. Auch sie hatten das Geräusch gehört und suchten den Wald nach möglichen Gefahrenquellen ab. »Das ist mein Hund«, sagte Lee.

»Woher wollen Sie das genau wissen?«, fragte Angela.

»Ich kenne sein Bellen.«

»Dachte, er wäre in deinem Bunker.« Jack flüsterte beinahe, als ob er etwas gesagt hätte, das Lee verärgern oder ihm peinlich sein könnte.

»Das war er auch.« Lee nickte. »Wenn er draußen ist, dann ist Sam es auch.«

Alle schwiegen. Tango bellte weitere drei Male. Er kam ihnen näher. Sie befanden sich windwärts von Tango, und der Hund hatte sein Herrchen erschnüffelt. Lee fragte sich, warum zum Teufel er sich nicht im Bunker befand.

Der Hund sprang aus dichtem Gestrüpp auf sie zu und rannte, so schnell er konnte, Richtung Lee. Er wedelte so schnell mit dem Schwanz, dass dieser beinahe einem Propeller glich. Lee war froh, dass Tango wohlauf war, konnte sich aber eines schleichenden Unwohlseins nicht erwehren. Wo steckte Sam? Und was war geschehen?

Er hielt eine Hand hoch und setzte sich auf ein Knie, als Tango näher kam. Der Hund wurde langsamer, trabte jetzt nur noch und hielt dann schließlich vor seinem Herrchen an. Der Schwanz wedelte noch immer wie wild, sodass Tango Nadeln und Laub vom Waldboden aufwirbelte.

Lee kraulte ihn kurz am Kopf und schaute dann auf.

Er musste nicht lange warten, ehe er eine kleine schmale Gestalt in der unbeholfenen Art eines Pubertierenden auf sich zurennen sah. Sam hatte sie erspäht, winkte einmal, blickte sich dann aber immer wieder um, als ob er verfolgt würde.

»Scheiße …« Lee hielt die Waffe schussbereit an der Hüfte. »Irgendetwas ist passiert.«

»Ach was.« Anscheinend war Jack zum gleichen Schluss gekommen.

Lee war sich nicht sicher, was er von Sam erwarten sollte, aber der Junge rannte auf ihn zu, warf sich an ihn und umarmte ihn auf Hüfthöhe, sodass es Lee beinahe das Herz brach. Er würde nie eine echte Bezugsperson für den Kleinen werden, und selbst wenn er es wollte, er hatte einfach keine Zeit dafür. Hier ging es ums Überleben, nicht um Sozialdienst.

»Sam! Was ist passiert?«, fragte Lee in ernstem Tonfall.

Der Junge musste erst einmal nach Luft schnappen und blickte sich noch immer ständig um. Zwischen den schweren Atemzügen stammelte er: »Es tut mir leid, so leid. Wir dachten, du bist tot.« Beim letzten Satz erstickte Sams Stimme.

Verdammt … Lee versuchte, seinen Ärger zu unterdrücken. »Warum bist du nicht im Bunker?«

»Ich bin mit Tango nach draußen, damit er sein Geschäft verrichten konnte. Dann kamen Männer mit Waffen. Ich habe Angst gehabt. Die sahen nicht nett aus. Erst haben sie sich alles genommen und dann das Haus in Brand gesteckt.«

Lee starrte auf das kleine Kind, das sich an ihn klammerte wie an ein Rettungsboot.

»Willst du mich verdammt noch mal verarschen?«, murmelte Lee, ohne nachzudenken.

»Captain!«, zischte Angela ihn an.

Lee sah, wie sich Sams Augen mit Tränen füllten, und er bereute sofort, dass ihm diese Worte herausgerutscht waren.

»Ich habe doch gesagt, dass es mir leidtut«, beteuerte Sam.

Es gab eine ganze Reihe weiterer Kraftausdrücke, die Lee jetzt gerne in den Mund genommen hätte – nicht unbedingt an Sam gerichtet, sondern aufgrund der Situation, in der er sich befand. Aber das wollte er dem Jungen nicht auch noch antun. Also drückte er Sam von sich, vielleicht etwas überhastet und grob, und schob ihn in Angelas Arme. »Könnten Sie sich kurz um ihn kümmern?«

Sie nickte.

Dann wandte er sich Jack zu. »Du kommst mit.«

Kurz darauf waren beide im Wald verschwunden.

Der Nebel zwischen den Bäumen wurde immer dichter. Über den Wipfeln konnte Lee eine Rauchfahne erkennen, die gen Himmel stieg und sich aus schwarzen und hellgrauen ineinandergreifenden Schwaden wie trübes kochendes Wasser zusammensetzte. Uralte Erinnerungen modriger Klassenzimmer stiegen in Lee auf: schwarzer Rauch von Erdölderivaten, weißer Rauch von pflanzlichen Erzeugnissen.

»Captain …« Jack schlug ihm auf die Schulter, um seine Aufmerksamkeit zu erlangen.

Lee blieb hinter einer Gruppe von Bäumen stehen. »Was denn?«

Jack wischte sich den Schweiß von den Augenbrauen. »Was, wenn die noch da sind?«

Lee überlegte kurz. »Wenn wir sie überraschen und keine Rücksicht auf Verluste nehmen, können wir wahrscheinlich sechs oder sieben von ihnen erledigen.«

Jack schien nicht überzeugt.

»Wenn du ein gutes Versteck findest, kann ich mich um die schweren Maschinen, Geschütze und Fahrzeuge kümmern«, meinte Lee und deutete auf seine 40mm-Granaten, von denen er noch drei übrig hatte. »Die werden alle auf mich aus sein, sodass du die Überlebenden in aller Ruhe ausschalten kannst.«

»Wenn dein Haus niedergebrannt ist, gibt es keinen Grund, sie anzugreifen. Hundert Prozent Risiko, null Prozent Gewinn. Es ergibt keinen Sinn.«

Lee wusste, dass Jack richtig lag. »Okay. Mit fünf werden wir aber locker fertig. Wenn es mehr als fünf sind, lassen wir sie wieder gehen.«

Jack überlegte eine Weile. »Na gut, ich brauche aber ein bisschen Zeit, um mich umzusehen.«

»Nimm sie dir.«

Sie machten sich erneut auf den Weg, diesmal aber langsamer. Sie achteten auf jeden Schritt und bewegten sich so gut wie lautlos durch den Wald. Als sie fast am Haus angekommen waren und der Rauch beinahe greifbar war, gab Jack Lee zu bedeuten, dass er auf ihn warten sollte, während er die Gegend auskundschaftete. Lee versteckte sich hinter einem großen Baum, lehnte sich gegen den Stamm und beobachtete, wie Jack sich wie eine große Katze langsam und geschmeidig vorwärtsbewegte.

Der dünne Mann glitt mit einer sagenhaften Gewandtheit durch den Wald und hielt erst an, als Lee ihn kaum noch zwischen den Bäumen ausmachen konnte. Der Scharfschütze war jetzt direkt am Waldrand angekommen, und wenn Lee sich etwas zur Seite lehnte, glaubte er, zwischen dem im Wind wehenden Blattwerk ab und zu sein Haus zu sehen.

Lee verfolgte seinen Gefährten weiter, der jetzt eine Weile lang keinen Muskel rührte, ehe er sich langsam auf den Boden legte, sein Gewehr hervorholte und sich durch den Sucher mit der Gegend vertraut machte. Jack schwenkte vier Mal vorsichtig hin und her, und Lee wurde schon ungeduldig und fragte sich, wie lange der Marine wohl noch brauchen würde.

Er beobachtete ihn weiterhin, und es dauerte knappe fünf Minuten, eher der Scharfschütze sich endlich zu Lee umdrehte und ihm mit einer langsamen Geste signalisierte, dass er sich ihm nähern sollte. Mit einer zweiten Geste schien er die Luft kurz über dem Boden abzuklopfen, was bedeutete, dass Lee Vorsicht walten lassen sollte.

Lee kroch hinter dem Baumstamm hervor und schlich lautlos durch den Wald in Jacks Richtung. Als er nur noch drei Meter hinter ihm war, begab er sich auf Hände und Füße und näherte sich Jack auf allen vieren, bis er neben ihm lag. Von dieser Position kurz vor dem Waldrand konnte Lee endlich sein Haus richtig sehen.

Oder das, was davon übrig geblieben war.

Hier und da waren noch Flammen zu sehen, an anderen Stellen schwelte die Ruine nur noch. Es war offensichtlich, dass es vor einigen Stunden in Brand gesetzt worden war, denn das Feuer hatte einen Großteil des Aufbaus verschlungen, und der erste Stock war komplett eingestürzt. Die paar Reste, die noch aus der Erde herausragten, waren völlig verkohlt. Hier und da standen noch ein paar Ziegel, der Rest der Wände war abgesackt oder zerstört – wie der Brustkorb eines ausgenommenen Tieres.

Lee verschlug es einen Moment lang die Sprache. Das war nicht das Haus, das er zu lieben gelernt hatte. Es war schlicht nichts mehr übrig von dem, woran ihm etwas lag. Sein Entsetzen über den Verlust des Hauses machte langsam aber sicher der Sorge ums Überleben Platz, die ihn umgab wie ein Schraubstock, der Stück für Stück zugedreht wurde. Das Haus selbst war eigentlich überflüssig, aber sein Bunker war knapp zwei Meter hoch mit qualmendem Schutt bedeckt, und es würde Tage dauern, bis dieser genügend abgekühlt war, um sich zum Keller vorarbeiten zu können. Und im Bunker befand sich Proviant, der den Unterschied zwischen Leben und Tod bedeuten konnte. Dringend benötigtes Wasser und Essen waren jetzt nicht mehr zugänglich, auch wenn sie nur wenige

Meter entfernt von ihnen lagen. Außerdem rechnete er damit, dass die Angreifer vorher alles gründlich durchsucht und seine Sachen mitgenommen hatten. Seine gesamte Ausrüstung, Waffen und Munition – alles – waren mit an hundertprozentiger Sicherheit grenzender Wahrscheinlichkeit verschwunden. Ein paar Gegenstände hatten sie vielleicht dagelassen – entweder weil sie nicht wussten, um was zum Teufel es sich handelte, oder weil die Sachen einfach zu groß oder nicht transportierbar waren.

Die andere Sache, die ihm Kopfzerbrechen bereitete, war seine medizinische Versorgungslage. Bisher hatte er noch keine Zeit gehabt, sich ernsthaft mit Angelas und Abbys Zustand auseinanderzusetzen. Er brauchte sich nichts vorzumachen: Obwohl er ihre Unterernährung und Dehydration mit den Rationen in seinem Fahr-zur-Hölle-Rucksack erst einmal in den Griff bekommen hatte, war ihr Zustand nicht gerade berauschend und verschlechterte sich von Stunde zu Stunde. Er hatte sich darauf verlassen, sie zurück in den Bunker zu führen, ihnen Flüssigkeit in den Körper zu pumpen und mit genug Essen wieder zu Kräften bringen zu können. Aber ohne diese Möglichkeiten sanken ihre Überlebenschancen von Minute zu Minute.

Zudem hatte Lee keinerlei Proviant mehr in seinem Rucksack. Ohne diese absolut lebensnotwendige Ausrüstung würde es auch ihm und Jack bald an den Kragen gehen. Bis gestern waren sie beide relativ gut versorgt und hydriert gewesen, was hieß, dass sie angesichts der drückenden Hitze und des Stresses, dem sie ausgeliefert waren, die nächsten zwei Tage ohne Wasser aushalten könnten, aber Angela und Abby würden es mit etwas Glück gerade mal bis zum nächsten Abend schaffen.

Ohne ein Wort zu sagen, legte Lee seinen Rucksack ab und kniete sich nieder. Er öffnete den Reißverschluss einer der Vordertaschen, steckte die Hand hinein und holte nach einigem Herumsuchen seinen GPS-Empfänger hervor. Er wusste zwar, dass er in der Vordertasche steckte, aber in diesem Augenblick verspürte er das dringende Bedürfnis, ihn zu sehen und anzufassen. Es half, die Hoffnung irgendwie greifbar zu machen.

»Was hast du da?«, erkundigte sich Jack.

Lee seufzte vor Erleichterung auf, ehe er den Empfänger zurück in den Rucksack steckte. »Nennen wir es mal unsere Versicherungspolice.«

Dann setzte er sich den Rucksack wieder auf. *Konzentrieren. Unterteilen*. Okay, sie konnten nicht mehr im Bunker Zuflucht suchen, aber er musste Angela, Abby und Sam in Sicherheit wissen, und um das zu bewerkstelligen, musste er Jack ausfragen.

Er versuchte seine Stimme so ruhig und gelassen wie möglich klingen zu lassen: »Hast du irgendjemanden bemerkt?«

»Niemanden.« Jack warf Lee einen Blick zu. »Ich bin mir ziemlich sicher, dass die das Haus nur deswegen in Brand gesetzt haben, um dich fertigzumachen. Haben die Adresse wahrscheinlich aus deinem Truck.«

»Die Fahrzeugpapiere«, meinte Lee und nickte zustimmend. Die beiden waren sich einig, dass die Männer der abtrünnigen Militäreinheit die Urheber des Chaos waren. »Wir gehen zu meinen Nachbarn. Die drei müssen unbedingt in ein Haus und sich ausruhen. Hoffentlich haben sie es nicht auch niedergebrannt.«

Jack schüttelte den Kopf. »Heutzutage Hoffnung zu haben ist nichts weiter als eine schlechte Angewohnheit.«

13
Meute

Die beiden liefen rasch eine Runde um die Ruine. Lee musste sich konzentrieren. Er durfte jetzt nicht trauernd auf die noch qualmenden Überreste seines Hauses starren, sondern musste die Gegend nach möglichen Feinden abzusuchen. Er hatte Angst. Bisher war er recht nachlässig, von der neuen Realität der Situation unberührt gewesen. Nichts war so beruhigend, wie auf einem Haufen Proviant und einem vollständigen Waffen- und Munitionslager zu sitzen. Jetzt aber hatte er vier Menschen, die auf ihn angewiesen waren, und er stand ohne alles da. Die schwerwiegenden Folgen dieser neuen Wirklichkeit eröffneten sich ihm erst jetzt, nach und nach – eine Wirklichkeit aus Durst, Hunger und stetig schwindender Munition.

Das Problem war Zeit. So wie er es sah, hatte er weniger als achtundvierzig Stunden, um Wasser für Angela und Abby aufzutreiben – er hoffte, dass sie so lange durchhalten würden. Essen war nicht ganz so wichtig, aber er war sich durchaus bewusst, dass ihre tagelangen Märsche Unmengen von Kalorien verbraucht hatten. Selbst Jack schien die Folgen zu merken, auch wenn er diesbezüglich keinen Ton von sich gab. Lee war in bester körperlicher Verfassung und stand gut im Futter. Nahrungsmittelmangel war für ihn längst nicht so wichtig wie für die anderen.

Die Munitionslage hing ganz davon ab, auf welchen Widerstand sie noch treffen würden, ehe er seine Gruppe in relativer Sicherheit wusste. Im besten Fall würden sie niemandem mehr begegnen, ehe er zumindest Angela und die beiden Kinder irgendwo unterbringen konnte. Im schlimmsten Fall aber würden sie angegriffen werden, keine Munition mehr haben und getötet werden.

Der Rauch in der Luft klärte sich ein wenig, als sie sich wieder vom brennenden Haus entfernten. Der Wind hatte sich gedreht, und er blies ihnen jetzt auf dem Weg zu den Petersons ins Gesicht. Sie erreichten den Waldrand und hielten an, um die Lage rund um das Nachbarhaus auszukundschaften. Alles schien in Ordnung. Die Gräber im Hintergarten waren noch immer so, wie Lee sie zurückgelassen hatte, und machten einen frischen Eindruck. Lee merkte, dass Jack ihn anstarrte, aber er fragte nicht nach Lees ehemaligen Nachbarn, und Lee war nicht danach, ihm von ihnen zu erzählen.

Nachdem sie eine Weile gewartet hatten, entschied Lee sich, aus dem Wald zu treten. Jack kam ihm nach, und sie gingen normalen Schrittes hinüber zum Haus. Niemand schien hier gewesen zu sein. Jack erwähnte mit leiser Stimme, dass ein brennender Pickup-Truck im Vorgarten stand, der aussah, als hätte man ihn in die Luft gesprengt.

Lee nickte nur und meinte: »Ja, ich weiß.«

Jack fragte nicht weiter. Sie gingen durch die Hintertür und überprüften das Haus, fanden es aber leer vor. Jack ging in eines der Schlafzimmer im ersten Stock – in Stephanies ehemaliges Zimmer. »Ich bleibe hier und überwache die Lage, während du die anderen holst.«

»Okay ... Wenn sie dich angreifen ...«

Jack lächelte. »Dann hörst du mich schießen.«

Lee suchte in seinem Rucksack nach der Smith & Wesson, die er dem toten Jason Peterson abgenommen hatte, und reichte sie mit dem Griff voran Jack. »Da ist ein volles Magazin drin. Damit kannst du dir zumindest etwas Zeit kaufen.«

Jack nahm sie entgegen und steckte sie in den Gürtel.

Lee salutierte rasch. »Bin gleich wieder da.«

Als Lee das Haus verließ, checkte er sämtliche Ecken, um sicherzugehen, dass keine bösen Überraschungen auf ihn warteten. Erst nachdem er sich davon überzeugt hatte, dass die Luft rein war, begann er zu der Gruppe hinüberzujoggen. Wann immer ihm irgendetwas auffiel oder er ein Geräusch hörte, hielt er an, aber nie länger als ein paar Sekunden, um dann weiterzulaufen. Er sprintete über sein frei einsehbares Grundstück und wurde erst wieder langsamer, als er sich in der Sicherheit des Waldes wähnte. Einige Hundert Meter weiter fand er die drei Zurückgelassenen bei einem großen Baum. Tango beobachtete, wie sein Herrchen kam, und wedelte mit dem Schwanz.

Lee erspähte Angela und nickte ihr rasch zu. Sie stand mit den beiden Kindern auf und bat sie, zu bleiben, wo sie waren. Dann ging sie zu Lee und beriet sich mit ihm. Sie flüsterten, damit die Kinder ihre Unterhaltung nicht hörten.

»Was haben Sie gefunden?«, wollte Angela wissen.

Lee bemerkte, wie unstet sie sich auf den Beinen hielt, und sah die vertrockneten Salzkristalle um ihre Augen, ihre Nase und ihren Mund. Im Gegensatz zu ihr ging es Abby viel besser. Lee schloss, dass sie ihrer Tochter das meiste Wasser überlassen hatte, während sie auf dem Dach gewesen waren. Ihm kamen diverse diagnostische Fragen in den Kopf, um herauszufinden, wie dehydriert sie bereits war; er hielt es jedoch für besser, sie zurückzuhalten, bis sie im Haus waren.

»Mein Zuhause gibt es nicht mehr, aber das Haus meiner Nachbarn steht noch. Das wird unsere Basis.«

Angela schien untröstlich. »Und was ist ... Was ist mit all den Sachen? Und was machen wir mit Abby? Werden Sie ihr trotzdem helfen können?«

Angela verzog ihr erschöpftes Gesicht zu einer Grimasse und sah aus, als ob sie jeden Augenblick zu weinen anfangen würde. Oder vielleicht besaß ihr Körper einfach nicht mehr genügend Flüssigkeit, um Tränen zu produzieren.

»Alle Fragen später ... Wir haben zwar Zeit, aber nicht im Überfluss.« Lee legte eine Hand auf ihre Schulter. Sie fühlte sich zerbrechlich und knochig an. »Zuerst müssen wir alle ins Haus kriegen. Dann schauen wir weiter.«

»Und was, wenn sie es nicht schafft?«, krächzte Angela. »Das halte ich nicht durch. Ich kann sie nicht verlieren ... Nicht sie auch noch.«

Sie sprach noch immer leise, sodass die Kinder sie nicht hören konnten, aber diese hatten offenbar sehr wohl ihren Tonfall mitgekriegt, denn sie blickten die beiden Erwachsenen jetzt an, wie Kinder es tun, wenn sie wissen, dass irgendetwas nicht stimmt.

»Angela, sie wird es schaffen«, versprach Lee, hatte aber nichts im Rücken, was diese Zusicherung rechtfertigte. »Wir werden tun, was wir tun müssen. Jetzt müssen wir los.«

Lee wartete gar nicht erst auf eine Antwort, sondern drehte Angela zum Haus der Petersons um und gab den Kindern zu verstehen, ihnen zu folgen. Die beiden standen auf, und Lee führte die kleine Gruppe durch den Wald. Er nahm den gleichen Weg wie zuvor. Er hatte es so eilig, dass er sich immer wieder zurückhalten musste, um die anderen nicht aus den Augen zu verlieren.

Zum ersten Mal bemerkte er, dass jetzt auch sein eigener Körper die ersten Anzeichen von Müdigkeit, Hunger und Dehydration aufwies. Außer dem Hunger, den er vor langer Zeit zu ignorieren gelernt hatte, zitterten seine Hände, und sein Mund wurde trocken. Trotz der unglaublichen Hitze fuhren ab und zu Kälteschauer durch ihn hindurch.

Der Weg zum Haus der Petersons dauerte ungefähr doppelt so lange, wie Lee zur Gruppe gebraucht hatte. Er lauschte unaufhörlich auf Schüsse aus Jacks Scharfschützengewehr, aber es herrschte absolute Stille. Sie näherten sich dem Haus, und Lee sah Jack, wie er sie aus dem Fenster im ersten Stock beobachtete und sie zu sich winkte.

Sobald sie sich drinnen befanden, starrte Abby ungläubig auf die vielen Blutspuren in der Küche, während Angela so tat, als ob sie gar nichts bemerkte. Lee führte sie an den Blut- und Gewebespuren vorbei durch den Flur und in das Esszimmer im vorderen Teil des Hauses. Von oben beugte Jack sich über das Geländer im ersten Stock.

»Alles okay?«, fragte er.

»Ja …« Lee blickte auf. »Kannst du hier aufpassen, während ich Wasser organisiere?«

»Ich habe auch Durst«, meldete sich Sam zu Wort.

»Kumpel«, meinte Lee und versuchte, heiter zu klingen und den Ernst der Lage nicht durchscheinen zu lassen. »Wir haben alle Durst, aber Abby und Angela haben Vorrang und trinken zuerst. Verstanden?«

Sam ließ den Kopf hängen.

Lee hatte ein schlechtes Gewissen, war gleichzeitig aber auch verärgert. Er gab gegenüber Sam sein Bestes, aber ohne praktische väterliche Erfahrung hatte er keine Ahnung, was er nun sagen konnte und was nicht. Sam würde einfach damit umgehen müssen. Er hatte keine andere Wahl. Sobald sich alles etwas gelegt hatte, würde er Jack und Angela bitten, die Elternrolle zu übernehmen. Er war auf jeden Fall nicht in der Lage, diese auch noch zu spielen.

Lee zog zwei Stühle unter dem Tisch hervor. »Angela, Abby, warum setzt ihr euch nicht? Ich mache mich auf und suche nach Wasser.«

Er ließ sie im Esszimmer zurück und ging in die Küche. Die Überreste des blutigen Gemetzels von der Abschlachtung Marlas waren fast getrocknet, klebten aber noch an seinen Sohlen. Das ganze Haus begann bereits zu stinken. Er ging durch sämtliche Anrichten und Schränke und hielt am Ende einen Krug aus Plastik und eine Kaffeetasse in der Hand. Dann ging er zur Spüle, hielt die Tasse unter den Hahn und hoffte, dass noch genügend Wasser in den Leitungen floss, um zumindest sie zu füllen.

Er versuchte es, drehte den Hahn, erntete aber nichts weiter als ein erbärmliches Ächzen der Wasserleitungen, dem ein Schuss Wasser folgte, der die Kaffeetasse halb füllte. Dieses Mal war das Glas definitiv halb leer, dachte Lee ohne Heiterkeit.

Nichtsdestotrotz goss er die paar Tropfen in den Krug und machte sich dann auf ins Badezimmer, das näher an der Haustür lag. Voller Hoffnung nahm er den Deckel vom Spülkasten der Toilette, starrte aber in einen knochentrockenen Behälter. Es war offensichtlich, dass die Petersons so lange gespult hatten, bis sämtliches Wasser aus den Leitungen gesogen war. Und ohne Wasser in den Leitungen war es unmöglich, den Spülkasten wieder zu füllen.

Fluchend verließ Lee das Badezimmer und stürmte die Treppe hoch, um es dort zu versuchen, fand aber genau die gleiche Situation vor. Das stellte ihn vor eine weitere und wesentlich dringendere Frage. Toiletten, in denen sich Fäkalien und Urin sammelten und die nicht gespült wurden, waren absolut wunderbare Orte für Bakterien und Krankheitserreger jeglicher Art. Falls sie im Haus der Petersons blieben, würden sie eine Lösung für den täglichen Toilettengang finden müssen. Schon jetzt wollte er nicht, dass jemand die Toiletten benutzte.

Sein letzter, fast verzweifelter Versuch war die Garage. Also lief er die Treppe wieder hinunter, zurück in die Küche, durch eine Tür und stand dann direkt vor dem Ford F-150 der Petersons. Endlich mal etwas Positives inmitten der Unmengen von Hiobsbotschaften. Lee hoffte, dass er die Schlüssel finden würde und sein ehemaliger Nachbar und Freund etwas Sprit im Tank gelassen hatte. Die Straßen in dieser neuen Welt waren zwar keineswegs die sichersten – ganz im Gegenteil, sie waren ausgesprochen gefährlich, ja tödlich –, aber Lee brauchte jetzt etwas, an dem er sich wieder hochhangeln konnte. Und falls sie sich in einer Notlage befanden und etwas transportieren mussten, wäre der Wagen zumindest eine Option ... vielleicht.

Er ging an dem Auto vorbei in die kleine Kammer, in der Heizung und Heißwasseraufbereitung untergebracht waren. Er nahm seinen Fahr-zur-Hölle-Rucksack ab, holte sein Messer hervor und schlug sanft gegen die Seite des Boilers. Das Geräusch war das schönste, das er an diesem Tag gehört hatte.

»Vielen Dank!«, murmelte er.

Er hatte den metallenen Behälter relativ weit unten abgeklopft und schätzte, dass sich noch mindestens zehn Liter Wasser darin befinden mussten. Er wollte es genauer wissen und schlug erneut gegen den Boiler, diesmal etwas höher. Das Geräusch klang hohl. Okay, es gab also nicht allzu viel Wasser, aber zehn Liter waren noch immer besser als nichts.

Er hielt den Krug unter den Notabfluss des Boilers und drehte am Hahn. Das klare Wasser floss, und Lee fand, dass es das Schönste war, das er jemals zu Gesicht bekommen hatte. Da er den Krug schräg halten musste, konnte er ihn nur bis zur Hälfte füllen. Dann schloss er den Hahn und trug den Krug zurück ins Haus, als ob es sich um flüssiges Gold handelte. Er schnappte sich eine weitere Tasse aus einem Hochschrank in der Küche und trug dann alles in das Esszimmer.

Der Blick in Angelas Augen verriet ihre unglaubliche Erleichterung.

Lee goss den beiden Wasser ein, reichte es ihnen und meinte: »Bitte sehr, sehr langsam trinken. Ihr beide seid stark dehydriert, und wenn ihr zu schnell trinkt, werdet ihr es einfach wieder ausspeien. Also: einen Schluck nehmen, ein wenig warten und dann noch einen kleinen Schluck und so weiter, bis die Karaffe leer ist.« Lee warf Angela einen Blick zu. »Wir haben noch fünf Liter oder so, also nicht alles Abby geben. Sie brauchen es auf jeden Fall dringender als Ihre Tochter.«

Angela und Abby antworteten nicht, sondern nippten bereits an ihren Tassen.

»Hauptmann ...«

Lee drehte sich um, ging in den Flur und schaute zu Jack auf, der über das Geländer herunterlugte. »Ich habe schlechte Nachrichten.«

Lees Fingerspitzen begannen zu kribbeln. Er lief durch den Flur und die Treppe hinauf, bis er neben Jack stand. Der ging in die Richtung, in der Stephanies altes Zimmer lag, aus dessen Fenster man die Straße einsehen konnte, hielt aber vor der Türschwelle inne und hielt warnend die Hand in die Höhe. Er ging in die Knie, um dann im Gänsemarsch bis zum Fenster zu watscheln, wobei er sich vorsah, beim Aufrichten nicht die Vorhänge zu berühren. Dann deutete er mit der Hand über den Garten hinweg und flüsterte: »Straßenmitte!«

Lee tat es dem Marine gleich und kroch tief gebückt in eine im Schatten liegende Ecke, als ob Jacks Vorsicht ihm verraten hatte, dass jemand dort draußen auf sie wartete und vielleicht sogar sehen konnte. So aber war er in der Lage, sich frei zu bewegen, ohne dass man es von draußen bemerken konnte.

Lee hörte es, bevor er es erblickte. Das Geräusch von Metall, das über Asphalt gezerrt wurde. Es war ein langer, unheimlicher Ton ohne Anfang oder Ende. Nur ab und zu wurde er von einem seichten Scheppern unterbrochen.

Selbst in der untergehenden Sonne flackerte die Luft über der heißen Straße wie eine Fata Morgana. Im Hinterkopf bemerkte er, dass die Luftspiegelung sich überhaupt nicht bewegte. Es herrschte also Windstille, sodass es ein Leichtes sein würde, das Ziel aus zweihundert Metern Entfernung zu treffen. Trotzdem begann jedes einzelne seiner Körperteile zu zittern, und sein Puls wurde schneller.

Ein Mann, vielleicht einen Meter neunzig groß und um die hundertzwanzig Kilo schwer, ging langsam die Straße entlang. Er trug keinen einzigen Fetzen Kleidung am Körper und zog in der linken Hand eine Schaufel hinter sich her, deren Blatt über den Teer schleifte. Ab und zu traf sie auf ein loses Stück Asphalt oder auf einen Stein, sodass sie aufsprang. Das war also der Grund des Schepperns.

Der Mann schien ganz und gar auf das Haus fokussiert, als ob er kurz vor dem Verdursten war und auf die Fata Morgana einer Oase in der Ferne starrte. Lee konnte sich des unwillkommenen Gefühls nicht erwehren, dass er ihm direkt in die Augen starrte.

»Infiziert oder nicht?«, fragte Jack mit leiser Stimme.

»Keine Ahnung«, gab Lee zurück. »Aber er macht einen völlig fertigen Eindruck.«

»Soll ich ihn abknallen?«

»Noch nicht.« Lee stellte sich all die zerdrückten und kaputt geschlagenen Schädel der Menschen vor, die er mit seiner Schaufel erdroschen hatte. »Lass uns erst mal sehen, was er vorhat.«

»Okay.«

Die beiden Männer kauerten zwischen dem Fenster und dem kleinen Bett. Auf dem Boden lagen etliche von Stephanies Sachen: Jeans mit blumigen pinken Stickereien auf den Taschen, ein pinkes »Prinzessinnenkleid« vom letzten Halloween, ein Stoffpanda. Einen Augenblick lang stellte Lee sich die Kleine vor, wie sie schlafend im Bett lag und ihren Panda umarmte.

Jack hingegen drückte langsam den Rücken gegen die Bettseite, legte die Knie gegen die Brust, platzierte sein Scharfschützengewehr darauf und zeigte damit Richtung Straße. Dann blickte er durch den Sucher. Er musste sich ein wenig strecken, um über das Fensterbrett zu sehen.

Er sog scharf Luft ein. »Er ist nicht der Einzige, da kommen noch mehr.«

Lee setzte sich etwas weiter auf, um selbst nachzusehen. Dann, weiter hinten, bemerkte er ein paar weitere Gestalten, die, halb von den Bäumen verdeckt, die Straße entlang von Süden her auf sie zukamen. Zuerst waren es nur zwei, mit wenigen Metern Abstand. Aber wie ein Bach, der sich durch Eisschmelze zu einem reißenden Fluss entwickelt, schienen auch sie sich zu vermehren. Jedes Mal, wenn Lee zählen wollte, verdoppelte sich ihre Zahl, standen sie enger und enger beieinander. Einige gingen geradeaus, während andere in ungleichmäßigen Kreisen wankten, aber die gesamte Gruppe schien einem Anführer zu folgen: dem Mann mit der Schaufel.

»Rudelinstinkt«, meinte Jack abgeklärt, als ob er irgendeine Dokumentation im Fernsehen anschauen würde. »Die werden alles tun, was unser Schaufelmann tut.«

Also war Schaufelmann das Alphatier dieser Herde. Wie auch immer ihre kaum noch vorhandenen Gehirne zu dieser Entscheidung gekommen waren, war unmöglich nachzuvollziehen. Zu mehreren war man sicherer. Handelte es sich um die FURY-Bakterien, die sich durch ihre Schädel fraßen, bis nur noch die Urinstinkte übrig blieben, oder lernten sie neu, um ihre Defizite zu minimieren? Hatte man es hier mit Devolution oder Evolution zu tun?

Lee war das eigentlich völlig egal; ihm gefiel weder das eine noch das andere.

Mittlerweile hatte der Schaufelmann den Eingang zur Auffahrt erreicht und starrte auf das Haus, unentschlossen, ob er weitergehen sollte oder nicht.

»Wenn wir ihn abknallen, werden sie den Schuss hören und uns stürmen«, meinte Lee.

Jack blickte noch immer durch den Sucher. »Und wenn schon.«

»Was soll das heißen?«

»Das soll heißen, dass er früher oder später kommen wird.« Jack hörte sich an, als ob er einen schlechten Witz erzählen würde, den jeder bereits kannte. »Du solltest die Frauen und den Jungen holen.«

»Stimmt.« Lee hockte sich hin. Mit jeder Sekunde, die verstrich, verringerten sich die Ausgangsalternativen ihrer Situation. Mittlerweile waren nur noch wenige Szenarien möglich, und alle endeten gleich – das Haus würde überrannt werden. »Wir können sie nicht aufhalten«, meinte er.

»Leider. Die Hintertür zum Garten ist bereits im Arsch ... Die Fenster im Parterre dürfen wir auch nicht vergessen ... Außerdem hat die Vordertür nicht den stabilsten Eindruck gemacht. Ich wette, es dauert keine zehn Minuten, ehe sie hier drin sind.«

Lee reckte den Hals und versuchte erneut abzuwägen, mit wie vielen Gegnern sie es zu tun hatten. »Kacke, das ist ja uferlos.«

»Ich gehe von achtzig aus.«

Weglaufen stand außer Frage. Angela und Abby schafften es nicht. Auch war Lee sich nicht sicher, wie lange es Jack noch ohne Wasser aushielt. Widerstand war die einzige Option, auch wenn sie nicht gerade rosig aussah. Bezüglich effektiver Gegenwehr konnte Lee sich einzig und allein auf Jack verlassen. Das hieß, sie waren zwei gegen achtzig. Angesichts der begrenzten Munition und den Anfängen von Dehydration und Erschöpfungserscheinungen standen ihre Chancen nicht besonders gut.

Lee verspürte das Bedürfnis, weiter mit Jack zu reden. Er wollte irgendeinen Superplan aushecken, der es ihnen gestattete, zumindest zu flüchten oder sich irgendeinen Vorteil zu verschaffen. Aber da gab es nichts mehr zu planen. Es lief auf einen schlichten Überlebenskampf hinaus. Sie mussten so viele wie möglich töten und zum Himmel beten, dass es einen Morgen für sie geben würde.

Lee erhob sich, sobald er wieder im Flur war. »Dann gehe ich mal runter.«

14
Belagerung

Lee sprintete die Treppe hinab und schnappte sich sein M4 und den Fahr-zur-Hölle-Rucksack. Er bat Angela, Abby und Sam, nach oben zu gehen. Mutter und Tochter nahmen den Rest des Wassers mit und folgten seinen Anweisungen, ohne nachzufragen. Abby schien wie betäubt, aber Angela verspürte eindeutig Todesangst. Sie umklammerte ihre große schwarze Flinte so fest, dass ihre Fingerknöchel schon weiß waren. Lee war sich nicht sicher, ob sie Jack und ihn gehört oder sein Gesichtsausdruck genügt hatte, um ihr zu sagen, dass irgendetwas nicht stimmte. Sam folgte den beiden, und Tango bildete die Nachhut.

Lee wollte ihnen schon hinterher, als er plötzlich eine Idee hatte und noch einmal ins Esszimmer trat. In jede Hand nahm er einen Stuhl und legte die Stühle dann längs auf den Boden, sodass die Beine von der Treppe weg wiesen und die Lehnen auf den Stufen ruhten. So verbaute er sechs Stühle zu einer einfachen Falle. Die Treppe schien ein natürlicher Engpass und vor allen Dingen der einzige Weg in den ersten Stock hinauf.

Dann schwang Lee sich über das Geländer und

rannte die Treppe hoch. Angela wartete oben auf ihn und starrte ihn mit weit aufgerissenen Augen an. Abby und Sam standen hinter ihr und lugten um ihre Hüften. Lee zeigte auf die Schlafzimmer. »Holt euch alles, was ihr tragen könnt, und werft es die Treppe hinunter. Produziert den größten Müllhaufen, den ihr könnt!«

»Okay!«, erwiderte Sam voller Enthusiasmus und rannte in das Elternschlafzimmer.

Angela und Abby waren etwas zurückhaltender, aber Angela nickte und führte ihre Tochter in das Zimmer gegenüber von Stephanies.

»Captain, sie kommen«, rief Jack von seinem Versteck aus.

»Geht in Ordnung, Jack. Wir sind vorbereitet.«

Es ertönte ein Krachen aus dem Elternschlafzimmer. Kurz darauf erschien Sam und schleppte einen Nachttisch hinter sich her, der halb so groß war wie er selbst. »Ist das gut so?«

»Das ist fantastisch! Mach weiter so!«, lobte Lee ihn und gab ihm mit nach oben gestreckten Daumen grünes Licht, das Möbel die Treppe hinunterzuwerfen. Sam gab ihm einen kräftigen Stoß, und der Nachttisch purzelte die Stufen hinunter, um unten auf Lees Hürde aus Stühlen zu prallen. Lee konnte seinen Augen kaum trauen, als seine kleine Wand aus Stühlen zerbrach. Sie hatte vielleicht beeindruckend ausgesehen, doch Ziegel ohne Mörtel können nur wenig Widerstand leisten.

Sam war schon wieder auf dem Weg ins Elternschlafzimmer. Jetzt erschienen auch Angela und Abby und warfen Sachen die Treppe hinab. Die beiden waren dabei so schnell, dass Lee überhaupt nicht mitbekam, was sie ausgesucht hatten. Langsam aber wuchs der Haufen am Fuß der Treppe. Darunter waren auch Kleider und Kopfkissen, Bücher und DVDs und kleine Möbelstücke. Lee und Jack schnappten sich die Federkernmatratze aus Stephanies Zimmer und warfen sie die Treppe hinab. Sie passte von der Breite her gerade so eben und bildete ein gutes Hindernis, denn jemand musste erst einmal anhalten und überlegen, wie er darüberklettern sollte.

Jack befand sich bereits wieder in seiner alten Position und lugte aus dem Fenster. »Schaufelmann kommt quasi schnurstracks auf uns zu.«

»Wie viele von ihnen sind es?«, wollte Angela wissen.

Lee vermied eine direkte Antwort. »Viele.«

Jack warf Lee einen Blick zu. »Hast du noch mehr von den vierziger Rumpeleiern?«

Lee nickte und hielt zwei Finger in die Höhe. Jack musste gar nicht erst erklären, was er wollte. Lee nahm die beiden 40mm-Handgranaten aus ihren Täschchen, hielt eine in der Hand, schob die andere in den M203-Granatwerfer, spannte und entsicherte ihn, ehe er rasch zum Fenster lief, das ihm einen Überblick auf den Hinterhof bot.

Kaum hatte er hinter den Vorhängen nach draußen geschaut, drohte sich ihm auch schon der Magen umzudrehen. Das Bild der vielen Körper, die das Haus wie ein einziger Organismus stürmten – mit Schaufelmann an der Spitze – versetzte ihm einen Schlag. Jetzt konnte er sie fühlen, die Adrenalinspritze. Er dachte kurz über das Sterben nach, darüber, wie diese Meute aus infizierten Wahnsinnigen ihn in Fetzen riss. Er hielt diesen Ausgang der Ereignisse für den wahrscheinlichsten, und sein Körper vibrierte förmlich von dem beinahe überwältigenden Verlangen, zu überleben. Flieh einfach. Kämpf am nächsten Tag weiter. Lass die dämlichen Zivilisten. Rette dich selbst.

Beinahe gegen seinen Willen drehte er sich zu Jack um und fragte: »Irgendeine Chance, dass sie uns links liegen lassen?«

Es klang irgendwie hoffnungslos, fast kläglich.

Jack schüttelte den Kopf. »Die haben es auf uns abgesehen, Hauptmann. Die bleiben vorerst hier. Ich sage: Jetzt zuschlagen, wo sie noch schön dicht beieinanderstehen.«

Lee brauchte seine Sorgen Jack nicht zu erklären. Es war noch immer im Bereich des Vorstellbaren, dass sich Schaufelmann mitsamt seiner Meute ein bisschen umschaute, dann von irgendetwas abgelenkt und seine Mannen mit sich nehmen würde. Wenn Lee aber das Feuer eröffnete, würde es die infizierten Angreifer in einen aggressiven Blutrausch versetzen, sodass ein Kampf auf Leben und Tod unvermeidbar war.

Es war offensichtlich, dass Jack so oder so keinen anderen Ausweg sah. Jetzt war es für ihn an der Zeit, das Beste aus dem zu machen, was ihnen zur Verfügung stand. Lee verdrängte seinen Überlebensdrang zugunsten der bewussten Entscheidung, diese Leute nicht im Stich zu lassen. Ganz gleich, wie lange er überleben würde, sie bildeten jetzt seine Aufgabe. Er klappte die Visierung des M203 auf und stieß mit dem Lauf hart gegen das Fenster.

Die Scheibe zerbarst.

Es war, als ob ein unsichtbares neuronales Netzwerk die Meute da unten zu einem einzigen Bewusstsein vereinte, denn im gleichen Moment rissen sie ihre Köpfe nach oben, um die Ursache des Geräuschs herauszufinden. Lee wusste nicht mehr, was zuerst kam. War es der kollektive Schrei der Wut oder das dumpfe Geräusch der Granate, die aus dem Lauf schoss? Er sah nur, wie sie inmitten einer Gruppe von zehn Infizierten landete und die Umstehenden in einzelne Teile und Fleischstücke zerfetzte, während andere in die Luft und einige Meter weiter geschleudert wurden. Lee lud rasch nach, aber die Horde hatte sich bereits etwas ausgedehnt, sodass der zweite Einschlag nicht so effektiv war.

Kaum hatte Lee sich vom Fenster entfernt, als das Haus wie wild zu beben begann. Der Mob der Infizierten hatte die Tür erreicht und trommelte jetzt dagegen. Fensterscheiben wurden eingedroschen. Abby begann zu schreien. Etwas, das wie ein Beil oder eine kleine Axt aussah, kam durch ein Fenster geflogen und traf Jacks Scharfschützengewehr, als er bereits ein Ziel ins Visier nahm. Die beiden Männer tauschten einen vielsagenden Blick aus. *Viel zu knapp!*

»Lee!«, schnitt Angelas Stimme durch das Kreischen

ihrer kleinen Tochter. »Die kommen durch die Fenster!«

»Auf geht's!« Lee klopfte Jack auf die Schulter, drehte sich dann um und rannte zur Treppe. Er wagte einen raschen Blick nach unten und sah einen Lichtkranz um die Silhouette der Tür. Sie klapperte und wackelte bereits in ihren Angeln, und das Trommeln auf der anderen Seite wurde immer lauter. Holzsplitter und Putz fielen vom Türrahmen und von der anliegenden Wand. Ein Arm erschien durch das zerbrochene Fenster und griff blindlings umher, suchte nach allem, was er greifen konnte.

Lee schnappte sich Angela und die beiden Kinder und schubste sie unsanft in das Elternschlafzimmer. Ehe er die Tür schloss und zurück in den Flur eilte, wechselte er einen Blick mit Angela und zeigte auf ihre Flinte. »Haben Sie sie entsichert?«

Angela nickte eifrig, sodass ihr Haarsträhnen ins Gesicht fielen.

»Sie dürfen diese Tür nicht öffnen, bevor ich es sage.« Damit warf er sie hinter sich ins Schloss. Von unten drang das unverkennbare Geräusch brechenden Holzes an seine Ohren.

Schritte polterten im Flur, und Lee hörte das Zischen, Stöhnen und Kreischen, das jetzt die Treppe hinaufhallte. Sein Magen zog sich zusammen. Jack warf ihm einen Blick zu, und Lee dachte, dass er bleich und verängstigt aussah.

Und er war sicher, dass er auch nicht viel besser aussah.

Er nahm seinen Rucksack ab und kickte ihn zu Jack hinüber, hob sein M4 zum Anschlag und schaltete die Laserzielvorrichtung ein. »Da ist noch eine Pistole drin. Und such nach jeder Kugel, die du finden kannst!«

Lee kniete sich vor die Treppe und richtete die Waffe auf den Müllhaufen unter sich. Dann erschienen sie. Hände voller Schorf und getrocknetem Blut streckten sich nach ihm aus. Andere hielten behelfsmäßige Waffen – Brechstangen, Hämmer, Messer – und stachen und schwangen sie in der Luft. Lee kam der Gallensaft hoch, und erst als er den bitteren Geschmack auf seiner Zunge schmeckte, bemerkte er den absolut penetranten Gestank, eine Mischung aus Verwesung, Körperschweiß und Fäkalien.

Die provisorische Barrikade krächzte und ächzte und bewegte sich unter dem Gewicht der heranstürmenden Meute. Lee suchte ein Zielobjekt, positionierte den roten Punkt seiner Laserzielvorrichtung über dessen Nasenbrücke und drückte ab. Und noch einmal. Seine Schüsse waren alle ruhig und nicht überhastet, aber die Panik drohte bereits, ihn zu ergreifen und schneller schießen zu lassen.

Er zählte, wie viele Kugeln er brauchte, um sie ins Jenseits zu befördern. Ein Schuss war ein Triumph, zwei Schüsse waren eine Tragödie. Es dauerte nicht lange, ehe er spürte, wie der Schlagbolzen seines M4 zurückschnellte – sein Magazin war leer. Er überprüfte den Lauf, ebenfalls leer, warf das Magazin aus und schnappte sich ein volles aus seiner Kampfmittelweste. Wie viele hatte er noch?

Sein Kopf brüllte ihn förmlich an, sich zu beeilen und weitere Kugeln in Richtung der Meute zu schicken.

Das Folgende passierte so schnell, dass Lee seinen Angreifer nicht einmal richtig erkannte. Er glaubte, dass er relativ jung war, vielleicht ein Teenager, in einem Hemd, das wie ein Fußballtrikot aussah. Er warf sich über die behelfsmäßige Barrikade und landete mit wildem Jaulen auf den Stufen. Die Kreatur rollte wieder hinab und wand sich, bis sie sich wieder aufgerafft hatte, um dann die Treppe laut kreischend zu stürmen.

Der Knall von Jacks .308-Scharfschützengewehr glich einem Schlag ins Gesicht.

Die Kugel riss einen Fetzen aus der Brust des Fußballspielers, und er wurde nach hinten die Treppe hinuntergeworfen, landete an deren Fuß und blieb bewegungslos liegen.

Lee verschwendete keine Zeit damit, Jack zu danken. Stattdessen rammte er das volle Magazin in sein Maschinengewehr, lud es durch und machte sich erneut an die Arbeit. Die Infizierten rissen jetzt an den Stühlen und zogen sie aus dem Weg. Lee versuchte, jeden ins Visier zu nehmen, der sich an seine Barrikade wagte, aber er sah sich vor ein neues Problem gestellt. Der stechende Geruch von Schießpulver erfüllte die Luft, und der Rauch vernebelte den ohnehin schon düsteren Treppenaufgang, sodass Lee seine Ziele kaum ausmachen konnte. Er hatte keine Ahnung, wo seine Kugeln einschlugen oder ob er überhaupt einen

Infizierten traf. Soweit er wusste, hätten die letzten zehn Schüsse auch im Nichts landen können.

Erneut drohte die Panik ihn zu ergreifen, und erneut zwang er sich dazu, sich zu konzentrieren, bis er die Kontrolle über sie erlangte.

Abdrücken ...

Ziel erfassen ...

Abdrücken ...

Ziel erfassen ...

Immer wieder schien der Flur zu explodieren, sobald Jack sein Scharfschützengewehr sprechen ließ. Aber in dessen Magazin passten nur fünf Kugeln, sodass er relativ oft nachladen musste. Jetzt war auch Lees Magazin wieder leer. Er sah, wie es die Treppe hinabfiel, während er ein neues einschob.

Ein weiterer, dickerer Infizierter kletterte jetzt über das Geländer und schaffte es auf die Treppe. Lee versenkte eine Kugel in seinem Kopf, und die fette Kreatur sackte in sich zusammen und blieb mit dem Bauch über dem Geländer liegen. Ein anderer resoluter Angreifer schob den Dicken aus dem Weg und wollte sich schon über das Geländer werfen, als der Flur erneut explodierte. Auch diesmal verfehlte Jacks Kugel nicht ihr Ziel.

Lee konzentrierte sich wieder auf die Infizierten, die über seine Barrikade herfielen. Obwohl die Seuche ihre Gehirne weggefressen hatte, war es offensichtlich, dass sie in der Lage waren, ein Hindernis zu erkennen und einen Plan zu formen, wie sie es entfernen beziehungsweise umgehen konnten, um an ihr

Ziel zu gelangen. Als ob er dem Befehl eines kollektiven Bewusstseins gehorchte, wagte ein weiterer Infizierter sich an die Barrikade und zerrte an einem Stuhl, nur um von Lees M4 umgelegt zu werden. Aber noch ehe er zu Boden gegangen war, kam ein zweiter Infizierter und übernahm. Plötzlich ertönte ein Urschrei, und ein Wahnsinniger von der Größe eines Schwergewichtsboxers schnappte sich einen Haufen Müll und zerrte ihn davon. Es genügte zwar eine Kugel in seine Stirn, um ihn zu erlegen, aber der Schaden war irreparabel.

Die Infizierten stürmten durch die schmale Lücke in der Barrikade auf die Treppe wie Wasser durch eine kaputte Staumauer. Im Handumdrehen befanden sich die Überreste des Müllhaufens in den Händen unzähliger Wahnsinniger, um dann zu verschwinden. Das Gekreische der Infizierten verschärfte sich. Die Meute erstürmte die Treppe. Sie war zu schnell, als dass Lee sich in aller Ruhe ein Ziel nach dem anderen aussuchen konnte. Jetzt half nur noch, wahllos draufloszuballern. Tote und versehrte Körper stürzten zu Boden, als ob eine gigantische Sense über die Treppe gefahren wäre, und fielen nach hinten auf diejenigen, die nachkamen, um so eine neue Barrikade in der Mitte der Treppe aus menschlichen Körpern zu bilden. Ihr Vorankommen stoppte für die Dauer von drei langen Herzschlägen, ehe der Mob erneut einen Schub erhielt und über den Haufen aus Körpern kletterte.

Zu Lees Rechten ertönten jetzt nicht mehr die lauten

Explosionen von Jacks .308-Scharfschützengewehr; stattdessen war das hohle *pop-pop-pop* einer Pistole zu vernehmen. Lee lehnte mit dem Rücken gegen die Wand, die Treppe vor sich. Sein M4 war schon wieder leer geschossen, doch er wechselte das Magazin derart schnell, dass er die Waffe im Handumdrehen wieder in Anschlag brachte. Die Meute nutzte die wenigen Sekunden, um sich erneut einen Vorteil von einem halben Meter in dieser Schlacht zu erkämpfen, in der jeder Zentimeter zählte.

Pop-pop-pop. Dann verstummte Jacks Pistole.

Lee schlich sich nach links in Richtung des Elternschlafzimmers, als Jack sein Gewehr am Laufende griff und es wie einen Baseballschläger zu schwingen begann. Er stand rechts von der Treppe vor der Tür zu Stephanies Zimmer und verpasste allem, was sich bis oben hinaufwagte, einen gewaltigen Hieb mit dem soliden Schaft.

Lee hatte keine Ahnung, wie groß der Haufen toter Infizierter am Fuß der Treppe war, aber der Mob drängte unaufhörlich die Stufen hoch, gewann Zentimeter um Zentimeter an Grund. Jetzt waren Lee und Jack getrennt, einer links, der andere rechts, und die ersten Angreifer schafften es bereits bis zu den letzten Stufen und spalteten die beiden Kameraden endgültig. Lee erwiderte Jacks Blick, bevor dieser unter einer Woge von Infizierten verschwand.

»Jack!«

Lee feuerte weiterhin, lud seine Waffe in Windeseile neu, sobald er wieder ein Magazin verballert hatte, aber trotz seiner besten Bemühungen wurde er immer weiter nach hinten gedrängt. Mittlerweile hatte er den Rücken gegen die Wand gepresst und befand sich keinen Meter mehr von der Tür zum Elternschlafzimmer entfernt. Er sah überhaupt keine Individuen mehr in seinen Feinden, sondern gesichts- und formlose Brocken aus stinkendem Menschenfleisch mit schnappenden Zähnen und nach ihm greifenden Händen. Es gab einen letzten Knall aus seinem M4, und Lee hatte sämtliche Munition verballert.

Er versuchte zu schätzen, wie viele wohl noch übrig geblieben waren, tat sein Bestes, die grässliche Kopfrechnung zu überschlagen – viel mehr konnten es nicht sein, nachdem er jedes einzelne Magazin geleert hatte, das er bei sich getragen hatte. Aber trotzdem stürmten sie noch immer auf ihn zu. Seine einzige Option bestand darin, weiterzukämpfen und zu hoffen, dass er sie überdauerte.

Er schnappte sich seine Pistole aus dem Holster, aber es dauerte zu lange. Aus der Meute der Angreifer erschien plötzlich etwas, das aussah, als ob es einmal als Bein für ein großes Möbelstück gedient hatte, und knallte gegen seine linke Schulter, sodass Lee das Gleichgewicht verlor und zu Boden ging. Einen Moment lang sah er nichts mehr, weigerte sich aber, aufzugeben. So wollte er nicht geschlagen werden. Nicht von einem verdammten Möbelbein. Er spürte, wie sein Rücken auf dem Boden aufschlug und sein Kopf und Nacken gegen die Tür zum Elternschlafzimmer stießen. Er winkelte den rechten Arm mit der Pistole in der Hand eng an und hielt die MK23 über der Brust, den Lauf nach oben.

Er fühlte etwas auf sich liegen, konnte aber außer hellen Sternen, die überall in seinen Augen aufgingen, nichts sehen. Dann spürte er Arme, eine Schulter, einen Nacken. Er legte seine linke Hand um den Nacken des Angreifers, spürte, wie dieser verzweifelt die Finger um sein linkes Handgelenk legte und sich zu befreien versuchte. Dann richtete Lee den Lauf in die generelle Richtung, in der er das Kinn seines Gegners vermutete, und stieß zu. Er schloss die Augen und den Mund, war bereit für die Fontäne, und drückte ab.

Der sich windende Körper auf ihm verwandelte sich in einen leblosen Sack.

Er umarmte den Körper, der auf ihm lag, verspürte ein warmes Rinnsal, das seinen Hals und seine Brust herunterlief, roch die Kacke und den Urin und diesen widerlichen uralten Schweißgestank, hielt ihn aber fest an sich wie ein Schiffbrüchiger einen Rettungsring. Perverserweise flößte ihm das Gewicht auf seinem Körper Ruhe ein. Jetzt besaß er einen menschlichen Schild.

Dann streckte er den rechten Arm mit der Pistole in der Hand aus und öffnete die Augen. In seinem beschränkten Blickfeld konzentrierte er sich auf die Angreifer, die auf ihn zustürmten, und zählte die Kugeln, während sie zu Boden gingen. Es war seine Weltuntergangsuhr, die nicht auf fünf vor zwölf, sondern auf wenige Sekunden vor zwölf stand.

Zwei.

Drei-vier.

Fünf.

Sechs-sieben-acht.

Die Tür zum Elternschlafzimmer, die ihm gerade noch als Kopf- und Nackenstütze gedient hatte, hatte sich auf einmal in Luft aufgelöst. Sein Hinterkopf schlug auf den Boden, sodass er glaubte, sein Schädel explodierte. Dann sah er weißes Feuer und Funken, gefolgt von einem gewaltigen Knall, den er bis in die Nebenhöhlen spürte. Dann wieder einer und noch einer.

Heiße Patronenhülsen fielen aus dem Himmel und brannten sich in sein Gesicht. Angela rief ihm zu, endlich in das Zimmer zu kommen. Lee befreite sich von dem Toten und rollte auf Hände und Füße, um dann an Angelas Beinen vorbei vornüber in das Elternschlafzimmer zu stürzen. Er hatte sich bereits auf ein Knie gestützt, als er Angela grunzen hörte. Dann flog sie rückwärts gegen das Fußende des Bettes.

Lee drehte sich noch gerade rechtzeitig um, um eine Schaufel auf sich niedersausen zu sehen. Er sprang nach vorn, spürte, wie sie ihn an der Ferse streifte, und kniete sich wieder hin. Er hob die Pistole und richtete den Lauf auf den großen nackten Mann, der vor ihm stand. Gleichzeitig feuerte Angela eine weitere 12-kalibrige Ladung ab, die die linke Schulter seines Widersachers in Luft auflöste und fast den gesamten Arm mit sich riss.

Der Riese taumelte stöhnend umher, aber die Schaufel hielt er noch immer in der anderen Hand. Sie war groß, und er schwang sie durch die Luft, als ob es sich um ein Spielzeug handelte – und das mit nur einer Hand. Angela bückte sich am Fußende des Bettes, und Schaufelmann ließ seine Waffe in rasch aufeinanderfolgenden Bögen durch die Luft schnellen.

Plötzlich ertönte ein furchterregendes Knurren, und Tango sprang auf das Monster und packte es am linken Oberarm. Die Schaufel fiel zu Boden, der Schaufelmann kreischte auf und wirbelte mit beiden Armen in der Luft, aber Tango ließ nicht von ihm ab.

Lee war im Handumdrehen wieder auf den Beinen. Er wollte Schaufelmann zwar ins Jenseits befördern, aber nicht, solange Tango im Spiel war – es musste ein Schuss aus allernächster Nähe sein. Er sprang zu den Kämpfenden hinüber und schaffte es, sich hinter dem Schaufelmann zu positionieren. Er legte den Lauf seiner Pistole schräg gegen den Nacken des Riesen und drückte ab. Schaufelmanns Schädel explodierte wie eine geschüttelte Soda-Dose, der Körper wurde auf einmal schwer und brach zusammen.

Tango stürzte ebenfalls, wollte aber noch immer nicht loslassen, riss weiterhin am Arm und knurrte laut. Lee ergriff sein Halsband mit der Linken und zog ihn mit einem scharfen »Aus!« weg.

Aber nichts war aus.

Lees Ohren klingelten, sein eigener Atem rasselte, Angela keuchte nach Luft, und die beiden Kinder wimmerten in ihrem Versteck irgendwo im Elternschlafzimmer. Er konnte das Blut in seinen Ohren rauschen hören, als ob er neben einem gigantischen Wasserfall stand. Das ganze Haus schien vom Stöhnen der Sterbenden zu vibrieren.

Aber niemand kreischte mehr. Niemand stürmte mehr auf sie zu. Lee wusste, dass nur wenige Minuten vergangen waren, aber die Zeit konnte sich ganz schön hinziehen, wenn man davon überzeugt war, gleich sterben zu müssen. Lee eilte zur Tür und lugte um die Ecke. Die Waffe hielt er kurz vor der Brust, den Lauf in den Flur gerichtet.

Als Erstes fiel ihm auf, dass die Tür zu Stephanies Zimmer geschlossen war. Das verlieh ihm die Hoffnung, dass Jack sich einfach eingeschlossen und überlebt hatte. Im Flur zwischen ihnen lagen unzählige Leichen und solche, die mit zähem Willen noch am Leben hingen. Ihr hochkritischer Zustand schien ihrer natürlichen Aggression nichts anzuhaben. Lee beobachtete einen Infizierten, der über seine Kollegen kroch. Er konnte zwar seine Beine nicht mehr bewegen, biss aber noch immer wild in der Luft um sich und streckte die Arme nach ihm aus.

Er wartete und lauschte, aber er konnte im ganzen Haus nichts weiter als das anhaltende Stöhnen hören. Lee rief Jacks Namen, erhielt aber keine Antwort. Hinter ihm ertönten plötzlich Schritte. Er drehte sich rasch um, um Angela neben sich stehen zu sehen. Sie hatte ihre Flinte auf die Kreatur gerichtet, die weiter auf sie zu kroch.

Lee hielt eine Hand in die Höhe. »Wir dürfen keine Munition verschwenden.«

Sie warf ihm einen verwirrten Blick zu. Lee steckte die Pistole in das Oberschenkelholster und holte die Schaufel. Dann bat er Angela, wieder zurück ins Elternschlafzimmer zu gehen und die Tür hinter sich zu schließen. Niemand außer ihm musste das schreckliche Finale miterleben. Angela warf ihm einen letzten Blick zu, ihre Augen so ausdruckslos wie die eines professionellen Pokerspielers. Lee konnte nicht anders, als ihren Mut zu bewundern.

Ehe sie die Tür schloss, nickte er ihr zu. »Sie haben sich heute wirklich hervorragend geschlagen, Angela. Vielen Dank.«

»Ja«, lautete ihre gedämpfte Antwort.

Er hörte das Klicken des Schlosses und drehte sich zum Flur. Die Abenddämmerung hatte das Haus in ein düsteres Grau getaucht, aber er konnte noch immer die Umrisse der Leichen ausmachen und die Bewegungen derjenigen erkennen, die ihm nach wie vor an den Kragen wollten.

Im Elternschlafzimmer stand Angela wie eine Statue. Ihre einzige Reaktion auf das widerliche Geräusch, das ertönte, als das stählerne Schaufelblatt auf Knochen traf, war ein Blinzeln.

Die Aufräumarbeiten waren eine unschöne Angelegenheit. Es benötigte mehr als einen Hieb mit der Schaufel, um die Kriecher zu erledigen. Lee musste sichergehen, dass er sie nicht einfach nur bewusstlos geschlagen hatte, und so setzte er die Schaufelspitze auf den Nacken und trat dann darauf, um die Wirbelsäule zu durchtrennen. Der Gestank war überwältigend, und Lee spürte, wie sich ihm während dieser grauenhaften Arbeit der Magen umdrehte. Der Flur war von den Dingern übersät, aber für ihn waren sie sogar weniger als Tiere. Er tötete die Überlebenden und verschwendete nicht einen einzigen weiteren Gedanken daran. Es war, als ob er Kakerlaken zerdrückte.

Zweimal würgte er, aber es kam nichts heraus. Sein Magen war leer. Nachdem er fünf Überlebende erledigt hatte, kletterte er über die Leichen zu Stephanies Zimmer.

Er wollte nicht, dass sein Gefährte ihm den Schädel in tausend Stücke schoss, und entschied, besser zuerst zu klopfen. Dann rief er Jacks Namen und hoffte, dass er eine Antwort erhielt.

»Jack? Bist du da drin? Rede mit mir.«

Die Antwort bestand aus einem angestrengten: »Ja. Ich bin's.«

Lee warf die Tür auf und erspähte Jack, der gegen die gegenüberliegende Wand gelehnt saß. Er war von Kopf bis Fuß mit Blut besudelt, und Lee wusste nicht, ob es sich um sein eigenes oder das der drei Leichen zu seinen Füßen handelte. Lee musste ihn untersuchen, aber er ahnte bereits, wessen Lebenssaft es war. Jack machte keinen guten Eindruck, hielt aber noch immer ein großes KA-BAR-Messer, das er anscheinend bei sich gehabt hatte.

Lee stieg über die Toten hinweg, ging zu Jack und kniete sich neben ihn. »Du siehst richtig scheiße aus, du Höllenhund.«

Jack schnitt eine Grimasse, und Lee sah, dass selbst seine Zähne blutig waren.

»Wo haben sie dich erwischt?«

»Äh ...« Jack grunzte und lehnte sich vor. »Mir geht es gut.«

»Du blutest.«

Jack warf Lee einen Blick zu. »Ich weiß.«

Lee nickte. »Und woher kommt es?«

»Einer hat wie wild mit einem Hammer herumgefuchtelt und mich am Mund erwischt ... hat mir ein paar Zähne ausgeschlagen.« Der ältere Mann sackte zusammen und sagte eine ganze Zeit lang nichts. Dann: »Und einer hat mich gebissen.«

Zuerst glaubte Lee, dass Jack ihn auf die Schippe nehmen wollte. Das konnte doch nur ein Witz sein. Er suchte Jacks Arme nach Bisswunden ab. Sein Gegenüber hielt seinen rechten Oberarm in der linken Hand. Lee zog sie weg und musste die Frage, die ihm auf der Zunge lag, gar nicht erst aussprechen: *»Ist die Haut verletzt?«* Auf Jacks Oberarm zeigte sich ein perfekter Kreis aus Zahnabdrücken, die tief ins Fleisch reichten. Das war keine oberflächliche Wunde, und sie war bereits angeschwollen und machte einen generell bösen Eindruck.

Lee wollte laut fluchen, hielt sich aber im letzten Augenblick zurück.

Jack sah, wie sich Lees Miene schlagartig änderte. »Hey, Samthandschuhe sind völlig überflüssig, Lee. Ich weiß, dass ich am Arsch bin.«

Lee bemerkte, dass Jack ihn das erste Mal mit seinem Vornamen angeredet hatte. »Nicht unbedingt ... Ich meine, selbst wenn du am Arsch bist, wirst du für eine ganze Weile keine Symptome zeigen.«

»Na und?«, entgegnete Jack gereizt. »Willst du mich etwa mit dir herumschleppen, während ich immer kränker und wahnsinniger werde, nur weil du nicht die Eier hast, deinen Job zu erledigen?«

Lee biss die Zähne zusammen. »Ich werde dich nicht umbringen, Jack.«

»Verdammt ...« Jack hielt inne, sagte dann aber: »Du musst mich erschießen.«

»Nein.«

»Erschieß mich, Lee!« Seine Augen leuchteten auf. »Bitte spiel dieses bekackte Spielchen nicht mit mir. Von wegen Waffenbruder und nie einen Kameraden zurücklassen und so. Ich kenne dich noch nicht einmal richtig, du Arschloch! Schläfere mich ein! Und tu es, ehe ich meinen verdammten Verstand verliere! Verfickt noch mal, erschieß mich einfach!«

»Ich werde nicht ...«

Jack unterbrach ihn, indem er nach Lees Pistole im Oberschenkelholster griff. »Her damit!«

Lee schlug Jacks Hand fort. Jack versuchte, Lee an den Kragen zu gehen, aber Lee warf ihn zurück gegen die Wand und schüttelte ihn hart. Sein Gesicht war rot angelaufen vor Wut. »Fick dich!«, brüllte er Jack an. »Du bist nicht der Einzige, der versucht, hier heil rauszukommen!«

»Ich werde so oder so sterben!«, brüllte Jack zurück und wandte sich ab.

Lee warf ihn erneut gegen die Wand. »Wir werden alle sterben. Verdammt, jeder Einzelne von uns wird abkacken!« Jack sah ihn wütend an. Es folgte eine ohrenbetäubende Stille zwischen den beiden Männern, ehe Lee erneut die Stimme erhob. »Wir sind alle kurz davor. Immer und ständig. Jetzt aber lauert der Tod an jeder Ecke, und im Elternschlafzimmer warten eine Frau und zwei Kinder, die sowieso kurz davor sind, die Löffel abzugeben!« Lee holte rasch Luft und fuhr dann mit leiserer Stimme fort: »Ich brauche jeden verfickten Finger, der mit einem Abzug umgehen kann. Und ich brauche dich, um hier herauszukommen und irgendeinen sicheren Ort zu finden. Du willst sterben? Prima, aber das musst du schon selber bewerkstelligen. Und verlange weder von mir noch von irgendjemandem aus unserer Truppe je wieder, unsere Überlebenschancen zu minimieren.«

Lee stand auf und ergriff die Schaufel.

Ehe er aus dem Zimmer trat, hielt er inne und drehte sich noch einmal um. »Wir müssen dir das Blut abwaschen.«

15

Die Entscheidung

Lee machte sich gar nicht erst die Mühe, die vielen Toten zu zählen, als er sich die Treppe hinabarbeitete. Er erlegte diejenigen, die sich noch bewegten. Sie lagen einfach überall. Nicht nur im Flur, sondern auch auf dem Treppenabsatz und den Stufen. Es war hart, nicht zu stolpern, wenn man über Haufen von drei oder vier Leichname klettern musste. Und aufgrund des Infektionsrisikos vermied Lee es, die Toten aus dem Haus zu schleppen.

Und dann war da noch der Gestank, der mittlerweile kaum noch zu ertragen war.

Als er sich nach unten durchgekämpft hatte, durchsuchte er den Rest des Hauses nach versprengten Infizierten. Als die Arbeit erledigt war, kehrte er nach oben zurück. Jack stand am Treppenabsatz, starrte die Wand an und machte einen völlig verwirrten Eindruck. Es war sicherlich schwierig, sich mit dem sicheren eigenen Tod abzufinden – der Gedanke, dass man innerhalb weniger Tage zu existieren aufhörte, die Gewissheit, dass es für einen selbst keine Zukunft gab.

Lee ließ ihn allein und ging ohne weiteres Aufhebens ins Elternschlafzimmer. Angela saß auf dem Bett, die zwei Kinder in den Armen haltend. Die beiden sahen aus, als ob sie geweint hätten. Angela selbst aber erweckte einen völlig benommenen Eindruck.

Lee stand im Türrahmen und wusste nicht, was er sagen sollte.

Angela brach das Schweigen. Ihre Stimme war sanft und unstet. »Jack hat sich infiziert?«

Lee antwortete zunächst nicht. Er wollte sich das Gesicht reiben, aber seine Hände waren mit klebrigem Blut verschmiert. Das Hemd unter seiner Kampfmittelweste klebte vor Schweiß an seiner Brust und begann, steif vor Dreck zu werden. Sein gesamter Körper fühlte sich an, als würde er gerinnen. Schließlich gab er zurück: »Ja.«

Angelas Antwort bestand lediglich aus einem langen tiefen Atemzug.

»Es ist fast dunkel.« Lees Stimme klang leer. »Sie sind voller Blut. Im Garten befindet sich ein Bach, in dem wir uns waschen können.«

Lee bereitete sich schon auf eine Reaktion vulkanischen Ausmaßes vor, aber sie nickte nur und richtete sich langsam auf. Dann nahm sie die beiden Kinder an der Hand, und es schien, als ob die beiden ihr mehr Trost spendeten als sie ihnen. Lee beobachtete die Szene und fühlte sich noch einsamer. Das Trio ging an ihm vorbei, den Flur entlang, und drückte sich an Jack vorbei, der noch immer vor der Treppe stand.

Lee verspürte einen leichten Stoß am Arm. Tango. Er kraulte ihn kurz hinter den Ohren, und die losen

Hundehaare blieben an Lees blutigen Händen kleben. Sie verließen das Elternschlafzimmer. Lee starrte Jack an. Er überlegte sich, was er wohl sagen konnte, aber egal, was ihm einfiel, irgendwie schien alles völlig unangebracht. Nach einer Weile klopfte er ihm einfach auf die Schulter und ging weiter.

Er stieg die Treppe hinunter und kletterte über all die Leichen. Dann folgte er Angela und den Kindern aus dem Haus. Sie gingen langsam den sanften Hügel hinab, traten um die frisch angehäuften Gräber, als ob sie nicht existierten.

Kurz nachdem sie den Hügel hinabgegangen waren, trat Jack aus dem Haus und folgte ihnen.

Sie wollten sich die Nacht über im Pickup-Truck in der Garage einschließen. Das war angesichts der Umstände wohl die sicherste Alternative. Der Gestank im Haus war zu grässlich, um ihn eine ganze Nacht lang aushalten zu können. Die Fahrerkabine des Trucks besaß eine Rückbank, sodass sie alle ohne Probleme Platz fanden, und Tango konnte es sich auf der Ladefläche bequem machen. Lee fand die Schlüssel auf der Arbeitsfläche in der Küche, was ihm wie ein kleines Wunder vorkam. Das größere Wunder allerdings war, dass der Motor des Trucks ansprang und der Tank noch ein Viertel voll war.

Lee öffnete die Fenster einen Spalt breit, damit es nicht allzu muffig in der Fahrerkabine werden würde, und ließ die Schlüssel stecken, damit er im Fall der Fälle nicht erst nach ihnen suchen musste, sondern einfach losfahren konnte. Er ließ das Deckenlicht an, denn in der Garage herrschte ansonsten völlige Finsternis. Angela und Jack nippten vorsichtig am Wasser. Lee hatte den Boiler jetzt endgültig gelehrt. Er trank genug, um die ersten Anzeichen der Dehydration zu lindern, und reichte den anderen den Rest.

Die beiden Kinder hatten je zwei Tassen getrunken und waren sogleich eingeschlafen. Abby machte jetzt einen etwas besseren Eindruck, aber Angela schien noch gefährlich dehydriert. Jack hatte darauf bestanden, dass sie den Großteil des restlichen Wassers trank, denn er glaubte, dass es reine Verschwendung war, wenn er es für sich beanspruchte.

»Wie geht es dir?«, fragte Lee.

Er schürzte die Lippen. »Gut.«

»Vielleicht sind Sie gar nicht infiziert.« Hoffnung klang in Angelas Stimme mit.

Jack schenkte ihr ein schwaches Lächeln, antwortete aber nicht. Sie wussten genau, dass die Chancen einer Nicht-Infektion verschwindend gering waren. Lee musste an Angelas Mann denken. Sie durfte die ersten Anzeichen einer Infizierung kennen, schließlich hatte sie zuschauen müssen, wie er der Seuche erlag und wahrscheinlich trotzdem die ganze Zeit über gehofft, dass er sie besiegen, dass die Infektion ihn nicht anstecken würde. Es würde nicht einfach für sie werden, das Ganze noch einmal zu durchleben.

Lee meldete sich zu Wort: »Wir müssen los.«

Die beiden Erwachsenen starrten ihn an.

»Morgen früh, meine ich. Heute Nacht schlafen wir

hier, aber an Ort und Stelle bleiben ist keine Option. Das bisschen Wasser, das wir haben, reicht gerade mal, um die schlimmsten Anzeichen der Dehydration einzudämmen, aber es reicht nicht, um uns wieder vernünftig auf die Beine zu bringen. Und außerdem haben wir nichts zu essen. Wir müssen einen Ort finden, an dem Sie, die Kinder und Jack sicher untergebracht sind.«

»Was soll das heißen?«, fragte Angela und lehnte sich nach vorne. »Und was wird aus Ihnen?«

Lee drehte sich im Fahrersitz um und warf ihr einen Blick zu. »Ich werde auch dortbleiben, wo auch immer, mich aber um andere Sachen kümmern müssen. Auf jeden Fall kann ich Sie nur an einem Ort lassen, den man gut verteidigen kann und an dem wir genügend zu essen und zu trinken haben.«

Jack lehnte sich zurück, legte den Kopf gegen die Stütze und sprach mit leiser Stimme. »Warum erzählst du uns nichts von deiner Versicherungspolice, Hauptmann?«

Lee drehte sich zu ihm.

»Was reden Sie da?«, wollte Angela wissen.

Jack erwiderte Lees Blick. »Dein GPS-Empfänger. Was für Karten hast du da drauf?«

Lee starrte ihn weiterhin an, blieb ihm aber eine Antwort schuldig.

»Was will er damit sagen, Lee?« Angela und Jack warteten in bedeutungsschwangerer Stille auf Lees Entgegnung, aber er wusste nicht, wie er es ihnen beibringen sollte. Die Tatsachen würden lediglich dazu führen, sie wütend werden zu lassen. Und außerdem waren sie durchaus gefährlich – nicht nur für Lee, sondern für jeden, der von ihnen Kenntnis erlangte. Und je mehr Leute davon wussten, desto gefährlicher würde Lees Situation werden.

Aber trotzdem, irgendwie war er ihnen eine Erklärung schuldig. Er konnte von zwei Erwachsenen kaum erwarten, ihm auf Gedeih und Verderb blind mit ihrem Leben zu vertrauen. Er musste ihnen genug erzählen, dass sie seine Entscheidungen nicht infrage stellten, aber nicht zu viel, sodass er weder sie noch sich selbst in noch größere Gefahr brachte.

»Nun gut«, sagte er endlich und nickte. »Sie müssen verstehen, dass alles, was ich jetzt sage, eine extreme Kurzfassung der gesamten Lage ist. Aber ich kürze nicht ab, weil ich Ihnen nicht vertraue, sondern um Ihrer Sicherheit willen. Und alles, was ich erzähle, muss unter uns bleiben. Verstanden?«

Angela und Jack nickten.

»Da draußen gibt es Gruppen, die sich zusammengerauft haben. Menschen, die sich aus Überlebensgründen zusammengeschlossen haben. Es ist meine Aufgabe, diese Gruppen zu vereinen und gleichzeitig eine Art zentralisierte Regierung aufzubauen. Als Einzelner – insbesondere als Außenseiter – stehen meine Karten eher schlecht. Sie werden mir nie vertrauen, nie darauf hören, was ich zu sagen habe. Ich muss irgendetwas Überzeugendes an den Verhandlungstisch bringen, etwas, zu dem sie nicht Nein sagen können.

Man könnte es auch als Druckmittel betrachten.

Auf jeden Fall werde ich die Oberhand bei den Verhandlungen mit jeder Gruppe Überlebender behalten können. Der GPS-Empfänger wird sie vereinen, nicht ich. Allerdings gibt es da ein Problem. Der Träger des Empfängers hat sehr viel Macht und Einfluss, und das macht ihn zur wandelnden Zielscheibe. Jeder, der weiß, was da gespeichert ist, wird zur wandelnden Zielscheibe. Viele Leute werden davon überzeugt sein, dass es besser ist, mir den Empfänger einfach abzunehmen, anstatt mit mir zusammenzuarbeiten. Und deswegen gibt es einige Sicherheitsvorrichtungen, die weitgehend vermeiden, dass dieses Druckmittel in die falschen Hände gerät. Die erste und vielleicht wichtigste ist, dass ich der einzige Mensch bin, der Zugang zu ihm hat.

Nun ist es offensichtlich, dass ich Sie ebenfalls zu wandelnden Zielscheiben machen würde, wenn ich Ihnen verraten würde, was auf den Karten ist. Das werde ich natürlich nicht tun, aber ich bin mir sicher, dass Sie unter nicht allzu großen Schwierigkeiten erraten können, wovon ich rede.«

Angela runzelte die Stirn. »Hhmmm …«

Jack unterbrach sie schroff. »Waffen, Munition, Essen, Wasser, Medikamente …« Er lächelte. »Dann hast du so ziemlich die Kontrolle über alles, was man zum Überleben braucht. Sie müssen dir folgen.«

Lee bestätigte Jacks Vermutungen nicht direkt. »Hey, leg mir keine fremden Eier ins Nest, Jack. Ich bin hier, um zu helfen, nicht, um die Weltherrschaft an mich zu reißen. Aber es stimmt, ich trete mit einem

Hintergedanken an den Verhandlungstisch: Wenn ihr mit meinen Spielzeugen spielen wollt, dann müsst ihr euch benehmen.«

Jack zuckte mit den Schultern. »Das wäre kein Problem für mich.«

»Also ...« Angela schien noch immer nicht ganz zu begreifen. »Und was machen wir jetzt?«

Lee blickte sie an. »Morgen müssen wir jemanden finden, der uns Unterschlupf gewährt. Es wird nicht leicht, denn zunächst werden sie uns abweisen und allen Fremden misstrauen. Ich bin mir aber ziemlich sicher, dass ich sie überzeugen kann, uns zu helfen. Aber erst einmal müssen wir sie finden.«

»Und nach was suchen wir?«, erkundigte Jack sich, der jetzt wieder auf der Höhe zu sein schien.

»Nach einer größeren Gruppe von Überlebenden. Egal, ob es sich um einzelne Leute handelt, die sich aus Überlebensgründen zusammengerauft und sich irgendwo verschanzt haben, oder um eine Gruppe von Leuten, die bereits vor der Seuche eine Gemeinschaft waren und jetzt ihre Position gefestigt haben.« Lee fuhr sich mit der Hand über das Gesicht und spürte die dicken Stoppeln auf seinen Wangen und seinem Kinn.

»Die nächste Frage ist, wo wir diese Gruppen finden können. Wir fangen dort an zu suchen, wo es bereits eine bestehende Befestigung gibt.«

»Befestigung? Was meinen Sie mit Befestigung?«, fragte Angela.

»Die kann unterschiedlich ausfallen. Vielleicht eine

umzäunte Fabrik oder ein gesichertes Industriegebiet, geschlossene Siedlungen oder einfach eine Halle mit schweren Toren.«

»Ich kenne mich hier in der Gegend nicht aus«, meinte Jack. »Kennt ihr irgendetwas hier, das auf dem Fahndungsbrief steht?«

Lee schnitt eine Grimasse. »Ich habe eine Karte, auf der sämtliche Orte, die auf die Beschreibung passen, eingezeichnet sind. Aber die ist in meinem Bunker.«

»Ich kenne eine geschlossene Siedlung Richtung Stadt«, meinte Angela. »Ich kann mich nicht mehr an den Namen der Straße erinnern, an der sie liegt, aber ich kenne den Weg.«

Lee klopfte auf das Lenkrad. »Wissen Sie noch, wie sie heißt?«

»Timber Creek«, schoss es aus Angela heraus. Dann senkte sie die Stimme: »Ich hatte eine Freundin, die dort wohnte. Maggie Dunham. Sie ist letztes Jahr nach Raleigh gezogen.«

Sowohl Lee als auch Jack warfen ihr einen raschen Blick zu. Lee nahm das Thema wieder auf: »Wir wollen Ballungszentren vermeiden, aber Randgebiete gehen in Ordnung. Und wenn ich mich recht erinnere, liegt Timber Creek in einem Vorort.«

Angela nickte. »Genau, kurz vor der Stadtgrenze.«

»Wissen Sie, wie lange man da fahren muss?«

Angela sah sich um, als hätte sie für einen Augenblick komplett die Orientierung verloren. »Ich bin mir nicht sicher. Vielleicht zwanzig Minuten?«

Lee überschlug ein paar Zahlen im Kopf. Autofirmen in den Staaten bauten ihre Autos in der Regel so, dass sie mindestens fünfhundert Kilometer mit einer Tankfüllung fahren konnten, ganz gleich, wie viel sie verbrauchten. Mit einem Vierteltank sollten sie demnach mindestens zwischen achtzig und hundertzwanzig Kilometer weit kommen. Lee wollte auf der sicheren Seite sein und ging demnach von achtzig aus. Das sollte locker reichen, um Timber Creek zu erreichen. Zwanzig Minuten im Auto entsprachen einer Strecke von geschätzten fünfundzwanzig Kilometern. Falls Timber Creek ein Reinfall sein sollte, würden sie hoffentlich noch genügend Sprit im Tank haben, um weiterzusuchen.

Hoffentlich.

Seine Rechnung würde natürlich nur dann aufgehen, wenn sie nicht von Plünderern, irgendwelchen wild gewordenen Soldaten oder Horden von Infizierten überfallen werden würden.

»Okay.« Lee lehnte sich zurück und schaltete das Fahrerkabinenlicht aus. »Und jetzt sollten wir versuchen, ein paar Stunden zu schlafen.«

Trotz der verzweifelten Lage, in der sie sich befanden, fiel die erschöpfte Gruppe sofort in tiefen Schlaf. Ihre Träume waren düster und dunkel und erfüllt von einer Mischung aus Angst und Hoffnung. Noch konnten sie nicht ahnen, dass das Schicksal nicht allen von ihnen erlauben würde, Timber Creek lebend zu erreichen.

16
Unterwegs

Tangos Knurren riss Lee aus dem Schlaf.

In der Garage herrschte absolute Dunkelheit. Lee riss die Pistole aus dem Holster. Er war noch immer etwas schlaftrunken und wusste nicht, was der Grund für Tangos Unruhe war. Die drei grün leuchtenden Punkte der Tritium-Laserzielvorrichtung seiner Pistole schwebten wie UFOs in der Luft. Er suchte nach dem Türöffner, fand ihn und zog daran. Das Fahrerkabinenlicht ging an, und jetzt rührte sich auch Jack.

Lee schaltete das Standlicht an, sodass die Garage in gelbes Licht getaucht wurde. Tango wollte nicht zu knurren aufhören, aber das Garagentor war geschlossen – wie auch die Tür in die Küche.

Lee gab Jack ein Zeichen, erst einmal abzuwarten, und stieg aus dem Pickup. Er ließ sich sofort auf ein Knie nieder und kontrollierte den Boden unter dem Wagen. Als er nichts vorfand, drehte er eine vorsichtige Runde um das Fahrzeug. Tango lief noch immer aufgeregt auf der Ladefläche umher und knurrte unentwegt.

Lee ging zur Tür, die in das Haus führte, wollte sie schon öffnen, überlegte es sich dann aber anders. Sie mussten fort von hier. Das Letzte, was sie jetzt brauchten, war eine weitere Auseinandersetzung. Falls sich tatsächlich etwas im Haus befand, war ihre beste, ihre einzige Option, die Flucht zu ergreifen. Sie durften weder Zeit noch Munition verschwenden, geschweige denn das eigene Leben aufs Spiel setzen.

Lee gab Jack zu verstehen, sich zu ihm zu gesellen.

Der schlaksige Mann stieg langsam aus dem Pickup. Er machte keinen guten Eindruck, hatte schwarze Ringe unter den Augen, und seine Haut war sehr blass, schien wächsern. Lee war sich nicht sicher, ob dies die ersten Anzeichen der Krankheit waren oder die Dehydration ihm zu schaffen machte. Lees Mund fühlte sich an, als ob er kiloweise Sand gegessen hätte. Er schluckte wiederholt, wollte seinen Körper dazu auffordern, Speichel zu produzieren, aber sein Mund blieb knochentrocken.

Lee klang ausgedörrt, die Stimme rissig: »Morgen. Wie geht es dir?«

»Fühle mich etwas angeschlagen«, antworte Jack mit hohler Stimme. »Bin fiebrig.«

Eine peinliche Stille legte sich zwischen die beiden Männer. »Pass auf …«, begann Lee.

»Ich sollte mich auf die Ladefläche legen«, unterbrach Jack ihn. »Keine Ahnung, ob ich schon abdanken muss, aber wenn, dann lieber da hinten, weg von euch. Außerdem könnte Tango etwas Gesellschaft gebrauchen.«

Lee nickte kurz.

Jack drehte sich um und sah zu dem Hund, der mittlerweile zwar zu knurren aufgehört hatte, aber noch immer unruhig auf der Ladefläche hin und her schnürte. Auch Angela und die beiden Kinder waren bereits wach und beobachteten Lee und Jack, machten aber keine Anstalten, auszusteigen. »Was ist mit ihm?«, fragte Jack und nickte in Richtung Tango.

»Vielleicht hat er etwas gewittert«, gab Lee zurück.

Jack lächelte. »Ich weiß, dass *ich* etwas wittere, was mir nicht gefällt ... Und das bin ich selber.«

»Wir müssen weg von hier, aber ich mache mir Sorgen, dass da etwas in der Auffahrt uns den Weg versperren könnte. Glaubst du, dass du das Tor öffnen und rechtzeitig auf die Ladefläche springen kannst, falls wir uns beeilen müssen?«

Jack zuckte mit den Schultern. »Warum nicht?«

Zum Glück hatte Jason Peterson den Wagen rückwärts in die Garage eingeparkt, sodass Lee einfach hinauspreschen konnte. Er setzte sich hinter das Steuer und warf den Motor an. Es gefiel ihm gar nicht, das Haus verlassen zu müssen, ohne es vorher gründlich nach Proviant und sonstigen nützlichen Sachen durchsucht zu haben, aber Tangos Knurren schien eine beherzte Flucht als bessere Option auszuweisen. Er hoffte inbrünstig, dass sie bald einen Ort mit genug Essen und Trinken finden würden. Und wenn dann noch Munition vorhanden wäre, würde es einem Sechser im Lotto gleichen.

»Habt ihr gut geschlafen?«, erkundigte er sich bei seinen Passagieren.

Als Antwort erhielt er ein allgemeines Gemurmel aus »Ja« und »Okay«.

Er schaute auf seine Armbanduhr. Die Sonne war erst vor Kurzem aufgegangen. Sie mussten wirklich erschöpft gewesen sein. Soweit Lee wusste, war niemand während der Nacht aufgewacht. Was ihn anging, so hatte er die letzten beiden Nächte kaum mehr als einige wenige Stunden Schlaf abbekommen, und obwohl er mental viel zu fertig war, um die negativen Konsequenzen einzuschätzen, spürte sein Körper den Schlafmangel.

Jack gab ihm zu verstehen, dass er bereit war. Lee trat auf die Bremse, legte den Gang ein und hielt den anderen Fuß knapp über das Gaspedal, sodass er beim ersten Anzeichen von Infizierten oder sonstigem Gesindel Vollgas geben konnte. Er nickte zurück, und der Marine öffnete das Tor mit einer raschen Bewegung.

Eine Dame in einem dreckigen Geschäftsanzug und mit Handtasche lehnte am Tor und fiel jetzt in die Garage. Jack sprang zurück. Sie schien infiziert, hob den Kopf und streckte die Arme nach Jack aus.

»Verfluchte Scheiße!«, rief er überrascht aus und sprang auf die Ladefläche.

Im Bruchteil der Sekunde, ehe er aufs Gas trat, fragte Lee sich, ob sie einfach nur irgendein müder Flüchtling war, der sich nach einer langen Reise erholen musste, aber bevor er wirklich reagieren konnte, holperte der Truck bereits über sie hinweg. Lee nahm den Fuß nicht vom Gas. Er fuhr die Auffahrt entlang und nahm sich gerade genug Zeit, um einen Blick in den

Rückspiegel zu werfen und die beiden Krater zu sehen, die er vorige Nacht mit seinen zwei 40mm-Granaten geschaffen hatte. Er glaubte auch Körperteile zu erkennen, die aus dem hohen Gras ragten. Vielleicht bewegten sich einige von ihnen sogar noch.

Als er zur Straße kam, bog er links in die Morrison Street ein und beschleunigte bis hundert. Das sollte reichen. Er fühlte kaum etwas. Sein Puls war so gut wie konstant geblieben. Durch den Rückspiegel gab Jack ihm ein Zeichen von der Ladefläche, dass alles okay war, während Angela auf dem Rücksitz die beiden Kinder in den Armen hielt und die Augen zugekniffen hatte, als ob sie darauf wartete, dass dieser Albtraum endlich endete.

Sie fuhren an einer ganzen Reihe Häuser vorbei.

Lee aber wagte nicht, anzuhalten. Einige von ihnen sahen aus, als hätte man sie geplündert, bei anderen waren Türen und Fenster mit Brettern verschlagen, und eine ganze Reihe waren abgebrannt, rauchten aber noch. Sie verließen die Landstraße und bogen Richtung Stadt ab. Zwischen einzelnen abseits gelegenen Höfen mit riesigen Feldern tauchten Parks und Zäune auf. Hier und da standen zurückgelassene Autos auf der Straße. Noch hatte niemand sie so aufgestellt, dass sie eine Barrikade bildeten, aber Lee fuhr trotzdem vorsichtig um sie herum und hielt die Augen für Anzeichen eines Überfalls offen. Je dichter die Häuser um sie herumstanden, desto desolater schienen sie, mit Vorhängen, die aus eingeschlagenen Fenstern flatterten. Auf den Straßen wehte der Wind den Müll umher.

Die Kinder verhielten sich überraschenderweise still. Lee hatte das Schlimmste befürchtet und erwartet, dass sie sich unentwegt über Hunger und Durst beklagen würden, aber seitdem sie das Haus der Petersons verlassen hatten, herrschte Ruhe. Vielleicht hatten die Gewalt und der Stress der vergangenen Tage eine Art emotionalen Zusammenbruch in ihnen ausgelöst. Niemand – nicht einmal Lee – wäre in der Lage gewesen, das Erfahrene einfach hinunterzuschlucken und so zu tun, als ob nichts gewesen wäre, aber die Kinder wurden auf einer ganz anderen, viel tieferen Ebene getroffen als er. Er hatte sich vor langer Zeit mit der Boshaftigkeit und Tragödie der menschlichen Existenz abgefunden. Kinder aber hatten von all dem keine Ahnung.

Nach einem weiteren hinuntergekommenen und geplünderten Vorort begrüßte Lee ein willkommener Anblick. Zu seiner Linken befand sich ein Mini-Markt mit zwei uralten Zapfsäulen. Lee musste sich bemühen, seine Erwartungen zurückzuschrauben – mit Realismus würde er viel besser fahren. Während des vergangenen Monats war der Laden höchstwahrscheinlich von Flüchtlingen und Plünderern ausgeräumt worden.

Aber er würde dem Markt trotzdem einen kleinen Besuch abstatten. Was konnte es schon schaden?

Lee bremste ab und inspizierte die Gegend genauestens. Er suchte nach Fußabdrücken oder Pfaden auf den unbebauten und mit Unkraut überwucherten anliegenden Grundstücken und überprüfte den angrenzenden Waldrand. Als er näher kam, sah er, dass die meisten Fenster kaputt und die Wände mit Graffiti beschmiert waren, die Lee aber nicht lesen, geschweige denn verstehen konnte. Der Laden machte einen verlassenen Eindruck.

Er lenkte den Truck auf den Parkplatz und fuhr bis hinter das Gebäude, sodass man sie von der Straße aus nicht sehen konnte.

»Ist das unser neues Zuhause, Mommy?«, wollte Abby wissen.

Angela warf einen abschätzenden Blick auf das Gebäude. »Nein, Liebes.«

Lee stieg aus, lehnte sich aber noch einmal durch die geöffnete Fahrertür. »Ich brauche nicht lange, will nur sichergehen, dass keine bösen Überraschungen da drin auf uns warten. Bitte passen Sie währenddessen auf die Kinder auf.« Er wollte sich schon umdrehen, fügte dann aber noch hinzu: »Ich glaube, es ist besser, wenn Sie sich hinter das Steuer setzen. Wenn Sie mich schreien hören, fahren Sie einfach los.«

Angela nickte.

Jack sprang von der Ladefläche. Er sah gar nicht gut aus, schien völlig übermüdet und bewegte sich auch nicht richtig rund. Er holte sich die Flinte mit nur noch einem Schuss von Angela, während Lee sein M4 im Truck ließ – ohne Munition war es ohnehin nutzlos –, dafür aber seine MK23 aus dem Holster nahm. Jack hielt die Flinte schussbereit an der Hüfte, und die beiden verschwanden um die Ecke Richtung Eingang. Angela konnte noch das Knirschen der zerborstenen Scheiben unter ihren Sohlen hören.

Als sie um die Ecke kamen, spähte Lee durch die zerstörte Ladenfront. Das Innere des Geschäfts machte den Eindruck, als ob es komplett geplündert war. Die meisten Regale lagen auf dem Boden, und diejenigen, die noch standen, waren bis auf den letzten Rest leer geräumt, wie auch die Kühlschränke im hinteren Teil des Ladens. Die Kasse stand offen, die Schublade fehlte. Bargeld würde sowieso keinem mehr irgendetwas nützen. Auch die Regale mit Tabakwaren hinter dem Verkaufstresen lagen verwüstet auf dem Boden. Jemand hatte sogar die Lotterielose gestohlen.

Jack bückte sich und las etwas von der Erde auf. Die Scherben spiegelten die Sonne wider und blendeten ihn. Er richtete sich auf und hielt ein Rubbellos in der Hand. Er lächelte wehmütig. »Die habe ich mir auch immer gekauft.« Seine Stimme war heiser. »Hab jede Woche zwanzig Dollar für zwölf Bier und diese Dinger draufgehen lassen. Nie was gewonnen.« Er lachte.

Lee lächelte ebenfalls, aber nur, weil es Jack kurzweilig besser zu gehen schien.

»Hast du jemals eines dieser verdammten Rubbellose gekauft?«, fragte Jack ihn.

»Nein. Glücksspiele waren nie mein Ding.«

»Tja«, lachte Jack und hielt ihm das Los hin. »Versuch es doch einfach mal.«

Lee erwiderte sein Lachen, schüttelte aber den Kopf. »Nee, muss ich jetzt nicht mit anfangen.«

»Ach, komm schon«, ermutigte er ihn, als sie in den Laden traten. Jack lehnte sich über den Verkaufstresen und schnappte sich eine Münze aus einer Schale neben der Kasse. »Das könnte das letzte Rubbellos sein, das du jemals auf Erden siehst. Mann, das ist beinahe ein fester Bestandteil amerikanischer Geschichte!«

»Dann behältst du es besser.«

Jacke ließ einen Lippenfurz fahren. »Scheiß drauf. Los, rubbeln!«, forderte er ihn auf und hielt ihm den Penny und das Los entgegen.

Lee schmunzelte. »Wie du willst. Das ist das erste und letzte Mal, dass ich Lotto spiele.«

Jack hielt in freudiger Erwartung seine schmutzige Hand vor den Mund. »Deine Glücksfee ist fleißig gewesen. Das ist garantiert ein Gewinn!«

Lee schaute sich um, sah aber nichts Beunruhigendes und ließ dann seine Knarre im Holster verschwinden. Er nahm den Penny und begann zu rubbeln. Er hatte keine Ahnung, wie er rubbeln sollte, schließlich hatte er noch nie ein Los in der Hand gehalten, aber Jack erklärte ihm alles.

»Oh, du hast einen Diamanten! Egal, der ist nichts wert ... Dreizehn ist keine Gewinnzahl ... Dreiundvierzig auch nicht ...«

Lee rubbelte auch noch die letzte Nummer frei und blies dann über das Stück Papier.

»Verdammte Kacke!«, entfuhr es Jack, der das Los an sich riss. »Du Sackgesicht hast hundert Dollar gewonnen!«

Lee starrte auf das Los. »Habe ich das? Woher willst du das wissen?«

»Siebenundzwanzig ist eine Gewinnnummer! Und schau, die letzte Zahl ist siebenundzwanzig. Eine Gewinnzahl heißt hundert Dollar!«

»Ha!«, lächelte Lee. »Nur schade, dass ich mir davon nichts mehr kaufen kann.«

»Rede keinen Unsinn«, meinte Jack, faltete das Los und reichte es Lee zurück. »Behalte es. Das bringt dir Glück, glaub mir!«

Lee nickte und steckte es in seine Brusttasche. »Wenn du es sagst ... Wir können alles Glück gebrauchen, das uns über den Weg läuft.«

»Wer weiß?«, fuhr Jack fort und schlenderte durch das Geschäft. »Vielleicht wird ja eines Tages alles wieder beim Alten sein, und du kannst es einlösen.«

»Ja ... Vielleicht.«

Jack ging zum hinteren Teil des Ladens, während Lee die Müllhaufen nach etwas Essbarem durchsuchte. Vielleicht würde er eine Packung Erdnüsse oder Chips oder so etwas finden. Irgendetwas, egal was. Ein Tier, vielleicht eine Ratte, huschte über den Boden, als Jack an einem umgefallenen Regal zerrte. Lee zuckte vor Schreck zusammen.

»Oha ...« Jack drehte sich zu Lee um und lächelte ihn an. »Kühlraum?«

Lee ließ den Müllhaufen Müllhaufen sein und ging zu Jack, der vor einer Art Tür neben den Kühltheken stand. Sie war mit einem Vorhängeschloss gesichert.

»Sieht ganz so aus, als ob sich bisher niemand die

Mühe gemacht hat, hier einzubrechen«, staunte Lee ungläubig.

»Vielleicht lohnt es sich ja auch gar nicht, ist nichts als Zeitverschwendung«, erwiderte Jack und sah sich rasch um. »Aber … vielleicht waren sie auch nicht annähernd so hungrig wie wir.«

Endlich fand er, wonach er gesucht hatte, und hob einen Feuerlöscher vom Boden auf. Dann ging er zurück zur Kühltür, holte mit dem Feuerlöscher aus und schwang ihn mit aller Wucht; nicht gegen das Schloss selbst, sondern gegen die Klinke. Nach drei gewaltigen Schlägen hatte er sie so sehr in Mitleidenschaft gezogen, dass sie nachgab, als er und Lee kräftig daran rüttelten.

Sie traten ein. Es war dunkel, aber nicht besonders kalt, obwohl auf jeden Fall niedrigere Temperaturen als draußen herrschten. Die beiden atmeten durch die Nase ein und bemerkten sofort den Geruch. Lee fragte sich, ob hier irgendetwas verdorben oder jemand gestorben war, aber es roch einfach nur nach Keller – kühl und feucht.

»Hast du eine Taschenlampe?«, fragte Jack.

Er schüttelte den Kopf. »Nicht dabei.«

Jack nahm sein Feuerzeug und zündete es an. Mit der kleinen Butanflamme in der Hand wagte er sich vor und untersuchte den Kühlraum. Lee folgte ihm auf den Fersen, die Hand stets über dem Griff seiner im Holster steckenden Pistole. Noch konnte er in der Dunkelheit nicht viel sehen, denn das flackernde Licht reichte kaum aus, um den kleinen Raum zu beleuchten, aber nach kurzer Zeit stand Jack beinahe vor der gegenüberliegenden Wand, und das Licht der kleinen Flamme fiel auf eine Reihe von Paletten mit Wasser, Softdrinks und isotonischen Getränken.

»Das ist der Oberhammer!«, begeisterte sich Jack.

Selbst Lee erlaubte sich einen Moment der Erleichterung, und der Knoten, der ihm seit geraumer Zeit – er wusste gar nicht mehr, seit wann schon – den Magen zuschnürte, löste sich auf einmal. Jack hatte sich bereits eine Palette mit Wasser geschnappt, und Lee folgte seinem Beispiel.

»Nehmen wir so viel mit, wie wir können, aber ich will nicht zu lange hier bleiben.«

Nach ein paar hektischen Trips – ständig warfen sie Blicke über die Schulter, als ob man ihnen das bisschen Glück sofort wieder nehmen würde – hatten sie sich drei Kisten Wasser und eine Kiste mit den Sportgetränken genommen. Sie legten sie auf der Ladefläche des Pickup-Trucks ab, rissen das Plastik einer Palette mit Wasser auf und verteilten die Flaschen. Lee wies jeden an, langsam zu trinken.

Für den Fall, dass sie es schafften, den Inhalt einer Flasche nicht sofort wieder auszukotzen, würden sie ein isotonisches Getränk nachschütten dürfen, denn die Elektrolyte halfen, Wasser aufzunehmen. Erst als Lee sich eine Flasche für sich selbst holte, fiel ihm auf, dass Tango nicht mehr da war. In der Aufregung über den Fund, der ihnen das Leben retten könnte, hatte er sein Fehlen völlig übersehen.

Er sah sich kurz um, aber Tango war nirgends zu

finden. »Wo ist Tango?«, fragte er Angela und die Kinder.

»Der hat gekotzt«, antwortete Abby auf der Stelle.

»Tango hat sich übergeben?« Lee starrte Angela fragend an. Offensichtlich erhoffte er sich eine etwas ausführlichere Erklärung.

Angela nickte. »Ja. Er fing zu würgen an und sprang dann von der Ladefläche. Er ist da drüben hin, ins hohe Gras«, sagte sie und zeigte auf das brachliegende Baugelände zu ihrer Rechten.

Der arme Hund war genauso dehydriert wie der Rest von ihnen. Sein Trockenwürgen hatte ihn offenbar eine Pfütze suchen lassen. Lee schnappte sich eine weitere Flasche Wasser und ging zur Beifahrerseite. Er wollte weder rufen noch pfeifen, schließlich würde das nur ungewollte Aufmerksamkeit auf sie ziehen, also schnalzte er mit der Zunge und sprach den Namen des Hundes einige Male in normaler Lautstärke.

Es dauerte nicht lange, ehe er ein Rascheln im Unkraut auf der gegenüberliegenden Seite des Geländes hörte. Paranoia stieg in ihm auf, und er wollte schon seine Pistole ziehen, als er Tangos langes, wolfsartiges Gesicht sah, das auf einmal über das hohe Unkraut ragte. Der Hund lief nicht in seinem üblichen Affentempo, sondern trabte auf Lee zu, den Schwanz auf Halbmast, den Kopf gesenkt. Sämtliche Ressourcen, über die sie verfügten, hatte Lee unter den Menschen aufgeteilt. Jetzt fühlte er sich schuldig gegenüber seinem Hund, ihm so wenig Aufmerksamkeit geschenkt zu haben.

Lee kniete sich hin, öffnete die Flasche Wasser und sagte: »Komm her, mein Guter.«

Der Hund trabte langsam zu seinem Herrchen. Die Zunge hing ihm seitlich aus dem Maul, und um die Lefzen hingen noch schaumige gelbe Stränge von Hundekotze. Lee goss etwas Wasser in seine Hand und bot sie Tango dar. Der Hund kam sofort zu ihm, tauchte die Schnauze in das Nass und schleckte es auf. Nach zwei Schluck war nichts mehr übrig. Lee goss ein paar weitere Male Wasser in die Hand, wollte dem Hund aber nicht zu viel geben, damit er sich nicht erneut übergeben musste.

Tango hechelte zwar noch wie wild, aber zumindest hielt er jetzt den Kopf hoch.

Lee schloss die Flasche und wischte sich den zähen Hundespeichel von den Händen. Tango folgte ihn zum Pickup und blickte dann zu der Ladefläche auf, als ob sie ein unüberwindbares Hindernis darstellte. Endlich aber hüpfte er hoch und leistete Jack Gesellschaft.

Jack sah nicht viel besser aus als Tango, obwohl er mit dem Rücken gegen die Fahrerkabine lehnte, die Augen geschlossen hatte und ein Lächeln um seine Mundwinkel spielte. Die Sonne strahlte auf sie herab, und Lee verspürte zum ersten Mal das Gefühl, dass die Luft nicht so drückend schwül wie in den vergangenen Tagen war. Auch flackerte die aufsteigende Hitze nicht über dem Asphalt.

Lee unterbrach Jack nicht in seinen Tagträumen, schließlich blieben ihm nur noch wenige – grausame – Tage. Er sollte das bisschen Zufriedenheit genießen, das Sonne im Gesicht und ein wenig Wasser im Magen ihm brachten. Lee nahm auf dem Fahrersitz Platz, drehte den Zündschlüssel um und fuhr dann vom Parkplatz wieder auf die Straße. Die Laune im Inneren der Fahrerkabine hatte sich merklich aufgehellt, und Sam und Abby mussten sogar über irgendetwas kichern. Das war wohl das erste Mal seit Tagen, wenn nicht gar Wochen.

Lee fragte sich insgeheim, wie lange es anhalten würde.

17
Timber Creek

Lee fuhr ungefähr einen Kilometer weiter, ehe Angela ihm Anweisungen gab. Sie schien sich nicht sehr sicher, sagte aber, dass er nach links auf den zweispurigen Highway, die Ost-West-Achse, abbiegen sollte. Das Stadtzentrum von Angier lag einige Kilometer weiter nördlich. Lee wollte schon blinken und musste über sich selbst lachen. Vielleicht wäre es unter weniger aussichtslosen Bedingungen noch lustiger gewesen.

Er ließ das Fahrerfenster hinab und streckte den Arm hinaus. Der Geruch von Sommer lag in der Luft, nicht der vom Ende der Welt. Das Sonnenlicht strahlte durch die Bäume, an denen sie vorbeirauschten, und Lee verspürte ein merkwürdiges Gefühl: Wenn er jetzt die Augen schloss, würde er aufwachen und mit einem kalten Bier in der Hand und Deana im Beifahrersitz neben sich aufwachen.

Und dann begann Jack plötzlich zu schreien.

Lees erster Instinkt war, aufs Gas zu treten, statt anzuhalten. Er blickte in den Rückspiegel, aber sein Kamerad war nirgends zu sehen. Lee konnte sich denken, was geschehen war. Jack hatte sich verwandelt und erlag jetzt einem Wutanfall. Lee würde ihn wohl oder übel erschießen müssen. Dann trommelte Jack auf einmal mit der Faust gegen das Fenster zur Ladefläche und schrie Lees Namen.

Er hatte keine Wahl, er musste jetzt anhalten. Er trat auf die Bremse, und es war wohl doch ein wenig unsanft, da es auf der Ladefläche ganz schön rumpelte. Zumindest herrschte jetzt Stille von hinten. »Bleibt im Auto!«, sagte Lee über die Schulter, stellte die Automatik auf P und sprang aus dem Wagen, ehe er richtig angehalten hatte.

Er zog seine Pistole und richtete sie auf die Ladefläche. Schließlich war er sich nicht sicher, was ihn dort erwartete. Plötzlich erschienen blutige Beine und Arme über der Bordwand, und Jack warf sich aus der Ladefläche auf die Straße. Er landete mit dem Gesicht zuerst auf dem harten Asphalt.

Kaum war er aufgekommen, erschien Tangos Kopf. Der Hund riss das Maul auf und schnappte mehrmals in die Luft. Für Lee sah es aus, als ob er bellen wollte, aber es kam kein Ton heraus. Oder er wollte Jack beißen, kam aber aus irgendeinem Grund nicht an ihn heran. Blutiger Sabber hing in einzelnen Fäden von seinen Lefzen, baumelte im Rhythmus in der Luft hin und her und blieb an den Seiten des Trucks kleben.

Tangos Augen waren wild, ganz anders als sonst.

»Scheiße!« Jack stand mühsam auf und wich ängstlich vom Truck zurück. Seine Arme und sein Gesicht waren von Bisswunden übersät. »Lee ... Hund ... beißen ... Hund beißen! Kacke, Hund beißen!«

Lee ließ seine Pistole sinken und starrte Jack in die

Augen. Unter all dem Blut, das aus den Wunden rann, konnte Lee Jacks verwirrte und frustrierte Miene ausmachen.

Jack hatte offenbar den mitleidenden Gesichtsausdruck bemerkt, denn er griff sich entsetzt mit beiden Händen an die Haare, als ob er sie ausreißen wollte, und schnitt eine Grimasse. »Verfickt noch mal ... Worte schwer.«

Verwirrung. Sprachstörungen.

Tango stieß ein abgehacktes Bellen aus. Lee drehte sich zu seinem Hund um und wies ihn mit ausgestrecktem Zeigefinger zurecht. »Tango! Aus!« Der Hund starrte erst Jack an und dann Lee. Er machte Platz, und seine Augen waren noch immer auf sein Herrchen gerichtet. Das aggressive Schnappen verwandelte sich in das für ihn typische dumme Lächeln, und seine Zunge hing aus seinem Maul. Seine Augen sprachen zu Lee, verrieten ihm eine Art Erleichterung, als ob er sagen wollte: *Hey, ich kenne dich. Du bist ein Freund.*

Lee wandte sich wieder Jack zu. »Jetzt mach mal langsam und atme tief durch. Zuerst überlegen, dann Mund aufmachen.«

»Ah ... umm ...« Jack fuhr sich unentwegt mit den Fingern durch das Haar, zog es entnervt nach hinten und starrte verzweifelt zu Boden. »Ich ... Ich ...«

Dann das Geräusch einer sich öffnenden Autotür. Lee drehte sich um und sah, wie Angela aus dem Wagen stieg und die Tür hinter sich ins Schloss warf. »Oh, gütiger Himmel«, entkam es ihr. »Wie geht es Ihnen?«

Jack hockte sich hin. Er hielt den Kopf in den Händen. Blut tropfte durch seine Finger auf den Asphalt, und Lee und Angela hielten gebührenden Abstand zu ihm. »Irgendetwas stimmt nicht ...«, sagte Jack abgehackt. »Mit Tango. Er ... Er ... schnappen ... Maul ... und beißen ... mich. Hört nicht mit Beißen auf.«

Angela senkte die Stimme und flüsterte Lee zu: »Vielleicht kann er wittern, dass Jack sich verwandelt.«

Lee warf einen Blick auf seinen langjährigen Kompagnon, der jetzt unablässig knurrend mit tief gesenktem Kopf und eingezogenem Schwanz auf der Ladefläche des Pickup-Trucks hin und her lief. So ängstlich hatte Lee ihn nur selten gesehen. Und zweifellos aggressiv. Für Lee wäre es viel angenehmer gewesen, einfach davon auszugehen, dass der Hund Jacks Infektion gewittert hatte und instinktiv auf ihn losgehen wollte. Aber Lee lebte nicht in einer einfachen, angenehmen Realität.

Er blieb Angela eine Antwort schuldig und ging zur Ladefläche.

Tango lief weiterhin hin und her, knurrte und schien ausgesprochen beunruhigt. Dann bemerkte er Lee, und sein eingezogener Schwanz stellte sich ein wenig auf und wedelte zwei oder drei Male.

»Hey, Junge.« Lee fuhr mit der Hand in eine seiner Hosentaschen und zog ein uraltes und zerfleddertes Seilende hervor. Der Hund wedelte mit dem Schwanz und starrte auf sein Lieblingsspielzeug. Sein schlichtes Hundehirn verstand, dass es jetzt Zeit zum Spielen war, Zeit für Spaß, Spaß und noch mehr Spaß.

Im Haus der Petersons hatte Tango Lee verteidigt, indem er den riesigen Schaufelmann angegriffen und dabei wahrscheinlich ein ordentliches Stück Fleisch aus ihm herausgerissen hatte. Lee wollte sich schon selbst dafür rügen, aber er wusste, dass es absolut unmöglich gewesen wäre, Tango davon abzuhalten, Infizierte anzugreifen. Seine einzige Hoffnung beruhte darauf, dass eine artenübergreifende Infizierung ausgeschlossen war.

Angela meldete sich erneut mit sanfter Stimme zu Wort: »Lee, wir können ihn doch einfach hierlassen.«

Lee antwortete leise, aber sein Tonfall ließ keinen Widerspruch zu. »Ich habe Sie gebeten, im Wagen auf mich zu warten.«

Es folgte Stille, ehe Angela es erneut versuchte. »Ich verstehe ja, dass ...«

Lee wandte sich ihr zu. »Ich werde genau das tun, was ich für richtig halte. Und jetzt verschwinden Sie verdammt noch mal. Ab in den beschissenen Truck mit Ihnen.« Dann sprach er zu Jack: »Und du auch. Steigt beide ein und gebt mir nur eine Minute Zeit, damit ich verdammt noch mal nachdenken kann.«

Lee drehte sich wieder zu Tango um und gab ihm das Seilende. Der Hund kaute glücklich darauf herum. Alle Sorgen der Welt schienen von ihm abgefallen zu sein. Endlich befand er sich in seiner eigenen Realität, war sich seiner Umgebung nicht mehr bewusst. Wunderbar. Hinter sich hörte Lee das Öffnen einer Tür. Gleichzeitig stieg Jack wieder auf die Ladefläche. Dann schloss sich die Tür. Das einzige Geräusch, das er jetzt weit und breit hören konnte, war der Motor, der sich im Leerlauf drehte.

Lee bückte sich über die Seitenwand und griff nach dem Spielzeug. »Tango, gib es mir.« Der Hund gehorchte. Mit dem Seilende in der Hand ging er zum Straßenrand, an den eine Wiese grenzte.

Tango folgte ihm; er wedelte noch immer mit dem Schwanz. Seine Bewegungen waren steif, fast mechanisch, aber der Hund schien es gar nicht zu bemerken. Lee ging weiter und spürte, wie sein langjähriger Weggefährte gehorsam neben ihm herlief. Ab und zu streifte er mit der Seite gegen Lees Bein, wie er es so oft getan getan hatte.

Lee war nicht sicher, wie weit sie sich vom Truck entfernt hatten, aber eigentlich war ihm das auch völlig egal. Er wusste zwar, dass sie ihn noch sehen konnten, aber mit dem Rücken zum Truck *fühlte* er sich zumindest unbeobachtet. Was jetzt geschehen würde, hatte nichts mit ihnen zu tun. Es ging nur um Lee und seinen Hund. Das mussten die beiden allein ausmachen – so allein, wie sie damals angefangen hatten.

Der Mann hielt inne, und Tango tat es seinem Herrchen gleich. Lee schenkte ihm einen Blick. »Willst du dein Spielzeug, Kumpel?«

Tango wedelte mit dem Schwanz. Lee warf das Seilende in die Wiese, aber nicht allzu weit. Wenn er mit Tango spazieren gegangen war, vor dem Ende der Welt, hatte er die Tennisbälle immer so weit wie möglich geworfen. Tango war schnell unterwegs und hatte es ab und zu geschafft, den Ball zu fangen, ehe er das zweite Mal aufgekommen war. Diesmal allerdings humpelte er dem Seil hinterher. Er war zwar aufgeregt, und sein Kopf wollte laufen, aber sein Körper kam einfach nicht mehr hinterher. Lee hatte schon immer die muskulöse Eleganz seiner Bewegungen bewundert, aber jetzt glaubte er, das Seil nicht noch einmal in die Wiese werfen zu können. Allein der Anblick, wie Tango sich über den Rasen mühte, war zu viel, obwohl der Hund selbst überhaupt keine Ahnung von seiner Krankheit zu haben schien.

Tango hatte das Seil apportiert und kam nun langsam zurück.

»Bist du etwa schon müde?«, versuchte er den Hund mit heiterer Stimme aufzumuntern, aber der Tonfall war flach und ausdruckslos. Lee kniete sich zu Tango nieder, legte den linken Arm um seinen Hals, streichelte seine Seite und wünschte, dass die letzten Tage nicht allzu hart für ihn gewesen waren. Er kratzte seinen Nacken, schmiegte sich an ihn und flüsterte heiser: »Du bist ein guter Hund, Tango. Du hast einen vollen Bauch und eine weiche Decke verdient.«

Tango hörte ihm nicht zu, sondern kaute einfach weiter auf dem Seil. Spaß, Spaß, Spaß.

Mit dem Hund im Arm zog Lee seine Pistole, legte den Lauf gegen Tangos Kopf, genau hinter das Ohr, und tötete ihn mit einer einzigen Kugel.

Sie fuhren weiter, ohne dass ein Wort gewechselt wurde.

Tausend Gedanken schwirrten in Lees Kopf umher.

Seine emotionale Reaktion auf die Tatsache, dass er Tango für immer verloren hatte, erschreckte ihn. Nicht, weil er keine emotionale Verbundenheit zu dem Hund gefühlt hatte, sondern weil er als Betreuer eines Arbeitshundes wusste, dass sein Hund eine Art Werkzeug darstellte, einen Job zu verrichten hatte und kein Haustier war. Lee hatte nicht beabsichtigt, dem Hund Gefühle entgegenzubringen, aber während der vielen Wochen im Bunker hatte er sich nicht dagegen wehren können.

Zudem berührte es eine weitere empfindliche Seite in ihm. Alles ihm Vertraute war ihm genommen worden – sein Haus, sein Hund, alles, auf das er sich hatte verlassen können. Einfach weg. Stattdessen befand er sich jetzt in dieser neuen, kalten Realität, die ihm nichts bot, weder Trost noch Vertrautheit. Ihm kam es vor, als ob er durch einen riesigen Schmelzofen gejagt worden war, der alles Alte in Rauch hatte aufgehen lassen. In einer Zeitspanne von wenigen Tagen war er aus seinem Leben gerissen worden, um sich in einem komplett neuen zurechtfinden zu müssen.

Tango war das letzte Überbleibsel gewesen, das ihn an sein altes Leben erinnert hatte, ihm das letzte Stückchen Trost und Vertrautheit schenken konnte. Aber außer dem absoluten Schock, den Lees Kopf verarbeiten musste, gab es andere, neue Sorgen, die sich ihm aufdrängten.

Wie zum Beispiel Jack. Es war offensichtlich für Lee und Angela – auch für Jack selbst –, dass er bereits die ersten Symptome zeigte. Sprachstörungen, wachsbleiche Haut, konstantes Schwitzen. In Lees Einsatzanweisung – es kam ihm vor, als ob sie bereits Monate zurücklag – hatte Colonel Reid von einer Inkubationszeit von zweiundsiebzig Stunden geredet. Diese Zeitspanne konnte allerdings auf älteren, ungenaueren Daten beruhen, insbesondere auf weniger aggressiven Infektionsgründen als ein Biss in den Arm.

Da er eigentlich im Dunkeln tappte, was die Seuche und ihre Übertragbarkeit betraf, hatte er kein gutes Gefühl dabei, den infizierten Jack mit sich herumzuschleppen. Er wusste zwar, dass es unmöglich war, allein von Jacks Dasein infiziert zu werden, wie auch eine Atombombe nicht ohne Zünder explodieren konnte. Aber deswegen wollte man noch lange nicht neben einer sitzen.

Wie auch immer es um Jacks Infektion bestellt war, er würde nicht mehr lange unter ihnen weilen. Er glich einer tickenden Zeitbombe, und Lee hatte keine Ahnung, wann sie explodieren würde. Es war ihm klar, dass er Jack nicht einfach im Stich lassen wollte. Ihn zu töten war auch keine Option, nicht zuletzt, wenn er ihnen noch helfen konnte, eine sichere Zuflucht zu finden. Aber je mehr Zeit verging, desto riskanter wurde es, ihn bei sich zu haben. Schon jetzt konnte Lee kaum die Augen vom Rückspiegel nehmen, um zu checken, ob Jack bereits die Verwandlung vollzogen hatte und das Fenster einzuschlagen versuchte, damit er sie töten konnte.

Aus streng utilitaristischer Perspektive betrachtet, war Jack nur noch deshalb am Leben, weil er im Fall einer Auseinandersetzung noch kämpfen konnte. Aber wie sehr konnte Lee einem Typen vertrauen, von dem er wusste, dass er jeden Augenblick zu einer Mordmaschine werden konnte?

Und dann gab es noch seine Mission, aber die musste warten, bis er Angela, Abby und Sam an einen sicheren Ort gebracht hatte. Schließlich sollte er eigentlich von einer Gruppe Überlebender zur anderen reisen, um Brücken zwischen ihnen zu schlagen und Kommunikationskanäle aufzubauen. Aber das war unmöglich zu bewerkstelligen, wenn er ständig irgendwelche einzelnen Überlebenden aufsammelte, die ihn von der eigentlichen Arbeit abhielten.

War seine Mission überhaupt durchführbar?

In diesem Augenblick kam sie ihm lächerlich, befremdlich und schier unmöglich vor. Er hatte jetzt zwei Tage in dieser beschissenen neuen Welt verbracht und war auf nur vier Überlebende gestoßen, von denen einer bald abdanken würde. Und dann gab es noch Sams Vater. Dafür hatte er mit seinem Haus, seinem Proviant, seinen Waffen, seiner Munition, seinem Hund und einer großzügigen Portion seiner Lebensfreude bezahlen dürfen. Alles, was er jetzt noch besaß, war eine Pistole mit vier Kugeln, eine leere Flinte, ein Infizierter, der bereits die ersten Symptome an den Tag legte, sowie drei Überlebende, die immerhin nicht mehr kurz vor dem Verdursten standen. Und er durfte nicht vergessen, dass sie noch irgendwann essen mussten. Nun, Essen schien überhaupt nicht zu existieren. Glaubte er wirklich, dass er in dieser Einöde von einer Welt noch ganze Gruppen von Überlebenden finden würde?

»Da ist es! Gleich dort!«

Lee wurde aus seinen Tagesalbträumen gerissen und sah, wie Angela sich zwischen den beiden Sitzen nach vorne lehnte und nach links auf die Einfahrt zu einer Wohnanlage zeigte, die irgendwann früher einmal sicher ein Refugium der Besserverdienenden gewesen war. Auf dem gemauerten Schild vor dem Eingang fehlten zwei Vokale, aber man konnte immerhin noch die Worte T MBER CRE K ausmachen.

Lee bremste ab und bog nach links in die Auffahrt ein, um vor dem Tor zur Anlage anzuhalten.

Im Inneren des Pickups herrschte eine angespannte Stille, als ob niemand wusste, was er oder sie als Nächstes sagen sollte beziehungsweise konnte. Im Rückspiegel sah Lee, wie Jack aufstand und über die Fahrerkabine lugte. Lee wusste nicht, ob er lachen oder weinen sollte. Er war sich nicht sicher, was er erwartete, aber er wusste, worauf er *gehofft* hatte – und das hier war es garantiert nicht.

Das Tor sah aus, als ob jemand mit einem Lastwagen durchgeprescht war. Ein Flügel lag völlig verbogen neben der Mauer und hing nur noch an der Metallstange, die früher einmal dazu gedient hatte, ihn zu öffnen und zu schließen. Der andere war wie vom Erdboden verschluckt. Die Wohnanlage selbst erweckte den Anschein, als ob sie halb verbrannt und halb geplündert war. Ausgebrannte Autos standen noch immer auf den Parkplätzen, alles war mit Müll und Glasscherben übersät, die Gebäude standen wie Schädel in Katakomben herum, ihre zerborstenen Fenster glichen den toten leeren Augenhöhlen.

Um die Kontrolle zu wahren, atmete Lee tief und langsam ein, um die Luft dann so leise wie möglich wieder auszustoßen, obwohl jeder im Wagen wusste, in welcher Stimmung er sich befand. »Tja ...« Er betrachtete das Chaos, das sich vor ihnen erstreckte. »Wenn wir schon mal hier sind, können wir uns ruhig ein bisschen umsehen.«

In jenem Augenblick rammte sie eine riesige Zugmaschine von hinten.

18
Die Patrouille

In Lees Ohren klang der Aufprall wie eine Explosion, und er wurde wie in einem Kirmes-Fuhrgeschäft herumgeschleudert. Jack stürzte über die Fahrerkabine, kam mit dem Rücken auf der Kühlerhaube auf und hinterließ eine tiefe Delle, ehe er zu Boden ging. Als sie endlich wieder zur Ruhe kamen, standen sie beinahe hundertachtzig Grad gegen den Uhrzeigersinn gedreht, sodass sie ihre Angreifer anstarrten und das Tor zu Timber Creek im Rücken hatten. Lees kurzer Eindruck war, dass die Zugmaschine ohne Anhänger mit ihren zwei in die Höhe ragenden Auspuffrohren wie ein lang gehörnter Teufelskopf aussah. Doch er wartete gar nicht erst auf das, was dem Lastwagen entsteigen mochte.

Der Winkel war groß genug, um seine Pistole aus dem Fahrerfenster zu schieben und sie auf den Truck zu richten. Er zielte auf die Fahrerseite der Windschutzscheibe und drückte viermal rasch hintereinander ab – seine letzten vier Kugeln. Die dunkle Scheibe verwandelte sich in ein weißes Spinnennetz. Jack raffte sich auf die Beine und verballerte seine letzte Ladung Schrot. Er landete einen Volltreffer in die Beifahrertür.

Lee zog den Arm wieder ein, warf seine Waffe auf den Beifahrersitz und sah mit Entsetzen, wie die Fahrertür der Zugmaschine geöffnet und eine blutige Leiche hinausgestoßen wurde, als ob es sich um einen Sack Müll handelte. Kaum war die Tür geschlossen, rollte die Zugmaschine schon wieder auf sie zu.

»Jack! Steig auf!«, brüllte Lee so laut, dass man es selbst über den Lärm des gewaltigen Dieselmotors hören konnte, der auf sie zuraste.

Jack stand auf der Straße und hielt noch immer die leere Flinte im Anschlag. Er blickte sich nicht um. Die Zugmaschine rammte ihn so hart, dass es aussah, als ob der alte Marine einfach vom Erdboden verschluckt wurde.

Lee musste sich von dem Anblick abwenden und trat aufs Gas, lenkte hart rechts und versuchte, auf die Ruinen, die von Timber Creek übrig geblieben waren, zuzusteuern. Ohne auch nur eine einzige Kugel bestand ihre einzige Überlebenschance für Lee darin, die Zugmaschine mitten im Straßengewirr von Timber Creek hinter sich zu lassen.

Der Truck schleuderte herum, aber das große Drehmoment des Wagens und dessen überdimensionierter Motor hatten zur Folge, dass Lee die Drehung unterschätzte, und als er versuchte, den Wagen wieder auf die richtige Spur zu bringen und auf das Tor zu Timber Creek zuzusteuern, krachte die Zugmaschine mit voller Wucht gegen die Fahrerseite des Trucks.

Die Scheiben zerbarsten. Ein scharfer, horizontaler Regen aus Glasscherben prasselte in die Fahrerkabine.

Die Kinder schrien wie Luftschutzsirenen. Lee hörte ein Knallen, das er zunächst für eine Motorenfehlfunktion hielt, aber zügig als Pistolenschüsse identifizierte. Wieder trat er aufs Gaspedal, aber der Pickup bewegte sich nicht vom Fleck. Die beiden Fahrzeuge waren ineinander verhakt.

Lee duckte sich, als zwei Kugeln ohne größere Probleme durch seine Tür schossen und seinen Bauch und seine Brust um nur wenige Zentimeter verfehlten. »Raus!«, brüllte er Angela und die Kinder an, die sofort die hintere Beifahrertür öffneten. Lee warf sich über die Mittelkonsole und schnappte sich seinen Fahr-zur-Hölle-Rucksack, ließ aber sowohl sein M4 als auch die MK23 zurück. Dann öffnete er die Beifahrertür und hechtete mit dem Kopf voran auf die Straße.

Er versuchte die Arme nach vorne auszustrecken, um den Aufprall abzufangen, aber das Gewicht seines Rucksacks hielt sie zurück, sodass er mit dem Gesicht zuerst auf dem Asphalt aufkam. Er schmeckte Blut und Schotter, aber das störte ihn wenig. Er war einfach nur froh, noch bei Bewusstsein zu sein.

Lee kam schwankend auf die Beine, und es schien ihm, als ob es Jahre dauerte. Dann sah er Angela und die Kinder, wie sie im vollen Sprint bereits den Eingang von Timber Creek erreicht hatten. Um ihn herum flogen Stücke von Asphalt und Dreck in der Luft herum, und erst dann merkte er, dass auf ihn geschossen wurde.

Er begann zu laufen, hinter Angela und den Kindern her, gab alles, was er noch in den Beinen hatte, hielt den Rucksack in der einen Hand, während er mit der anderen in seinen Taschen herumkramte. Die Kugeln folgten ihm auf seinem Weg, zerstörten die Straße um ihn herum und prallten von dem metallenen Tor in alle Himmelsrichtungen ab. Der einzige Gedanke, der jetzt in einer Schleife durch sein Gehirn schoss, lautete: *Schnapp dir den GPS-Empfänger! Schnapp dir den GPS-Empfänger! Schnapp dir den GPS-Empfänger!*

»Lee!«

Der Schrei riss ihn zurück in die Wirklichkeit. Er blickte auf und sah Angela und die Kinder, die jetzt merkwürdigerweise wieder auf ihn zuliefen. Dann legten sich seine Finger um den Empfänger, und er wusste plötzlich, warum die drei wieder die entgegengesetzte Richtung eingeschlagen hatten.

Der ganze Lärm hatte drei Infizierte angelockt, die in vollem Tempo auf Angela und die Kinder zurannten.

Lee hatte keine Zeit, um einen Plan auszuarbeiten, und um Waffen oder Nachladen brauchte er sich sowieso keine Sorgen zu machen. Also handelte er entschlossen und folgte dem ersten Gedanken, der ihm in den Kopf kam. Er holte den GPS-Empfänger aus dem Fahr-zur-Hölle-Rucksack und steckte ihn in seine Cargohosentasche, während er sich, so schnell er konnte, den drei Infizierten näherte. Gerade noch hatten sie es auf Angela und die Kinder abgesehen, jetzt aber richteten sie ihre ganze Aufmerksamkeit auf Lee.

Lee schwang seinen Rucksack wie einen Baseballschläger und erwischte den ersten Angreifer mitten im Gesicht, sodass der Infizierte zwar das Gleichgewicht verlor und zu Boden ging, aber den Rucksack zu fassen bekam. Lee ließ ihn einfach los. Als der zweite näher kam, tat Lee zwei große Sätze und sprang dann ab, sodass er dem Angreifer mit beiden Füßen einen Tritt gegen den Brustkasten verpasste. Lee und der Wahnsinnige taumelten einige Meter voneinander entfernt zu Boden. Als Lee wieder aufstand, sah er, wie Angela und die Kinder diese Ablenkung für sich nutzten und in einem weiten Bogen um den dritten Infizierten zurück in die Siedlung liefen.

Der dritte Angreifer erreichte Lee, ehe er reagieren konnte, und warf ihn zu Boden. Die Gestalt war fett, und Blut strömte ihr aus dem Maul. Lee lag auf dem Rücken und starrte zu ihr hinauf, während sie ihn giftig ankreischte. Der Fette beugte sich zu ihm herab und öffnete sein geiferndes Maul, aber Lee packte den Typen mit einer Hand um den wabbeligen Hals, um ihn davon abzuhalten, ihn zu beißen. Mit der anderen Hand fuhr er rasch in seinen Stiefel, wo er einen kleinen Dolch versteckt hielt. Es war die einzige Waffe, die Lee noch geblieben war.

Der fette Infizierte holte aus und schlug wie wild um sich, packte Lee im Gesicht und vergrub seine dreckigen Fingernägel in seiner Wange. Lee brüllte vor Wut und Schmerz auf und wuchtete den Dolch in die Schläfe seines Angreifers, sodass dieser augenblicklich wie ein zerplatzter Luftballon in sich zusammensackte.

Lee warf den leblosen Körper von sich, aber die beiden anderen Infizierten waren bereits wieder auf den Beinen. Lee riss an seinem Dolch, der jedoch tief im Schädel des fetten Typen steckte und keinen Zentimeter nachgab. Lee entschied sich, dass es besser war, die Flucht zu ergreifen, und rannte in dieselbe Richtung, in die er Angela und die Kinder hatte verschwinden sehen. Das Atmen fiel ihm schwer, und er spürte seine Beine kaum noch, als er über den Asphalt sprintete. Er rannte unsicher und fürchtete, dass seine Muskeln nachgaben, ehe er sich in Sicherheit wägen konnte.

Er warf einen Blick über die Schulter und sah mehrere bewaffnete Männer, die durch das Tor zur Anlage auf ihn zuliefen. Mündungsfeuer ließ die Läufe ihrer Gewehre und Pistolen aufblitzen, aber der Lärm erreichte ihn nur gedämpft. Einer der Infizierten wurde getroffen. Der Schädel explodierte, und die Kreatur stürzte zu Boden. Der andere Wahnsinnige hielt mitten im Lauf inne und war sich nicht sicher, ob er Lee hinterherlaufen oder die Bewaffneten angreifen sollte.

Lee hastete weiter direkt auf die Tür einer Eigentumswohnung zu. Er dachte gar nicht groß darüber nach, obwohl er wusste, dass es keine besonders gute Idee war, sich in einen geschlossenen Raum zu begeben, wenn er vor etwas flüchtete. Er warf sich mit der Schulter gegen die Tür, und sie gab in einem Regen aus Holzsplittern nach. Der Schmerz des Aufpralls schoss durch seinen rechten Arm. Als er in die Wohnung stolperte, bereute er seine Entscheidung sofort.

Der Eingangsbereich war stockfinster. Der ehemalige Eigentümer, offenbar eine vorsichtige Seele, hatte die Fenster mit Brettern verschlagen, und das wenige Licht, das durch die offene Tür fiel, erhellte lediglich einen kleinen Fleck in der Mitte des Raumes.

Aber er konnte nicht mehr zurück.

Ohne die Hand vor Augen sehen zu können, tastete er sich langsam mit ausgestreckten Armen vorwärts. Er ging durch einen langen schmalen Flur, vorbei an diversen Türen, die zu den Schlafzimmern zu führen schienen, und stieß auf halbem Weg mit dem Stiefel gegen etwas Weiches auf dem Boden. Aber er hielt nicht inne, um zu untersuchen, was es war, sondern tastete sich weiter zu einer Tür am Ende des Flures vor und suchte nach deren Knauf.

Hinter sich hörte er Schreie, die von der Eingangstür kamen.

Er drängte sich durch die Finsternis und trat in das letzte Zimmer ein. Auch hier gab es keinerlei Lichtquelle, sodass er nicht einmal die Hand vor Augen sehen konnte. Er schloss die Tür hinter sich und drehte am Knauf, um sie abzuschließen. Dann legte er eine Hand an die Wand zu seiner Rechten und tastete sie ab. Es musste ein Fenster geben. *Bitte, lieber Gott, lass hier ein Fenster sein.*

Lee warf die Möbel um, riss Sachen von der Wand, von denen er annahm, es seien Bilder, und kippte einen Stuhl um, ehe er endlich das ersehnte Fenster fand. Ohne zu zögern holte er mit dem Bein aus und trat dann mit Wucht gegen das Glas, das sofort nachgab. Das Sperrholz auf der anderen Seite hielt seinem Tritt jedoch stand. Lee wusste, dass es seine einzige Chance war. Dies war kein Gefängnis. Er konnte hier raus. Er würde nicht sterben, nicht im Dunkel irgendeines Schlafzimmers einer geplünderten Eigentumswohnung von ein paar beschissenen Gangstern abgeknallt werden. Nicht nach all dem, was er bereits hinter sich hatte.

Also holte er erneut aus und trat gegen das Brett. Dieses Mal spürte er, wie es nachgab. Die Schreie ertönten erneut und kamen jetzt aus dem Inneren der Wohnung. Sie mussten ihn gehört haben, als er sich mehr schlecht als recht durch die Dunkelheit gefühlt und das Fenster in tausend Stücke zertreten hatte. Es konnte sich nur noch um Sekunden handeln, ehe sie im Zimmer standen, und er hämmerte jetzt wie wild auf das Brett ein. Nach jedem Tritt schien es sich ein wenig zu lösen, bis er endlich die ersten Anzeichen von Tageslicht sah, durch eine kleine Ecke links unten im Fenster.

Ein weiterer Tritt, und das Brett gab nach. Für einen kurzen Augenblick konnte er, ehe es zurückschnellte, Gras auf der anderen Seite sehen. Jetzt nahm er seine Hände, drückte so hart er konnte und merkte, wie weitere Nägel nachgaben und aus dem Fensterrahmen kamen.

Von der Tür her kam ein lauter Knall. »Er ist da drin! Er ist da drin!«, rief jemand. Lee wusste, dass die verschlossene Tür ihm kaum Zeit schenken würde. Er stemmte sich gegen das Brett und schuf so eine dreißig Zentimeter breite Lücke, die an allen Seiten mit scharfen Nägeln versehen war. Lee wusste, dass es zwar schmerzvoll werden würde, aber er konnte nicht länger warten. Schmerz war noch immer besser als der Tod. Lee gab dem Brett einen letzten Stoß und steckte dann den Kopf hindurch. Kaum hatte er losgelassen, schnellte das Holz wieder zurück, und die langen Nägel bohrten sich in seine Haut. Er brüllte laut auf – nicht, weil es unmittelbar wehtat, sondern weil er wusste, dass der wahre Schmerz erst kommen würde.

Mit den Nägeln in seinem Fleisch schob er sich weiter durch die Lücke, die Schulter zuerst, und er spürte, wie sie sich seinen Rücken hinunter durch Haut und Fleisch ritzten. Er schrie, bis er keinen Atem mehr hatte. Dann legte er beide Hände gegen die Außenseite der Wand und zog, so stark er konnte.

Die Nägel verhakten sich an seinem Gürtel.

Trotz der kaum auszuhaltenden Schmerzen wandte und drehte er sich, und bei jeder Bewegung gruben die Nägel sich tiefer in sein Fleisch. Er ergriff die Ecke des Bretts und riss daran, so hart er konnte. Endlich war sein Gürtel wieder frei, und er fiel, aber ehe er das Fenster hinter sich gebracht hatte, schnellte das Brett erneut zurück, und die Metallstifte bohrten sich in sein linkes Bein. Seinen Fall aber konnte es nicht aufhalten, sodass sich das Metall kontinuierlich durch sein Fleisch arbeitete, bis er mit dem Gesicht zuerst im Gras landete.

Kaum lag er auf dem Boden, als Holzsplitter auf ihn

herabregneten, denn die bewaffneten Männer hatten bereits die Tür aufgebrochen und feuerten wie wild auf das verbarrikadierte Fenster, durch das er verschwunden war.

Lee glaubte nicht, dass sie die gleiche Route wie er nehmen würden. Es war viel wahrscheinlicher, dass sie wieder durch den Flur zur Haustür rannten, was ihm wertvolle Sekunden schenkte. Er wollte aufstehen, aber die Schmerzen in seinem Rücken sandten derartige Explosionen durch seinen geschundenen Körper, dass er nicht weiter kam, als auf Händen und Knien zu ruhen. Trotzdem krabbelte er los und versuchte zu überlegen, welche Optionen ihm blieben.

Der Schmerz ließ alles verschwommen aussehen, und die Sonne schien weißglühend, sodass ihn jede ihr Licht reflektierende Oberfläche peinigend blendete.

Der einzig leichte Tag war gestern.

Lee musste beinahe laut auflachen. *Steh verfickt noch mal auf, Lee! Stell dich endlich hin!*

»Da ist er!«

Lee streckte ein Bein aus, und das Dehnen der tiefen Einschnitte in seiner Haut verursachte eine neue Welle kaum auszuhaltenden Schmerzes, die durch seinen Körper jagte. Er schaffte es, sich auf ein Knie zu erheben und mit einer Hand auf dem Boden abzustützen. Er warf einen Blick über die Schulter, um zu sehen, wie dicht seine Verfolger ihm auf den Fersen waren.

Ein Typ in einem ärmellosen schwarzen T-Shirt

rannte auf ihn zu und hielt eine AR-15 in der Hand. »Das ist er! Das ist der Typ!« Zwei weitere Männer kamen jetzt um die Ecke des Gebäudes. Lee wusste, dass er ihnen nicht davonlaufen konnte, und sah sich um, ob irgendetwas in seiner Nähe als Waffe taugte – ein Ast, eine Glasscherbe oder mit etwas Glück sogar ein Kantholz. Ihm war klar, dass sie ihn im Fall seiner Gegenwehr töten würden, aber das wäre immer noch besser, als sich ihnen ohne Widerstand zu ergeben. In seinem augenblicklichen Zustand schien sein mit Sicherheit bevorstehender Tod nichts weiter als … bedauernswert.

Aber Lee fand nichts und konzentrierte sich auf den immer näher kommenden Mann mit der AR-15. Falls er Lee nicht aus dem Weg räumte, ehe er in Reichweite kam, wollte er den verwundeten Gefangenen spielen, ehe er sich den Kopf seines Widersachers nehmen, beide Daumen in die Augenhöhlen drücken, die Augäpfel rausreißen und, mit der nötigen Extrakraft, durch den Knochen bis zum Gehirn graben würde. Dann würde er sich die AR-15 nehmen und die beiden anderen ausschalten.

Aber als der Mann und seine zwei Kameraden näherkamen, geschah etwas, womit Lee überhaupt nicht gerechnet hatte.

Sie gingen in Flammen auf. Die Hitzewelle warf ihn beinahe zu Boden, und das Schreien reichte, ihm den Magen umzudrehen, während die drei wirr umherstolperten und sich vor Schmerzen windend in einem Flammenmeer in kümmerlichem Haufen zu Boden gingen. Dann ertönte eine weitere Stimme, eine Stimme, die Lee nicht zuordnen konnte.

»Lee! Lauf!«

Das musste man ihm nicht zweimal sagen. Der Aufschub des sicheren Todes gab ihm genug Kraft, um sich auf die Beine zu bringen und mehr oder weniger taumelnd Deckung zu suchen. Er lief auf die Ruine eines Gebäudes zu, von dem kaum mehr aus der Erde ragte als einige von Ruß geschwärzte Mauern, aber sie würden ihm Schutz vor Kugeln und obendrein genügend Zeit geben, um einen Plan auszuhecken, wie er dieser scheinbar hoffnungslosen Situation entkommen konnte.

Und wie war es um Angela, Abby und Sam bestellt? Lee musste erst einmal selbst überleben, ehe er sich Sorgen um die anderen machen konnte. Und wer hatte vorhin seinen Namen gerufen? Es war auf jeden Fall ein Mann gewesen. Lee stand jetzt vor einer hüfthohen Mauer, schwang sich darüber, fiel auf der anderen Seite auf den Rücken, stöhnte vor Schmerz auf und drehte sich zur Seite. Er sah sich um, schien aber alleine zu sein. Wer zum Teufel war der Mann gewesen? Und wo waren Angela und die Kinder?

Jetzt, wo er sich einigermaßen in Sicherheit befand, musste er seine Umgebung auskundschaften, nahm alles in sich auf, was um ihn herum geschah. Ganz in der Nähe hörte er sporadische Pistolenschüsse. Ein kleines Kaliber. Weiter entfernt konnte er Schüsse aus größeren Waffen ausmachen, wahrscheinlich Gewehre. Die jeweiligen Schützen schienen Feuer auszutauschen.

Lee fiel außerdem auf, dass niemand in seine Richtung zu schießen schien.

Er lehnte sich gegen die Wand, schob sich langsam an ihr hoch und wagte einen Blick darüber.

Er sah einen breiten Korridor vor sich, der einmal als Parkplatz für die Anwohner der Anlage gedient hatte. An den Seiten des länglichen Parkplatzes standen die Überreste rechteckiger Wohngebäude mit zwei Stockwerken. Zwischen dem Block, in dem er beinahe den Tod gefunden hatte, und seiner jetzigen Position befand sich ein weiteres Haus. Er konnte das Fenster sehen, aus dem er sich herausgeschlängelt hatte, denn es blickte auf den Parkplatz. In der Dunkelheit der Wohnung hatte er jegliche Orientierung verloren und nicht mehr gewusst, wo Norden war.

Vor dem Gebäude, aus dem er geflüchtet war, brannten vier Menschen. Sie hatten aufgehört, sich auf dem Boden zu wälzen. Etwas weiter entfernt konnte Lee eine Gruppe Männer ausmachen, die hinter einem ausgebrannten SUV Deckung nahmen und auf ein Gebäude gegenüber vom Parkplatz schossen.

Lee folgte den Kugeln und sah Mündungsfeuer aus einem Parterrefenster ganz in seiner Nähe kommen. Plötzlich öffnete sich die Tür der Wohnung, und ein junger Mann mit einem roten Kopftuch über der unteren Hälfte des Gesichts lehnte sich hinaus und warf einen Molotow-Cocktail über den Parkplatz. Die Flasche flog in hohem Bogen und landete auf dem Dach des SUV, hinter dem sich Angreifer versammelt hatten. Die brennende Flüssigkeit regnete auf sie hinab, und sie gaben ihre Deckung auf und rannten wild umher, um die Flammen an ihren Körpern zu löschen.

Der junge Mann brüllte demjenigen, der sich innerhalb der Eigentumswohnung befand, etwas zu und sprintete in Lees Richtung los. Eine Sekunde später kamen Angela, Abby und Sam in Sicht sowie ein zweiter junger Mann. Auch er trug ein Kopftuch vor dem Gesicht, aber ein blaues. Sie rannten wild und undiszipliniert wie ein Haufen Amateure, schienen in Panik. Der junge Mann mit dem blauen Kopftuch hielt einen schwarzen Revolver in der Hand. Lee glaubte, eine alte .38er- oder .357er-Ordonnanzwaffe der Polizei zu erkennen. Im Lauf drehte er sich immer wieder halb um und schoss auf die brennenden Männer, auch wenn es so gut wie nutzlos war, denn die Kugeln trafen alles, nur nicht ihre Ziele.

Das rote Kopftuch sprang über die Mauer und hob Sam und Abby über den Vorsprung, und Angela und das blaue Kopftuch folgten ihm.

Kaum hatten sie ihn erspäht, riefen sowohl Sam als auch Abby wie aus einem Mund: »Der Captain lebt noch! Der Captain lebt noch!«

»Keine Zeit zum Feiern!«, unterbrach das rote Kopftuch die beiden, schnappte sich Lee beim Arm und riss ihn auf die Beine. »Wir müssen hier weg, und zwar schnell!«

Lee reckte den Hals über die Mauer, um nach dem brennenden SUV zu schauen. »Wie viele sind es noch?«

»Wir haben zehn gezählt«, meldete sich das blaue Kopftuch zu Wort, während er die Kinder nach hinten schob. »Ich glaube, wir haben sechs von ihnen erwischt.«

Die Gruppe entfernte sich rasch vom Schlachtfeld. Lee bemerkte, dass der gesamte Komplex von dem gleichen schmiedeeisernen Zaun umgeben war, den er bereits neben dem Eingang gesehen hatte. Er war ungefähr drei Meter hoch und besaß scharfe Spitzen. Lee war sich nicht sicher, ob diese Milchgesichter von ihm erwarteten, darüberzuklettern, aber in seinem derzeitigen Zustand befürchtete er, sie enttäuschen zu müssen.

Sie kamen zum Zaun und rannten an ihm entlang. Alle sechs waren außer Atem, als Lee endlich ihr vermeintliches Ziel sah. Er sah eine Lücke im Zaun – ein Teilstück war entfernt –, und ein Trampelpfad führte durch etwas Gestrüpp auf die andere Seite. Die beiden jungen Männer mit den Kopftüchern hielten es nicht für notwendig, irgendetwas zu erklären; stattdessen führten sie die Gruppe in Reih und Glied zum Trampelpfad mit Lee und dem roten Kopftuch als Nachhut.

Lee tat sein Bestes, um mitzuhalten, aber bei jedem Schritt fuhren ihm die Schmerzen durch die Beine den Rücken hoch. Die tiefen Fleischwunden bedeckten einen Großteil seines Körpers, und er konnte sich einfach nicht bewegen, ohne dass sie immer wieder auseinandergezogen beziehungsweise zusammengedrückt wurden. Alles war in einem Moment glühend heiß und im nächsten eiskalt. Das Hemd klebte an seinem Rücken, die Hose an den Beinen, alles war voller Blut. Er war sich einigermaßen sicher, dass er nicht genug von seinem Lebenssaft verloren hatte, um das Bewusstsein zu verlieren, aber der Schmerz reichte, ihn schwindeln zu lassen.

Die beiden jungen Männer mit den Kopftüchern vorm Gesicht – sie waren vielleicht Anfang zwanzig – schienen nicht besonders vorsichtig vorzugehen, und Lee schloss, dass sie sich hier auskannten und wussten, dass ihnen keinerlei Gefahren mehr drohten. Lees Freude darüber fiel allerdings bescheiden aus. Es war offensichtlich, dass die beiden nicht gut – wenn überhaupt – ausgebildet waren, und in ihrem Eifer, sich so schnell wie möglich aus dem Staub zu machen, waren sie schneller unterwegs, als es ratsam war.

Der Trampelpfad führte am Zaun vorbei durch das dichte Gestrüpp und weiter in einen lichten Wald, ehe die Gruppe nach rechts abbog. Sie ließen den Wald schon bald hinter sich und standen auf einer Straße, von der Lee annahm, dass sie früher einmal von der Betreibergesellschaft der Starkstrommasten über ihren Köpfen angelegt worden war. Am Waldrand stand ein ziemlich mitgenommen aussehender weißer Pickup. Für einen Augenblick glaubte Lee, dass er einer Gruppe irakischer Militanten gehörte und irgendwo in der Wüste stand.

Ein älterer Mann stieg aus der Fahrerkabine. In der einen Hand hielt er eine Pumpgun, die andere hielt er in die Höhe, und die Gruppe hielt an. Lee konnte sich des Gefühls nicht erwehren, dass dieser Mann die Fäden in der Hand hatte.

»Was zum Teufel soll das?«, fragte er.

Das rote Kopftuch ließ Lee los und ging zusammen mit dem blauen zu dem alten Mann. Sie redeten zwar leise, aber Lee konnte noch immer jedes Wort verstehen. Während er zuhörte, erschienen am Rande seines Blickfelds aufleuchtende Sterne. Er beugte sich vor, um sicherzugehen, dass genügend Blut in sein Gehirn floss, damit er weiterhin klar denken konnte.

»Milos Bande hat sie angegriffen. Da konnten wir nicht einfach zusehen und nichts tun.«

Der ältere Mann starrte Lee an, während er zuhörte.

Das rote Kopftuch senkte den Kopf. »Ich meine ... Wir müssen sie ja nicht unbedingt mitnehmen oder so, aber wir konnten sie doch nicht einfach sich selbst überlassen. Du weißt doch, was Milo mit Frauen und Kindern anstellt. Und der Typ hat auch schon bessere Tage gesehen.«

Der alte Mann schüttelte den Kopf und flüsterte dann in harschem Tonfall: »Das ist bereits das dritte Mal, dass ihr mich in eine solche Lage bringt. Wir können diese Leute nicht aufnehmen! Wir haben kaum genug, um selbst über die Runden zu kommen!« Er tat einen Schritt auf Lee, Angela und die Kinder zu und meinte: »Passt mal auf, Leute ... Meine Jungs hier wollten nicht tatenlos dabei zusehen, wie man euch abschlachtet, also haben sie ihr Leben aufs Spiel gesetzt, um euch zu helfen. Aber leider können wir euch nicht mitnehmen, tut mir leid.«

Lee starrte den Mann an. Seine Zunge schien trocken und wie gelähmt, und seine Kopfhaut kribbelte.

Angela versuchte, zu widersprechen: »Aber ...«

»Ma'am, wir haben einfach keinen Platz mehr für Neuankömmlinge. Wir sind jetzt schon überbevölkert, und an Proviant fehlt es uns vorne und hinten. Es ist für uns ein Ding der Unmöglichkeit, vier weitere Mäuler zu stopfen. Wir werden selbst nicht satt. Ich weiß, es klingt hart, aber ich muss zuerst an die meinen denken. Bitte verstehen Sie mich – wir würden gerne helfen, sind dazu aber einfach nicht in der Lage.«

Der ältere Mann drehte sich um, ging zurück zum Truck und wies die beiden Kopftücher durch zusammengebissene Zähne an: »Gebt ihnen eure Wasserflaschen und alles Essen, das wir mitgenommen haben.«

Lee räusperte sich und kämpfte noch immer darum, sich einen klaren Kopf zu verschaffen. »Aus wie vielen Leuten besteht Ihre Gruppe?«

Der ältere Mann hielt inne und wandte sich um. Er musterte Lee von Kopf bis Fuß und schien nicht ganz sicher, ob er diese Information preisgeben sollte. »Das geht Sie überhaupt nichts an.«

»Sind Sie der Anführer?«, setzte Lee nach.

Sein Gegenüber verschränkte die Arme. »Ich spreche in seinem Namen.«

Lee lächelte schwach. »Ich bin mir ziemlich sicher, dass er mich kennenlernen will.«

19

Die Überlebenden

Der ältere Mann lachte laut auf. »Alles klar. Und ich bin mir sicher, dass er das ganz und gar nicht will.«

Lee stimmte in sein Lachen ein. Nicht weil es irgendeinen komischen Anlass dafür gab, sondern weil sein Gegenüber genau das am wenigsten erwartete. »Schicken Sie Ihre Jungs immer ins Gefecht gegen bewaffnete Plünderer mit nichts weiter als zwei Ordonanzwaffen der Polizei aus den Achtzigerjahren und ein paar Molotow-Cocktails?«

Das Lachen des alten Mannes ebbte ab, und er wurde ernst. »Wir haben genügend Waffen. Glauben Sie ja nicht, dass wir uns nicht verteidigen können.«

»Hmm.« Lee setzte eine nachdenkliche Miene auf. Er redete weiter und hoffte, dass seine Worte nicht auf taube Ohren trafen. »Was sollten Sie auch sonst zu mir sagen? Ich bin ein Fremder, dem Sie kaum gestehen würden, dass nur zehn Männer mit Sturmgewehren Ihre gesamte Basis einnehmen könnten. Aber machen Sie sich keine Sorgen, wir sind anders. Also, was haben Sie zur Verfügung? Ein paar Schrotflinten? Vielleicht sogar Jagdgewehre? Ein bisschen Munition, teils hierfür, teils dafür? Insgesamt ein paar hundert Patronen?«

Die Miene des alten Mannes hatte sich verhärtet und schien aus Stein gemeißelt.

Aber ehe er Lee unterbrechen konnte, fuhr dieser fort: »Sie haben bereits zugegeben, dass Sie kaum noch Proviant oder Wasser haben, aber ich glaube, dass Ihre Lager komplett leer sind oder vielleicht gerade noch genug beinhalten, um eine, höchstens zwei Wochen über die Runden zu kommen. Wieso sonst würden Sie zwei hoffnungslos unterlegene Männer in eine Kriegszone schicken? So etwas macht man nur, wenn die Lage sowieso einigermaßen aussichtslos ist.« Lee hob die Augenbrauen. »Soll ich fortfahren? Wie sieht es mit Medikamenten aus? Natürlich haben Sie keine. Wer kümmert sich schon um so etwas, wenn man verzweifelt nach der nächsten Mahlzeit sucht, ohne getötet oder infiziert zu werden. Rudimentäre Kommunikationssysteme? Ein klares Nein, denn sonst hätten Ihre Jungs sich mit Ihnen über die Lage und ihre Vorgehensweise ausgetauscht.«

»Das reicht«, fuhr der Mann Lee über den Mund. »Wenn Sie uns verarschen wollen, werde ich Sie persönlich jagen und Ihnen Ihr Herz bei lebendigem Leibe herausreißen.«

Lee hob die Hände und blinzelte einige Male, um sein rasch schwindendes Sehvermögen aufrechtzuerhalten. »Ich bin nicht hier, um irgendjemandem zu schaden. Ich bin hier, um zu helfen. Ich kann Ihnen Zugang zu allem beschaffen, was Sie benötigen. Waffen, Munition, Essen und Trinken, Medikamente – alles. Aber ob Sie meine Hilfe akzeptieren, ist ganz und gar Ihre Sache. Meine Gruppe und ich werden weiterhin überleben, wie wir es schon die ganze Zeit getan haben, und irgendwann werden wir auf eine Gruppe von anderen Überlebenden treffen, die unsere Hilfe dankbar annehmen und alles von uns erhalten wird, was ich gerade aufgelistet habe. Nur schade, dass Sie kein Interesse haben.«

»Genau«, beteuerte der Alte und schüttelte den Kopf. »Schade. Und nun passen Sie mal auf. Ich erkenne die aussichtslose Lage, in der Sie sich befinden, aber ich habe schon viel bessere Geschichten von Menschen gehört, die einem für einen Happen in den Mund und einen Schluck Wasser alles Mögliche versprechen.«

Lee bemerkte, dass der ältere Mann nicht mehr wusste, was er denken sollte, sonst hätte er seine Entscheidung nicht so vehement verteidigt. »Dann gebt uns nichts. Verbindet uns die Augen und fesselt uns. Wir müssen nicht in Ihr Lager fahren. Ich will nur mit dem Anführer sprechen. Und wenn ihm nicht gefällt, was ich zu sagen habe, dann können Sie uns wieder auf die Straße setzen, ohne jegliches Risiko einzugehen.«

Der Mann starrte Lee an.

»Los, Bill ...« Das rote Kopftuch hatte mittlerweile die Maske vom Gesicht gestreift. »Das kann doch nicht schaden. Außerdem sollte er zum Doc.«

Bill zögerte noch einen Augenblick, um klarzustellen, dass die Entscheidung einzig und allein auf seinem Entschluss und nicht auf dem Drängen eines seiner Untergebenen beruhte. »Nun gut.« Er zeigte mit einem Finger auf Lee. »Aber wir werden euch die Augen verbinden und fesseln, bis wir wissen, was genau hier vor sich geht.«

Lee blieb für kaum mehr als zwei weitere Minuten bei Bewusstsein. Er konnte sich nur noch vage daran erinnern, dass man ihm eine Augenbinde und Fesseln angelegt hatte, ehe man ihn in den Pickup-Truck stieß. Danach folgten nur noch dunkle, unsinnige Träume. Er saß in einer Achterbahn, die bergab stürzte. Sie fiel tiefer und tiefer, und alle Fahrgäste wollten aussteigen. Ein Sicherheitsbügel nach dem anderen gab nach, und die Passagiere flogen aus dem Wagen, schrien, während sie nach oben im Himmel verschwanden. Einzig und allein Lee blieb in der Achterbahn ins Nichts sitzen.

Er wachte auf, als sein Wagen mit voller Wucht auf dem Boden aufschlug.

Der Pickup war über eine Bodenwelle gefahren, und er hatte sich den Kopf angeschlagen. Er konnte den Rost, das trockene Laub und die Erde riechen, mit dem die Ladefläche bedeckt war, aber nichts von all dem wollte irgendwie Sinn ergeben. Dann verlor er erneut das Bewusstsein. In den Momenten, in denen er wieder bei Sinnen war, reckte und streckte er sich verzweifelt, um sicherzugehen, dass der GPS-Empfänger noch immer in seiner Hosentasche steckte. Es gab keinen Grund zur Annahme, dass dies nicht der Fall war, aber er wollte ihn in den Händen halten. Die Schmerzen der tiefen Wunden auf seinem Rücken ließen jede Bewegung zur Qual werden, und er schaffte es nie ganz, seine Hand in die Cargotasche zu stecken.

Die dem Geruch der Ladefläche folgende Erinnerung Lees war die daran, sich zu erheben.

Er sah nichts. Es war so dunkel wie in einer mondlosen Nacht, aber er konnte die wärmende Sonne auf seiner Haut spüren. Jemand war wütend, aber Lee war sich recht sicher, dass es nicht gegen ihn gerichtet war. Er wurde von zwei kräftigen Händen aufrecht gehalten, die ihn an den Schultern gepackt hatten. Seine Beine schienen schwammig, und er wusste, dass er ohne die Hände zu Boden sacken würde.

Er fragte sich, ob er erneut träumte.

»Verdammt noch mal, Bill!«, brauste die wütende Stimme auf. »Musstest du ihnen die Augen verbinden? Der Mann ist doch eh schon halb tot! Doc! Doc!«

»Wo zum Teufel steckt er nur?«

»Eben gerade war er noch hier.«

»Los, sucht den Doc. Irgendjemand!«

»Hier ist er doch, hier ist er doch.«

»Meine liebe Güte, Bill. Warst du das?« Eine neue Stimme, etwas höher als die anderen, aber trotzdem ein Mann, dachte Lee.

»Nein. Ich glaube, das waren Milos Männer.«

Lee wollte den Mund öffnen, aber sein Rachen fühlte sich trocken und wund an.

»Was? Du musst lauter reden, Kumpel.«

»Ich habe mich nur an Nägeln aufgerissen ... Angela und Abby sind ... dehydriert ... und Sam auch.«

Daraufhin meldete sich der Doc wieder. »Mikey, bring das Mädchen und die zwei Kleinen in mein Zimmer. Und jemand muss mir mit diesem Typen hier helfen.« Dann wandte er sich Lee zu: »Hey, Junge ... Was hast du gesagt? Nägel? Aufgerissen? Und wie bitte schön soll das passiert sein?«

»Fenster«, antwortete Lee.

Dann herrschte Schweigen, und Lee spürte, wie Hände ihn nach vorne zogen. Er wollte seine Beine bewegen, aber seine Knie waren zu schwach. Lee war dankbar, dass man ihn festhielt.

»Ernsthaft«, meldete sich der Doc erneut, sprach aber mit jemand anderem. »Können wir nicht diese verdammten Augenbinden abnehmen? Wozu überhaupt diese ganze Guantanamo-Scheiße? Danke.«

Plötzlich wurde es unglaublich hell. Lee blinzelte. Sobald er etwas sehen konnte, versuchte er, sich zurechtzufinden, wollte in Erfahrung bringen, wo er sich befand. Er stand auf Kies, und um ihn herum waren mehrere große Wagen und einige heruntergekommene Pickup-Trucks geparkt, darunter auch der, in dem Bill und die beiden Kopftücher ihn, Angela und die beiden Kinder hierher verfrachtet hatten. Hinter den Fahrzeugen konnte er Gesichter ausmachen, die ihn neugierig anstarrten. Dann blickte er geradeaus und sah, wohin ihr Weg führte: ein Stahlcontainer. Dahinter standen noch etliche weitere, alle vor einem großen Fabrikgebäude.

»Also, was ist mit dir passiert?«, wollte der Doc wissen.

Lee drehte sich zu der Stimme um und sah einen schräg aussehenden Mann zu sich aufblicken. Er war kaum größer als einen Meter fünfundsechzig, dürr wie eine Bohnenstange, hatte dichtes braunes Haar und trug eine Brille auf seinem prominenten Gesichtserker, die schon bessere Tage gesehen hatte: die Gläser waren zerkratzt, und der Rahmen war mit Klebeband zusammengekittet.

Jemand sprach an seiner Stelle. Lee kannte die Stimme, das war das rote Kopftuch. »Er war in einer der Wohnungen, hat quasi in der Falle gesteckt. Musste eines der Bretter lösen, hat es aber nur an einer Ecke geschafft, sodass er sich durchzwängen musste. Und die Nägel, tja, du siehst ja, was die mit ihm angerichtet haben.«

»Ahh.« Doc ging um Lee herum und betrachtete seinen Rücken. »Jau, das ist mehr als nur ›aufgerissen‹, und ich hoffe, dass kein Rost in die Wunden geraten ist, denn gegen Tetanus bin ich machtlos – habe rein gar nichts dagegen.«

Lee nickte.

Dann übernahm der Doc wieder die Spitze, und Lee und das rote Kopftuch, das Lee aufrecht hielt, folgten ihm in den offen stehenden Schiffscontainer. Lee konnte einige Schachteln Medikamente ausmachen, aber die blutbesudelten Laken und der Geruch von Desinfektionsmittel verrieten ihm, dass er sich aller Wahrscheinlichkeit nach in Docs Praxis befand. Angela, Abby und Sam saßen auf Kisten, und eine Frau – Lee schätzte sie auf Anfang zwanzig – reichte ihnen

Flaschen mit Wasser. Das Plastik war zerkratzt, die Etiketten längst abgefallen. Es war offensichtlich, dass sie seit einiger Zeit im Einsatz waren und immer wieder aufgefüllt wurden.

Das rote Kopftuch führte ihn zu einem Bett mit dreckigem Laken. »Leg ihn auf die linke Seite«, wies ihn der Doc an. »Seine linke Seite ... Linke Seite, Miller!«

»Bin doch schon dabei!«, entgegnete das rote Kopftuch – alias Miller – genervt. Endlich hatte Miller es geschafft, sodass Lee auf seiner linken Seite auf dem Bett lag. Er musste immer wieder die Augen schließen, denn die Schmerzen schossen jetzt in langen feuerroten Blitzen durch seine gesamte Seite und sein Kreuz, um dann auszustrahlen. Kaum hatte er den Kopf auf die Matratze gelegt, spürte er, wie der Doc seine zerrissene, blutbesudelte Kleidung aufschnitt, um die Wunden freizulegen. Bei jedem neuen Schnitt mit der Schere gab er missbilligende Geräusche von sich. Lee ging davon aus, dass seine Wunden schlimmer waren, als der Doc vermutet hatte.

Als der Arzt sich an Lees Cargohose zu schaffen machte, schoss Lees Hand seine Seite hinab. Er spürte, wie der Doc zurückschreckte. Er steckte sie in die Tasche und tastete nach dem GPS-Empfänger. Als er ihn berührte, ergriff er ihn und holte ihn hervor. Die junge Frau wollte ihn Lee abnehmen, aber Lee ließ nicht los. »Niemand fasst das an«, flüsterte er.

Als seine sämtliche Kleidung aufgeschnitten und abgestreift war, saß Lee nackt im Bett. Ihm wurde kalt. Anfangs war es ihm peinlich, völlig nackt in Anwesenheit aller anderen zu sein, insbesondere vor Angela und den Kindern, aber die meisten Sorgen bereitete ihm die Größe des Inhalts von Docs Arzneischrank. Er konnte sich nicht vorstellen, dass er zu viel Blut verloren hatte, aber eine Infektion war durchaus im Bereich des Möglichen.

»Jenny, ich brauche dich«, rief der Doc.

Lee öffnete die Augen einen Spalt und sah, wie sie Angela und die Kinder zurückließ und sich zum Doc gesellte. Auch wenn man sie nicht gerade als Schönheit bezeichnen konnte, war sie doch attraktiv genug, dass Lee die Sorgen um seine Verletzungen vergaß und die Scham über seine Nacktheit wieder Oberhand gewann.

Dann ertönte Docs Stimme erneut, ihr Tonfall mehr oder weniger gebieterisch. »Ich brauche ein Handtuch und Wasser für ihn. Und wenn du damit fertig bist, bring mir mein Nähwerkzeug.«

»Bin gleich wieder da«, sagte sie und drehte sich auf der Stelle um, um den Anweisungen Docs Folge zu leisten.

Doc wandte sich jetzt Lee zu und meinte in sanfterem Tonfall: »Okay, es sieht folgendermaßen aus: Ihre Kratzer sind eher Lazerationen, also tiefere Fleischwunden. Hier und da sind sie bis ins Muskelgewebe eingedrungen. Ich bin also einigermaßen überrascht, dass Sie sich überhaupt aufrecht halten können. Die gute Nachricht lautet, dass ich genügend Faden habe, um Sie wieder zusammenzuflicken, und hoffentlich verhindern wir so auch jegliche Infektionsgefahr. Die schlechte Nachricht ist, dass ich nichts habe, um Sie irgendwie betäuben zu können, und ich werden eine, vielleicht sogar zwei Stunden an Ihnen herumnähen müssen. Die nächsten zwei Stunden werden also nicht die schönsten Ihres Lebens werden, aber vielleicht haben Sie Glück und verlieren das Bewusstsein. Je eher, desto besser.«

Lee hörte, wie Jenny mit den Sachen wiederkam.

»Ach, und bevor Sie das Bewusstsein verlieren«, fuhr der Doc fort, »sollten Sie so viel Wasser wie möglich trinken. Sie haben viel Blut verloren – nicht genug, um uns Sorgen machen zu müssen, aber Flüssigkeitsnachschub ist dringend notwendig. Ich schaue mal, ob wir Saft für Sie organisieren können ... Jenny? Saft!«

Lee öffnete die Augen, um einen Blick auf Jenny zu werfen, aber sie stand etwas abseits, außerhalb seines Blickfelds.

»Okay ... Ein klares Nein, was Saft angeht, mein Freund. Ist überhaupt alles ein bisschen knapp gerade.«

Lee nickte und drückte das Gesicht in die Matratze. »Tun Sie, was Sie tun müssen.«

»Guter Mann«, lobte ihn der Doc.

Lee lag auf der Seite, während der Doc seine Wunden reinigte. Der junge Arzt benutzte eine große Spritze mit sterilem Wasser, um die Wunden feucht zu halten und vernünftig zu reinigen, denn Lee hatte sich im Dreck wälzen müssen, um nicht von Kugeln durchlöchert zu werden. Nach einer gründlichen Reinigung tupfte der Doc die Wunden trocken. Während der Prozedur hatte Lee bereits zwei Flaschen Wasser zu sich genommen.

Lee spürte, wie der Arzt von seinem Rücken abließ, hörte, wie er hinter ihm irgendetwas vorbereitete, und schloss, dass er den Faden in die Nadel einzog, um ihn wieder zusammenzuflicken. Von seiner medizinischen Grundausbildung her wusste Lee, dass der Doc zuerst die Muskelfasern nähen musste, ehe er sich der Haut widmen konnte. Das bedeutete natürlich doppelten Schmerz, aber er hoffte, ebenso wie der Doc, dass er so rasch wie möglich das Bewusstsein verlieren würde.

Hinter ihm stöhnte der Arzt auf. »Okay, jetzt haben wir es. Bereit?«

Lee nickte erneut und ballte die Fäuste zusammen.

Der Doc hatte richtig gelegen. Lee wurde innerhalb kürzester Zeit bewusstlos.

20

Der Deal

Als Lee wieder zu sich kam, konnte er sich nicht an seine Träume erinnern, aber sie hatten ein ungutes Gefühl in ihm ausgelöst, das noch immer durch seine Adern gepumpt wurde und seinen Magen verkrampfte. Durch seinen Kopf schwirrten wilde Bilder, bestehend aus Gewalt und Unmenschlichkeit. In der Hand hielt er noch immer den GPS-Empfänger – sehr gut. Sie hatten ihn Lee nicht abgenommen.

Er öffnete die Augen und registrierte, dass er noch immer im Bett in der behelfsmäßigen Krankenstation lag. Er fühlte sich schwach und zitterte ein wenig, hievte sich aber auf einen Ellenbogen, um sich besser umschauen zu können. Die Bewegung sandte einen heißglühenden Schmerz durch seinen Rücken. Erst als er sich sitzend im Bett aufgerichtet hatte, merkte Lee, dass jemand am Fuß seines Bettes stand.

Es war ein breitschultriger Mann mit einem dichten dunklen Bart. Er trug ein dreckiges ärmelloses T-Shirt und eine abgerissene alte Tarnhose. Unter dem linken Arm trug er ein Holster mit Waffe darin. Lee glaubte, eine Colt-1911-Pistole zu erkennen. Der Bärtige starrte Lee an und nickte dann.

»Können Sie aufstehen?«

Lee antwortete nicht. Woher sollte er wissen, ob er stehen konnte? Er schwang die Beine aus dem Bett und bereitete sich darauf vor, sie auf die Probe zu stellen.

Der Mann mit dem Bart lächelte. »Nein, tun Sie es nicht. Doc meinte, Sie müssten sich ausruhen. War nur neugierig, ob Sie stehen können.«

Lee entspannte sich, lehnte sich erneut auf seinen Ellenbogen und versuchte, Schmerzgrimassen zu vermeiden. »Vielen Dank, dass Sie mich wieder zusammengeflickt haben. Ich weiß, dass es nicht allzu gut um Ihre Ressourcen steht.«

»Das können Sie laut sagen.« Der Bärtige schnappte sich einen Klappstuhl aus Metall, der an einem Tisch mit einer Gaslampe stand, der einzigen Lichtquelle für den gesamten Container. Bis dahin hatte Lee gar nicht bemerkt, dass es draußen dunkel war. Er fragte sich, wie lange er wohl geschlafen hatte. »Mein Name ist lang und griechisch, nennen Sie mich also einfach Bus. Ich bin sozusagen der Anführer unserer Truppe hier.«

»Okay, Bus. Ich bin Lee Harden.«

»Mmm-hmm.« Bus machte es sich auf dem Stuhl bequem. »Wenn ich richtig verstanden habe, gab es eine Abmachung zwischen Ihnen und Bill. Sie würden keinerlei Hilfe von uns annehmen, ehe Sie mir nicht etwas aufgeschwatzt haben – was auch immer das sein mag. Mehr hat er nicht verraten wollen. Jetzt haben Sie und Ihre Gruppe bei uns gegessen, getrunken und medizinische Hilfe erhalten – alles, was wir geben können, wenn es auch übersichtlich ist. Wir haben unser Versprechen also mehr als gehalten. Also ... Was haben Sie jetzt für uns auf Lager?«

Lee rieb sich die Augen und versuchte, einen klaren Gedanken zu fassen, um die Lage verständlich und eindringlich erklären zu können. »Genau ... Äh ...«

Bus seufzte laut. »Ist schon gut.« Er schien enttäuscht. »Ist nicht das erste Mal, dass uns das passiert. Essen und Trinken wachsen derzeit nicht gerade auf Bäumen, und alle tun so, als ob sie Ressourcen im Überfluss hätten, nur damit wir sie aufnehmen. Ist natürlich alles erstunken und erlogen. Machen Sie reinen Tisch mit mir, und wir wünschen Ihnen und Ihrer Gruppe alles Gute.«

Lee setzte ein schwaches Lächeln auf. »Sir, ich habe Sie nicht angeschwindelt, nur um den Rücken genäht zu bekommen und ein paar Bissen und etwas Wasser zu erhalten. Was genau brauchen Sie?«

Bus überlegte eine Weile und antwortete dann: »Ich will ganz ehrlich mit Ihnen sein, Mr. Harden. Ich habe keinen Grund, Ihnen zu vertrauen. Und wenn ich Ihnen verrate, was wir am dringendsten brauchen, kennen Sie unsere größten Schwachstellen. Das sind keine Informationen, die ich an Fremde weitergebe. Und wenn man mir als Fremder solche Fragen stellt, dient es nur dazu, dass ich misstrauisch werde.«

Lee schürzte die Lippen. »Ich verstehe.«

»Vielleicht können Sie mir verraten, wie Sie Ihre Hände an diese angeblichen Ressourcen kriegen wollen. Das würde die Sache ein wenig anders aussehen lassen, denn wie es im Augenblick steht, hört sich Ihr Geschwätz eher wie ein Märchen an.«

Also erklärte Lee ihm alles. Er begann mit seiner Position im Projekt Hometown und allem, was dazugehörte. Er erzählte, wie er in den Besitz diverser Lager gekommen war, die so gut bestückt waren, dass sie eine kleine Armee mit allem Nötigen, von Stiefeln über Munition bis hin zu Bandagen, versorgen konnten, dass diese Lager sich in unterirdischen Bunkern befanden und er selbst bis vor Kurzem in einem dieser Bunker gelebt hatte. Er fügte hinzu, dass die Bunker gut getarnt waren, Zugang für Zivilisten quasi unmöglich war und sie nur von speziellem Personal geöffnet werden konnten. Spezifische Einzelheiten verriet er nicht; auch sagte er nichts von seinem GPS-Empfänger und den darauf abgespeicherten Daten.

Als er fertig war, starrte Bus ihn mit vor Konzentration gerunzelter Stirn an. Die Arme hatte er vor der Brust verschränkt. Er schien nicht überzeugt, wägte aber das Gehörte ab. Lee hoffte, dass er genügend Details offenbart hatte, um seine Geschichte glaubhaft zu machen. Vor allem musste Bus ihm vertrauen.

Lee fuhr fort: »Bus, das ist meine Aufgabe. Ich kann mir vorstellen, dass es schwierig ist, sich vorzustellen, dass die Regierung der Vereinigten Staaten noch existiert – wenn auch nur auf einer sehr überschaubaren Ebene –, aber wir sind hier, um sie wiederaufzubauen. Ich verlange nichts von Ihnen. Und Sie wissen, dass Sie sich ein Nein nicht leisten können, denn Sie brauchen dringend all das, was ich Ihnen geben kann. Ich verstehe auch, dass Sie keinem Fremden vertrauen wollen, aber Sie müssen sich darüber im Klaren sein, dass es nicht so weitergehen kann. Sie und Ihre Gruppe werden den Winter nicht überleben, wenn Sie nichts weiter tun, als Abfälle nach Essbarem zu durchwühlen. Wir müssen alte Strukturen wieder neu aufbauen, und je schneller wir das tun, desto besser.«

Bus saß ihm gegenüber und regte keinen Muskel. Selbst sein Gesichtsausdruck veränderte sich nicht.

Lee hatte alles gesagt, was gesagt werden musste. Seine Ausführungen waren klar und eindeutig gewesen.

Nach einer langen Pause atmete Bus endlich hörbar aus. »Okay. Und wie sollen wir das bewerkstelligen? Was schlagen Sie vor?«

»Quid pro quo. Ich hätte ganz gerne ein paar Fragen beantwortet.«

Bus erweckte kurz den Eindruck, als ob diese Worte ihn schmerzten. Dann aber sagte er: »Nun gut, dann fragen Sie mal los.«

»Wo sind wir eigentlich?«

»Wir nennen es Camp Ryder. Das Gelände gehörte der Ryder-Lastwagenfabrik und liegt ungefähr fünf Kilometer südwestlich von Angier.«

»Und wie viele Leute leben hier?«

»Als ich das letzte Mal gezählt habe, waren es achtundfünfzig.« Bus hörte sich an, als ob er des Öfteren über diese Zahl nachdachte.

Lee wog die neuen Informationen ab. »Okay. Wie viele von diesen achtundfünfzig sind gefechtsfähig?«

Bus ließ einen Lippenfurz fahren. »Zwanzig – wenn es hoch kommt.«

»Und wie ist es um Waffen bestellt?«

»Einige Jagdgewehre und -flinten und ein paar Pistolen, aber zwei davon sind .22er-Kaliber, man kann sie also kaum gebrauchen, außer für Kleinwild. Ab und zu benutzen wir sie zum Jagen.«

»Und wie sieht es mit der Munition aus? Ist wohl auch Mangelware?«

Bus nickte. »Richtig. Aber wir haben noch Molotow-Cocktails, und zwar einen ganzen Haufen. Sind nämlich neulich über einen Recycling-Laster gestolpert, der vor Flaschen beinahe platzte. Außerdem haben wir noch etliche Liter Diesel aus dem Tank gezapft, und da keines unserer Fahrzeuge ein Diesel ist, schienen die Cocktails die beste Lösung.«

Lee schloss die Augen und malte sich die Situation aus. »Erzählen Sie mir von dem Gebäude hinter dem Container. Ist es gut zu verteidigen?«

Bus lehnte sich vor. »Große Zementmühle. Was Besseres haben wir nicht gefunden. Hat nur zwei Ein- beziehungsweise Ausgänge. Obendrein gab es noch die Laderampen, aber die haben wir zugeschweißt. Um das gesamte Gelände steht ein elektrischer Zaun, aber unsere Generatoren liefern nicht genug, um ihn unter Strom zu halten. Nichtsdestotrotz, er hält uns die Wahnsinnigen vom Leib.«

»Aber keine Gesunden, die reinwollen.«

Bus schüttelte den Kopf. »Wir patrouillieren den Zaun, so oft wir können, aber wir haben nicht genügend Leute. Und selbst wenn wir zufällig Einbrecher bei der Arbeit überraschen sollten, bin ich mir nicht sicher, ob wir genügend Waffen haben, um sie abzuwehren. In einem solchen Fall lautet unser Plan, uns in der Fabrik zu verschanzen. Das einzige Problem ist, dass wir für höchstens zwei, allerhöchstens drei Tage zu essen und zu trinken haben.«

»Wurden Sie schon einmal angegriffen?«

»Nicht angegriffen«, entgegnete Bus und strich durch seinen dichten Bart. »Aber es kommen immer wieder mal ein paar Neugierige, die die Schotterstraße bis zu unserem Haupteingang entlangfahren. Zum Glück haben wir es bisher immer geschafft, sie mit ein paar gut gezielten Kugeln zu vertreiben. Wenn aber jemand wirklich reinwill, bezweifele ich, dass wir in der Lage wären, ihn davon abzuhalten.«

Lee öffnete die Augen. »Haben Sie das Haupttor schon verbarrikadiert?«

Bus schien verwirrt. »Nein ... Das benutzen wir doch ständig.«

»Das müssen Sie ändern, also einen anderen Zugangsweg finden. Die Schotterstraße ist zu offensichtlich, sodass Sie unwillkommene Besucher förmlich zu sich locken. Außerdem macht sie das Ganze für Angreifer wesentlich einfacher. Ein paar Bäume vor dem Tor werden zwar niemanden zu Fuß aufhalten, aber Fahrzeuge werden ihre Schwierigkeiten damit haben.«

Bus zog eine nachdenkliche Miene. »Bill und seine Späher benutzen immer den Feldweg durch den Wald entlang der Strommasten. So können sie kommen und gehen, ohne gesehen zu werden. Das wäre keine schlechte Option.« Dann warf er Lee einen durchdringenden Blick zu. »Aber worauf soll das alles eigentlich hinaus?«

»Ich will mir nur ein Bild machen, was wir alles benötigen.«

»Sie meinen Proviant und so?« Bus schnaubte. »Wir brauchen einfach alles, aber die notwendigsten Sachen sind Essen, Wasser und Waffen. Medikamente kommen gleich danach, obwohl ich mir sicher bin, dass unser Doc das anders einschätzen würde.«

Lee schnitt eine Grimasse. »Mehrere Trips stellen gegenwärtig ein größeres Unterfangen da, als uns recht sein kann. Das Risiko ist zu groß. Sie müssen verstehen, dass sich meine Vorräte zwar alle in der Umgebung befinden, aber wenn ich die Lage da draußen richtig einschätze, könnten ein paar Kilometer ebenso gut ein paar Hundert sein.«

Bus lächelte humorlos. »Sie sagen immer ›wir‹ und ›uns‹. Das hört sich nicht so an, als ob Sie nur einen unserer Trucks ausleihen wollen, um dann mit einer guten Ladung an Vorräten zurückzukommen.«

Lee starrte Bus direkt in die Augen. »Bei allem Respekt: Wenn ich jetzt alleine ausrücken würde, wäre das quasi Suizid. Vor achtundvierzig Stunden noch hätten Sie solche Worte nicht aus meinem Mund gehört, aber ich habe seitdem ein wenig Weisheit hinzugewonnen und sehr viele Waffen verloren. Nein, ich brauche ein Team, das mich begleitet.«

»Okay.« Bus stützte die Ellenbogen auf die Knie und legte das Gesicht in die Hände. »Ich sage nicht, dass ich einverstanden bin, aber gehen wir mal davon aus, dass Sie Ihr Team kriegen. Was passiert dann?«

»Tja«, meinte Lee und holte Luft. »Wir bräuchten mindestens drei oder vier Fahrzeuge. Am besten Laster. Dazu mindestens zwei Männer pro Laster – einen Fahrer und einen Schützen – für den Fall, dass wir auf Widerstand stoßen. So könnten wir genug Sachen holen, um hier zu überwintern ... Hoffentlich.«

Bus seufzte. »Drei Fahrzeuge? Und das ist dann genug für alles, auch für Medikamente, Waffen und Munition?«

»Essen und Trinken wird den meisten Platz beanspruchen.« Lee rieb sich die Schläfen. »Und Munition auch. Essen und Trinken sind das Wichtigste, aber ich bin mir ziemlich sicher, dass wir genügend Proviant für sechs Monate in drei Lastern unterbringen können. Dazu noch ein paar Waffen, Munition und vielleicht ein paar Sprengmittel und etwas Artillerie, Medikamente und medizinische Ausrüstung ... Ja, ich glaube, dass drei gerade so ausreichen, auch wenn es etwas eng werden könnte.«

»Sie wissen schon, dass ich hier nicht das alleinige Sagen habe?«, fragte Bus und stand auf.

»Dann kann ich davon ausgehen, dass Sie den Inhalt unserer Unterredung einem Komitee vortragen?«

Lee spürte, wie eine kühle Brise von draußen hereinwehte, und zog sich das Laken um die Schultern.

»So ähnlich.«

»Wenn es sich tatsächlich um ein Komitee handelt, dann sollten wir fünf Fahrzeuge à drei Mann vorschlagen.«

Bus lachte auf. »Und ich dachte, ich kenne die Menschen hier ganz gut, aber Sie sind offenbar schon länger hier und vertrauter mit den Umständen, als ich dachte.«

Lee lächelte und legte sich auf die Seite. »Sie dürfen nicht vergessen, Bus, dass ich von einer der größten Bürokratien der Vereinigten Staaten ausgebildet wurde, der Armee. Mit Komitees kenne ich mich aus.«

Bus drehte sich um und ging. Über die Schulter rief er noch: »Und jetzt ruhen Sie sich erst mal ein wenig aus, Captain.« Kaum war er aus dem Container verschwunden, traten Angela und Jenny ein. Die behelfsmäßige Krankenschwester trug ein Tablett mit einer Flasche Wasser und einer Plastikschüssel, das sie vor Lee abstellte. In der Schüssel befand sich Essen. Es sah aus wie Reis und schwarze Bohnen.

Jenny lächelte. »Docs Anweisungen: Sie müssen essen und trinken.«

Lee bedankte sich mit einem Nicken. »Vielen Dank, dass Sie uns helfen. Sie und Ihre Gruppe waren bereits mehr als nett zu uns.«

»Tja.« Jenny setzte Lee auf und überprüfte die Bandagen an seinem Rücken. »Wir halten Sie am Leben,

Sie halten uns am Leben ... So lautet auf jeden Fall der Plan.«

Angela setzte sich auf die Bettkante. Ihre blutbesudelte und verdreckte Kleidung war verschwunden. Jetzt trug sie ein altes T-Shirt und eine Cargohose. Beide sahen viel zu groß aus, aber zumindest waren sie sauber. Sie hatte sich außerdem gewaschen und machte insgesamt einen viel besseren Eindruck. Es war schon erstaunlich, was etwas Körperhygiene für die Moral tat.

Zwischen stetem Kauen meinte Lee: »Sieht ganz so aus, als ob Sie endlich Ihre lang ersehnte Dusche genießen konnten.«

Angela lächelte. »Ein Eimer Regenwasser und ein Stück Seife. Ich bin überglücklich.«

Jenny entschuldigte sich und wiederholte Lee gegenüber, dass er sich ausruhen sollte, was Lee auch versprach. Dann fragte er Angela nach der Zeit. Es war halb zehn.

»Und wie geht es Sam und Abby?«, erkundigte er sich.

Angela zuckte mit den Schultern.

»Haben Sie zu essen und zu trinken gekriegt?«

»Ja. Jenny hat ihnen genügend Wasser und etwas zu essen gegeben. Sam hat alles hinuntergeschlungen, aber Abby geht es nicht so gut.«

Angela schnitt vor Sorge und Kummer eine Grimasse. »Aber ich bin mir sicher, dass sie wieder wird.« Sie nickte zwar, aber Lee sah Tränen in ihre Augen steigen, und sie biss sich auf die Unterlippe. Lee lehnte sich zu ihr ihn und legte seine Hand auf ihren Arm. »Es ist ganz normal für dehydrierte Menschen, sich nach einer Nahrungsaufnahme nicht wohlzufühlen.«

»Das ist es nicht«, sagte Angela, schüttelte den Kopf und versuchte, sich zusammenzureißen, indem sie seufzte und dann gen Himmel starrte. »Sie hat sich nur ... so verändert. Vor einem Monat noch war sie ganz anders. Man hätte kaum glauben können, dass es ein und dieselbe Person ist. Sie hat während der letzten vier Wochen so viel durchgemacht ...«

Lee sagte eine ganze Weile lang nichts, erhob schließlich aber doch das Wort: »Wir haben uns alle verändert, Angela. Niemand, der so etwas miterleben muss, kommt da ungeschoren durch. Wir leben in Zeiten, die niemand hätte voraussagen können. Aber wir leben noch, und das ist das Einzige, was zählt.«

Angela antwortete nicht, sondern legte den Kopf in die Hände. Die Tränen schienen ihr peinlich zu sein, aber Lee sah, wie ihre Schultern mit jedem Schluchzen leicht erbebten – wie sanfte Wellen, die ans Ufer schlugen. Endlich wischte sie sich ihr Gesicht ab und blickte Lee mit rot unterlaufenen Augen an.

»Es tut mir leid. Sie haben recht. Und uns geht es besser als so manchen anderen.«

Lee nickte. »Wir schaffen das schon.«

Angela stand auf, drehte sich um, um zu gehen, hielt jedoch inne und schaute ihn erneut an. »Ganz ehrlich, glauben Sie, dass wir überleben werden?«

Lee erwiderte ihren Blick, ohne zu blinzeln, ließ sich aber etwas Zeit, ehe er antwortete. Glaubte er wirklich, dass sie eine Chance besaßen? Wenn man sich erst einmal infiziert hatte, war man so gut wie tot. Die Projektionen der Verluste, die in seinem Briefing angespielt worden waren, hatten quasi biblische Ausmaße. War er wirklich der Meinung, dass er und ein paar Überlebende sich gegen die Flutwellen der Seuche behaupten, gegen die unerbittliche Natur stemmen konnten?

Er nickte. »Es wird hart, aber ich bin der festen Überzeugung, dass wir das schaffen.«

Angela quittierte Lees Aussage mit einem schwachen Lächeln und überließ ihn seiner Mahlzeit. Ob sie ihm wirklich glaubte oder seine Worte einfach hinnahm, weil das einfacher war, als der Wahrheit ins Auge zu schauen, war unmöglich zu sagen. Und wenn er wirklich darüber nachdachte, musste er sich dieselbe Frage stellen.

Er aß seinen Reis mit Bohnen auf und trank die Flasche Wasser aus.

Das Essen schien wie ein Klotz in seinem Magen zu liegen, aber das Wasser half. Er war noch immer dehydriert, aber zumindest befand er sich auf dem Weg der Besserung. Er drehte sich auf die andere Seite und tat sein Bestes, dabei keine Nähte aufzuziehen oder die Bandagen zu verrücken. Er starrte auf die stählerne Wand und schmiedete Pläne, die es dem Camp Ryder ermöglichen würden, in dieser grausamen, unnachgiebigen Welt zu überleben. Doch er war müde und konnte keinen klaren Gedanken mehr fassen.

Endlich übermannte ihn der Schlaf. Seine Träume waren finster und voller Klänge und Töne, deren Ursprung er nicht ausmachen konnte. Es war ihm, als ob er in einem schwarzen Loch steckte, aber alles um sich herum hören konnte. Er vernahm das Brüllen unaufhaltsamen Feuers und die Schreie der Opfer, die es verschlang. Zunächst waren die Schreie voneinander zu unterscheiden, aber es wurden immer mehr, bis sie zu einer einzigen anhaltenden Note aus Panik und unvorstellbarem Schmerz zusammenschmolzen. Das unerträgliche Schreien verwandelte sich schließlich in das kratzige Kreischen der Infizierten, und Lee fragte sich im Halbschlaf: *Wer sind die wahren Opfer inmitten dieses Wahnsinns? Die Infizierten oder die Überlebenden?*

Schüsse weckten ihn auf. Seine Träume waren wahr geworden.

BONUSMATERIAL

Verlorene Seele

Eine »Unter Toten«-Erzählung

1

Der Soldat blinzelte sich den Schweiß aus den Augen und holte dann tief Luft. Sein Atem rasselte durch das Megafon und ließ die Umstehenden verstummen. Als er die Stimme erhob, klang sie bedacht und wohlüberlegt. Die Worte folgten langsam aufeinander, wobei ihr Klang die für Lautsprecherdurchsagen typische dumpfe und quäkende Qualität annahm.

»Leute, ihr habt viel zu viel Gepäck dabei.« Man hörte, dass sein Geduldsfaden kurz vor dem Reißen war. »Wir haben nur Platz für jeweils *ein* Gepäckstück. Das ist eine Tasche *pro Person*. Wenn etwas nicht in die Tasche passt, muss es zurückgelassen werden. Außerdem dulden wir keine Schusswaffen im Bus. Falls Sie Schusswaffen mit sich führen, übergeben Sie sie bitte den Soldaten, die neben den grünen Boxen stehen. Wir werden uns bemühen, alles wohl zu verwahren und es Ihnen später intakt wieder auszuhändigen.«

Clyde Bealey stand auf dem heißen, von Rissen durchzogenen Asphalt. Die Menge war so dicht, dass er die Beine hätte einziehen können, ohne umzufallen. Hunderte verängstigter, schwitzender Menschen. Es war keine Wolke am Himmel, sodass die Sonne erbarmungslos auf sie hinabbrannte. Sein Gesicht schmerzte bereits, weil er den ganzen Tag lang die Augen hatte zukneifen müssen. Der Asphalt schimmerte in der Sonne und heizte die Sohlen seiner Schuhe auf, bis sie unangenehm heiß wurden. Es wäre keine gute Idee, jetzt die Socken abzustreifen. Sein Polohemd aus Baumwolle hing feucht von seinen Schultern. Eine widerspenstige Strähne seiner schulterlangen blonden Haare rutschte immer wieder über seine Stirn und wischte den Schweiß Richtung Nasenrücken, sodass seine Brille mit den dicken Gläsern ständig verrutschte.

Ihm war übel, und sein Magen schien Purzelbäume zu schlagen.

Wenn es bewölkt ist, passiert nie etwas, dachte er. *Üble Dinge geschehen immer an sonnigen Tagen.*

Er hatte die Nachrichten gesehen. Er wusste, was dort draußen lauerte. Genau wie jeder andere, der mit ihm auf dem Parkplatz stand. Zumindest wussten sie es theoretisch. Sie hatte den Wahnsinn in anderen, ärmeren Ländern aufblühen und sich ausbreiten sehen, hatten miterlebt, wie er ein Land nach dem anderen vereinnahmte. Und die ganze Zeit hieß es: *Das ist so furchtbar für die Menschen dort.*

Und dann erreichte er plötzlich die Staaten. Bald schon war er nur noch wenige Städte entfernt, und jetzt standen sie hier, machten sich vor Angst beinahe in die Hose, dachten an all die Berichte, die sie im Fernsehen und im Internet gesehen hatten, und fragten sich, wie die Vereinigten Staaten von Amerika so etwas hatten passieren lassen können.

Der Soldat fuhr fort: »Wenn Sie umpacken müssen, bitte ich Sie, beiseite zu treten, damit andere durchkommen können. Sie müssen sich keine Sorgen machen, dass wir Sie zurücklassen. Wir haben genügend Busse für alle. Noch einmal: Niemand bleibt zurück. Stellen Sie sich einfach in Reih und Glied auf, warten Sie, bis Sie dran sind, und kooperieren Sie mit den Soldaten, die Sie und Ihr Hab und Gut durchsuchen.«

Der Soldat mit dem Megafon stand auf der Ladefläche eines hellbraunen Humvees. Sämtliche anderen Militärfahrzeuge waren grün, sodass er herausstach. Sie standen in der Mitte des Highschool-Parkplatzes, und alles um sie herum erweckte den Anschein sandiger Baufälligkeit, der irgendwie zur Architektur sämtlicher Orte an der Küste zu gehören schien. Der riesige asphaltierte Platz war von Schlaglöchern, Rissen und großen Pfützen vom Regen der vergangenen Nacht übersät.

Es befanden sich schätzungsweise dreihundert Menschen auf dem Parkplatz, und von Minute zu Minute wurden es mehr. Mit der immer größer werdenden Menschenmenge wuchs auch die unterschwellige Panik, die in jedem auszubrechen drohte. Anfangs, als nur wenige da waren, hatte noch die Meinung vorgeherrscht, dass man nicht vorsichtig genug sein konnte, man vielleicht etwas verrückt, gar »paranoid« war und die anderen vernünftiger waren, die es nicht für nötig hielten, in ein Lager der Katastrophenschutzbehörde evakuiert zu werden.

Jetzt aber, mit mehr und mehr Menschen, mit dem Drängeln und dem Stress war alles anders. Es war klar, dass alle die gleiche Angst teilten, und geteilte Angst ist wahre Angst und kann nicht mehr so leicht wegrationalisiert werden.

Alle waren mit Autos angereist, die jetzt vogelwild um den Parkplatz herumstanden und sämtliche Straßen blockierten. Der einzige Weg, der noch frei war, wurde von dienstbeflissenen Soldaten bewacht und war mit Absperrband versehen. Er wurde für die Busse freigehalten und führte durch an dem mit Autos vollgestopften Parkplatz auf die einzige Fahrspur des Highway 55, die noch offen war. Dort würden sie aufs Gas treten, um so schnell wie möglich alle Flüchtlinge ins Sammellager der Katastrophenschutzbehörde in New Bern zu befördern.

Und der Menschenstrom wollte einfach nicht abbrechen. Nachdem sie ihre Autos mehrere Häuserblocks weit entfernt hatten parken müssen, kamen sie zu Fuß und schleppten ihr sämtliches Hab und Gut mit sich, nur damit die in Schweiß gebadeten Soldaten ihnen das meiste davon wieder abnehmen konnten. Überall lagen Haufen mit zurückgelassenen Sachen, und Soldaten in ihren grauen und hellbraunen Camouflage-

Uniformen und mit Flecken unter den Achseln und feuchten Kragen bahnten sich Wege um sie herum.

Clyde beobachtete sie und bemerkte, dass keiner von ihnen einen Helm oder eine kugelsichere Weste trug. Die meisten hatten ihre Maschinengewehre über die Schulter geworfen, aber Clyde glaubte nicht, dass sie geladen waren. Er wusste zwar nicht viel über Waffen, aber er glaubte, dass normalerweise große Magazine herausragten. Als er sich jetzt umschaute, sah er nicht eine Waffe, bei der das der Fall war. Lediglich diejenigen Soldaten, die vor den grünen Kisten voller konfiszierter Waffen standen, hatten Pistolen um die Hüften, die aussahen, als ob sie geladen waren.

Merkwürdigerweise schöpfte Clyde Trost aus dieser Tatsache.

So viel war klar: Wenn der Präsident der Meinung war, dass er seine Armee nicht einmal mit Munition ausstatten musste, dann konnte alles doch gar nicht so schlimm sein – oder?

Eine Hand legte sich auf Clydes Arm. Die Hitze und der Schweiß waren ihm für einen Augenblick unangenehm. Er blickte nach unten und sah, wie Haley zu ihm aufschaute. Ihre braunen Haare waren oben gekräuselt, darunter jedoch verfilzt, die Wangen vor Hitze gerötet, und die klaren blauen Augen schauten ihn aufmerksam an.

Die beiden hatten nicht viel gemeinsam, kamen eher aus völlig unterschiedlichen Welten. Er wusste, dass seine Freunde hinter seinem Rücken über ihre Beziehung tratschten und Wetten abschlossen, wie lange sie wohl noch dauern würde. Clyde stammte aus der Oberschicht, war aus Richmond, Virginia. Sie hingegen kam aus der Unterschicht, aus Farmville, North Carolina. Sie mochte nicht einmal den Namen ihrer Heimatstadt in Gegenwart seiner Freunde aussprechen, weil sie wusste, dass sie sie insgeheim verspotten würden. Als ob Edelsteine nur aus Edelsteinhausen kommen würden.

Clydes Freunde waren nicht die Einzigen, denen ihre Beziehung nicht passte. Seine Familie verhielt sich geradezu feindselig ihr gegenüber. Seine Schwester hatte sie vom ersten Tag an gemieden, und als Clyde ihnen mitgeteilt hatte, dass er ihr einen Antrag machen wollte, hatte sein Vater lediglich eine Augenbraue gehoben, während seine Mutter Tränen der Scham vergossen hatte.

Ihre Hochzeit wurde aber nicht nur von seiner Familie missbilligt, sondern auch von Haleys. Sie war bis auf die Knochen Arbeiterklasse, ihr Vater Bauer in der zweiten Generation, einer ihrer Brüder Klempner, und der andere hatte überhaupt keinen Job, sondern verbrachte die meiste Zeit im Gefängnis.

Diese drei Männer hielten Clyde für einen merkwürdigen kleinen Mann. Es sprach bereits gegen ihn, dass er mehr über Aktien als über Mais wusste. Sie konnten kaum glauben, dass er noch nie auf der Jagd gewesen war. Für sie war er nichts weiter als ein Aristo, ein feiner Pinkel, ein »Reicher«, ein »Wichser, der mit silbernem Löffel im Maul auf die Welt gekommen ist«. Meistens aber betitelten sie ihn nur als »Schlappschwanz«.

Haley aber war kein Landei. Sie war nicht nur belesen, sondern konnte sich auch im Leben, sogar auf der Straße behaupten. Und alles, was sie wusste, hatte sie aus eigenem Antrieb gelernt, nicht, weil ihre Familie sie dazu gezwungen hatte oder weil es unter Freunden und Nachbarn so üblich war. Haley war wunderschön, Clyde jedoch hölzern. Sie war das Sahnehäubchen ihrer Stadt und er nichts weiter als irgendein linkischer Auswärtiger, der sie ihnen stehlen wollte.

Und während sie den Snobismus seiner Familie ohne Probleme wegzustecken imstande war, störte ihn die Respektlosigkeit ihres Vaters und ihrer Brüder ihm gegenüber wie verrückt. Vom ersten Augenblick an hatte es ihn überrascht, dass sie ihn als nicht ganz dicht ansahen. Unfähig. Verweichlicht. Und ihrer Haley nicht wert – eine Meinung, die der Großteil der Bewohner Farmvilles übrigens teilte.

Jedes Mal, wenn er bei ihrer Familie zu Besuch war, verhielt er sich anders als sonst. Wie ein Vogel, der sich aufplusterte und versuchte, sich als größer und stärker darzustellen, als er tatsächlich war. Haley hielt ihn immer wieder dazu an, sich nicht wie ein Arschloch aufzuführen, aber er konnte es einfach nicht abstellen. Ob mit silbernem Löffel im Maul geboren oder nicht, er glaubte ständig, ihnen irgendetwas beweisen zu müssen.

Und Haley natürlich auch.

Aber jetzt, inmitten dieser Menschenmenge auf dem Parkplatz, eingepfercht zwischen Fremden, wurde das Gefühl der Ohnmacht stärker als je zuvor. So stark, dass sein Herz zu rasen begann, als Haley zu ihm aufschaute, die Augenbrauen nach oben gezogen, als ob sie irgendetwas von ihm erwartete. Aber er war sich nicht sicher, was. Er senkte den Blick auf ihren Bauch, dem man die dreißig Wochen Schwangerschaft ansah.

»Alles klar bei dir?«

»Mir geht es gut.« Ihre Lippen zuckten, verrieten ihre Verärgerung. »Hast du mir überhaupt zugehört?«

Er wischte sich den Mund an der Schulter seines T-Shirts ab. »Hast du was gesagt?«

Haley nahm schroff ihre Hand von seinem Arm, rieb sich nervös den Bauch und blickte auf ihr Hab und Gut, das zu ihren Füßen stand. »Was machen wir mit dem ganzen Scheiß, Clyde?«

Er blickte zu Boden.

Außer dem alten Rucksack, den er auf dem Rücken trug, schleppten sie einen riesigen Koffer mit sich, und Haley hatte noch eine Reisetasche dabei. Sie hatten alles gepackt, von dem sie glaubten, es sei lebensnotwendig: Geld, Schmuck, der ganze Papierkram, aus dem ein Leben besteht – Uni-Abschlüsse, Finanzpapiere etc. Sie hatten sogar die Festplatte aus dem Computer mitgenommen. Und das Hochzeitsalbum durfte natürlich auch nicht fehlen. Er hatte gepackt, als ob ein Hurrikan drohte – alles, was nicht davonfliegen durfte.

Clyde rieb sich die Stirn. Es war alles zu viel. Die Dinge überschlugen sich. Dabei war er doch gar nicht darauf vorbereitet gewesen, dass sie fortgehen würden. Nein, er hatte abends vorm Fernseher gesessen, wie jeder andere auch, und sich die Nachrichten angeschaut, verfolgt, welche schlimmen Sachen in der Welt passierten. Im Internet sah er sich die unscharfen, aber furchterregenden Videos an, die Augenzeugen mit ihren Handys aufgenommen hatten. Und alles schien irgendwie nicht echt, wie eine gigantische Oper, die *woanders* spielte. Aber jetzt war sie hier angekommen, bei ihnen zu Hause. Jemand wurde krank. Und dann ein weiterer im Nachbarort. Aus den zwei Kranken wurden zehn, und aus zehn wurden hundert.

Als Reaktion darauf setzte er sich eine Atemmaske auf und ging zur Arbeit – genau wie all die Japaner während des SARS-Ausbruchs. Aber plötzlich fuhren diese riesigen grünen Militärfahrzeuge durch die Straßen, und Soldaten mit Megafonen – genau wie der auf der Ladefläche des Humvees – verkündeten, dass eine »Eindämmungsmaßnahme« stattfinden würde. Sie hätten vier Stunden, um ihre Sachen zu packen und sich auf den Parkplatz der Pamlico County Highschool zu begeben, von wo aus sie per Bus in das Sammellager der Katastrophenschutzbehörde in New Bern transportiert werden würden.

Vier Stunden, um sich sein Leben anzuschauen und zu entscheiden, was man mit sich nimmt und was man zurücklässt.

Wie geht so etwas? Wie kann man innerhalb von vier Stunden entscheiden, was man braucht?

Haleys Brüder hätten mit den Augen gerollt. Kaum hat der Junge ein wenig Stress, kann er nicht mehr klar denken. Und beschimpft hätten sie ihn, endlich einmal seinen Mann zu stehen.

Im Radio und im Fernsehen lief auch nichts anderes. Alles drehte sich um die Evakuierung, obwohl sie das Wort wie die Pest vermieden und stattdessen von einer »Eindämmungsmaßnahme« sprachen. Alle würden in das Sammellager der Katastrophenschutzbehörde transportiert werden, aber sie hießen »Eindämmungszonen«, wo Virologen, Epidemiologen und andere Experten sie beobachten konnten. Nur so könnte man eine weitere Ausbreitung verhindern.

Das alles roch doch irgendwie nach allerletztem Versuch, nach Verzweiflung.

Er nahm seinen Rucksack ab und stellte ihn auf den Asphalt, beugte sich hinunter und öffnete den Reißverschluss. Ihm starrten lauter Kleider, Andenken, Schnickschnack und Erbstücke entgegen. Zeug wie die Taschenuhr seines Vaters oder die Porzellanfiguren seiner Mutter. Er blickte den Inhalt seines Rucksacks ungläubig an und schüttelte den Kopf.

»Wir haben weder Essen noch Wasser mitgenommen«, murmelte er eher zu sich selbst als zu seiner Frau.

Sie fächelte sich Luft zu, antwortete aber: »Hätten wir denn müssen? Schließlich gibt es das doch alles im Lager, oder?«

Er blickte auf und sah einen großen gelben Bus fortrollen. Er war so vollgestopft mit Leuten, dass Clyde nicht einmal durch die Fensterreihen schauen konnte. Die getönten Fenster verdunkelten die Gesichter, welche die noch auf dem Parkplatz stehenden Menschen beinahe mitleidig beäugten, als ob ihr Bus der letzte wäre und alle anderen dem sicheren Untergang geweiht waren.

Er schluckte und hatte bereits Durst. »Doch, doch, dort wird es zu essen und zu trinken geben.«

Haley legte erneut die Hand auf seinen Arm. »Das wird doch nicht auf Dauer sein, oder?«

»Nein«, versicherte er ihr, glaubte aber selbst nicht an seine Worte. »Höchstens einen Monat?«

Sie riss die Augen auf. »Einen Monat?«

»Ich weiß es doch auch nicht. Vielleicht nicht einmal.«

Tränen sammelten sich in ihren Augen. »Clyde! Ich werde unser Kind nicht in irgendeinem Sammellager der Katastrophenschutzbehörde auf die Welt bringen!«

»Baby, du hast doch noch bis August.«

»Und was, wenn es eine Frühgeburt wird?«, zischte sie ihn an, begann heftig zu schnaufen und warf erneut einen Blick auf die ganzen Sachen. »Wir können all diesen Scheiß nicht mitnehmen. Wir werden alles verlieren! Erst sollen wir packen und dann den ganzen Kram hierlassen! Verdammt, hätten wir bloß nicht so viel mitgenommen!«

Haleys unvoreingenommene Art gegenüber Flüchen hatte er eigentlich immer gemocht. Das war mal etwas anderes als das langweilige, hochnäsige Country-Club-Gehabe seiner Eltern und aller, mit denen er aufgewachsen war. Sie passte einfach nicht in diese ganzen Rudersportvereine, Golfclubs und Eliteschulen, und genau das gefiel ihm an ihr, wenn auch nicht seiner Mutter. Aber es gab natürlich auch eine Kehrseite der Medaille, und ihre Worte schworen Verzweiflung in ihm herauf, bis ihm beinahe schlecht wurde.

»Soll ich die Sachen wieder zum Auto bringen?«, fragte er.

Sie wischte sich die Augen und holte tief Luft. »Es tut mir leid. Es tut mir leid.« Sie zupfte an ihrem schweißnassen T-Shirt, das an ihrem Körper klebte. »Ich bin ja gar nicht sauer auf dich, Liebling, aber es wird mir gerade alles ein bisschen viel. Mir geht es schon besser.« Sie schloss die Augen. »Ich bin mir sicher, dass alles wieder gut wird. Es *wird* wieder. Alles wird wieder gut.«

Er biss die Zähne zusammen. Es war an der Zeit, das Zepter in die Hand zu nehmen und einen Plan auszuhecken. Er musste den Stress von Haley abwälzen. »Okay. Wir müssen das Ganze logisch angehen. Ich bin überzeugt davon, dass die Regierung lediglich auf Nummer sicher setzt. In ein oder zwei Wochen wird schon alles wieder beim Alten sein. Im Lager wird es Betten, Essen und Trinken geben. Vielleicht nicht fünf Sterne, aber es ist ja nicht so, als ob wir nicht zurückkehren könnten, oder?«

Sie nickte zögerlich.

»Nun gut.« Er beugte sich wieder über den Rucksack und machte den Reißverschluss zu. »Ich bringe den Koffer zurück ins Auto ...«

Plötzlich wurde er von dem Lärm zweier Helikopter übertönt, die tief und genau über ihren Köpfe über sie hinwegflogen. Der Wind der Rotoren wirbelte Staub und Müll auf. Herrenlose Kleidung und Fotos von den Haufen zurückgelassener persönlicher Sachen wurden mitgerissen, als ob sie von tornadoartigen Winden ergriffen wurden.

Clyde duckte sich instinktiv, und Haley packte hilfesuchend seinen Arm. Beide schauten auf und beobachteten die beiden Hubschrauber, die jetzt rasch kleiner wurden. Auch der ohrenbetäubende Lärm nahm ab. Clyde sah sich mit offenem Mund um. Anscheinend erging es jedem so, denn wohin er auch sah, alle hatten die Münder vor Erstaunen und Schreck aufgerissen, selbst die Soldaten.

»Was zum Teufel soll das werden?«, rief einer den Helikoptern hinterher.

Sie verschwanden hinter einer Wand aus Bäumen, und alle starrten ihnen hinterher. Sie konnten sie zwar nicht mehr sehen, dafür aber hören. *Nicht weit weg, vielleicht einen Kilometer*, dachte Clyde. Das Geräusch der Rotoren veränderte sich und klang nun eher abgehackt. Clyde nahm an, dass sie jetzt in der Luft standen.

Dann mehr Lärm. Clyde hatte das Geräusch zwar noch nie gehört, aber es war unverwechselbar. Schwer. Schnell. Erschütternd.

Die Zivilisten standen wie angewurzelt da.

Die Soldaten begannen hin und her zu laufen. Wie aufgescheuchte Ameisen.

»Die schießen auf irgendwas«, meinte einer. »Sarge! Können Sie die Schüsse hören?«

Der Soldat mit dem Megafon lehnte sich nach vorne und tauschte ein paar rasche Worte mit dem Fragenden aus. Clyde beobachtete sie und spürte, wie sein Magen sich verkrampfte. Das panische Gefühl, das in einem aufkam, wenn man keine Ahnung hatte, was vor sich ging, aber wusste, dass es übel war. Sehr übel.

»Schatz.« Haley drückte so fest zu, dass sein Arm schmerzte. »Was geht hier vor sich?«

»Ich weiß es nicht«, entgegnete er, ließ die Augen aber nicht von den beiden Soldaten.

Der mit dem Megafon schien der Befehlshaber zu sein. Clyde schätzte, dass er seinem Untergebenen gerade Anweisungen erteilte. Als der Megafon-Mann fertig war, drehte sich der andere Soldat zu seinen Kameraden und fuchtelte wild mit den Händen in der Luft herum. »LT sagt: Aufladen!«, rief er ihnen zu.

Jetzt kam Bewegung in die Menge.

Was eben noch Gemurmel war, wurde jetzt zu verärgerten Rufen.

Jemand versuchte, an eine der großen grünen Boxen mit den konfiszierten Waffen zu gelangen, wurde aber von zwei Soldaten zu Boden geworfen. Dann warfen die Menschen dem Megafon-Offizier ein Trommelfeuer von Fragen an den Kopf, aber er stand einfach nur da, wischte sich den Schweiß von der Stirn und starrte auf sie hinab, als ob er sich wünschte, an irgendeinem Ort der Erde zu sein, nur nicht diesem.

»Clyde?«, fragte Haley mit sich beinahe überschlagender Stimme. »Das gefällt mir gar nicht.«

Clydes Herz pochte wild in seiner Brust. Er wusste

nicht, was er darauf antworten sollte. Natürlich wollte er ihr sagen, dass alles wieder gut werden würde, aber er wusste nicht, wie oder ob das überhaupt geschehen würde. War das hier normal oder geplant? Es sah auf jeden Fall alles andere als normal aus.

Sollte er Angst haben?

Sollten sie überhaupt noch stehen, wo sie standen?

Die Soldaten am Kopf der Schlange hatten aufgehört, Taschen zu durchsuchen – jetzt wurden die Menschen einfach nur durchgewunken und in die Busse geschubst. Die Schlange war in Bewegung, wurde immer schneller, aber Clyde und Haley hatten noch immer um die hundert Leute vor sich. Clyde zog den riesigen Koffer hinter sich her und wusste nicht, was er damit anfangen sollte.

Er warf Haley einen fragenden Blick zu. »Glaubst du, ich habe genug Zeit, um den Koffer zum Auto zu bringen?«

Haley schüttelte energisch mit dem Kopf. »Nein. Du bleibst hier. Ich will nicht, dass wir jetzt getrennt werden.«

»Schatz, unser ganzes Leben ist da drin.«

»Clyde, ich schwöre dir, wenn du jetzt gehst, bringe ich dich um.«

»Okay, ist ja gut. Ich bin hier. Beruhige dich.«

»Und sag mir nicht, dass ich mich beruhigen soll!«, zischte sie ihn an und fuhr mit den Händen durch ihr Haar, um es aus ihrem Gesicht zu streichen.

Haley schmollte, und Clyde schob sie und die Sachen mit zusammengebissenen Zähnen immer weiter vor. Er schüttelte den Kopf, und die Hitze machte ihm sehr zu schaffen. Einige Soldaten – jetzt steckten Magazine in ihren Waffen – rannten über den Parkplatz, durch die Menschenmenge, in Richtung der Helikopter.

Am Kopf der Schlange wurden die Menschen in den Bus verfrachtet, bis er so voll war, dass sie sich nicht einmal mehr bewegen konnten. Dann schlossen sich die Türen, und kaum begann er zu rollen, kam ein weiterer, um seinen Platz einzunehmen.

»Scheiße …« Clyde beäugte die Schlange. Sie hatten es nicht mehr weit. Er beugte sich über den Koffer, riss ihn auf, und selbst während er weiter über den Asphalt nach vorne schlurfte, nahm er ganze Arme voll Zeug heraus – er achtete nicht darauf, was – und stopfte alles in seinen Rucksack. Ihre Sozialversicherungsausweise, Geburts- und Heiratsurkunden. Dann kam das Hochzeitsalbum an die Reihe, aber es wollte einfach nicht passen.

»Der Rucksack ist voll, Clyde.«

»Nein, ich stopfe das schon noch hinein.«

»Das ist doch nur Krempel!«

Clyde stieß einen Frustlaut aus und gab es auf, das Hochzeitsalbum in den Rucksack stopfen zu wollen. Resigniert legte er es zurück in den Koffer. »In deiner Reisetasche ist doch nichts, was wir unbedingt brauchen. Wir können einfach die Tasche zurücklassen.«

»Sir!«

Clyde blickte auf und sah einen Soldaten, der den Kopf schüttelte.

»Sie können den Koffer nicht mit in den Bus nehmen.«

»Nein, wir wollten die Reisetasche zurücklassen und den Koffer mitnehmen.«

»Sie dürfen den Koffer nicht mitnehmen.«

»Aber es hieß doch, dass jedem ein Gepäckstück erlaubt ist.«

Jetzt wurde der Soldat lauter: »Der Koffer ist zu groß, Sir!«

Clyde spürte, wie die Leute hinter ihnen sie zur Seite drängten, um an ihnen vorbeizukommen, aber das kümmerte ihn im Augenblick nicht. Es ging ihm in diesem Moment um nichts als die Sachen im Koffer. Er starrte den Soldaten an, und Clyde spürte, wie sein Frust hochzukochen drohte. »Es hieß, ein Gepäckstück pro Person! Mein Rucksack und dieser Koffer hier für uns beide! Ich kann doch nicht einfach alles wegwerfen, was da drin ist!«

Haley legte wieder eine Hand auf seinen Arm. »Clyde, lass es einfach!«

Der Soldat schüttelte weiterhin den Kopf. »Sie können den Koffer nicht mitnehmen!«

Clyde aber wollte nicht nachgeben und stand wie ein Fels in der Brandung da. Halcy versuchte, ihn am Arm zu reißen. »Das ist doch Bockmist!«, verkündete er und spürte, wie ihm das Adrenalin durch die Adern schoss. Vielleicht hätte er einfach nur kooperieren und in der Schlange stehen sollen, wie der Soldat mit dem Megafon sie angewiesen hatte …

Dann ertönte ein Schrei.

Aber irgendetwas daran klang falsch. Gedämpft. Verzerrt. Kehlig. Wie ein Tier, obwohl die Stimme eindeutig einem Menschen gehörte. Auf jeden Fall war es ein grässliches Geräusch. Ein Schrei, der vielleicht einem Wahnsinnigen entfahren könnte, der gerade in ein fürchterliches Delirium fiel. Er kam zumindest nicht vom Parkplatz, sondern von irgendwo hinter dem Wald.

Der Soldat schien sämtliches Interesse an Clydes Koffer verloren zu haben.

»Was zum Teufel war das?«, fragte Clyde und versuchte, die Stimme ruhig zu halten.

Der Soldat hatte seine Waffe von der Schulter genommen. »Nehmen Sie Ihren Platz in der Schlange wieder ein, okay?« Dann schien Clyde für ihn nicht mehr zu existieren, und der Soldat suchte seinen Befehlshaber. »Sarge! Hey, Sarge! Haben Sie das gehört?«

»Clyde, komm!« Haley zog ihn in Richtung Bus.

Jetzt hatten sie nur noch drei Leute vor sich.

Clyde zögerte, war sich nicht sicher, was er tun sollte.

Sollte er den Koffer nehmen und es einfach versuchen oder den Anweisungen des Soldaten folgen und ihn zurücklassen?

Jetzt waren es nur noch zwei Leute, und Clyde wusste noch immer nicht, wie er handeln sollte, als sich die Türen schlossen. Ein Soldat klopfte gegen die Seite des Busses und schrie: »Nichts wie ab! Auf geht's!« Die Reifen begannen zu rollen, und der Bus bewegte sich den schmalen abgesperrten Weg entlang auf den Highway 55 zu, als Clyde sah, dass dies der letzte Bus gewesen war.

2

Clyde war wie vor den Kopf geschlagen. Der Bus schlingerte besorgniserregend, als er zum Highway 55 abbog. Clyde und Haley und die beiden vor ihnen in der Schlange standen einfach da, die Taschen in der Hand, und starrten ihm nach.

Das war mein Bus, dachte Clyde entgeistert.

Dann wieder ein Schrei, diesmal aus einer anderen Richtung.

»Hey!«, brüllte Haley einen Soldaten an. »Kommt da noch ein Bus?«

Aber der Soldat schenkte ihr keinerlei Beachtung. Er hielt seine Waffe in der Hand und rannte zur Nordseite der Highschool. Dann ging der Befehlshaber mit dem Megafon an ihnen vorbei, und Haley wollte sich ihn schnappen, aber er wich ihr aus und brüllte jemandem Befehle zu, den Clyde nicht sehen konnte.

»Verfrachtet diese Leute hier in die Sporthalle! Verschließt die Türen, und ich will, dass ihr sie bewacht!« Dann machte er sich zusammen mit den anderen Soldaten zur Nordseite des Parkplatzes auf. Ein Humvee fuhr an ihnen vorbei. Auf der Ladefläche befand sich ein Schützenstand, und ein Soldat zog den schweren Bolzen des Maschinengewehrs zurück.

Die Menschen kamen jetzt in Bewegung. Wie eine Herde verängstigter Kühe. Clyde war sich nicht einmal sicher, ob sie überhaupt zur Sporthalle gingen. Überall zeigten Soldaten in verschiedene Richtungen, aber die Menschen schienen sie überhaupt nicht zu beachten.

Er ergriff Haleys Hand. Ihre Augen waren vor Furcht weit aufgerissen, und er wusste, dass er selbst keinen besseren Anblick bot. »Bleib bei mir«, sagte er und drückte sie an sich, als ob eine körperliche Trennung sie beide auf der Stelle umbringen würde. »Bleib bei mir.«

»Wir sollten gehen!«, meinte sie. »Wir sollten rennen!«

Dann wieder dieses Kreischen, diesmal aus verschiedenen Richtungen, eines auf das andere folgend.

Wie Wölfe, die sich auf die Jagd begeben.

Er reckte den Hals in die Höhe, um über die anderen Köpfe und Gesichter der panischen Menge zu schauen, während sie unstet weiterstolperten. Er sah die grauen und hellbraunen Tarnuniformen und die schwarzen Waffen der Soldaten. Als er und Haley am Parkplatz angekommen waren, hatte ihn der Anblick so überrascht, dass er glaubte, es wären drei Dutzend Soldaten. Jetzt aber merkte er, dass es viel weniger waren, höchstens zehn.

Nicht genug, dachte er. *Das sind nicht genug.*

Er konnte den riesigen Koffer nicht weiter hinter sich her schleppen und ließ ihn zurück. Hinter ihm stolperte jemand über ihn und ging zu Boden, aber weder Clyde noch sonst irgendjemand hielt an, um ihm zu helfen. Das Megafon plärrte und rauschte lärmend vor sich hin, als Clyde auf einmal hörte: »Zurückbleiben, oder es wird auf Sie geschossen!«

Dann Trommelfeuer.

Clyde drückte Haleys Hand noch fester. »Lauf! Lauf!«

Die Sporthalle war längst kein Thema mehr, aber es schien, als ob niemand mehr den Befehlen des Führungsoffiziers folgen würde. Die Schüsse lösten Panik in der Menge aus, und alle rannten Richtung Straße auf die kunterbunt geparkten Autos zu, als ob sie dachten, dass sie sich nur ins Auto setzen mussten und losfahren konnten.

Haley ließ ihre Reisetasche fallen. Clyde warf ihr einen letzten Blick zu. Papierfetzen und sonstige Kleinigkeiten fielen aus den Seitentaschen – Toilettenartikel und ein Taschenbuch. Plötzlich kam ihm alles irrwitzig und lächerlich vor. All die Sachen, die er gepackt hatte. Als ob sie einen verdammten Flug in den Urlaub nehmen würden.

Er sah, wie seine Zahnbürste neben ihnen über den Asphalt rutschte. Wollte sie etwa mit ihnen mithalten? Er beobachtete sie und überlegte. Plötzlich wusste er, dass er völlig und furchtbar danebengelegen hatte. Er war nicht in der Lage gewesen, die Situation richtig einzuschätzen. Er hatte nicht klar denken können, und jetzt würde Haley es merken. Sie würde ihn anschauen und sehen, dass er genauso verloren und verängstigt war wie sie. Dass er völlig überfordert war.

Die Menschenmenge erreichte endlich die Autos und löste sich wie eine gegen Felsen prallende Welle in Luft auf. Niemand schien in der Lage, logisch zu denken, und Clyde bildete keine Ausnahme. Er lief und lief und lief, wobei sich seine Gedanken in einer panischen Schleife wiederholten: *Du warst nicht vorbereitet. Lass Haley nicht dafür büßen.*

Sie kamen zu ihrem Wagen – vielleicht war das von vornherein ihr Ziel gewesen, er wusste es nicht mehr. Sie waren von allen Seiten eingepfercht, überall standen weitere Fahrzeuge um sie herum, aber trotzdem steckte Clyde die Hand in seine Hosentasche und suchte nach dem Schlüssel. Neben ihm stand Haley mit bebender Brust und rang nach Luft. Ihre Augen waren riesig und starrten angsterfüllt gen Norden.

Seine Hände zitterten derart, dass er den Fahrzeugschlüssel nicht zu greifen bekam.

»Clyde ...«

»Was?«

Sie zupfte an seiner Kleidung, und als er endlich aufsah, stierte sie noch immer auf die Schule. Er folgte ihrem Blick. Von dort, wo sie standen, war die Nordseite der Schule zwar nicht einsehbar, aber sie konnten die Schüsse hören. Das anfängliche Trommelfeuer hatte jetzt sporadischen Schüssen Platz gemacht. Und nach jedem Schuss konnten sie das Kreischen und Bellen von *denen* hören, inzwischen zu viele, als dass man ihre Zahl hätte schätzen können.

Und dazwischen die Angst- und Schmerzensschreie von Menschen.

Haley klopfte ihm mehrmals auf die Schulter. »Los, Schatz! Mach schon! Schließ endlich auf!«

»Bin schon dabei ... Ich versuch es doch ...« Zweimal ging er wie blind die Schlüssel am Bund durch, wusste, dass er sie bereits in der Hand gehabt hatte, aber er konnte sie weder sehen noch fühlen. Er geriet in Panik, dachte schon, dass er sie verloren hatte.

Plötzlich heulte ein Motor auf.

Er blickte auf, die Finger erstarrt. Ein Humvee schoss den schmalen Pfad für Busse entlang. Ein Soldat stand auf der Ladefläche am Geschütz. Das große hellbraune Fahrzeug machte einen Schlenker und streifte ein parkendes Auto, sodass der Soldat von der Ladefläche auf den Asphalt purzelte, aber der Humvee fuhr einfach weiter. Clyde verlor den Mann inmitten der vielen geparkten Autos außer Sicht, konnte aber drei Gestalten in Zivil ausmachen, die hinter dem Humvee herliefen, nein sprinteten. Und irgendwie sah es merkwürdig aus, überhaupt nicht normal.

O mein Gott! O mein Gott ... Es hat angefangen ...

Der gestürzte Soldat richtete sich langsam auf, schien noch benommen. Er drehte sich um und brüllte die drei Männer an, die jetzt vom Humvee abließen und stattdessen auf ihn zurannten, aber sie machten keine Anstalten, ihm zu antworten oder auch nur auf ihn zu reagieren. Der Erste prallte mit ihm zusammen, warf ihn zu Boden – ein kleiner, zur Glatze neigender Mann in einem hellbraunen Anzug –, und die beiden anderen warfen sich auf die zwei, sodass Clyde nicht mehr sehen konnte, was passierte.

Er holte tief Luft, blickte wieder nach unten und sah den Autoschlüssel zwischen seinen Fingern. Er schob ihn ins Schloss und drehte ihn. Die kleinen Stifte auf der anderen Seite der Fenster erschienen wie aus dem Nichts, und er riss die Tür auf.

Eine Hitzewelle schlug ihm ins Gesicht, sodass er die Augen schließen musste und sein rasches Atmen seine Lunge verkrampfte. Clyde schnappte sich Haley und schob sie auf die Rückbank. Er wusste genau, dass sie nicht in der Lage sein würden, hier einfach wegzufahren. Erst jetzt begriff er, was für eine gigantische Dummheit sie dadurch begangen hatten, in Richtung Auto zu rennen. Clyde warf noch einen Blick über die vielen Wagen hinweg und konnte mehr Gestalten sehen, die zwischen den geparkten Fahrzeugen auf sie zuhasteten. Sie bewegten sich mit einer erschreckenden Gewandtheit, sprangen über die Fahrzeugdächer und gaben merkwürdige Johl- und Bellgeräusche von sich.

»Clyde!«, brüllte Haley. »Mach schon! Komm rein! Sofort!«

Er stieg ein, so rasch er konnte, warf die Tür hinter sich ins Schloss und drückte auf den Stift, der die Zentralverriegelung auslöste.

Clyde wagte einen Blick zwischen die Vordersitze durch die Windschutzscheibe und sah, dass *sie* mit ungeheurer Schnelligkeit auf sie zukamen. Er warf sich auf Haley, die mit der Schulter hart auf der Sitzbank aufkam. »Kopf runter!«, befahl er und wälzte sich dann wieder von ihr. Sie drückten sich beide tief in die Polster der Rückbank. »Nicht aufschauen«, flüsterte er ihr zu. »Und nichts sagen!«

Haleys Stimme zitterte: »Hast du abgeschlossen?«

»Ja, und jetzt Ruhe!«

Die Luft im Inneren des Wagens war erstickend heiß und schwer, wie in einer Sauna. Sie stank nach Schweiß, und der Geruch ihres keuchenden, angstvollen Atmens vermischte sich mit ihr und machte sie noch feuchter. Clyde wagte es nicht, die Augen zu schließen, obwohl er sich von seiner Umwelt abschotten wollte. Er spürte, wie die Schweißperlen seine Stirn herunterliefen, traute sich aber nicht, sie wegzuwischen. Sie wurden nur kurz von den Augenbrauen aufgehalten, ehe sie ihm in die Augen tropften. Seine Arme und Hände wurden pappig, und der Rucksack, den er fest umklammert hielt, wurde immer schwerer.

Das kann nicht wahr sein. Das kann doch nicht wahr sein.

»Schatz, was passiert da draußen?«, flüsterte Haley.

»Psst.«

Eine Frau erschien plötzlich vor dem Wagen, ging zur Tür und trommelte wie wild gegen das Fenster. Clydes Herz blieb vor Angst fast stehen, aber dann öffnete sie den Mund und brüllte in ohrenbetäubender Lautstärke: »Bitte! Öffnen Sie die Tür! Lassen Sie mich rein!« Sie blickte sich kurz um und brüllte dann mit weit aufgerissenen Augen: »Lass mich rein, du Schwanzlutscher!«

Sie stand vor der Tür, gegen die Clydes Füße gestemmt waren. Er blickte seinen Körper entlang, ohne den Kopf zu drehen, bis seine Augen auf ihre trafen. Er bewegte den Mund, ohne einen Laut von sich zu geben. *Weg! Gehen Sie!*

»Du Hurensohn! Öffne endlich die beschissene Tür!«

Dann murmelte er beinahe wie im Gebet: »Bitte verschwinde. Bitte verschwinde. Bitte verschwinde.«

»Hilfe …!«

Plötzlich wurde sie gepackt und zu Boden gerissen. Clyde zuckte zusammen und schloss die Augen. Er wusste, dass es sich hier nur um einen Albtraum handeln konnte. Er wusste, dass das alles unmöglich wahr sein konnte. Aber aus irgendeinem ihm unbekannten Grund konnte er nicht aufwachen. Er öffnete und schloss die Augen immer wieder und hoffte, schweißgebadet in seinem eigenen Bett zu liegen, aber jedes Mal befand er sich wieder im heißen stickigen Innenraum seines Volvos.

Dann stürzte sich eine weitere Gestalt zu Boden, direkt hinter der ersten, und Clyde spürte, wie das Auto von dem Kampf zu schaukeln begann. Die Schreie der Frau waren verstummt, und jetzt konnte man nur noch heisere, atemlose Geräusche puren Grauens hören, ehe auch sie verstummten und einem Knurren Platz machten. Dann das gedämpfte Knacken brechender Knochen. Dann das feuchte Reißen frischen Fleisches.

Und was auch immer sich vor seiner Autotür befand, nur wenige Zentimeter von ihm entfernt, gab verzerrte, missgebildete Worte von sich. Und Clyde konnte hören, was es sagte, nachdem die wild um sich prügelnde, verzweifelte Frau endlich Ruhe gegeben hatte. »Wo ist es?«, fauchte es, als ob es nach irgendetwas *in* der Frau suchte. »Wo ist es? Wo ist es?«

Neben ihm, beinahe völlig in die Polster versenkt, bebte Haleys Körper mit jedem leisen Schluchzen, das sie von sich gab.

Clyde wusste nicht, was er tun sollte. Seine Gedanken wurden von weiß glühender Panik verdrängt, und gleichzeitig war er beinahe in der völlig unfassbaren Jenseitigkeit der Geschehnisse vor der Autotür verloren. Sachen, die unmöglich passieren konnten, geschahen genau vor seiner Nase, und es war eine grässliche Empfindung, die ein schwarzes Loch in seinem Magen hinterließ. Die dünne Tür war alles, was ihn und seine Frau davor schützte, auseinandergerissen zu werden – genau so, wie er es in den verschwommenen Videos im Internet und in den Nachrichten gesehen hatte. Und jetzt wusste er, dass es auch hier geschah – wie auch im gesamten Rest der Welt, selbst wenn er nicht darauf vorbereitet war.

Das kann doch gar nicht hier passieren, hatte er immer gedacht.

Aber das tat es.

Es geschah, ganz gleich, ob er es sich vorstellen konnte oder nicht.

Der Kampf ebbte ab, aber die wahnsinnigen Monster vor der Tür rannten nicht weiter. Es schien, als ob sie ihrem Blutrausch erlegen waren. Clyde lugte über die Schulter aus dem Fenster. Er spürte, wie seine Blase sich verkrampfte, als ob er sich in die Hose machen würde. Er konnte ihre Arme, ihre Hände, ihre wie Krallen geformten Finger sehen, die immer und immer wieder auf die auf dem Boden liegende Frau niederfuhren. Blut und Gewebe flogen durch die Luft, blieben am Fenster kleben, sodass er wegschauen musste und beinahe das Bewusstsein verlor.

Haley war kurz vor der Hysterie. Ihre Augen waren so weit wie noch nie aufgerissen. Sie blinzelte nicht, sondern starrte voller Schrecken stumpf vor sich hin. Ihre Brust hob und senkte sich in Windeseile. Sie hyperventilierte und bekam kaum noch Luft. Ihr Keuchen war so laut, dass Clyde ihr die Hand über den Mund legte, um das Geräusch zu dämpfen. Es kam ihm vor, als ob er in ihren Augen gar nicht existierte. Sie starrte einfach nur auf das Blut und das Gewebe, das am Fenster klebte, und sie schien seine Hand auf ihrem Mund überhaupt nicht zu registrieren.

Es wollte nicht aufhören. Die Geräusche, das spritzende Blut. Es gab kein Entkommen. Er lag da, halb auf seiner Frau, die Hand über ihrem Mund, damit sie bloß keinen Ton von sich gab, ehe diese Kreaturen endlich abzogen. Es kam ihm vor wie eine Ewigkeit.

Bitte, lieber Gott, haut einfach ab!

Jetzt konnte er andere Leute schreien hören. Ihre Hilferufe drangen aus einiger Distanz an seine Ohren, was ihm verzweifelte Hoffnung schenkte. Vielleicht bewegten sie sich weg von ihm? Vielleicht bräuchte er nicht den Rest seines Lebens im Volvo zu verbringen! Vielleicht würden die Verrückten dort draußen endlich von der Frau ablassen, und er und Haley könnten endlich von hier weg.

Zum ersten Mal schien er fähig, mehr als nur einen Gedanken zu fassen. Sie würden das Auto stehen lassen müssen. Wenn sie ausstiegen, wären sie völlig ungeschützt. Sie müssten sich irgendwo verstecken, aber wo? Sollte er versuchen, in die Turnhalle zu gelangen, wie die Soldaten es geraten hatten? Aber so sehr er auch grübelte, er konnte keine Vorteile der Sporthalle gegenüber anderen Orten erkennen. Und außerdem schien allein die Vorstellung, sich zurück zur Schule zu begeben, mehr als lebensmüde.

Dann dachte er an ihr Zuhause, ungefähr zehn Kilometer nördlich von hier. Sie könnten es zu Fuß schaffen. Ja, sie würden sogar vor Einbruch der Dunkelheit dort ankommen, ohne sich sonderlich beeilen zu müssen. Aber was gab es dort schon? Das Haus, in dem sie sich früher einmal heimisch und geborgen gefühlt hatten, schien jetzt nichts weiter zu sein als ein lange vergessener Felsbrocken, der irgendwo im All vor sich hin trudelte. Hinter feindlichen Linien. Er konnte das Bild mit frisch gemähtem Rasen und den vorzüglich gepflegten Stauden und Sträuchern und den bunten Windmühlen, die Haley so gern vor den Azaleen aufstellte, nicht heraufbeschwören. Stattdessen sah er das Haus von Horden von Wahnsinnigen umstellt. Feindlich und trostlos.

Aber im Auto konnten sie nicht bleiben. Hier würden sie bei lebendigem Leib gar gekocht werden.

Haley öffnete den Mund, sodass Clyde seine Hand fortnahm. »Ich glaube, sie sind weg«, flüsterte sie.

Clyde lag noch einen Augenblick wie in Schockstarre da und horchte auf. Im Hintergrund konnte er nach wie vor die Geräusche ausmachen, die ihm vor Grauen den Magen umdrehten. Aber vor dem Wagen selbst herrschte absolute Stille. Die Hitze im Inneren, die Sonne, die den Wagen weiterhin durch die Fenster aufheizte ... Jeder Körperteil war mittlerweile schweißnass, schimmerte ölig und grell, aber trotzdem konnte er ein Zittern nicht unterdrücken, und er bekam Gänsehaut am ganzen Körper. Er setzte sich auf und reckte den Nacken Richtung Fenster.

Haley hielt sich die Hände vor die Augen. »Ich will gar nicht hinschauen, Clyde.«

Je höher er sich streckte, desto mehr konnte er von dem sehen, was draußen vor sich gegangen war. Der schmale Pfad zwischen seinem Volvo und dem Nachbarauto war voller Blut und Gewebefetzen. Sein Puls schlug immer schneller, und sein Magen verkrampfte sich. Speichel floss aus seinen Mundwinkeln und sammelte sich auf seiner Zunge, aber er konnte sich nicht abwenden.

Das sieht so unecht aus, dachte er.

Und dann übergab er sich auf den Boden des Wagens.

Haley schien überhaupt nicht darauf zu reagieren, sondern drehte sich einfach um und begann zu weinen.

Als er sich genügend erholt hatte, um sich umzuschauen und sicherzugehen, dass die Luft rein war, wischte er sich den Mund ab, lehnte sich über seine Frau und griff nach dem Türgriff auf der Beifahrerseite – so weit wie möglich entfernt von den Überresten der Frau, die einfach hätte weiterrennen sollen. Aber er traute sich noch nicht, die Tür zu öffnen.

Ich habe sie auf dem Gewissen, rügte er sich. *Ich habe sie getötet, indem ich sie nicht hereingelassen habe.*

Haley vermied jeglichen Blickkontakt mit ihm; die Hände hatte sie noch immer über die Augen gelegt. Er platzierte seine Hände auf ihren Oberarmen und drückte sie beiseite, zwang sie, ihn aus wenigen Zentimetern Entfernung anzuschauen. Er sah, wie sich ihre Nasenflügel zusammenzogen, als sie die Kotze in seinem Atem roch.

»Ich werde jetzt die Tür öffnen«, sagte er leise. »Und dann rennen wir los. Wir wollen dorthin, zu dem kleinen Wäldchen. Und wenn wir erst mal da sind, werden wir uns hinlegen und keinen Mucks von uns geben.«

Haley starrte ihn verwirrt an. »Für wie lange?«

»Bis sie fort sind.«

»Und was ist, wenn sie zurückkommen?«

Clyde hatte keine Ahnung. »Dann haben wir genügend Zeit, einen Plan auszuhecken. Auf jeden Fall können wir nicht hierbleiben.«

Der Gestank seines Erbrochenen erfüllte jetzt den Innenraum, schien sich an den Mann zu heften, von dem es stammte. Nein, hier konnten sie nicht bleiben. Die Hitze würde sie dehydrieren. Sie mussten weg, irgendwohin, wo es kühl und ruhig war, wo Clyde seine wirren Gedanken sammeln und ihre nächsten Schritte überlegen konnte.

Aber vielleicht war alles einfach nur sinnlos.

Und trotzdem – sie mussten fort, so viel war klar. Er musste rennen, musste seiner Frau und seinem ungeborenen Kind helfen. Nur weg von hier. Es war nicht gut für Haley, sich in diesem Zustand in einer solchen Situation zu befinden. Und was würde erst mit dem Baby passieren?

Und was war schon passiert?

Er zog am Griff und öffnete die Tür.

Frische Luft strömte in das Wageninnere. Die schwüle, fünfunddreißig Grad warme Luft schien erfrischend kühl im Gegensatz zu dem Backofen, in dem sie sich befanden.

Clyde gab Haley einen Klaps. »Los!«

Sie stolperten aus dem Wagen, versuchten, so leise wie möglich zu sein, aber Clyde kam sich unbeholfen und tollpatschig vor. Er stützte sich mit den Handflächen von der Rückbank ab, bis er endlich die Beine aufsetzen konnte. Der heiße Asphalt brannte auf seiner Haut, und Kieselsteine klebten an seinen Händen und Fingern. Sie richteten sich nicht auf, solange sie noch zwischen den Autos schleichen konnten. Immer wieder sahen sie sich um.

Haley ging ihm gebückt voraus, und er legte eine Hand auf ihr warmes, schweißnasses Kreuz. Erst jetzt merkte er, dass er noch immer den Rucksack auf dem Rücken trug, und seine Muskeln begannen sich aufgrund seiner ungewohnten Haltung zu verkrampfen. Aber er hatte nicht vor, ihn jetzt abzunehmen.

Sie kamen zum Ende der geparkten Autos, waren

vielleicht nur noch fünfzig Meter vom Waldrand entfernt. Dazwischen befand sich eine Straße mit einer Reihe von Industriegebäuden und einem einzelnen Haus, das irgendwie fehl am Platz schien. Dahinter lag der Wald. Überwachsen, grün, schutzspendend. Wie ein Kraftfeld, hinter dem man sich sicher wägte. Dort, mitten im dichten Gestrüpp, würde niemand sie finden können, da war er sich sicher.

Keiner der beiden sagte ein Wort, während sie rannten. Haley wurde langsamer, keuchte wild und hielt sich den Bauch. Er konnte ihr die Schmerzen vom Gesicht ablesen. Clyde fühlte sich ziemlich mies. Erneut warf er einen Blick über die Schulter, sah aber nichts als geparkte Wagen, zurückgelassene Besitztümer, die über den gesamten Parkplatz verstreut waren, und das augenfällige Fehlen ihrer Besitzer. Aber er konnte sie noch immer hören. Sie waren zwar inzwischen weiter entfernt, aber die Geräusche hallten zwischen den hohen Gebäuden die Straßen entlang und drangen an seine Ohren – das grässliche Gekreische und die fürchterlichen Schreie.

Dann ein einziger, ohnmächtiger Schuss.

Er nahm Haley bei der Hand. »Los, Schatz. Wir haben es beinahe geschafft.«

Schon erreichten sie den Waldrand und tauchten in das dichte Grün ein, umhüllt von Blattwerk und Ästen. Im Wald herrschte Dunkelheit, aber die Luftfeuchtigkeit dort war höher, und es war absolut windstill. Es war so schwül und drückend, dass sie kaum Luft holen konnten. Das Summen von Stechmücken war allgegenwärtig, und sie überfielen die beiden, sobald sie innehielten.

Haley schnappte nach Luft, blickte auf ihre Jeans hinab und sah einen dunklen Fleck in ihrem Schritt.

»Mein Gott!«, entfuhr es Clyde, und er fasste sich an den Kopf. »Ist deine Fruchtblase geplatzt?«

Haley schüttelte kurz den Kopf und versuchte, ein paar Mücken wegzuschlagen. »Ich glaube, ich habe mir in die Hose gemacht.«

Aus der Ferne drang ein Heulen an ihre Ohren. Unmenschlich. Wutentbrannt. Clyde starrte in die Richtung, aus der der Schrei gekommen war, sah aber nichts weiter als eine Wand aus Bäumen. Als er sich wieder zu Haley umdrehte, starrte sie ihn aus aufgequollenen Augen an. Ihre Lippen waren zu einem schmalen Strich gepresst – er kannte diesen Blick nur zu gut.

»Was ist los?«, fragte er, als ob er die Antwort nicht bereits kannte.

»Was hast du im Rucksack?«

Er warf einen Blick über die Schulter und rückte das Gewicht auf seinem Rücken zurecht. »Keine Ahnung. Unser Zeug.«

»Unser Zeug«, wiederholte sie voller Spott und schüttelte den Kopf.

»Haley ... Was hast du? Worauf willst du hinaus?«

Sie trat einen Schritt auf ihn zu und schlug mit der Handfläche gegen seine Schulter. »Du weißt nicht, worauf ich hinaus will?«, zischte sie. »Du hast keine verdammte Ahnung? Wie wäre es mit einem verfickten frischen Schlüpfer?«

»Haley …«

»Wir sollten jetzt im Bus sitzen!«, schrie sie ihn plötzlich an. »Glaubst du, dass ich einen Scheißdreck auf unser *Zeug* gebe, auf den verfickten Koffer? Auf all die bekackten Papiere? Das ist nicht wichtig, Clyde! *Du* bist wichtig! *Dieses Baby* ist wichtig. Und der ganze Mist ist nichts weiter als genau das: Mist! Er hat keinerlei Bedeutung mehr!«

»Willst du mir jetzt etwa die Schuld in die Schuhe schieben?«, entgegnete er schwach.

»Du hast dagestanden und dich mit dem Typen über den beschissenen Koffer gestritten, während andere Leute an uns vorbei sind und unsere Plätze eingenommen haben! Ich habe verdammt noch mal versucht, dich zu überzeugen, das *Zeug* einfach dazulassen!« Sie kickte ihm einen Ast ans Knie. »Aber nein! Der Herr ist ja so verdammt dickköpfig!«

»Ist ja gut!«, schrie er zurück. »Es tut mir leid!«

Haley rieb sich nervös den Bauch und ließ ihre Nasenflügel flattern.

Clyde nahm den Rucksack ab und versuchte, ihn von sich zu werfen, aber er war zu schwer, sodass er mit einem dumpfen Aufschlag keinen halben Meter von ihm entfernt landete. »Ist es das, was du willst, Haley? Willst du, dass ich einfach alles wegschmeiße? Okay! Siehst du? Ich habe es weggeschmissen!« Er fuhr sich mit den Fingern durch die Haare und entfernte dabei eine ganze Handvoll Ästchen und Blätter. »Es tut mir ja so leid, dass ich etwas für uns und von uns retten wollte und das hier nicht vorhergesehen habe!«

Haley wandte sich von ihm ab.

»Ich weiß, dass wir jetzt im Bus sitzen sollten«, knurrte er. »Aber das kann ich nicht mehr ändern. Ich meine ...« Er biss die Zähne zusammen. »Was soll ich tun? Sag es mir einfach. Was hätte ich tun sollen, und was willst du jetzt von mir?«

Sie drehte sich erneut zu ihm um und verlieh jedem Wort mit einem bestimmten Nicken Nachdruck. »Ich will, dass du dein Gehirn einschaltest, Clyde. Bitte. Ich brauche deine Hilfe, deine grauen Zellen. Ich will, dass du uns aus dieser Misere herausholst.«

»Uns aus dieser ...?« Clyde starrte sie an, verspürte, wie die Verzweiflung in ihren Augen seine Wut und seinen Ärger in Luft auflöste. Was übrig blieb, waren Übelkeit und der eklige Geschmack im Mund. Der Gestank schien an seinem Gaumen, seiner Zunge zu kleben. Er lehnte sich gegen einen Baum und sank langsam zu Boden. »Okay ... Okay ...«

Haley holte tief Luft, blies sie zwischen ihren geschürzten Lippen wieder aus und starrte ihn an. Ihr Gesichtsausdruck ließ keinerlei Rückschlüsse darauf zu, was in ihr vorging. Das Einzige, was offensichtlich war, war die Trauer, obwohl er keine Ahnung hatte, ob er sie ausgelöst hatte oder die Welt, in der sie sich nun befanden. Vielleicht aber war sie auch einfach nur so traurig.

Er winkte sie zu sich. »Komm her. Setz dich.«

Sie tat es, hielt sich den Rücken und zuckte vor Schmerz zusammen. Clyde reckte erneut den Hals und blickte sich um, suchte die Gegend ab, wollte schauen, was hinter der Wand aus Bäumen geschah. Währenddessen verkündete er mit ruhigerer Stimme: »Wir brauchen eine Waffe, eine Pistole.«

»Mein Vater hat dir doch gezeigt, wie man so etwas benutzt, oder?«

Clyde biss die Zähne zusammen. »Ja, er hat mich mit zum Schießen genommen.«

Ein Schrei ließ sie aufhorchen, aber sie konnten nicht ausmachen, aus welcher Richtung er gekommen war.

Von irgendwo weit weg. Und es erklang kein weiterer.

Clyde fuhr mit leiser Stimme fort: »Wir schleichen uns zur Schule. Und ... Nun, ich bin mir ziemlich sicher, dass ein paar Soldaten, die ... äh ...«

»... umgekommen sind? Ist es das, was du sagen willst?«, beendete Haley den Satz für ihn. »Wir könnten ihre Maschinengewehre nehmen.«

»Genau. Und vielleicht finden wir sogar etwas zu essen und zu trinken.«

»Okay.«

»Okay.«

»Clyde?«

»Was?«

Sie berührte ihn sanft am Arm. »Und wohin sollen wir dann?«

»Dann machen wir uns auf ins Sammellager der Katastrophenschutzbehörde. Wie es eigentlich geplant war.«

Sie schien unsicher. »Das ist aber ... Ich weiß gar nicht, wie weit weg das ist ...«

»Ich bringe dich dort schon hin«, unterbrach Clyde seine Frau mit fester Stimme, auch wenn der Rest von ihm sich auf nichts Festes stützen konnte. Er musste mit Überzeugung auftreten, dachte er, und ob Haley ihm glaubte oder nicht, war ihre Sache. Aber sie lehnte sich zurück und schien nachzugeben. »Ich werde dich da schon hinbringen«, wiederholte er.

»Gut. Dann mal los«, sagte sie und machte Anstalten, sich aufzurichten.

Er ergriff ihren Arm und hinderte sie daran. »Nein. Vorerst bleiben wir hier – genau hier. Bis es dunkel ist. Nachts ist es viel sicherer. Wir warten einfach hier, bis es dunkel wird.«

3

Sie warteten und warteten.

Warteten wie auf einen tropfenden Wasserhahn, der ein Fass zu füllen hatte.

Irgendwann, kurz vor Sonnenuntergang, taumelte etwas durch den Wald. Es verschwand rasch außer Sicht. Clydes Herz hatte sich zwar wieder beruhigt, aber die unheimlichen Geräusche ließen es heftig in seiner Brust pochen, und er und Haley klammerten sich aneinander, ihre schweißnassen Körper von herabgefallenen Blättern bedeckt. Das Stolpern und Krachen hörte kurz auf, dann ertönte ein Gurgeln, ehe sich das, was die Geräusche verursachte, wieder auf den Weg machte, fort von ihnen.

Sie wagten nicht, sich zu rühren, selbst als wieder Stille herrschte. Sie lagen auf dem Rücken, die Gesichter und Ohren von Mücken bedeckt. Haut und Kleidung waren klamm vor Schweiß und Dreck, als die Sonne sich endlich dem Horizont näherte. Insekten krochen auf ihnen herum, während sie regungslos im Laub lagen. Sie starrten auf einen Sonnenstrahl, der sich durch die Wipfel gekämpft hatte. Er kroch langsam auf sie zu, wie ein sterbendes Etwas, das nach Hilfe suchte, ehe er verschwand, ohne sie erreicht zu haben.

Vögel flogen durch den Wald, waren emsig dabei, ihren täglichen Überlebenskampf zu bestreiten. Die Gegenwart der zwei Menschen auf dem Boden wurde weitestgehend ignoriert oder überhaupt nicht wahrgenommen. Eichhörnchen tanzten von Baum zu Baum und erstarrten, wenn Clyde oder Haley eine Mücke erschlugen. Dann glotzten sie und glotzten, bis wieder Stille eingekehrt war, ehe sie sich erneut auf ihren Weg machten. Blind und unschuldig.

Ganz gleich, was außerhalb dieses Wäldchen geschah, sie würden weiterhin genau das tun, was sie ihr ganzes kurzes Leben lang getan hatten, nämlich Futter sammeln, Winterschlaf halten, sich fortpflanzen und sterben. Die Katastrophe, die über die Menschheit hereingebrochen war, würde sie kaum tangieren. Getrieben von ihrem Instinkt würden sie weiterhin ihren Aufgaben nachgeben, und der Wald würde weiterhin bestehen – ganz gleich, was Clyde oder Haley oder ihrem ungeborenen Kind oder allen anderen Menschen auf der Welt widerfahren würde. Diese Tiere waren nichts weiter als unzählige Zahnrädchen in einer gigantischen organischen Maschine, deren Zweck Clyde nicht ergründen konnte. Er wusste nur, dass er jetzt am liebsten ihre Unbeirrbarkeit teilen würde, ja, er war neidisch auf sie. Neidisch auf die Tatsache, dass sie frivol und ohne Sorgen ihrem Trott folgten und sich überhaupt nicht daran störten, was jenseits ihres Tellerrands geschah.

Kurz nach der Abenddämmerung, der Himmel war noch immer blau, hörte Clyde einen Motor.

Er drehte sich um, blickte zum Waldrand Richtung Highschool und sah das Aufleuchten von Scheinwerfern durch das Blattwerk. Noch bewegte sich das Licht, blieb aber bald stehen und beleuchtete eine Reihe geparkter Autos. Obwohl er das Fahrzeug selbst nicht ausmachen konnte, hörte er, dass der Motor im Leerlauf vor sich hin tuckerte. Als ob die Insassen auf etwas Bestimmtes warteten. Ansonsten herrschte Stille, kein Öffnen von Türen, nur dieses sonore Knattern des Motors. *Ein Truck*, dachte Clyde.

Er richtete sich im Handumdrehen auf und riss Haley mit auf die Beine. »Los!«, forderte er sie lautstark auf. »Wir müssen hin, ehe sie abhauen!«

Haleys Stimme bebte, als er sie am Arm hinter sich her durch den Wald Richtung Schule zog: »Clyde! Wir wissen doch gar nicht, wer das ist!«

»Könnte die Armee sein. Oder Polizei oder Feuerwehr«, sagte er außer Atem. »Oder vielleicht nehmen die uns ja einfach mit. Vielleicht wollen die auch ins Sammellager. Also los!«

Falls Haley Einspruch dagegen erhob, überhörte er ihn aufgrund der Lautstärke seines eigenen Schreiens: »Hey! Wartet auf uns! Wir brauchen Hilfe!«

Sie stolperten durch das grüne Gras, das in der Dämmerung von einem blauen Schleier bedeckt war, bis sie es auf das Schulgelände auf der anderen Straßenseite geschafft hatten. Den ganzen Weg lang hatte Clyde mit Haley im Schlepptau so laut geschrien, wie er nur konnte, um ihre Aufmerksamkeit zu erlangen. Irgendwie spürte er, dass sich seine Frau leicht sträubte, aber er war so auf seine Sache konzentriert, so begeistert von der Tatsache, dass dort jemand auf sie wartete, ihnen helfen wollte, dass er es kaum wahrnahm. Er starrte einfach nur auf die Scheinwerfer und hoffte und betete zu Gott, dass sie nicht weiterfuhren, ehe er und Haley vor ihnen standen.

Völlig außer Atem erreichten sie das Schulgebäude und sahen endlich die Scheinwerfer vor sich. Es war ein SUV, vielleicht ein großer Chevrolet, ein Suburban. Er war höhergelegt und hatte übergroße Reifen montiert. Dann sah er drei Gestalten und kniff die Augen zusammen, damit er ihre Gesichter erkennen konnte.

»Keine Bewegung!«, ertönte die Stimme eines Mannes.

Clyde hielt abrupt an, sodass Haley gegen ihn prallte. Beide keuchten.

»Ist schon gut«, rief Clyde zwischen seinen schweren Atemzügen. »Wir wollen Ihnen nichts tun.«

»Hände hoch!«, befahl die Stimme.

Clyde blinzelte in das Scheinwerferlicht, bis seine Augen sich an das Gegenlicht gewöhnt hatten und er die Szene vor sich sah. Vor ihnen standen drei Menschen: eine Frau mit Kind und, etwas abseits, ein Mann. Die Frau und das Kind standen bei dem SUV. Sie hielt eine auf Clyde gerichtete Flinte in der Hand. Das Kind war ein Junge, der nicht viel älter als fünf Jahre sein konnte. Der Mann stand ein wenig entfernt. Er war größer und offenbar kräftig, denn er trug ein ärmelloses Hemd ohne Logo, sodass seine Arme zu sehen waren. Keine aufgepumpten Bodybuilder-Arme, aber sehnig und muskulös. Dies war jemand, der eine Menge körperlicher Arbeit verrichtete. Er trug eine hellbraune Baseballkappe, auch ohne Logo, und einen Ziegenbart, blond und dicht gewachsen. In den Händen hielt er ein Gewehr eines Clyde unbekannten Fabrikats. Der Lauf war ebenfalls auf Clyde und Haley gerichtet.

»Hoppla! Langsam!«, rief Clyde und tat, wie ihm geheißen.

Der Mann tat einen Schritt auf sie zu. »Schnauze!«, bellte er. »Keine Bewegung, oder ich schieße. Verstanden?«

»Ja, ja«, stammelte Clyde. »Passen Sie auf, wir wollen doch ...«

»Schnauze, habe ich gesagt.« Die Stimme des Mannes war noch immer gebieterisch, aber zumindest brüllte er sie nicht mehr an. Er hatte diese mechanisch anmutenden Augen, die einem nicht verrieten, was dahinter gerade passierte. Jetzt aber musterte er Clyde und Haley von oben bis unten, schätzte sie ein. Er machte sich ein Bild davon, ob sie eine Gefahr darstellten oder harmlos waren. Endlich drehte er den Kopf zu der Frau, ließ Clyde jedoch keine Sekunde aus den Augen. »Liebling, bleib beim Wagen.«

Die Frau nickte. »Okay.«

Er starrte Clyde und Haley weiterhin an, und für einen Augenblick hatte Clyde keine Ahnung, was er als Nächstes tun sollte. Er wollte etwas tun, wollte Haley zeigen, dass auch er ein Mann war. Er wollte ihr beweisen, dass er mindestens genauso fähig war, seine Familie zu ernähren und sich um sie zu kümmern wie der Mann mit dem Gewehr. Aber selbst in der Dunkelheit konnte er sehen, dass der Lauf der Waffe genau auf seine Brust gerichtet war – er konnte fast in das kleine schwarze Loch schauen.

»Ich kenne Sie nicht«, sagte der Mann endlich, als ob er sich zu etwas durchgerungen hatte. »Es ist wohl das Beste, wenn Sie beide sich einfach umdrehen und abhauen. Lassen Sie uns in Frieden, und tauchen Sie hier nicht wieder auf, oder ich werden Sie beide töten. Darauf können Sie Gift nehmen.«

»Was?«, stieß Clyde entsetzt aus. »Was soll das heißen? Sie wollen uns umbringen?«

Der Mann starrte ihn weiter an. »Sie haben mich gehört.«

Clyde schüttelte langsam den Kopf. »Nun hören Sie mal zu. Wir sind nicht hier, um Ihnen auf die Nerven zu gehen oder irgendetwas anzuhaben.« Er wies auf Haley. »Meine Frau ist schwanger. Wir müssen ins Sammellager der Katastrophenschutzbehörde in New Bern. Fahren Sie vielleicht in die Richtung? Oder können Sie uns zumindest einen Teil des Weges mitnehmen ...?«

»Ich nehme Sie keinen Meter weit mit«, erwiderte der Mann. »Ich kenne Sie nicht. Ich vertraue Ihnen nicht.«

Clyde spürte, wie der Zorn in ihm aufwallte. »Ich brauche Hilfe!«, stieß er plötzlich verzweifelt hervor. »Ich brauche gottverdammte Hilfe! Können wir uns nicht zusammentun? Ich meine, wenn Sie Richtung Lager fahren, dann können wir uns doch einfach auf die Rückbank setzen! Wir werden Ihnen nicht in die Quere kommen!«

»Wir wollen nicht zum Sammellager«, erwiderte der Mann.

Clyde glotzte verdutzt. »Aber die Evakuierung! Da hat man doch keine Wahl ...«

»Ja, das haben sie schon in Jacksonville probiert. Evakuierung. Und in Atlanta auch. Aber es ist alles nicht so glatt von der Bühne gegangen, oder?« Der Mann schüttelte den Kopf, schien bitteren Erinnerungen zu frönen. »Die Menschen wie Sardinen in einem einzigen Ort einpferchen ... Macht das Ganze doch nur einfacher!«

»Okay.« Clydes Schultern begannen vom Händehochhalten zu schmerzen. »Passen Sie auf. Lassen Sie uns einfach ein paar Dinge nehmen. Wir haben Hunger und Durst. Und wir brauchen eine Waffe. Nur eine.«

Der Mann schüttelte bereits den Kopf, ehe Clyde den Satz vollends ausgesprochen hatte.

Clyde warf ihm einen fragenden Blick zu. »Warum schütteln Sie den Kopf?«

»Weil Sie nichts von dem Zeug hier mitnehmen werden.«

»Was? Warum nicht?«

»Weil es *mir* gehört.«

Clyde riss die Augen auf. »Wollen Sie mich verdammt noch mal verarschen? Das ganze Zeug, das hier rumliegt? Das können Sie nie im Leben alles gebrauchen. Verdammt, das passt doch nicht einmal alles auf Ihren Truck!«

»Dann fahre ich zweimal.« Die Stimme des Mannes hörte sich jetzt erhitzter an.

Clyde verspürte, wie er allmählich die Kontrolle verlor – genauso wie zuvor mit dem Soldaten in der Schlange. Aber der Lauf des Gewehres war noch immer auf ihn gerichtet, und Haley drückte seinen Arm. In gewisser Weise ärgerte ihn das, als glaubte sie nicht, dass er, Clyde, mit diesem Typen fertigwerden konnte, ohne dass sie beide über den Haufen geschossen würden.

Clyde schluckte und schaffte es, sich wieder etwas abzuregen. »Nun hören Sie mal zu. Nur etwas Proviant und ein wenig Wasser. Und eine Waffe. Mehr wollen wir nicht. Sie werden es nicht einmal bemerken. Und dann sind wir weg. Sie werden uns nie wiedersehen.«

»Und was, wenn ich es brauche?«, entgegnete der Mann. »Was, wenn das bisschen Proviant und Wasser womöglich meinem Kind und meiner Frau das Leben retten könnte? Was, wenn es ihnen in zwei Wochen ermöglicht, weiter durchzuhalten, während ich auf der Suche nach neuen Vorräten bin?« Der Mann schien nicht bösartig oder gar feindselig, sondern sagte diese Worte mit überzeugter Aufrichtigkeit. »Glauben Sie etwa, dass ich mir auf die Schulter klopfen würde, wenn meine Familie verhungert und verdurstet, nur weil ich Fremden geholfen habe? Glauben Sie etwa, dass ich Ihre Familie mehr liebe als meine?«

»Nein«, gab Clyde klein bei und schüttelte seinerseits den Kopf.

»Nein«, wiederholte der Mann. »Meine Familie ist meine Angelegenheit. Und Ihre Familie ist die Ihre.«

»Aber das hier, das wird doch nicht ewig dauern«, erwiderte Clyde schwach.

Der Mann zog die Augenbrauen hoch. »Und wie lange, glauben Sie, kann man bei einer solchen Katastrophe überleben?« Er schien sich entschieden zu haben, keine weitere Zeit mehr an Clyde und Haley verschwenden zu wollen, denn sein Gesicht wurde auf einmal ausdruckslos, und er schwenkte seine Waffe in die Finsternis. »Und jetzt weg mit Ihnen, bevor ich es mir anders überlege. Suchen Sie Ihren eigenen Proviant. Und zwar woanders.«

Clyde und Haley wichen zurück, als ob sie fürchteten, dass er sie einfach von hinten erschießen würde, wenn sie ihm den Rücken zudrehten. Letztendlich wandten sie sich doch noch um und verschwanden in die Nacht, die während der wenigen Minuten, die vergangen waren, über sie hereingebrochen war. Das Scheinwerferlicht des SUV beleuchtete ihren Weg.

Als sie den Parkplatz hinter sich gelassen hatten und sich durch all die geparkten Autos auf der Straße kämpfen mussten, wurde das Licht der Scheinwerfer immer schwächer und verschwand letztlich vollends. Im Osten herrschte völlige Dunkelheit, während im Westen noch ein wolkenloses, tief dunkles Blau vorherrschte. In dem dämmrigen Licht erschienen sie sich gegenseitig wie konturlose Flecken, glänzend vor

Schweiß, aber ohne jegliche Gesichtszüge. Als sie sich durch die wild geparkten Autos auf der Straße schlichen, versuchten sie, die Überreste des Gemetzels von heute Mittag zu ignorieren.

Als Clyde weiterging, ebbten die Furcht und die Anspannung angesichts der Tatsache, mit einer Schusswaffe bedroht worden zu sein, langsam ab. An ihrer Stelle wuchs Wut. Empörung. Schamgefühl. Er weigerte sich, Haley anzuschauen, denn er fürchtete, die gleichen Vorwürfe und die gleiche Enttäuschung in ihren Augen zu sehen, die er verspürte. Eine Art Selbstkasteiung. Weil er nicht stark genug gewesen war. Weil er nicht hart genug gewesen war. Weil er nicht bereit gewesen war, seine Frau, seine Familie zu verteidigen.

Er konnte die Worte nicht aus seinem Kopf verbannen, und sie wurden immer lauter und nagten mehr und mehr an seinem Selbstbewusstsein: *Meine Familie ist meine Angelegenheit. Und Ihre Familie ist die Ihre.*

Als ob der Mann fest davon ausging, dass er und Haley schon bald tot im Graben liegen würden.

Als ob Clydes Versagen von vornherein feststand, unumgänglich war.

Clyde blickte immer wieder zu Boden, um zu sehen, wohin er trat. Und dann sah er diese armen Menschen. Er hatte natürlich gehört, dass die Kranken in ihrem Wahn zu Kannibalen wurden, aber aus irgendeinem Grund suchte er beim Anblick dieser Zivilisten und Soldaten, denen ganze Körperteile fehlten, nach einer anderen Erklärung.

Clyde hielt inne, legte die Hände auf die Knie und würgte. Ihm war, als ob er sich gleich wieder übergeben musste.

»Schatz, was ist los?«, wollte Haley wissen.

Er schüttelte genervt den Kopf und spuckte dann auf den Boden. Er war noch immer nicht in der Lage, die Augen von all den menschlichen Überresten abzuwenden, die überall um sie herum gegen die Autos lehnten und auf der Erde verstreut lagen. Er suchte nach grau und hellbraun getarnten Uniformen in all dem dunklen Blut und glitschigen Gewebe, wollte einen Soldaten. Endlich fand er einen. Er war gegen eine Stoßstange zusammengesackt. Die Weste war verschwunden, das Hemd aufgerissen. Er hatte schwere Bisswunden an der Brust und den Armen erlitten. Sein Bauch lag offen da, die Eingeweide quollen zu einer Seite heraus. Ein Arm hielt sie noch fest, als ob er nicht wollte, dass sie sich selbstständig machten. Sein Mund stand offen, und das vertrocknete Blut hatte einen klebrigen Film über Lippen und Kinn hinterlassen.

Clyde würgte, aber nichts geschah.

Jetzt hörte er auch Haley hinter sich. Sie machte ebenfalls Anstalten, sich zu übergeben, aber er wusste nicht, ob es lediglich aus Mitleid mit ihm war oder der Anblick auch für sie zu viel wurde. Sie schubste ihn, wollte, dass er weiterging. »Los, Clyde! Lass uns weg von hier!«

Clyde wischte sich den Speichel vom Mund, stellte sich wieder aufrecht hin und warf einen Blick Richtung Schule, die keine zweihundert Meter entfernt hinter ihnen lag. Der Wagen stand noch immer auf dem Parkplatz, aber Clyde glaubte, dass der Mann sie mittlerweile aus den Augen verloren haben musste.

»Nein«, krächzte er. »Wir brauchen ... Wir brauchen ...« Er ließ diese Worte in der Luft hängen und näherte sich dem toten Soldaten. Er versuchte, in der Dunkelheit mehr zu erkennen, konnte aber kaum Konturen ausmachen. Es blieb ihm nichts anderes übrig, als sich voranzutasten. Er kniete sich hin, die Finger auf dem noch warmen Asphalt. Er spürte Kies, zusammen mit der klebrigen Konsistenz und Dickflüssigkeit gerinnenden Blutes. Und dann stieg ihm der Gestank in die Nase. Dieser metallene Metzgergeruch, gefolgt von menschlichen Fäkalien.

Er tastete sich vor, berührte kaltes Fleisch. Sein Magen drehte sich um, sein Schlund öffnete sich, wurde immer weiter, bereitete sich schon darauf vor, den Rest seines Mageninhalts hinauszubefördern. Er schloss die Augen und lehnte sich näher an den Toten, wollte ihm aber unter gar keinen Umständen in die Augen schauen.

»Was zum Teufel machst du da?«, zischte Haley eindringlich. Es war offensichtlich, dass sie es eilig hatte. »Wir müssen von hier verschwinden!«

»Wir brauchen eine verdammte Waffe!«, fuhr er seine Frau an.

Haley fluchte und ging in die Knie, damit man sie nicht über die Autodächer hinweg sehen konnte. Ehe sie außer Sicht verschwand, warf sie noch einen Blick über die Schulter Richtung Schule. Clyde sah sie zwar nicht, konnte aber ihren Atem hören: rasch und flach. Dann flüsterte sie: »Was zum Teufel haben wir hier verloren?«

Die Frage war nicht direkt an ihn gerichtet, aber er verstand genau, was sie meinte.

Wir leben noch. So überlebt man also.

Man tut alles, um zu überleben, auch wenn es einem gegen den Strich geht.

Eines Tages, wenn das alles hier vorbei ist, werde auch ich auf diese Zeit zurückblicken und sagen, dass es ein paar Sachen gibt, über die ich lieber nicht reden will. Aber ich habe überlebt. Und Haley auch. Wie haben es beide geschafft.

Eines Tages, wenn das alles vorbei ist.

Als er sie aus der Finsternis von unter dem Auto hervorholte, war er stolz. Er fühlte sich bestätigt. Er schaute sie an, obwohl er kaum etwas erkennen konnte – Schwarz gegen Schwarz. Aber er konnte sie fühlen, spüren. Sie war kalt, metallen und wesentlich leichter, als er angenommen hatte.

Haley starrte ihn an. »Bist du dir sicher, dass du noch weißt, wie man so etwas benutzt?«

Er hatte keine Ahnung, wollte es aber nicht zugeben. »Klar doch.«

Er musste jetzt der Mann sein. Seine Familie war seine Verantwortung. Nie würde er ihr die Waffe geben und sie bitten, ihn zu verteidigen. Sie würde zwar keine großen Worte darüber verlieren, aber irgendwann würden ihr Vater und ihre Brüder davon hören und es ihn nie wieder vergessen lassen. Clyde, die Memme, würden sie sagen, der Wichser mit dem silbernen Löffel im Maul hat seine Frau anflehen müssen, ihn zu verteidigen, denn er hatte keine Ahnung, wie man eine gottverdammte Pistole handhabt.

Wie schwer konnte es schon sein? Einfach zielen und abdrücken, oder?

»Alles klar«, sagte er mit der Pistole in der rechten Hand, während er mit der linken Haley wieder aufhalf. Zusammen schlichen sie leise und vorsichtig die Straße entlang. »Wir können den Großteil wahrscheinlich hinter uns bringen, ehe es hell wird.«

»Bist du dir sicher, dass es eine gute Idee ist, nachts unterwegs zu sein?«

Allein schon die Frage nervte ihn. »Selbstverständlich!«

4

Sie gingen durch die Nacht, die Augen stets auf den Wald, die umliegenden Felder und die Häuser gerichtet. Clyde konnte kaum fassen, wie finster es war. Einige Straßenlaternen brannten noch schwach, es gab also nach wie vor Strom, aber keines der Häuser war beleuchtet. Die Nacht war in Stille getaucht, als ob jemand den Atem anhielt, was Clyde überhaupt nicht gefiel. Nervös zuckten seine Augen umher und richteten sich auf die potenzielle Quelle eines jeden unerwarteten Geräusches.

»Schatz, ich kann nicht mehr«, sagte Haley und streckte ihm eine Hand entgegen, während sie die andere auf ihren Bauch legte.

Sie sprang von einem Fuß auf den anderen, wollte ihre Füße entlasten. Zum ersten Mal, seitdem alles losgegangen war, machte Clyde sich Gedanken um ihr Schuhwerk – sie trug ganz normale Schuhe mit flacher Sohle und einem mit Blumenmuster bedruckten Stoff als Obermaterial. Jetzt waren sie völlig verdreckt vom vielen Laufen und dem Trip durch den Wald. Zudem trug sie keine Socken, sodass Clyde sich nur schwerlich vorstellen konnte, dass sie noch keine Blasen an den Füßen hatte.

»Okay«, erwiderte er, hielt inne und nickte. Dann blickte er sich um, die Straße auf und ab, suchte nach einem Unterstand, einem Ort, an dem sie sich ausruhen konnten, aber wohin er auch schaute, er sah nichts außer der Straße. Er wandte sich wieder nach vorne, starrte in die Finsternis und kniff die Augen zusammen, um besser sehen zu können. Plötzlich erkannte er etwas, das wie ein kleines Straßenschild aussah. Vielleicht ein Mini-Markt oder ein Restaurant oder so etwas.

»Hältst du noch ein bisschen durch?«, fragte er. »Ich glaube, da vorne ist etwas, wo wir rasten können.«

Sie balancierte auf einem Fuß, setzte den anderen auf ihr ruhendes Knie und massierte ihn. Sie kniff die Augen zusammen und schaute Clyde an, antwortete aber nicht auf seine Frage. Es war nicht unbedingt ein wütender Blick, aber freundlich war er auch nicht.

»Was?« Er breitete die Arme aus und spürte die kühle Brise unter seinen völlig verschwitzten Achseln.

Sie schüttelte den Kopf. »Was zum Teufel tun wir hier eigentlich, Clyde?«

Er schloss den Mund. *Was zum Teufel will sie nur von mir?* »Das habe ich dir doch bereits gesagt«, entgegnete er tonlos. »Wir gehen nach New Bern zum Sammellager.«

Haley wandte sich von ihm ab. »Und was ist, wenn es nicht mehr da ist, wenn wir ankommen? Was, wenn sie es geschlossen haben und umgezogen sind?«

Clyde schnaubte. Langsam wurde ihm alles zu viel.

»Nun, das werden wir nie herausfinden, solange wir hier mitten auf dieser verdammten Straße stehen.«

»Clyde, sei kein Arschloch«, blaffte sie. »Ich habe dir eine ernste Frage gestellt.«

Clyde rieb sich das Gesicht. Plötzlich holte ihn die Erschöpfung ein, fing bei den Fußballen an und arbeitete sich rasch hoch. Er konnte sie wie einen dumpfen Schmerz spüren, als ob er auf Holzkohle ging, aber anstatt die Sohlen zu verbrennen, flößte sie ihm Müdigkeit ein.

Haley zog die Nase hoch, und es hörte sich richtig feucht an.

Er holte tief Luft. »So weit wird es nicht kommen. Wird es nicht, kann es nicht.« Er dachte an den Mann vor der Highschool, wie ruhig und selbstbewusst er aufgetreten war. Und wie seine Frau und sein Kind dagestanden und ihm vertraut hatten. Sie wussten, dass er es regeln würde, zweifelten nicht an ihm, hinterfragten ihn nicht.

Clyde versuchte entschieden und autoritär zu klingen. Genauso wie der Mann. »Ich will gar nicht behaupten, dass im Augenblick alles rosig aussieht, aber es wird besser. Es wird immer besser.«

Haleys Stimme überschlug sich fast. »Ich weiß nicht.«

»Aber ich. Und jetzt komm.«

Er legte ihr die Hand auf die Schulter und drückte sanft. Sie gingen weiter, wenn auch langsamer, und es dauerte knappe fünf Minuten, ehe sie vor dem Schild standen, das er aus der Ferne erspäht hatte. Es war das

Werbeschild eines alten Mini-Markts. Neben dem Laden konnten sie eine Reihe Zapfsäulen ausmachen. Zwei für Super, zwei für Diesel und eine an der Seite für Kerosin.

Wie erwartet brannte auch im Laden kein Licht. Clyde ging davon aus, dass sie sich noch immer in der Evakuierungszone befanden – beziehungsweise »Eindämmungszone«, wie es so schön hieß – und der Eigentümer und das Personal sich entweder im Sammellager befanden oder bei einem Angriff geflohen waren. Und jetzt, als Clyde mitten auf dem Parkplatz vor dem Mini-Markt stand und über alles nachdachte, was geschehen war, konnte er sich des Gefühls der aufsteigenden Panik nicht erwehren. Es war, als ob man ihm eine Dachlatte über den Schädel gezogen hatte. Irgendwie beschlich ihn das Gefühl, dass er falsch lag.

Verdammt falsch.

Aber er konnte es abschütteln, verbannte die Erinnerung an einen Ort in seinem Gehirn, mit dem er sich erst sehr viel später auseinandersetzen musste. Aber das hatte noch Zeit, sehr viel Zeit, ehe derartige Gedanken sich bei ihm melden würden, denn jetzt darüber nachzudenken würde bedeuten, dass er sich mit der Idee beschäftigen müsste, dass dies hier vielleicht nicht ganz so vorübergehend sein könnte, wie er es erhoffte. Vielleicht hatte der Überlebenskünstler vor der Highschool tatsächlich die Wahrheit gesagt.

Bockmist. Bockmist.

Er verwarf das.

Vor ihm lagen die dunklen Schaufenster des Gemischtwarenladens, in denen Werbetafeln und dunkle Neonschriftzüge hingen. Der König der Biere. Die North-Carolina-Lotterie. Zigaretten billiger, wenn man eine ganze Stange kauft. Eiskalte Cola. Alles schien normal, real. Diese Sachen konnte man nicht einfach so umbringen, sie gehörten zum festen Inventar modernen Lebens. Sie beruhigten ihn, ließen ihn selbst in ihrem dunklen schlummernden Zustand daran glauben, dass alles wieder in Ordnung kommen würde, dass alles Schlimme, das je geschehen war, irgendwann schon wieder aufhören würde, und er schon bald wieder herkommen könnte, um sich ein Budweiser und ein Lotterielos zu kaufen – wie jeder freie Amerikaner.

Auch das hier wird wieder enden, versicherte er sich immer wieder, und es tat ihm gut. Er kam sich vor wie ein weiser Mann, der imstande war, Ruhe zu bewahren.

Als er direkt vor dem Fenster stand, legte er die Hände daran und lugte hindurch. Eine Straßenlampe tauchte das Innere in gespenstisches Licht, extrem lange Schatten werfend, als ob die Zeit beim Sonnenuntergang eingefroren worden war.

Er konnte Regale ausmachen, die im tiefen Schatten lagen, die Kasse samt Verkaufstresen, der mit Werbebroschüren, Lotterielosen, einzelnen Zigaretten und Zigarren übersät war. Ansonsten machte alles einen ordentlichen Eindruck. Genau, wie man es in einem solchen Markt erwarten würde. Aus irgendeinem Grund hatte Clyde gedacht, dass er längst geplündert worden war.

Er legte die Hand auf die Klinke, drückte und bemerkte, dass die Tür verschlossen war. Überraschend war das für ihn nicht.

Haley stöhnte auf. »Eine hervorragende Idee. Das hat sich ja richtig gelohnt.«

Clyde lugte erneut durch das Fenster und ließ den Blick dann über den Parkplatz schweifen. Er fuhr sich mit der Zunge über die Lippen, aber beide waren trocken. Dann wandte er sich wieder zu dem Mini-Markt um, in dessen Regalen und Kühlschränken lebensspendendes kaltes Nass auf ihn wartete. Er musste es haben.

»Wir könnten …« Seine Stimme verstummte, suchte nach Worten, die sein Vorhaben weniger kriminell klingen ließen. »Ich bin mir sicher, dass wir sie irgendwie öffnen können.«

»Du meinst, wir sollen einbrechen?«

Er ließ sich mit seiner Antwort Zeit, kniete sich stattdessen hin, suchte nach dem Verschlussmechanismus im Türrahmen und überprüfte ihn. »Wir sind keine Kleinkriminellen, Haley. Ich bin mir sicher, dass jeder verstehen würde, dass wir einen sicheren Ort brauchen, an dem wir uns ausruhen können.«

»Für die werden wir Plünderer sein!«, zischte sie. »Und was ist, wenn so eine Armee-Einheit vorbeifährt und uns sieht? Suchen die nicht nach Plünderern?«

Er schaute sie mit einer hochgezogenen Augenbraue an. »Das kann ich mir kaum vorstellen, Schatz. Schließlich sind wir hier nicht in Nordkorea.«

Er konnte ihren Gesichtsausdruck nicht genau erkennen, spürte jedoch ihre Skepsis.

Er hob beschwichtigend die Hand, eine Geste, von der er wusste, dass sie Haley auf die Palme brachte, die er aber trotzdem immer wieder benutzte. »Jetzt hör mal zu. Wir schleichen da einfach rein. Das Geld in der Kasse interessiert uns nicht. Wir nehmen nicht mehr, als wir brauchen. Nur ein paar Energieriegel und eine Flasche Wasser. Ich bin mir sicher, dass jeder dafür Verständnis hätte.« Er schüttelte den Kopf. »Und außerdem, schau dich um! Siehst du hier irgendwo Polizei? Jeder ist evakuiert worden. Oder ›eingedämmt‹. Kannst du dich noch daran erinnern?«

Haley ließ sich seine Worte durch den Kopf gehen, während Clyde sich weiterhin an der Tür versuchte und nach einer Möglichkeit suchte, sie leise zu öffnen. Nach einer Weile hielt Haley sich den Bauch und zuckte bei den Schmerzen zusammen, die von ihren Füßen hoch bis in ihren Rücken schossen. Sie konnte nicht mehr weiter, aber weder er noch sie wollte im Freien schlafen.

»Nun gut«, gab sie schließlich klein bei.

Da stand sie und starrte die Straße entlang in die Finsternis, als ob sie Ausschau hielt.

Clyde warf einen Blick über die Schulter und merkte, dass sie sich auf etwas anderes konzentrierte. Er nutzte diese Gelegenheit und holte die Pistole hervor. Er hatte ihr den Rücken zugewandt und betrachtete die Waffe skeptisch – wie ein Wilder, der das erste Mal einen Fernseher sieht.

Er mochte nicht, wie ungeschickt seine untrainierten Hände sie hielten, und schämte sich dafür, dass er sich mit so etwas überhaupt nicht wohlfühlte. Es überraschte ihn, dass er, trotz seiner Bildung und seiner guten Erziehung, wie jeder Amerikaner irgendwie erwartete, dass er die gottgegebene Fähigkeit besaß, von der Wiege auf ein Waffenexperte zu sein. Und die Tatsache, dass dem nicht so war, enttäuschte ihn maßlos. Als ob seine Unkenntnis bezüglich des Umgangs mit einer Waffe mit Impotenz oder einem winzigen Penis gleichzustellen war.

Aber Clyde hatte genug Fernsehen und Filme gesehen – wie die meisten Amerikaner –, an die er sich halten konnte. Er wusste, dass es einen Knopf an der Seite gab, auf den man drücken konnte, um das Magazin auszuwerfen. Er suchte danach und fand ihn sogar. Er drückte ihn mit dem Daumen, und das Magazin fiel wie von Zauberhand in seine daruntergelegte Hand.

Er sah Gold und Messing oder was auch immer man benutzte, um Munition herzustellen. Zwei Patronen lugten hervor, aber was darunterlag, wusste er nicht. Er betrachtete das Magazin genauer, fand eine Reihe von Spalten an der Rückseite und schloss, dass man an ihnen erkennen konnte, wie viele Schüsse man noch übrighatte, auch wenn sie nicht nummeriert waren. Durch das erste Loch konnte er das Funkeln von Patronen erkennen, aber das zweite war leer, wie auch das dritte. Was konnte das bedeuten? Er schätzte angesichts der Größe der sichtbaren Patronen grob, dass zwischen zehn und zwanzig Kugeln in das Magazin passten.

Also hatte er vielleicht fünf Schuss übrig?

Vielleicht auch weniger.

Er überlegte, ob er sie herausnehmen und zählen sollte, war sich aber nicht sicher, ob er sie fachgemäß wieder zu laden imstande war. Beide Male, an denen Haleys Vater darauf bestanden hatte, dass er mit ihm schießen ging, hatte Clyde keine Magazine laden dürfen. Der Alte hatte immer behauptet, dass er irgendetwas falsch machen und sie »in die Luft jagen« könnte. Clyde war sich ziemlich sicher, dass er maßlos übertrieben hatte, aber dennoch traute er sich jetzt nicht.

Er schob das Magazin wieder ein und drückte, bis es Klick machte. Dann nahm er die Waffe wieder in die Hand und versuchte, sich an sie zu gewöhnen, um zumindest nicht mehr wie ein kompletter Dilettant auszusehen.

»Schatz, was machst du da?«, wollte Haley wissen.

Clyde steckte die Pistole sofort wieder zurück in die Hose. »Nichts. Ich habe nur ... Ich wollte nur schauen, ob die Tür alarmgesichert ist, glaube es aber nicht.«

»Du hast doch gesagt, dass es egal ist.«

Er warf ihr einen Blick zu. »Ist es ja auch.«

»Dann mach sie auf.«

»Okay.« Er suchte den Boden ab, fand vor einer abgenutzten Kühltruhe einen Brocken Asphalt, den er auflas und der ungefähr so groß wie seine Faust war. Er hatte noch nie etwas mit einem Stein eingeschlagen, noch nie eine Glasscheibe kaputt gemacht. Er war sich nicht sicher, ob der Brocken dem Zweck dienen würde, sah aber nichts, was dagegensprach.

Er überlegte, ob er ihn werfen oder eher als eine Art Hammer benutzen sollte.

Er entschied sich fürs Werfen.

Die Tür war nichts Besonderes, eine typische Mini-Markt- oder Tankstellentür. Ein rechteckiger Metallrahmen mit einer Querstrebe auf Höhe der Klinke, die das Glas in der Mitte teilte. Clyde holte aus und zielte auf den oberen Teil der Scheibe in der Nähe des Rahmens.

Der Brocken tat seine Pflicht und hinterließ ein faustgroßes Loch in der Nähe der Klinke. *Gut gezielt*, dachte Clyde und musste beinahe lächeln. Sie standen da und hörten, wie das Glas mit einem lauten Klirren zersprang, gefolgt von dem Rieseln der Scherben, die auf den Boden des Ladens regneten. Er konnte seine Dummheit kaum fassen.

Kein Alarm, dachte er erleichtert. *Gut.*

Dann ging er auf die Tür zu und steckte die Hand durch das Loch, schloss die Tür auf und öffnete sie. Er stand da wie ein Pförtner, wartete, dass Haley hindurchging, aber sie stand einfach nur da und ließ den Blick unsicher zwischen Clyde und dem dunklen Inneren des Mini-Markts hin und her schweifen.

»Ich weiß nicht«, begann sie. »Das fühlt sich irgendwie nicht richtig an.«

Clyde schnaubte. »Würdest du jetzt bitte einfach reingehen? Wir werden schon nicht festgenommen.«

»Und woher willst du das wissen?«

»Weil es Schwachsinn ist!« Mehr fiel Clyde zu seiner Verteidigung nicht ein.

Haley schürzte die Lippen, schüttelte den Kopf und trat ein. Clyde sah sich noch einmal zum Parkplatz um und folgte ihr dann. Drinnen war es etwas kühler, aber muffig, und er spürte, wie sich eine Schweißperle auf seiner Stirn bildete, die ohne fehlende Brise langsam seine Haut herunterlief. Er schloss die Tür und verriegelte sie hinter sich.

»Hast du Geld dabei?«, fragte Haley.

»Warum?«, fragte Clyde und runzelte die Stirn.

»Damit wir für das bezahlen können, was wir nehmen. Und für die Scheibe.«

Clyde kämpfte gegen die Versuchung an, sie schroff zurechtzuweisen. Stattdessen sagte er: »Meine Geldbörse war im Rucksack, in der Seitentasche.«

Haleys Gesicht wurde nur halb von der Straßenlampe angeleuchtet, und der steile Winkel ließ sie seltsam aussehen, als ob sie auf einen Schlag zehn Jahre gealtert war. Er konnte ein Flimmern von Emotionen erkennen, die sie aber noch zurückhielt, auch wenn es ihr schwerzufallen schien. Sie war normalerweise keine besonders emotionale Person, aber das hatte sich während der Schwangerschaft geändert. Jetzt musste er mit Eruptionen rechnen, so viel wusste Clyde.

Und ihre Reaktion auf die heutigen Geschehnisse würde es nicht verbessern.

»Ich muss mich hinsetzen«, verkündete sie und sank auf der Stelle zu Boden. Sie ließ ihr Haar ins Gesicht fallen, benutzte es als Vorhang, um sich von ihrem Mann abzuschotten.

Es verblüffte ihn jedes Mal, wenn sie das tat. Manchmal ließ sie sich einfach ohne jegliches Schamgefühl oder Zurückhaltung in seiner Anwesenheit gehen, aber es gab auch Zeiten, an denen sie es für unpassend hielt, Emotionen zu zeigen und sie zu unterdrücken versuchte. Eigentlich war es ihm völlig egal, wie sie sich verhielt. Er hatte sie nie deswegen kritisiert, aber nach welchen Kriterien sie sich richtete, wann sie es für richtig beziehungsweise falsch hielt, war ihm ein Rätsel. Mitunter schien es absolut normal, einen halben Nervenzusammenbruch beim Anblick von Babykleidung zu erleiden, aber was hielt sie jetzt davon ab, mitten in der Nacht, in einem menschenleeren Mini-Markt, in den sie gerade eingebrochen waren, weil sie auf der Flucht waren und einen Schlafplatz brauchten?

Er wandte sich zu den Regalen um, wollte das Thema wechseln, um sie aufzuheitern. »Hast du Hunger, Schatz? Was darf ich dir anbieten? Vielleicht ein Milky Way?« Seit ihrer Schwangerschaft konnte sie nicht genug davon kriegen.

»Nein«, antwortete sie jämmerlich.

»Ach, komm schon«, stachelte er sie an. »Dann fühlst du dich gleich besser.«

»Dann muss ich nur kotzen«, entgegnete sie. »Ich spüre es jetzt schon.«

Er überlegte. »Okay, gibt es vielleicht irgendetwas, das nicht gleich wieder hochkommt?«

Plötzlich ertönte ein Scheppern, als ob leere Dosen zu Boden geworfen wurden.

Clyde erstarrte und warf Haley einen Blick zu. Sie hatte den Kopf gehoben und schaute sich wachsam um.

»Was war das?«, flüsterte sie. »Das kam von draußen.«

Clyde bewegte sich kaum, hob nur eine Hand mit ausgestrecktem Zeigefinger, um ihr zu signalisieren, dass sie keinen Mucks von sich geben sollte, und wartete, ohne einen Muskel zu bewegen. Die Dosen schepperten erneut, als ob jemand Fußball mit ihnen spielte. Das Geräusch schien von allen Seiten zu kommen, sodass er es nicht orten konnte. Kam es von draußen oder aus dem hinteren Teil des Ladens? Er konnte es nicht ausmachen.

Vielleicht ist es nur ein Waschbär, redete er sich verzweifelt ein. *Oder eine Beutelratte.*

»Clyde ...«

»Psst!«

Dann ein neues Geräusch, eine Stimme, die ein monotones, unzufriedenes Raunen von sich gab. »Aaaaahh ... Aah!« Als ob jemand sich grämte, die Dosen umgestoßen zu haben. Das Geräusch hielt an, verwandelte sich dann in eine Reihe genuschelter Konsonanten – wie ein sturzbetrunkener Obdachloser, der mit sich selbst sprach.

Clyde drehte sich zu Haley um und schlich vorsichtig in die Mitte des Markts. Er konnte es in seinen

Füßen spüren, wie es sich seine Beine hinaufarbeitete, seinen Rücken einnahm. Es war ein Gefühl, das er nur wenige Male in seinem Leben verspürt hatte. Irgendetwas Böses lauerte in der Nähe, und er hoffte, dass er es umgehen konnte. Das letzte Mal, als es ihm ähnlich erging, waren Haley und er des Nachts zurück zum Auto gegangen, und ein nicht gerade gemütlich aussehender Typ war ihnen gefolgt. Clyde war sich damals sicher gewesen, dass er sie entführen wollte.

»Los«, flüsterte er und zog Haley auf die Beine. »Versteck dich hinter dem Tresen.«

Er wusste nicht, ob das Sinn ergab oder nicht, und er überlegte, ob es nicht vielleicht besser wäre, einfach davonzurennen, aber das würde heißen, den Mini-Markt aufzugeben, und im Augenblick waren diese Wände und diese Fenster das Einzige, das sich zwischen ihnen und dem befand, was draußen auf sie lauerte. Und wenn sie erst einmal wieder auf der Straße standen, gab es kein Versteck mehr.

»Ist es eine dieser Kreaturen?«

»Ich weiß es nicht.« Aber insgeheim dachte er: *Natürlich! Was soll es sonst sein?*

Sie kauerten beide hinter der Verkaufstheke. Haley duckte sich, den Kopf zum Boden gesenkt, aber Clyde richtete sich ein wenig auf, um zwischen den vielen Dosen Pfeifentabak und Gläsern voller Süßigkeiten einen Blick über den Tresen werfen zu können. Das gelbe Licht der Straßenlaterne strahlte ihn an, und hinter dem Horizont konnte er ein kontrastloses

Schimmern ausmachen. Clyde bemerkte, dass er auf einmal hörbar schneller atmete.

Das Murmeln von draußen hielt an, wurde jetzt aber von einem plötzlichen, scharfen Bellen unterbrochen.

Mit dem stimmt irgendwas nicht.

»Es ist einer von ihnen«, sagte Haley mit nervöser Stimme. Sie streckte die Hand nach Clyde aus und ergriff seinen Arm. »Hast du die Tür zugeschlossen?«

Clyde wandte sich von den Fenstern ab und sah, wie seine Frau ihn fragend anschaute, sein Gesicht musterte. Er fühlte sich exponiert, beinahe nackt, wie sie ihn so anstierte, und er war sich sicher, dass sie nach etwas in seiner Miene suchte, das ihr verriet, dass er wusste, was er tat, dass sie überleben würden. Sie suchte nach irgendeinem Grund, warum sie ihm statt ihren eigenen Instinkten vertrauen sollte.

Als er sich wieder aufrichtete, sah er einen Mann. Er stand vornüber gebeugt vor einem Fenster und starrte in den Laden. Seine Silhouette wurde von dem gelben Licht der Straßenlaterne umrahmt. Sein Gesicht lag im Schatten, sodass Clyde keine Ahnung hatte, ob der Mann ihn sah oder nicht. Neben ihm erstarrte Haley und hielt sich eine Hand vor den Mund.

Clyde rührte sich nicht vom Fleck. Mit jedem Schlag schien sein Herz weiter nach unten Richtung Hose zu rutschen. Clydes Knie schmerzten vom vielen Knien, aber er registrierte es nicht. Er spürte nur sein Herz und seine regelmäßigen Atemzüge.

Der Mann stand eine ganze Weile am Fenster. Clyde

konnte sehen, wie er hin und her schwankte. Er hielt etwas in der Hand, lang und dünn. Vielleicht ein Stemmeisen oder ein Stück Rohr, das am Ende seines schlaff hinabhängenden Armes hin und her baumelte.

Der Mann lehnte sich langsam vor, bis seine Nase das Fenster berührte. Er öffnete den Mund, und Clyde sah, wie seine Zunge heraushing. Sie schien ungewöhnlich lang und seimig. Dann berührte sie das Glas, arbeitete sich langsam vor und zurück und hinterließ eine dunkel schimmernde Spur. Clyde war sich nicht sicher, glaubte aber, dass sie rot wie Blut war.

Dann begann der Mann sich zu bewegen, arbeitete sich langsam am Fenster entlang, die Zunge noch immer daran leckend, als ob er es schmecken konnte. Clydes Magen verkrampfte. Es hatte etwas pervers Sexuelles, wie der Mann seine blutige Zunge hinter sich her streifte.

Als er zur Tür gelangte, hielt er inne.

Erst jetzt konnte Clyde sein Gesicht erkennen. Es war völlig ausdruckslos, bar jeden Lebens, glich eher der Oberfläche eines von Meteoriten gepeinigten Mondes. Sein ganzer Mund war blutig, und ihm klebten Brocken an den Wangen und am Kinn, die Clyde Gott sei Dank nicht richtig erkennen konnte.

Bei der Tür angelangt, zog er die Zunge wieder ein und stellte sich aufrecht hin. Sein Auge fiel auf das Loch im Glas und die Klinke auf der anderen Seite.

Clyde konnte seine Augen nicht abwenden, sondern dachte und betete innerlich: *Bitte hau ab! Bitte geh einfach wieder! Hau einfach ab und lass uns in Frieden!*

Er musste seinen Arm mit Gewalt von Haleys Griff befreien und nahm dann die Pistole aus dem Gürtel, deren Ecken und Kanten ihn unangenehm gezwickt hatten. Sie hatte seine Körperwärme angenommen und war ganz feucht von Schweiß. Die Pistole fühlte sich in seinen Händen wie ein lebendiges Objekt an, und auf einmal hatte er Angst vor der Waffe – als ob sie alleine entschied, was passieren würde, sobald Clyde seinen Finger um den Abzugshahn legte.

Dann begann der Mann vor der Tür zu sprechen, obwohl es klang, als ob er den Mund voller Murmeln hatte: »Ich rein.« Seine Hand fiel unbeholfen auf die Klinke und zog daran. »Ich rein! *Will* rein!« Er zog immer heftiger. »Rein! Rein! Rein!« Dann trat er einen Schritt zurück, holte aus und landete mit dem Ding in seiner Hand einen gewaltigen Schlag. Es war ein Reifenheber. Der Rest der Scheibe zerbarst in tausend Stücke und regnete auf den Boden hinab.

5

Haley schrie auf.

Allerdings nur kurz, denn sie erstickte den Schrei, kaum dass er ihren Mund verlassen hatte, mit ihrer eigenen Hand.

Die Gestalt vor der Tür drehte sich sofort zu ihnen herum. Irgendwie schien das Ding fähig, ihre Position aufgrund des einen Geräusches genau ausmachen zu können. Er starrte einen Moment lang in die Finsternis, und Clyde wusste, dass sie aufgeflogen waren.

Das Ding stieß einen gottlosen Laut aus, der Clyde in dem kleinen Mini-Markt fast das Trommelfell platzen ließ. Das Gesicht, zuvor noch ausdruckslos und nichtssagend, war jetzt zu einer wutverzerrten Grimasse verzogen. Das Wesen wollte sich auf der Stelle auf sie werfen, aber es hielt noch immer den Autoreifenheber in einer Hand, der sich in der Tür verfing, sodass sie lautstark im Rahmen ratterte.

Haley schnellte hoch und ruderte wild gegen die Wand voller Zigarettenregale, die sich hinter ihr befand. Marlboro- und Newport-Schachteln regneten auf sie herab, während sie mit den Händen völlig unkontrolliert nach einem Türknauf, einem Fluchtweg suchte.

Clyde wollte etwas sagen, brachte aber keinen Laut hervor.

Etwas in diesem Kreischen – vielleicht der Urhunger darin – hatte jeden letzten Fetzen Mut aus ihm gesogen. Jetzt stand er da. Die Panik drohte ihm die Kehle zuzuschnüren, und er konnte keinen klaren Gedanken mehr fassen, sah nur noch den bevorstehenden Angriff, während sein Schädel sich langsam abschaltete und von den ganzen Chemikalien, die der Körper in seine Blutbahn pumpte, nicht einmal Signale an die einzelnen Körperteile senden konnte.

Adrenalin und Noradrenalin schossen durch seine Adern. Die Venen und Kapillaren zogen sich zusammen, sodass sein Blutdruck in ungeahnte Höhen schoss. Sein Herzschlag und Atmen erreichten Frequenzen, die er zuvor für absolut unmöglich gehalten hätte. Seine Augen weiteten sich, und die Hornhaut verformte sich, sodass alles, was sich nicht direkt vor seiner Nase befand, mit schwarzen Punkten versehen war. Sämtliche vernünftigen Regungen verließen ihn. Höhere oder kompliziertere Ambitionen wie Mut, Heldentum, das Beschützen von Frau und Kind, lösten sich im Handumdrehen in Luft auf. Haley war kein Konzept mehr, das er wahrnahm. Das Einzige, was sein vertierter Kopf noch verarbeiten konnte, war sein Tod und Überleben.

Clyde versteckte sich wieder hinter dem Verkaufstresen – er war sich nicht sicher, ob es absichtlich geschah oder seine Knie nachgaben. Er merkte gar nicht, dass Haley an ihm vorbeirauschte und versuchte, durch den Hintereingang des Mini-Markts zu flüchten. Er war ganz und gar von der Gestalt in Bann gezogen, die sich gerade durch die Tür zwängte, über die Querstrebe kletterte.

Spitze Glasscherben ragten noch immer aus dem Rahmen, bohrten sich durch seine Haut, rissen das Zwerchfell und seinen Bauch auf. Endlich war das Ding durch, verlor das Gleichgewicht und stolperte mit dem Kopf voran in den Ozean von Scherben, der den Boden bedeckte. Seine Gedärme hingen an den Glaszacken in der Tür und wirkten jetzt wie eine immer länger werdende Nabelschnur.

Aber es schien ihm nichts auszumachen. Er raffte sich auf die Beine, und aus seinen Händen ragten Tausende kleiner Glassplitter, die sich in sein Fleisch vergraben hatten. Der blasse Strang seiner Eingeweide löste sich vom Türrahmen und fiel mit einem nassen Klatschen zu Boden. Er stolperte zum hinteren Teil des Ladens, die eigenen Gedärme hinter sich her ziehend und ohne Clyde eines Blickes zu würdigen.

Clyde kauerte weiterhin hinter dem Tresen. Mittlerweile war es ihm völlig egal, was hinter ihm passierte. Er schloss einfach die Augen, während er mit den Händen seine Pistole befummelte, ohne etwas damit anfangen zu können. Er hielt sie ungeschickt, schien sich ihrer Präsenz überhaupt nicht bewusst zu sein, hatte keine Ahnung, was er damit anfangen sollte, sobald die Lage brenzlig wurde.

Plötzlich ertönte ein Schrei aus dem hinteren Teil des Ladens. Es war Haley.

Endlich schien ein Teil von ihm aufzuwachen, ein längst tot geglaubter Teil seines Bewusstseins, wie ein Körper, der ans Ufer geschwemmt und nur bei Ebbe sichtbar wird. *Meine Familie ist meine Verantwortung*, hatte der Mann vor der Highschool gesagt. *Und Ihre Familie ist die Ihre.*

Es ist Haley.

Es ist Haley.

Es sind Haley und dein verdammtes Kind!

Er zitterte dermaßen, dass ihm beinahe die Waffe aus der Hand glitt. Er starrte sie an, als ob sie ihm völlig unerwartet wie aus Zauberhand zugeflogen wäre.

Dann hörte er ein Krachen, und Haleys Schreie wurden schriller.

Plötzlich ertönte das Kreischen des Monsters und stellte alles in den Schatten, was Haleys Stimme hergab.

»O Gott«, murmelte Clyde und stand mit allergrößter Mühe auf. Die Tränen in seinen Augen ließen seinen Blick verschwimmen. »O nein. O nein …!«

»Clyde!«, schrie Haley. »Clyde!«

Sie brauchte seine Hilfe.

Sie brauchte ihn.

Ihn.

Er tat einen Schritt, obwohl seine Angst ihn zu vergiften drohte, seine Muskeln in Erstarrung verkrampfen ließ. Sein Körper wusste, dass sein Verstand nicht kapitulieren würde – dass er keine Chance bei der bevorstehenden Schlacht haben würde. Er könnte nie gewinnen. Und weil der Körper es so entschieden hatte, schien er auf Biegen und Brechen vermeiden zu wollen, sich irgendwie einzumischen, sondern war stattdessen darauf erpicht, sich auf den Boden zu legen und zu hoffen, dass alle schlimmen Dinge einfach wieder verschwinden würden.

Du bist ein Feigling, ermahnte er sich. Aber bei den Worten stellte er sich seinen Schwiegervater, aus dessen Mund er sie zuletzt gehört hatte, oder den Mann vor der Highschool vor, dessen Familie ihm zugetraut hatte, dass er sie beschützen und für sie sorgen konnte.

Haley schrie immer weiter, brüllte immer wieder seinen Namen, und er bewegte sich auf sie zu, die Schulter an den Regalen reibend, sodass ihr jeweiliger Inhalt hinter ihm zu Boden krachte. Als er endlich zum Hinterzimmer des Ladens kam, völlig verdreckt und von oben bis unten in Schweiß gebadet, zitterte er so heftig, dass er es kaum vermochte, sich aufrecht zu halten. Dann sah er sie. Sie lag auf dem Boden, schlug mit den Beinen aus, fuchtelte wild mit den Armen um sich. Sie schlug und krallte wie verrückt. Das Monster von einem Mann hockte auf ihr, das Maul aufgerissen, und wollte trotz Haleys verzweifelter Hiebe ihre Halsschlagader aufreißen.

Haley sah ihren Mann in der Tür stehen, und der Blick, den sie ihm trotz aller Panik zuwarf, zerstörte alles, was Clyde je von sich gehalten hatte, sein gesamtes Selbstbild. Die Mikrosekunde eines Gesichtsausdrucks, und er erkannte die Wahrheit über sich – sie blickte ihn an und konnte es kaum fassen. Sie fragte sich, warum ihr Mann einfach nur dastand, ohne auch nur den kleinen Finger zu rühren, während ein anderer Mann versuchte, ihr die Halsschlagader herauszureißen. Sie fragte sich, warum der Mann, der sie doch eigentlich lieben und beschützen sollte, der Mann, dessen Kind sie in sich trug, einfach nur dastand und weinte.

»Mach was!«, brüllte sie ihn an.

Beinahe reflexartig drückte Clyde ab. Fünf Male. Er zog am Hahn, so schnell er konnte, und zuckte zusammen, als der Lärm in dem kleinen Raum widerhallte. Er verschoss alle Kugeln im Magazin, ohne zu zielen. Eine der Patronen traf die Kreatur im Kreuz, eine weitere bohrte sich durch ihre Schulter, und die nächste – natürlich aus purem Zufall – verschwand in ihrem Kopf, sodass sie wie auf Knopfdruck erstarrte. Die beiden letzten Kugeln zischten ziellos durch die Luft und trafen die gegenüberliegende Wand.

Die Gestalt gab keinen Ton mehr von sich und sackte auf Haley hinab. Sie tat ihr Bestes, um sich freizukämpfen, und Clyde starrte sie an, schockiert und beschämt. Ihm war furchtbar schlecht, wie er dastand und die Gedärme des Mannes in einem kleinen Haufen um seine Füße lagen und Blut, Gallenflüssigkeit und Exkremente sich auf dem Linoleum miteinander vermischten. Er wollte die Gestalt von Haley zerren, aber als er sich zu ihr hinabbeugte, war allein der Gedanke so abscheulich, dass er innehielt und würgte. Sein Magen aber war völlig leer gepumpt, sodass nichts aus ihm herauskam.

»Clyde …«

Er ließ die Pistole in die Schweinerei zu seinen Füßen fallen, beugte sich vor und zog das tote Ding von seiner Frau, von ihrem Bauch mit ihrem Kind, bis er sie endlich befreit hatte. Haley stand nicht auf. Ihre Hände fuchtelten weiterhin wild in der Luft herum, als wäre sie ein Vogel mit gebrochenen Flügeln. Ihre Brust hob und senkte sich rasch. Ihr Kopf war zurückgelegt, und sie starrte zur Decke hoch, den Mund weit aufgerissen. Es schien Clyde, als ob sie nach Atem rang.

»Baby?«, fragte er mit leiser Stimme.

Tränen strömten ihre Wangen hinab. »Es tut weh«, antwortete sie, und die Worte blieben ihr beinahe im Hals stecken. »Es tut so weh.«

Clyde spürte, wie seine Tränen ihm ebenfalls das Gesicht hinabströmten. Rotz rann über seine Oberlippe. »Was tut dir weh? Was tut dir weh, Baby?« Er kniete sich hin, auf nur ein Bein, und er fuhr mit den Händen über ihren Körper, ohne sie jedoch zu berühren, wie auf Luftkissen, wie ein Wünschelrutengänger, der nach einer Wunde suchte. Als er näher kam, sah er alles. Die tiefen Bisswunden in ihren Armen, aus denen schwarze Flüssigkeit strömte, ihre Haut an ihrem Oberarm, die einfach weggerissen war und jetzt weiß wie der Bauch einer Forelle hinabhing, während das freigelegte Fleisch und die Muskeln darunter pulsierten.

Und dann war da noch das kleine Loch direkt unter ihrem Schlüsselbein.

Haley röchelte: »Ich kriege keine Luft.« Und tatsächlich, jedes Mal, wenn sie einatmete, hörte er ein widerliches Saugen, und beim Ausatmen und Sprechen blubberte es und spritzte ihn an. Er starrte auf seine Frau, schüttelte den Kopf, als ob er ihr das alles ausreden, die Wunden davon überzeugen könnte, sich wieder zu schließen.

»O nein. Nein! Nein! Nein!«, entfuhr es ihm. »Haley, was mache ich bloß? Was mache ich denn jetzt bloß?«

Sie richtete sich mit aller Kraft auf, schaute aber nicht Clyde an, sondern blickte auf ihren Bauch. Sie wollte etwas sagen, hustete aber nur, und Blut quoll aus ihrem Mund. »Wie geht es meinem Baby? Hat er mein Baby verletzt?«

Clyde begutachtete ihren aufgeblähten Bauch, konnte aber keinerlei Blessuren feststellen. Der schwarze Saft des Monsters hatte zwar Flecken auf Haleys Bluse hinterlassen, aber er konnte keine Risse feststellen. Alles schien in bester Ordnung. »Ich weiß nicht genau«, meinte er, »aber ich glaube, das Baby hat nichts abgekriegt, Haley. Dem Baby geht es gut.«

Aber selbst das beruhigte sie nicht. Sie richtete den Blick auf ihren Mann und sagte etwas, das er nicht verstand.

»Was?«

Für einen Moment kämpfte sie gegen die Schmerzen an, schloss die Augen und konzentrierte sich. Immer wieder versuchte sie, einzuatmen, aber die Luft wollte einfach nicht in ihre Lungen, als ob ihre Kehle zugeschnürt wäre. Als sie die Augen wieder öffnete, bewegte sich ihr Mund, aber die Stimme versagte. Sie konnte nicht genügend Luftdruck aufbauen, um ihre Stimmbänder zum Schwingen zu bringen. Clyde heulte, stieß verängstigte, kindliche Töne aus, hielt sich aber zurück, sobald er merkte, dass sie etwas sagen wollte. Er beobachtete ihre Lippen und konnte so verstehen, was sie ihm mitteilen wollte. Und er kannte die Worte, die sie auszusprechen versuchte, aber er schüttelte immer wieder den Kopf, denn er wollte sie nicht verstehen. Er wollte nicht, dass sie die letzte Wahrheit im Leben seiner Frau und seines Lebens mit ihr würden. Er wollte dieser finalen Prüfung nicht ins Auge sehen, denn er wusste genau, dass das, ganz gleich, ob er sie bestünde oder nicht, sein Ende bedeuten würde.

»Rette mein Baby.«

Eines Tages würde er es seiner Tochter erzählen.

Manchmal machen Leute etwas, was sie eigentlich gar nicht wollen, um zu überleben. Und ich habe dich so sehr geliebt, sogar bevor ich dich kannte, dass ich etwas getan habe, das ich sonst nie getan hätte. Damit du leben konntest. Weil ich dich brauchte. Verstehst du das? Ich habe dich gebraucht, weil ich in dem Augenblick, in dem ich diese schreckliche Tat hinter mich bringen musste, wusste, dass du das Einzige warst, was mir in dieser Welt noch geblieben war.

All das wollte er ihr sagen.

Irgendwann, wenn der Spuk endlich vorbei war.

6

Sie fanden ihn, als sie den Highway 55 entlangfuhren, kurz vor New Bern. Für die beiden Männer, die sofort ausgestiegen waren und sich hinter ihrem Truck verschanzt hatten, schien er wie ein Geist, der noch nicht vollends seine endgültige Form angenommen hatte. Die vom Asphalt aufsteigende Hitze verzerrte seine Gestalt, als er langsam die lange Straße entlang auf sie zukam. Es handelte sich um einen jungen und einen alten Mann. Der eine hatte Narben im Gesicht, der andere eine Miene voller Neugier vermischt mit ein wenig Besorgnis aufgesetzt.

Der Ältere hob das Scharfschützengewehr samt Sucher zum Anschlag und lehnte sich gegen die Ladefläche des Trucks. Der Jüngere blieb neben ihm und fragte sich, was diese neue Entdeckung wohl bringen würde. Sein Kompagnon blickte durch den Sucher und runzelte die Stirn. Endlich senkte er das Gewehr und schürzte die Lippen.

»Kranker?«, fragte der Jüngere.

»Schwer zu sagen«, entgegnete der Ältere und wischte sich den Schweiß von der Stirn. »Aber er hält irgendetwas in den Armen.«

»Was denn?«

Der ältere Mann zuckte mit den Achseln.

Sie warteten, bis die Gestalt näher kam. Ihr Truck war neben der Straße geparkt, inmitten einer ganzen Reihe anderer, die ihnen zur Tarnung dienten. Um sie herum bestimmten Tannenwälder und Ackerland die Landschaft. Die Wälder hatten etwas Merkwürdiges an sich – sämtliche Tannen waren kerzengerade gewachsen, besaßen die gleiche Höhe und Dicke und standen perfekt in Reih und Glied. Die Ackerböden jedoch bestanden aus einem Ozean abgeernteter Stoppeln. Die zweite Saat war noch nicht ausgebracht.

Sie befanden sich ungefähr auf halber Strecke zwischen dem sich nähernden Mann und einem großen weißen Gebäude. Dessen Dachform und die hohen Türme ließen keinen Zweifel zu, worum es sich handelte. Und jetzt hießen sie es ihr Zuhause. Das war auch der Grund, warum sie die Straße bewachten. Sie waren dafür zuständig, dass keine Kranken an ihnen vorbeikamen und niemand mit unlauteren Absichten ihre neue Heimstatt entdeckte.

Der Mann kam immer näher. Jetzt konnten sie ihn sogar mit bloßen Augen deutlich erkennen. Er war nicht besonders kräftig gebaut und machte einen abgerissenen, völlig fertigen Eindruck. Seine Haare hingen in blutigen Klumpen in sein Gesicht, und seine verdreckte Brille saß schief auf seiner Nase. Sein Mund stand offen, und die Zunge hing schlaff heraus. Seine Kleider waren zerrissen, verschmutzt und voller Blut und Fleischfetzen, wovon auch seine Beine, seine Arme, sein Torso, sein Hals, sogar sein Gesicht bedeckt waren, als ob er darin gebadet und dann gewartet hatte, bis es antrocknete, verkrustete und diese unverwechselbare schwarzbraune Farbe annahm.

Vielleicht hätten sie ihn auf der Stelle umgebracht, denn er sah wie einer aus, den die Seuche erwischt hatte. Aber er hielt etwas in seinen Armen. Es war klein und dunkelrot, wie der Rest von ihm.

Als er sich ahnungslos ihrem Truck näherte, sprangen sie plötzlich mit den Waffen im Anschlag hervor, brüllten ihn an, befahlen ihm, sich hinzuknien. Er hielt mitten auf der Straße inne und blickte sie mit nichtssagendem Gesichtsausdruck an. Er tat, wie ihm geheißen, hielt aber noch immer das kleine Bündel in seinen Armen.

Der ältere Mann richtete das Gewehr auf seine Brust, während der Jüngere sich vorsichtig näherte. Er reckte den Hals, wollte sehen, was der Mann in den Armen hielt, und als er es endlich erkannt hatte, zuckte er zurück, wandte sich an seinen Gefährten und sagte: »Mein Gott!«

»Du sollst den Namen des Herrn nicht missbrauchen!«, ermahnte ihn der ältere Mann.

Aber der Jüngere hörte ihm kaum zu. Er war jetzt völlig blass, und er zitterte am ganzen Körper. »Es ist ein Baby.«

Der Mann vor ihnen setzte sich jetzt auf die Fersen, drückte das kleine Ding in seinen Armen noch enger an sich, als ob er glaubte, dass sie es ihm wegnehmen wollten. Er ließ den Blick von dem jüngeren zu dem älteren Mann schweifen, musterte sie, wollte herausfinden, was sie vorhatten. Es war das erste Mal, dass er kognitive Fähigkeiten zeigte.

Der Ältere tat einen Schritt auf ihn zu. »Was ist passiert, mein Sohn?«

»Ich brauche ...« Seine Stimme schien ofengetrocknet, als ob ihm bei jedem Wort der Hals bluten würde. »Ich brauche Wasser für meine Kleine hier. Sie ist nicht ... Sie ist nicht ...« Er warf einen Blick auf die winzige Gestalt in seinen Armen, ohne sie wirklich zu sehen. Es war der Blick eines Mannes, der nur das sah, was er sehen wollte, nicht das, was ihm tatsächlich entgegenblickte. »Es geht ihr nicht so gut. Sie braucht zu essen und zu trinken. Haben Sie vielleicht Fertigmilch? Ich habe schon ... schon überall gesucht. Oder jemanden, der sie stillen kann? Ich flehe Sie an.«

Der ältere Mann senkte langsam die Waffe. Er ging weiter auf den Mann zu und warf einen Blick auf das Ding in den Armen des Knienden, um sich zu bestätigen, was er bereits wusste. Es war winzig, kaum entwickelt, eindeutig ein Frühchen. »Mein Sohn«, begann er mit fester, ehrlicher Stimme. »Das Baby ist schon seit Tagen tot.«

»Nein!«, brüllte der Mann und schüttelte wild den Kopf. »Sie braucht nur etwas Wasser. Ich flehe Sie an. Sie hat schon seit ... seit ...«

Die beiden tauschten einen Blick aus, in dem sowohl Empathie als auch Ekel mitschwang.

»Wie heißen Sie, mein Sohn?«

Der kniende Mann riss die Augen von dem toten Frühchen in seinen Armen und blickte zum älteren

Mann auf. Er schien verwirrt, als ob ihm sein eigener Name nicht mehr einfallen wollte. »Äh ... Clyde.«

Der ältere Mann nickte. »Drake Chalmers.« Dann deutete er auf das weiße Gebäude hinter sich. »Ich bin Diakon in der Kirche dort. Wir sind eine gute Gemeinde, und ich glaube, wir haben eine Mutter, die stillt. Würden Sie sich bereiterklären, ihr das Baby zu überlassen?«

»Wird sie meiner Tochter helfen können?«

Chalmers lächelte. »Selbstverständlich.«

In der Kirche wartete tatsächlich eine Frau, wie Chalmers es gesagt hatte.

Sie führten Clyde in das Vestibül, wo Chalmers ihn mit dem jüngeren Mann zurückließ und durch die schweren Eichentüren im Inneren der Kirche verschwand. Als die Tür kurz aufging, hörte man ein Raunen, und viele neugierige Augen richteten sich auf ihn.

Aber Clyde merkte von all dem nichts. Er stand einfach da, schwankte auf den Füßen, öffnete und schloss seine Augen ganz langsam, als ob er ständig dagegen ankämpfen musste, nicht das Bewusstsein zu verlieren. Sein Mund war noch immer geöffnet, und eine weiße Kruste hatte sich um seine Mundwinkel und Lippen gebildet. Wenn die Augen tatsächlich Fenster zur Seele waren, dann glich seine einem verlassenen Haus.

Chalmers kehrte augenblicklich mit einer Frau zurück. Sie sah leicht verwirrt und ein wenig verängstigt drein, und als sie Clyde mit dem Frühchen im Arm sah, hielt sie wie erstarrt mitten im Schritt inne. Chalmers hielt sie am Oberarm davon ab, die Flucht anzutreten, als sich die schweren Eichentüren hinter ihr schlossen und die Stimmen der gesichtslosen Menschen dahinter verschwanden.

Clyde blickte sie ausdruckslos an. »Können Sie sie stillen?« Er streckte seine Arme aus, und das schlaffe tote Fleisch in seinen Händen zeigte bereits die ersten Anzeichen der Verwesung, als ob es rostete.

Die Frau schloss die Augen, aber die Tränen rollten ihr trotzdem über die Wangen.

Chalmers griff ein wenig fester zu und zog sie zu sich heran. »Sarah«, begann er mit ruhiger Stimme. »Können Sie diesem Kind helfen?«

Widerwillig öffnete sie die Augen wieder, und sie, Chalmers und der jüngere Mann starrten Clyde an, als ob sie auf eine, irgendeine Reaktion warteten. Aber es kam keine. Er schien wie ein Roboter, in dem eine Hauptsicherung durchgebrannt war.

Die Frau, Sarah, streckte ihre bebenden Hände aus und nahm das Bündel entgegen. Ihre Miene spiegelte ihren Ekel wider, als sie es anfasste, aber weder zog sie sich zurück, noch ließ sie es fallen; stattdessen nahm sie es entgegen, wie jede Mutter es tun würde. Sie hielt den Kopf und wiegte es in den Armen.

Ihre Stimme brach beinahe, als sie antwortete: »Natürlich werde ich mich um sie kümmern.«

Chalmers schenkte ihr ein beiläufiges Lächeln. Sie schritt durch die schweren Eichentüren, und sämtliche Augen im Inneren der Kirche folgten ihr. Erst als die Türen sich hinter ihr geschlossen hatten, stieß sie ein elendes Stöhnen aus, das aber nicht bis zu Clydes Ohren vordrang.

Er schlief und schlief und schlief, hatte keine Ahnung, wie lange er im Land der Träume verbracht hatte, als er endlich aufwachte. Sie hatten ihm Wasser und etwas zu essen hingestellt. Er trank und aß und schlief sofort wieder ein. Er befand sich in einem kleinen Nebenzimmer voller Kinderzeichnungen an den Wänden. Einmal wachte er auf, weil er Schüsse hörte, aber niemand gesellte sich zu ihm, und so schloss er die Augen wieder, kam sich vor wie eine Puppe in einem Kokon.

Als er endlich aufwachte, schien draußen die Sonne. Das Licht ließ die Fenster, Wände und alles, was sich in seiner Kammer befand, grell leuchten. So wusste Clyde, dass die sanft goldenen Strahlen der Morgensonne bereits der sengenden Mittagshitze Platz gemacht hatten. Im Zimmer selbst war es stickig, und sein Hemd war schweißnass.

Er setzte sich auf und starrte auf den Teppich. Er wusste, wo er sich befand, aber es kam ihm vor, als ob er nur darüber gelesen hatte, besaß keinerlei Erfahrungen aus erster Hand. Die Welt fühlte sich echt genug um ihn herum an, aber alles, was zuvor passiert war, sein gesamtes Leben, schien nichts weiter als eine weit entfernte Fotomontage aus vereinzelten Schnappschüssen. Nichts weiter als eine Sammlung aus Träumen und Vorstellungen.

Er stand langsam auf, spürte den soliden Boden unter seinen Füßen. Seine Hände waren gewaschen, aber das Blut an seinen Armen und der Kleidung war noch immer da. Es sah aus, als ob er rote Ärmel trug. Er reagierte überhaupt nicht, als er dies registrierte. Der Schmerz, den er bei dem Anblick verspürte, war gedämpft und weit weg. Wie ein Echo seines Selbst, das von irgendeiner Wand in irgendeiner Höhle zurückgeworfen wurde.

Er ging zur Tür und öffnete sie. Frische Luft wehte ihm entgegen, und erst jetzt merkte er, wie grässlich er stank. Die Luft war warm und schwül, trocknete aber über seiner schweißgebadeten Haut, sodass er glaubte, sie kühlte ihn.

Clyde blickte erst nach links, dann nach rechts. Er befand sich in einem langen Flur voller Türen. Zu seiner Rechten endete der Korridor in einer Tür, von der Clyde dachte, dass sie nach draußen führte. Zu seiner Linken konnte er Gesang hören, wenn auch nur sehr leise. Die Worte klangen sanft, und Clyde konnte sie nicht verstehen, wusste nur, dass es ein Kirchenlied war.

Er trat aus seinem Zimmer und folgte dem Gesang. Am Ende des Flures führte eine weitere Tür in die Kirche selbst. Er blickte durch die schmale Fensterscheibe und sah die Gemeinde, die auf den vorderen Bänken Platz genommen hatte. Sie knieten, die Hände im Gebet gefaltet, und sangen leise. Es war fast, als ob man sie nicht hören sollte.

Clyde öffnete die Tür vorsichtig. Er wollte die Gemeinde nicht stören. Er trat ein und stand einsam im hinteren Teil der Kirche. Niemand schien ihn bemerkt zu haben, kein Kopf drehte sich nach ihm um. Die Kirche war hell, ganz in Weiß gestrichen und aufgeheizt durch die Sonne. Die großen Fenster reichten vom Boden bis zur gewölbten Decke. Es handelte sich um Milchglas. Aus irgendeinem Grund hatte Clyde das übliche bunte Kirchenfensterglas erwartet, und das matte Weiß der Scheiben verlieh dem Gebäude etwas Offizielles – er glaubte beinahe, in einer Art Institution zu sein.

Clyde stand einfach da und lauschte dem Gesang eine Weile. Der Schweiß sammelte sich an seinem Haaransatz und bahnte sich den Weg über die Furchen und Falten seiner Stirn. Die Perlen nahmen einen ihm unbekannten Weg, als ob er sein eigenes Gesicht nicht mehr kannte. Er holte tief Luft, sog das stickige Gas in seine Lungen, und die Flügel dehnten sich in einer Art aus, als ob sie es noch nie zuvor getan hatten.

Die Luft schmeckte anders.

Eine Hand legte sich auf seine Schulter. Er zuckte nicht zusammen, denn die Berührung schien überhaupt nicht bedrohlich. Stattdessen drehte er sich langsam um und sah einen Mann neben sich stehen. Er war weder alt noch jung und hatte den Körper eines Athleten. Seine braunen Haare wiesen bereits graue Strähnen auf, und er trug einen hervorstechenden Ziegenbart, der etwas dunkler war. Sein Gesichtsausdruck war angenehm – irgendwie beruhigend, beinahe liebenswürdig. Aber seine Augen funkelten. Etwas schien ihn zu beschäftigen.

»Sie müssen Clyde sein«, sagte er. Sein Tonfall, seine Haltung hatten etwas, das einen in den Bann zog und dazu veranlasste, ihm gefallen zu wollen, um seine Gunst zu buhlen und seine Zurückweisung zu fürchten. Einer dieser Menschen, der für jeden ein Vater war und diese Rolle ohne erkennbare Mühe ganz natürlich zu spielen wusste.

Und trotzdem musste Clyde kurz darüber nachdenken. Endlich aber nickte er und sagte: »Ja.«

Die Miene seines Gegenübers verfinsterte sich. Er nickte zurück, und die Hand auf Clydes Schulter wurde schwerer, ließ Clyde ahnen, dass sie wieder durch die Tür gehen sollten, durch die er gerade gekommen war. Dann hörte er die leise Stimme des Mannes: »Kommen Sie mit mir, Clyde.«

Und das tat er. Er folgte dem Mann, ging den Flur entlang vorbei an all den Türen, einschließlich der zu Clydes Zimmer, bis sie vor der letzten standen. Durch die Fenster drang grelles Licht. Über der Tür hing ein Schild, dunkel, aber die Buchstaben waren einwandfrei lesbar: AUSGANG. Sie traten hindurch und waren sofort von Hitze und hoher Luftfeuchtigkeit umgeben, sodass Clyde glaubte, sich in einem Dampfbad zu befinden.

Es war noch heißer als in der stickigen Kirche.

»Wie lange gibt es schon keinen Strom mehr?«, wollte Clyde wissen.

»Einen Tag«, lautete die Antwort.

»Und wie lange habe ich geschlafen?«

»Eineinhalb Tage.«

Sie spazierten weiter. Um sie herum wuchs das, was man in Küstennähe Rasen nannte: sandiger Boden mit ein paar Grashalmen. Clyde warf einen Blick über die Schulter und beäugte die Kirche aus Porenbetonstein, der beige angestrichen war. Die Farbe des Daches war ein tiefes Braunrot. *Wie geronnenes Blut*, dachte Clyde. Zwei Türme ragten in den Himmel, einer vorne, einer hinten. Der vordere war mit einem Kreuz versehen.

Clyde drehte sich wieder um und sah ihr eigentliches Ziel vor ihnen liegen. In der Nähe des Waldes, der die Kirche umgab, befand sich eine kleine Lichtung. Die Erde war stellenweise umgegraben worden und mit hellen, sandigen Klumpen bedeckt, denen die Hitze jegliches Wasser entzogen hatte. Insgesamt gab es drei Haufen. Am Kopf eines jeden Grabes stand ein weißes Kreuz.

Clyde schluckte, als sie vor dem kürzesten Grab hielten. Aus dem Augenwinkel konnte er sehen, dass der Mann neben ihm ihn beobachtete, sich ein Bild von ihm machen wollte. Clyde vermied direkten Augenkontakt und konzentrierte sich stattdessen auf die aufgeworfenen Hügel, bis er zu dem kleinsten kam. Hier war die Erde noch frisch.

Der Mann neben ihm sprach langsam und bedächtig: »Sie wissen, dass sie längst tot war, oder?«

Clyde antwortete nicht, sondern erwog die Worte seines Gegenübers.

Die Sonne ließ seinen Nacken kribbeln. Um sie herum zirpten die Zikaden, penetrant und hartnäckig, mal lauter, mal leiser. Clyde konnte die Wahrheit tief in seinem Inneren spüren – ähnlich wie die hart gebrannten Rückstände eines Albtraums. Er fegte sie in die Tiefen des Kellers seines Verstandes. Jetzt galt es noch, sämtliche Fluchtmöglichkeiten zu verbarrikadieren. Das hier hatte allerdings nichts mit einer Verneinung zu tun. Nein, er kannte die Wahrheit, weigerte sich jedoch, ihr in die Augen zu schauen, mied sie einfach wie ein rot glühendes Stück Metall.

Er nickte kurz, denn in jenem Moment das Wort zu erheben, wäre gleichbedeutend mit einer Offenbarung gewesen.

»Wir haben keinen Namen für das Kreuz«, fuhr der Mann fort. »Wenn Sie also möchten, dass wir ...«

Clyde schüttelte den Kopf.

Er hatte keinen Namen für das Kind, das er in den Armen getragen hatte. Er hatte keinen Namen für das Kind, das er zusammen mit seiner toten Frau geschaffen hatte. Er wollte der Totgeburt, die er in Blut schwimmend aus ihrer Gebärmutter gerissen hatte, keinen Namen geben – ein Name würde sie lediglich wirklich werden lassen. Ein Name würde den Albtraum aus dem Schatten reißen, in den Clyde ihn verbannt hatte.

Sie schwiegen eine Weile.

Endlich erhob der Mann erneut das Wort. Er redete behutsam, aber ohne ein Blatt vor den Mund zu nehmen: »Im Buch Hiob prüfte der Herrgott einen Mann. Er ließ den Teufel seine Frau und Kinder in Gestalt einer Krankheit heimsuchen, bis sie starben. Als nächstes starben die Tiere, und die Ernte blieb aus. Alles verdarb. Der Herrgott ließ es zu, dass der Teufel ihm alles nahm, bis er nur noch eine leere Seele zurückließ. Ein bisschen wie Sie. Ein bisschen wie wir alle.«

Der Mann ließ seinen Blick über die Lichtung schweifen und blinzelte. »Wir alle haben jemanden verloren, der uns lieb war. Die meisten haben alles verloren. Wir leben in Zeiten des Kummers, der Mühsal, der Pein.« Er schüttelte langsam den Kopf. »Dieses Land erntet, was es über Jahrzehnte hinweg gesät hat, und jetzt ruft uns der Herrgott dazu auf, ihm auch in schwierigen Zeiten treu zu bleiben, weiterhin an ihn zu glauben. Denn all diese Schmerzen, all dieser Verlust ...«, sagte er und blickte Clyde in die Augen, » ... all die Dinge, die wir tun müssen, aber nicht tun wollen ... Das ist es, was der Herrgott uns abverlangt. Wir müssen beweisen, dass wir ihm weiterhin ergeben sind. Und dann, wie schon im Buch Hiob, werden wir seinen Segen erhalten.«

Der Mann drehte sich zur Kirche um. Clyde tat es ihm nach. Er wollte eine Frage stellen, hielt sich aber zurück, denn Chalmers stand mit einem Gewehr über der Schulter und einem weiteren in der Hand vor ihm, sodass Clyde sofort vergaß, was er wissen wollte.

»Pastor Wiscoe«, sagte Chalmers und hielt ein Gewehr in die Luft.

Der Mann, den Chalmers mit Pastor Wiscoe angesprochen hatte, schaute Clyde an. In seinen Augen erkannte Clyde Mitleid, aber auch Verständnis. Pastor

Wiscoe wusste, was in ihm vorging, wandte sich aber nicht von ihm ab.

Er packte Clyde an den Schultern und blickte ihm direkt in die Augen. Seine Worte sollten einen tiefen Eindruck hinterlassen: »Ich weiß, was Sie glauben. Sie sind der Meinung, dass Sie gescheitert sind, Clyde. Ich weiß, dass Sie sich vorwerfen, Ihre Familie im Stich gelassen zu haben. Sie werfen sich vor, nicht stark genug, nicht tapfer genug, nicht hart genug gewesen zu sein. Aber was Ihnen widerfahren ist, ist alles Teil des göttlichen Plans. Er hat Ihnen alles genommen, um Sie hierher zu führen, denn der Herrgott braucht Menschen, die von nichts fortlaufen und nirgendwo hinrennen müssen. Menschen, die auf nichts zurückgreifen können.«

Wiscoe lächelte. Es war ein Lächeln der Vergebung. »Es ist nicht Ihre Schuld, dass all das geschehen ist. Ihre Taten – sie wurden Ihnen auferlegt, Sie haben sie sich nicht ausgesucht – sind ebenso wenig sündhaft. Nein, Sie sind zu uns gerufen worden. Sie sind vorherbestimmt, gläubig zu werden, mein Freund. Und die einzige Art und Weise, wie Sie wirklich versagen können, ist, wenn Sie sich jetzt von uns abwenden, jetzt, wo Sie aufgerufen wurden, jetzt, wo man Sie am meisten braucht.«

Clyde spürte, wie ihm die Tränen in die Augen stiegen, wie sie alles unscharf werden ließen. Er blickte in den grellen wolkenlosen Himmel hinauf, und er schien anders als jeder Himmel, den er je zuvor zu Gesicht bekommen hatte. Hier war er nicht mehr der

Mann, der er früher einmal gewesen war. Hier war er kein Feigling. Hier war er nicht unzulänglich.

Hier konnte er alles sein, was er wollte.

Hier konnte er alles sein, was er sein *musste*.

Clyde war tot. Lang lebe Clyde.

Er schloss die Augen, hob den Kopf gen Himmel und spürte, wie die Tränen über seine Wangen liefen – die letzten Tränen, die er jemals vergießen würde. Und als sie auf seiner Haut getrocknet waren, sprach er mit einer Stimme, die ihm selbst fremd war: »Was muss ich tun?«

Wiscoe nahm das Gewehr aus Chalmers Hand, drehte sich zu Clyde um und reichte ihm die Waffe. »Sie müssen das Werk Gottes vollenden, Clyde.«